Yaël Guiladi

Die Jüdin von Venedig

Yaël Guiladi wurde in Neuseeland geboren. Sie studierte Wirtschaft und englische Literatur und ließ sich in Jerusalem nieder, wo sie nach längeren Aufenthalten an verschiedenen Orten in Europa heute als Schriftstellerin lebt.

In der Aufbau Verlagsgruppe sind bisher ihre Romane »Die schöne Orovida« (1995), »Die Zypressen von Córdoba« (2002) und »Die Kalligraphin des Königs« (2004) erschienen.

Ein Leben frei von allen religiösen Zwängen wollte Daniel in Venedig finden. Auch Diana, die schöne Tochter des Rabbis, die er leidenschaftlich liebt, würde sich gern über alle Konventionen hinwegsetzen. Ungewollt werden die beiden in allerlei dunkle Machenschaften hineingezogen und stoßen an die Grenzen der venezianischen Freiheit.

Yaël Guiladi

Die Jüdin von Venedig

Roman

Aus dem Englischen von Ulrike Seeberger

aufbau taschenbuch
AUFBAU VERLAGSGRUPPE

Titel der Originalausgabe
Strangers in Venice

ISBN 978-3-7466-2324-5

Aufbau Taschenbuch ist eine Marke
der Aufbau Verlagsgruppe GmbH

1. Auflage 2007

Umschlaggestaltung Antje Walter
unter Verwendung eines Ausschnitts aus dem Gemälde
»Portrait of Madame Antonia Devoncay« 1807 von Ingres
The Bridgemon Art Library
Druck und Binden CPI Moravia Books, Pohorelice
Printed in Czech Republik

www.aufbau-taschenbuch.de

Kapitel 1

Alphonse de la Cueva, Marquis de Bedmar, der spanische Botschafter in der Erhabensten Republik Venedig, hieß Nicolas de Renault mit einer Höflichkeit in seinem schlichten privaten Arbeitszimmer willkommen, die weit über die sonst in seinem Beruf üblichen Gepflogenheiten hinausging. Doch schließlich wußte man ja vom Marquis, daß er seine Kollegen auch sonst an allem übertraf – an Witz, Charme, Großzügigkeit, Intelligenz und Scharfblick – und daß er daher auch beliebter – oder ewig verhaßt war. So war Nicolas de Renault sich durchaus darüber im klaren, wie privilegiert er war, dem spanischen Diplomaten in der Abgeschiedenheit seiner inneren Gemächer seine Aufwartung machen zu dürfen.

»Eure Exzellenz sind zu gütig, mich zu empfangen.«

»Keineswegs. Es bereitet mir stets großes Vergnügen, Neuankömmlinge in Venedig zu begrüßen. Wenn sie dazu noch aus Frankreich stammen, ist das Vergnügen doppelt. Setzt Euch doch.« Mit einer weit ausholenden Geste wies der Marquis auf zwei Stühle mit geraden, hohen Rückenlehnen, deren Lederbezug mit prächtigen bronzenen Beschlagnägeln verziert war und die zu beiden Seiten eines mit einem kaukasischen Teppich bedeckten runden Tischchens standen. Renault packte die Armlehnen des einen Stuhles und ließ sich, da sein Rücken ihn sehr plagte, ein wenig steif auf den Sitz sinken. Mit leichtem, elegantem Schwung setzte sich der Botschafter.

»Mein Kollege, der französische Botschafter, bei dem Ihr, wie ich hörte, zu Gast weilt, ließ mich wissen, daß Ihr mich wegen der Nautilusmuschel zu sehen wünscht, die ich kürzlich erworben habe.«

»So ist es, Euer Exzellenz.«

»Dürfte ich mich erkundigen, wenn Ihr diese Frage nicht für indiskret erachtet, wie Ihr davon erfahren habt?«

»Wie alle anderen Ausländer hier in Venedig wurde auch ich von Sammlern aus meinem Bekanntenkreis in Frankreich gebeten, meine Augen nach *objets d'art** aufzuhalten, die hier auf den Markt kommen. Einer dieser Freunde interessiert sich besonders für Nautilusmuscheln, und im Laufe meiner Erkundigungen bei den verschiedenen Händlern erwähnte einer zufällig, daß Ihr kürzlich in den Besitz eines besonders schönen Stücks gelangt seid, das Euch ein Mitglied einer venezianischen Familie zur Begleichung seiner Spielschulden verkauft habe.«

»Ihr seid erstaunlich gut informiert, *cher Monsieur*.«

Renault nahm dieses zweifelhafte Kompliment mit einem kühlen Nicken entgegen.

Beinahe lautlos trat der Haushofmeister des Botschafters ein und erkundigte sich mit einer respektvollen Verbeugung vor Renault, welche Erfrischung der Franzose bevorzugen würde. Doch ehe dieser noch antworten konnte, schlug der Botschafter bereits vor, man möge den Wein kosten, der von seinem eigenen Gut in La Rioja stammte. Der Haushofmeister schenkte den Wein aus einem ziselierten silbernen Flakon in Gläser mit gedrehtem Stiel, deren Grün von einem satten Ton am unteren Teil des Kelches zum Rand hin zu einem immer zarteren Hauch verklang. Renault betrachtete das Glas mit Kennermiene, drehte es lang-

* (franz.) Kunstgegenstände.

sam in den Fingern und bewunderte die Kunstfertigkeit seiner Herstellung.

»Von der Hand eines Meisters der Glasbläserzunft«, gab ihm der Botschafter zu verstehen.

Renault genoß das Bouquet des Weines, ehe er mit dem sinnlichen Vergnügen des Kenners einen winzigen Schluck nahm. Obwohl es dem Rioja für seinen Geschmack ein wenig an Körper zu fehlen schien, reagierte er, wie es die Höflichkeit gebot. »Und der Inhalt ist genauso köstlich wie das Gefäß, in dem er sich befindet.«

»Diese Worte aus dem Mund eines Franzosen sind wahrhaftig eine Ehre.«

Auf einen diskreten Wink seines Herren hin zog der Haushofmeister den Teppich von der Tischplatte, stellte den Flakon auf das glattpolierte Holz und zog sich zurück. Eine Weile saßen die beiden Männer schweigend da. Nicolas de Renault strich sich den üppigen weißen Haarschopf zurück. Er hatte keineswegs die Absicht, sich sofort nach der Nautilusmuschel zu erkundigen. Der Marquis de Bedmar fuhr sich nachdenklich mit einem eleganten, manikürten Finger an der Nase entlang. Er war es ganz zufrieden, seinen Gesprächspartner gespannt warten zu lassen, bis er sich eine Meinung über diesen Besucher gebildet hatte.

»Darf ich fragen, was Euch nach Venedig bringt?«

»Was bringt einen schon nach Venedig?«

»Nun, da gibt es so viele Gründe, wie es Neuankömmlinge gibt – die Mutigen suchen das Abenteuer, die Schlauen sind auf Geschäfte aus, die Gerissenen und Faulen auf den leichten Gewinn, ganz gleich wie zweifelhaft die Methoden sein mögen, mit denen sie ihn erreichen. Die Unschuldigen zieht die Neugier, die Begeisterung für Kunst und Musik, die immerwährende Suche nach der Liebe hierher. Manche lockt das Gute, andere das Böse nach Venedig. Viele sind auf der Suche nach jenem flüchtigen Ding, das sie Freiheit nennen.« Während er diese Worte sprach, schaute der Marquis de Bedmar seinen Gesprächspartner nicht an. Er hielt den Blick fest auf das Glas gerichtet, drehte es im Licht, um es leuchten zu lassen.

»In meinem Falle ist es ein bißchen von allem.«

»Auch vom Bösen?«

»Das Konzept des Bösen ist nicht minder flüchtig als die Idee der Freiheit. Was in den Augen des einen böse ist, scheint vielleicht seinem Feind gut.«

Der Marquis warf Renault einen anerkennenden Blick zu. Er bewunderte den Zynismus des Mannes beinahe ebensosehr wie die Diskretion, ja Heimlichtuerei, die sich dahinter verbarg. Denn auch der kühle, ruhige Blick der hellgrauen Augen seines Gastes verriet nichts von seinem inneren Selbst.

»Und wie ist die Lage in Frankreich?« fuhr der Spanier aalglatt mit seiner Befragung fort.

»Wie Euer Exzellenz wissen, hat es große Veränderungen gegeben, seit Ludwig XIII. sich die Unabhängigkeit von seiner Mutter, der Regentin, erkämpft hat.«

»Eine bemerkenswerte Frau, diese Marie de' Medici. Und eine große Freundin Spaniens. Wir bedauern es sehr, daß sie die Geschicke der französischen Nation nicht mehr lenkt. Und was ist mit Richelieu?«

»Sagen wir mal, er ist in den Ruhestand getreten – zumindest für den Augenblick.«

»Denkt Ihr, daß diese Veränderung zum Besten des Landes ist?«

»Ich kann dazu keine Meinung äußern, Sire. Bereits vor

meiner Abreise nach Venedig hielten mich Privatangelegenheiten zu lange vom Zentrum der Macht fern.«

Wieder eine völlig unverbindliche Antwort. Es war klar, daß er von diesem hageren, schmallippigen, weißhaarigen älteren Herrn keine direkten Auskünfte bekommen würde. Bedmar änderte seine Taktik.

»Ihr seid sicher überrascht, daß ich die Nautilusmuschel nicht ausstelle. Ich versuche, in meinem Privatleben eine gewisse Nüchternheit walten zu lassen, wenigstens hier Maß zu halten – inmitten all des theatralischen Gepränges, das unzweifelhaft zum Charme venezianischen Lebens gehört.«

»Einem Neuankömmling wie mir scheint es, daß die Venezianer um so mehr zur Schau stellen, je weniger sie haben.«

Nachdem Bedmar seinem Gesprächspartner zumindest diese eine Andeutung einer Meinung über die Republik entlockt hatte, verfolgte er sein Ziel geschickt weiter. »Je länger ich hier lebe, desto weniger verstehe ich. In einigen Wochen schließen Venedig und das verbündete Herzogtum von Savoyen einen Friedensvertrag mit dem Erzherzog Ferdinand von Österreich aus dem Geschlecht der großen spanischen Habsburger. Damit beugt er sich den Forderungen einer Republik, die über keinerlei Gebiet verfügt, dem Diktat einer Stadt, deren einstmals ruhmvolle Herrschaft über die Meere so gut wie ausgelöscht und deren Handelsmacht nur noch ein jammervoller Abglanz früherer Stärke ist.«

»Das klingt nach purer Impertinenz.«

»An Wagemut hat es Venedig nie gefehlt, wenn es darum ging, das zu verteidigen, was die Republik für ihre lebenswichtigen Interessen hielt, ganz gleich ob sie säkularer oder religiöser Art waren. Weder der Papst höchstpersönlich noch die ungeheure Macht der Habsburger haben es je geschafft, die Serenissima einzuschüchtern. Diese Courage muß man einfach bewundern.«

»Wie lange währt der Krieg in Istrien und Friaul nun schon? Drei Jahre, vier?«

»Vier, aber man muß zugeben, daß die Venezianer durchaus einen Grund hatten, ihn anzufangen. Was ihre Handelsflotte in der Adria von den uskokischen Piraten erleiden mußte, hat sie über alle Maßen provoziert.«

»Ein wilder Haufen, diese Uskoken, nach allem, was man so hört, und eine Schande für die Christenheit, aber ich muß zugeben, daß ich sonst recht wenig über sie weiß.«

»Ursprünglich waren es Flüchtlinge aus Bosnien und aus dem türkischen Dalmatien, die vor den vorrückenden Türken in die Balkanländer flohen. Sie ließen sich in den zerklüfteten Buchten und Winkeln der dalmatinischen Küste nieder und paßten sich blendend an ihre Umgebung an. Dabei gewöhnten sie sich allerdings auch die traditionelle Beschäftigung jener Gesetzlosen aus aller Herren Länder an, die dort bereits lebten: die Piraterie. Nachdem die Christen 1570 in Lepanto die Türken besiegt und Venedig und die Hohe Pforte Frieden geschlossen hatten, beauftragten die Habsburger die Uskoken mit der Verteidigung ihrer Grenzen.«

»Das war ja durchaus nützlich, wenn sie die Schiffe der Türken und der Venezianer gleichermaßen belästigt haben.«

»In gewisser Weise schon, aber die Uskoken waren nicht zu bändigen, widersetzten sich offen der Autorität Ferdinands. Schließlich trieben sie es zu bunt: 1613 machten sie den fatalen Fehler, den hervorragenden venezianischen Admiral Cristoforo Venier zu enthaupten. Um diese ungeheuerliche Tat zu rächen, unternahm Venedig eine Strafexpedition gegen die Österreicher.«

»Allein?«

»Nicht ganz. Der treue Verbündete der Republik, Karl Emmanuel von Savoyen, hielt unsere spanischen Truppen in der Lombardei in Schach, damit sie Ferdinand nicht zu Hilfe eilen konnten. Diese Scharmützel hätten unendlich lange so weitergehen können, hätten nicht die Türken angefangen, Ungarn zu bedrohen. So war Kaiser Matthias gezwungen, Ferdinand zu einem Friedensschluß zu drängen.«

»Sind die Bedingungen ungünstig?«

»Nicht unerträglich. Die Uskoken selbst werden den höchsten Preis bezahlen. Ihre Häfen werden zerstört, ihre Festungen geschleift, ihre Schiffe verbrannt und ihre Männer mitsamt den Familien ins kroatische Landesinnere verbannt.«

»Das finde ich unglaublich. Eine Handvoll unwichtiger Inseln, deren Regierung täglich schwächer und korrupter wird, hält nicht nur die Habsburger, sondern auch Euer großmächtiges Land in Schach, trotz des ungeheuren Einflusses, den Spanien im restlichen Italien besitzt. Mailand gehört Euch, Neapel und Sizilien gleichermaßen, Ihr seid in Florenz hochgeschätzt, und der uneingeschränkten Unterstützung des Papstes könnt Ihr Euch auch sicher sein.«

»Den hat allerdings Venedig mit Hilfe jenes scharfsinnigen Servitenpaters Paolo Scarpi herausgefordert und überstimmt.«

*»Quelle humiliation!«**

Alphonse de la Cueva, Marquis de Bedmar, nickte ernst und stimmte wortlos zu.

* (franz.) Welch eine Demütigung!

»Man sollte meinen, wenn ein Staatswesen so von innen heraus zersetzt wird ...«

Der Botschafter fiel dem Franzosen ins Wort. Er hatte von seinem Gesprächspartner alles erfahren, was er wissen wollte. »Kommt, *cher Monsieur*, wir wollen uns dem eigentlichen Zweck Eures Besuches zuwenden.«

Der Marquis de Bedmar erhob sich rasch, ging mit großen Schritten quer durch den Raum zu einem schlichten dunklen Eckschrank und öffnete ihn mit einem matten Metallschlüssel, der an einem goldenen Ring von seinem aus Seide geflochtenen Gürtel baumelte. Aus dem Dunkel des Kabinetts holte er einen Gegenstand hervor, der großzügig in schwarzen Samt eingeschlagen war. Er hielt ihn beinahe wie eine Opfergabe in beiden Händen, brachte ihn zum Tisch, setzte ihn dort ab und zog das schützende Tuch herunter. Eine riesige orientalische Muschel kam zum Vorschein. Ihre Rundungen waren so glatt und sinnlich wie die Brüste einer Frau, schimmerten im blassen Herbstlicht in allen Farben des Regenbogens. Der Franzose mußte die Fäuste ballen, um nicht unwillkürlich zärtlich über die glatte mondscheinglänzende Oberfläche zu streichen. Und als wäre dieses Wunder der Natur noch nicht genug, hatte das Geschick menschlicher Hände noch ein übriges hinzugefügt. Eine zarte, zu einem Perlennetz angeordnete Silberfassung hielt die Nautilusmuschel, hüllte sie völlig ein, war am äußersten Wirbel der Muschel von einem Schiff gekrönt, an dessen Heck eine aufrechte Gestalt mit einem Speer stand. Der Fuß der Schale, auf der die Nautilusmuschel ruhte, war nicht minder kunstvoll gearbeitet: eine kleine, getüpfelte Muschel, die in der Form einer Schildkröte gefaßt war, kauerte auf einem gehämmerten Silberkissen. Nicolas de Renaults dünne, blutleere

Lippen verzogen sich in Bewunderung. Dann beugte er sich näher heran, begutachtete mit zusammengekniffenen Augen die Silberarbeit noch genauer.

»Ich erkenne die Hand von David Farrar, einem der besten Meister der Niederlande.«

»Mein Kompliment, Euer Auge ist unfehlbar.«

»Welch unerhörtes Glück, ein solches Stück zu finden!«

»Wahrhaftig. Der britische Botschafter hat sich auch sehr dafür interessiert, aber ich habe ihn um Haaresbreite geschlagen.« Bedmar grinste. »Ich gebe zu, es ist mir stets ein besonderes Vergnügen, meinem anglikanischen Kollegen ein wenig Ärger zu bereiten.«

»Ich danke Euch von ganzem Herzen, daß Ihr mir erlaubt habt, ein so wunderbares Stück zu betrachten. Solltet Ihr je den Wunsch haben, Euch davon zu trennen, so fändet Ihr in mir stets einen willigen Käufer.«

»Das werde ich mir merken. Es war mir ein Vergnügen, Eure Bekanntschaft zu machen, verehrter Herr. Ich hoffe, wir werden noch oft Gelegenheit haben, die Geschäfte dieser seltsamen Welt, in der wir leben, miteinander zu bereden – und den Grund, der Euch nach Venedig geführt hat«, ließ der Botschafter noch einfließen. Dann geleitete er seinen Gast zur Tür, um ihm zu verstehen zu geben, daß hiermit der Besuch beendet sei.

Kapitel 2

Hätte der Marquis de Bedmar Daniel Farrar gefragt, was ihn nach Venedig führte, als der kurze Zeit später dort eintraf, so hätte der ihm ohne Zögern geantwortet. Doch wie die Dinge lagen, war es unwahrscheinlich, daß die beiden einander je begegnen würden.

Der tonnendicke Kellner im »Gasthaus zum Stör«, wo sich der Neuankömmling einquartiert hatte, schenkte ihm gerade aus einem riesigen, mit Bast ummantelten Flakon, den er in Schulterhöhe hielt, roten Wein in seinen Zinnbecher ein. Gedankenverloren nippte Daniel daran, den Blick unverwandt auf den strömenden Herbstregen gerichtet, der gegen die Fenster klatschte. Wenn das Wetter nicht so unverhofft umgeschlagen wäre, so wäre er in die nahe gelegene Taverne gegangen, wo sich die meisten Bewohner des Gasthauses gewöhnlich am Abend zusammenfanden. Er hätte draußen auf dem von üppigen Weinranken überwucherten Innenhof gesessen, hätte gespeist und getrunken und bis weit in die Nacht hinein Karten gespielt, ein Vergnügen, das im kühlen, feuchten Klima der Niederlande, woher er kam, völlig unbekannt war. Die anderen Gäste im »Stör«, die genau wie er durch den Regen ans Haus gefesselt waren, kamen lustlos in die kleine, enge Gaststube geschlendert, einen schmierigen, in düsterem Braun gehaltenen Raum. Einige von ihnen stammten aus Nordeuropa, zweifellos weil das Gasthaus an der Riva del Carbon nicht weit von der Fondaco dei Tedeschi lag, nur wenige Schritte hinter der Rialtobrücke. Seit Jahrhunderten hatten die deutschen Kaufleute, die mit Venedig Handel trieben, das Recht, hier ihre Geschäfte abzuwickeln. Doch Daniel Farrar war kein Kaufmann. Zu diesem Zeitpunkt in seinem noch recht jungen Leben war er gar nichts. Nichts als eine verlorene Seele auf der Suche nach Freiheit.

Im hintersten Winkel des Zimmers hatten sich drei Passanten, die hier vor der Sintflut draußen Zuflucht gefunden hatten, um einen Kartentisch versammelt und suchten halbherzig nach einem vierten Mitspieler. Einer von ihnen, ein schmaler Kerl mit hellen Augen, bemerkte, daß Daniel ganz allein dasaß. Er stand auf, kam zu ihm herüber, die Rechte hinter dem Rücken verborgen, und fragte ihn, ob er sich zu einer Runde Whist zu ihnen gesellen mochte. An der blassen Haut, aber auch am Schnitt seiner Kleidung und seines Kragens erkannte Daniel den Mann als einen Bürger der Niederlande, wenn auch seine Sprache einen leicht französischen Tonfall hatte. Doch über die Herkunft der anderen Spieler, die ihn aus einiger Entfernung erwartungsvoll beäugten, verriet ihm der Augenschein nicht viel: Ihre Kleidung und ihr Verhalten schienen gröber, sie waren stämmig gebaut, und ihre Haut war vom Wetter gegerbt. Es hätten Bauern oder Packer oder heimatlose Söldner sein können, vielleicht gar Piraten von der dalmatinischen Küste, der Angst und Schrecken aller venezianischen Händler. Aber das war ja nicht von Belang, denn er wußte, daß er diese Männer niemals wiedersehen würde. Er stand auf und gesellte sich zu ihnen.

Nachdem man sich über den Einsatz geeinigt hatte und einer der stämmigen Mitspieler die Karten geschickt gemischt und rasch ausgeteilt hatte, bat Daniel den Kellner um Papier, Feder und ein Faß Tinte. Das alles ordnete er säuberlich zu seiner Rechten an. Den Männern, die ihn mit weit aufgerissenen Augen anstarrten, erklärte er: »Damit ich mir die Punkte aufschreiben kann.«

»Aufschreiben? Wir merken sie uns einfach«, erwiderte der Geber verächtlich.

»Die Erinnerung kann einem so manchen Streich spielen«, meinte Daniel ein wenig steif. »So ist alles klar und unbestreitbar.«

Der Geber schaute erst ihn und dann seinen Kumpan an, und in seinem Blick spiegelte sich eine Mischung aus Vorsicht und milder Verachtung wider. Man war es nicht gewöhnt, mit Menschen an einem Tisch zu sitzen, die in die Schule gegangen waren.

Der Holländer, der sich als Wim vorstellte, war Daniels Partner. Als sie zu spielen begannen, holte er die Rechte hinter dem Rücken vor. Wenn auch der Anblick der Hand Daniels Aufmerksamkeit einen Augenblick lang von den Karten ablenkte, so verriet er doch keinerlei Überraschung. Drei von Wims Fingern fehlten. Mit geübtem Zangengriff zog er mit dem Daumen und dem Überrest des verstümmelten kleinen Fingers die Karten, die er in der Linken hielt. Diskret schlug Daniel die Augen nieder und konzentrierte sich wieder so intensiv wie zuvor auf das Spiel. Er rührte keine Miene, beurteilte jeden Ruf richtig und behielt jeden Stich genau im Gedächtnis. Der tonnendicke Kellner umkreiste sie ständig und füllte die Becher der Spieler nach, sobald sie halb geleert waren. Drei der Becher jedenfalls, denn von dem Augenblick, da Daniel seine ersten Karten aufgenommen hatte, rührte er den Wein nicht mehr an. Nachdem sie ein paar Stunden gespielt hatten, war sein Kopf noch so klar, wie die Hirne seiner Gegner benebelt waren, und er zählte sorgfältig die Punkte zusammen. Wim und er hatten um die achtzig Dukaten gewonnen. Das hielt er für eine recht gute Summe für einen Abend, und so beendete er das Spiel. Er strich seinen zweimal nachgezählten Gewinn ein, erhob sich und zog sich nach einem kurzen Gutenachtgruß in sein winzig kleines, schäbiges Zimmer mit dem durchgelegenen Bett zurück.

Am nächsten Tag war das Wetter nicht besser geworden. Unaufhörlich fiel der Regen in dichten Vorhängen, ließ den Himmel und das Wasser der Lagune zu einer einzigen trüben Masse verschmelzen, die die Inseln einhüllte, sie zu ertränken drohte. Am Abend war die Stimmung im Gasthaus düster. Daniel überlegte, ob er nicht die Zeit der erzwungenen Untätigkeit dazu benutzen sollte, einen Brief nach Hause zu schreiben. Doch sein Abschied dort war so schmerzlich gewesen, daß er nicht wußte, wie er anfangen, was er schreiben sollte. Sein Kopf war so leer wie das Blatt Papier, das vor ihm auf dem Tisch lag, und so faltete er es schließlich zusammen und steckte es in die Tasche. Wenn die Zeit ihr Werk vollbracht und den Schmerz ein wenig gelindert hatte, dann würden ihm die Worte, nach denen er heute vergebens gerungen hatte, vielleicht doch kommen.

Plötzlich riß ihn ein Geräusch aus seiner Melancholie: Die Tür zur Straße ging auf und schloß sich krachend wieder. Als er aufblickte, sah er Wim, der am Eingang zur Gaststube stand und sich energisch das Wasser von seinem triefnassen Umhang schüttelte. Der kugelrunde Kellner watschelte zu ihm hin, um ihm das Kleidungsstück abzunehmen, und breitete es über die Lehne eines Stuhls, der vor dem jämmerlichen Feuer stand, das halbherzig in dem grauen Steinkamin flackerte. Dann brachte er Wim einen Krug Glühwein. »Der wird Euch das Herz erwärmen«, gluckste der Mann und klatschte dem Holländer aufmunternd auf den feuchten Rücken.

Langsam nippte Wim von dem dampfend heißen, würzigen Gebräu und sah sich in dem trüb erleuchteten Raum um. Sobald er Daniel erspäht hatte, kam er rasch zu ihm, zog einen Stuhl heran und setzte sich ihm gegenüber an den wackeligen Tisch, auf dem noch Daniels Feder und Tintenfaß standen.

»Ich hatte gehofft, Euch hier anzutreffen. Wir haben gestern einen guten Abend gehabt, jeder vierzig Dukaten. Prächtige Partner waren wir beide, haben einander blendend verstanden.«

Daniel nickte knapp.

»Lust auf ein weiteres Spielchen heute abend?«

»Nicht besonders.«

»Haltet gern Euren Gewinn beisammen, was? Ihr seid ein kluger Mann. Das bin ich auch. Aber ich habe mich natürlich nicht wegen einer Runde Whist in dieses Mistwetter hinausgewagt. Die Sache ist die: Ich halte schon eine ganze Weile nach jemandem wie Euch Ausschau.«

»Was meint Ihr mit ›nach jemandem wie mir‹?«

»Nach einem Mann von einiger Bildung, der lesen, schreiben und Buch führen kann.«

»Oh.« Daniel verschwendete kein weiteres Wort, sondern wartete darauf, daß Wim sich erklärte.

»Ich habe die Vertretung für einen ausländischen Kaufmann, der in ganz Norditalien Geschäfte macht. Es versteht sich von selbst, daß er mir volles Vertrauen darin schenkt, wie ich seine Gelder verwalte, und ich habe alle Fakten und Zahlen im Kopf. Aber er möchte, daß ich ihm jeden Monat eine ordentliche schriftliche Abrechnung aller Summen vorlege, die durch meine Hände gehen. Doch so sehr ich es auch versuche, ich bin einfach körperlich nicht in der Lage, das zu machen, mit meiner verstümmelten

Rechten und meiner unbeholfenen Linken. Deswegen brauche ich jemanden wie Euch.«

»Und wieso glaubt Ihr, daß ich fähig und willens wäre, eine solche Aufgabe auszuführen?«

»Willens, weil Neuankömmlinge immer froh über jedes Einkommen sind, das sich für sie ergibt. Und fähig, weil Ihr gestern abend in einer so ordentlichen und lesbaren Handschrift und so sorgfältig den Punktestand aufgezeichnet habt und weil ihr so rasch und genau im letzten Saldo unseren Gewinn zusammengezählt habt.«

»Kurz gesagt, Ihr wollt mich als Euren Buchhalter einstellen.«

»Genau. Ihr würdet großzügig entlohnt. Es ist nicht viel Arbeit.«

»Das werden wir sehen.«

»Sagen wir fünfundzwanzig Dukaten im Monat?«

»Haltet Ihr mich für einen Bettler?«

»Nun, manche Lehrer verdienen kaum mehr.«

»Der Lehrerberuf war schon immer viel zu schlecht bezahlt.«

»Ihr werdet nur ein paar Stunden im Monat benötigen, um zu erledigen, worum ich Euch bitte.«

»Im Augenblick vielleicht schon, aber das kann sich ja ändern.«

»In diesem Falle würden wir die Sache neu verhandeln.«

»Ich muß eine Vorstellung vom Umfang der Aufgabe haben, die Ihr mir übertragen wollt.«

»Nun gut. Wir wollen uns morgen treffen, und dann erkläre ich Euch alles.«

»Also hier, um die Mittagszeit.«

»Nein, nicht hier. Derlei Angelegenheiten sollten in vertraulicher Atmosphäre besprochen werden.«

»Ich sehe nicht ein, warum.«

»Weil Ihr in Venedig ein Neuankömmling seid, genau wie ich auch. Doch ich bin wenigstens schon lange genug da, um zu wissen, daß hier zwar Menschen aus aller Herren Länder zusammenströmen, scheinbar ohne jedes Hindernis, daß aber die Behörden doch ein wachsames Auge ...«

»Ich habe nichts zu verbergen.«

»Nicht persönlich vielleicht. Aber wenn ich mich nicht irre, deutet Euer Akzent darauf hin, daß Ihr aus den Niederlanden kommt.«

»So wie auch Ihr, denke ich.«

»Genau. Und deswegen stehen wir gleich im Verdacht, dem protestantischen Glauben anzuhängen. Das reicht schon, um in bestimmten Kreisen Mißtrauen zu erregen.«

»Zum Beispiel?«

»Bei der Kirche, bei den Bigotten, bei den Papisten, die der Republik ständig vorwerfen, sie legte größeres Gewicht auf ihre Börse als auf ihre Frömmigkeit. Sie behaupten, daß das, was sie die protestantische Gotteslästerung nennen, möglicherweise zum Aufruhr führt, daß es eine Gefahr für das Gemeinwesen sei, die kein wirtschaftlicher Gewinn rechtfertigen kann.«

»Überschätzt Ihr den Einfluß dieser Kreise nicht maßlos? Jedes Kind weiß, daß hier die weltliche Macht am Ruder ist. Solange Nichtkatholiken nicht gegen die Gesetze der Republik verstoßen oder sich despektierlich über den katholischen Glauben äußern, dürfen sie frei Handel treiben, studieren oder tun, was immer sie wollen.«

»Das stimmt, aber man kann nicht vorsichtig genug sein.«

Wims übertriebene Ängstlichkeit begann Daniel zu ärgern, ließ ihm den Landsmann sogar ein wenig verdächtig erscheinen.

»Ich persönlich habe absolut nichts zu befürchten«, beharrte er. »Ich bin nicht einmal Protestant.«

Wim erstarrte.

»Nun denn, wenn Ihr katholisch seid, dann sieht die Sache ganz anders aus.«

»Habe ich gesagt, daß ich katholisch bin?«

»Nein. Aber wenn Ihr das nicht seid, was seid Ihr dann?«

»Nichts.«

»Man kann nicht nichts sein. Jedenfalls hier nicht. Wenn die Venezianer eines nicht leiden können, dann sind es Leute, die sich nicht irgendwie einordnen lassen. Jeder muß in eine anerkannte Kategorie passen, so daß man ihn überwachen und kontrollieren kann. Da ich also Protestant bin und Ihr Euch entschlossen habt, nichts zu sein, sollten wir zumindest versuchen, Diskretion walten zu lassen und unsere Geschäfte nicht im Lichte der Öffentlichkeit abzuwickeln.«

Obwohl Daniel Wims heimlichtuerisches Gehabe zutiefst verabscheute, weil es ihn schmerzlich an eine längst begraben gewähnte Vergangenheit erinnerte, stimmte er, wenn auch nur widerwillig, doch zu.

»Wir treffen uns also bei der Griechin, morgen um die Mittagszeit, und dann erkläre ich Euch, was von Euch erwartet wird.«

»Bei der Griechin?«

»Ach natürlich, Ihr könnt ja unmöglich schon von Marysa gehört haben. Ihr Haus ist für derlei Treffen am besten geeignet.«

»Aber wer ist sie?«

»Eine Dame aus höchsten Kreisen von der Insel Korfu, verlockt von der Aussicht auf eine glorreiche Zukunft, die ihr der venezianische Gouverneur der Insel ausmalte. Sie erklärte sich einverstanden, seine Mätresse zu werden, doch die Zeit verstrich, und keines seiner Versprechen wurde je gehalten. Entrüstet forderte der Vater der Dame den Gouverneur auf, zu seinem Wort zu stehen. Kurz darauf wurde der unglückselige Alte ermordet. Marysa, im festen Glauben an die unparteiische venezianische Rechtsprechung erzogen, ahnte nicht, in welcher Korruption Venedig in den letzten Jahren versunken ist. So beschloß sie, nach Venedig zu reisen und den Gouverneur des Mordes anzuklagen. Doch dabei verwirkte sie nur das bescheidene Vermögen, das sie geerbt hatte. Nun war ihr nichts als ihre glutäugige Schönheit und ihre extravagante Persönlichkeit als Sicherheit geblieben. Doch es gelang ihr, einen außergewöhnlich hohen Kredit bei einem der jüdischen Bankhäuser zu bekommen, zu jenen symbolischen Zinsen, die das Gesetz den Juden aufzwingt. Mit dieser Summe richtete sie sich in einem verlassenen Palazzo ein, den sie, übrigens mit bemerkenswertem Geschick, renovierte und mit Gegenständen ausstattete, die sie für ein Spottgeld bei den jüdischen Gebrauchtwarenhändlern im Ghetto Nuovo erstand. In dieser eleganten Umgebung bietet sie nun mit einer auserwählten Schar von Witwen aus bestem Hause den Patriziern von Venedig und den fremden Besuchern eine Reihe von Vergnügungen an – Musik, geistreiche Konversation über Kunst und Literatur, Glücksspiele – und was sonst auch noch immer. In ihren Salons trifft sich eine solche Vielfalt verschiedener Menschen, daß niemand von irgend jemandem anderen besondere Notiz nimmt oder seine Geschäfte bespitzelt.«

»Und wo befindet sich dieser *lieu de rendez-vous**?«

* (franz.) Treffpunkt.

»In Cannaregio, an der Ecke des Canal Grande und des Rio di San Marcuola.«

»An welcher Ecke, der rechten oder der linken?«

»Rechts, wenn man aus dem Canal Grande einbiegt. Ein recht kleines Haus, aber höchst elegant.«

»Dann bis morgen.«

Einen Monat später verließ Daniel Farrar das »Gasthaus zum Stör« früher als gewöhnlich, um pünktlich zu seiner zweiten Verabredung mit Wim zu gelangen, nachdem er sich einverstanden erklärt hatte, als Buchhalter für ihn zu arbeiten. Äußerst vorsichtig ging er über den schmalen Kai, achtete sorgfältig darauf, nicht an die Weidenkörbe mit Spinat und Petersilie und Zwiebeln und Lauch zu streifen, die man von den dort angebundenen Barken entlud. Im Gegensatz zu den eleganten, zerbrechlich wirkenden Gondeln, die wie Libellen Tag und Nacht über die Wasser Venedigs huschten, waren dies gedrungene, schwerfällige Boote, die jeden Morgen die frische Ware die Brenta hinunter zum Markt am Rialto brachten, um die vielen Einwohner Venedigs zu ernähren, an die einhundertneunzigtausend, sagte man. Auf halbem Weg zum Rialto winkte Daniel ein Boot heran, das ihn nach San Marcuola bringen sollte.

Der dramatische Anblick des Canal Grande von Venedig, wie er da im Herbstsonnenschein lag, unterschied sich so sehr von der steifen Feierlichkeit der schmalen Grachten Amsterdams, daß er in Daniel nicht einmal einen Hauch von Nostalgie weckte. Ihn bezauberte die zarte Schönheit dieser Ansicht, die Luftigkeit, mit der die Palazzi federleicht über der Wasseroberfläche zu schweben schienen, während sich die Spiegelbilder ihrer pastellfarbenen Fassaden im blaß türkisblauen Wasser zu ihren Füßen auflösten. Gotische Formen verschmolzen elegant mit fein gewirktem byzantinischem Filigran aus istrischem Stein, das ihn in seiner Zartheit an Klöppelspitze aus Brügge erinnerte. Die flüssige Bewegung des leichten Bootes, das ihn über die Wasserstraße trug, stand in vollkommenem Einklang mit den zerbrechlich wirkenden Gebäuden, die das Ufer säumten. Diesen Zauber brach jedoch in Daniels Augen die gewaltige Steinmasse des neu erbauten Palazzo Loredan, der sich in Cannaregio düster über dem Kai erhob. Seine Säulen, Bögen, Friese und Balustraden wirkten so schwer, daß das Gebäude dazu verdammt schien, in der Tiefe der Lagune zu versinken, da der morastige Boden, auf dem man es errichtet hatte, eine solche Masse nicht zu tragen vermochte.

In San Marcuola stieg Daniel aus dem Boot. Er hatte noch ein wenig Zeit bis zu seiner Verabredung. Also schlenderte er über den Platz und beobachtete die Straßenverkäufer, die ihre Morgenrunde machten. Hier pries einer mit rauher Stimme den Hausfrauen, die in schrillen Tönen von ihren Fenstern aus mit ihm feilschten, frische Miesmuscheln und silbrige Meeräschen an. Dort lieferte ein anderer Reisigbündel und Feuerholz. Wieder ein anderer zog mit Eimern aus dem Brunnen mitten auf dem Platz Wasser. Er hängte die Eimer an ein Joch, das er auf den Schultern trug, und verkaufte das Wasser denen, die nicht das Privileg eines eigenen Brunnens hatten.

Als sich der Zeitpunkt seiner Verabredung näherte, überquerte Daniel die Brücke, die sich mit ihrem hohen Buckel über den Rio di San Marcuola schwang, sieben Stufen hinauf und sieben Stufen hinab, und ging dann den kurzen, schmalen Weg zum landwärts gelegenen Eingang von Marysas Haus. Frauengelächter, das vom obersten Geschoß an seine Ohren drang, ließ ihn aufblicken. Zwei junge Frauen saßen in der Sonne auf einer nicht überdachten Plattform, die man ziemlich unsicher auf dem Dach des dreistöckigen Gebäudes konstruiert hatte. Auf dem Kopf trugen sie Strohhüte, die löcherig waren wie Siebe. Durch diese Löcher hatten sie dünne Haarsträhnen gezogen, die sie mit an langen Stöcken befestigten Schwämmchen anfeuchteten, welche sie in eine kleine Schüssel zu ihren Füßen tauchten. Der Inhalt dieser Schüssel mußte wohl, vermutete Daniel, das Geheimnis der schimmernden Haare sein, die er bei so vielen eleganten Venezianerinnen schon bewundert hatte. Es war ihm ein wenig peinlich, ganz gegen seinen Willen einen Augenblick lang ungebetener Gast bei dieser intimen Verrichtung zu sein. Er senkte den Blick und trat durch die unverschlossene Tür ins Haus der Griechin ein.

Als er die Treppe zum Salon im ersten Obergeschoß hinaufstieg, stellte er fest, daß die Hausmädchen noch ihre Staubwedel schwenkten, Kissen aufschüttelten, Vorhänge zurückbanden und Fenster öffneten, um den schalen Alkoholgeruch des Vorabends zu vertreiben, ehe die Geschäftigkeit des neuen Tages begann. Das war auch gut so. Jeden Augenblick würde sich Wim zu ihm gesellen, und so wäre ihr kurzes Zwiegespräch bereits beendet, ehe irgend jemand sonst in den Räumen erschien. Die Abrechnung, die er für den Vormonat aufgestellt hatte, steckte säuberlich zusammengefaltet in seiner Rocktasche: erhaltene Beträge ordentlich in einer Spalte aufgelistet, ausgegebene Summen in der anderen Spalte, die Gesamtsumme in beiden Spalten gleich. Als Gegenleistung würde ihm Wim seine fünfundzwanzig Dukaten übergeben und ihm einen Packen unordentlicher, mit krakeliger Schrift bedeckter Papierfetzen in die Hand drücken. Er wurde dafür bezahlt, in diesem Durcheinander einen sinnvollen Zusammenhang auszumachen. Das war keine leichte Aufgabe. Die Namen der Menschen, an die diese Zahlungen gingen, wurden nirgends erwähnt. Es erschienen lediglich Ortsnamen, die er aus den krakeligen Buchstaben und falschen Schreibweisen kaum entziffern konnte. Wenn Wim für irgendeinen Ort eine Abkürzung benutzt hatte, mußte Daniel allein herausfinden, was das wohl zu bedeuten hatte. Denn sobald ihre kurze Besprechung beendet war, verschwand der Holländer spurlos bis zum nächsten Monat.

Daniel maß die Länge des geräumigen Salons mit den Augen ab. Die überall ausgebreiteten türkischen Teppiche dämpften den Klang seiner Schritte. Wie bei seinem ersten Besuch wurde sein Blick hingezogen zu den köstlich sinnlichen Gemälden, die kunstvoll an den Wänden arrangiert waren – Nymphen und Schäfer, die sich miteinander im Wald vergnügten, leicht bekleidete Schönheiten, die in verführerischer Pose auf Sofas lehnten, sehnsuchtsvolle Freier, die sich mit ihrem Lautenspiel das Herz der Geliebten zu erobern hofften. Als er am anderen Ende des Raumes angekommen war, trat er leise hinter einen chinesischen Wandschirm, der einen halb abgeschlossenen Alkoven bildete, in dem sich ein kleines Cembalo mit schwarzen Tasten befand. Daneben waren zwei Notenständer aufgebaut, auf denen einige sichtlich viel gespielte Notenblätter lehnten. Er schaute sich gerade die Namen der Komponisten an – Palestrina, Lassus, Monteverdi –, als Wim lautlos zu ihm trat. Die beiden gingen durch einen Türbogen in einen kleineren Raum neben dem Salon, wo die Hausmädchen gerade die Kartentische und die Stühle für die Spiele des Tages – und des Abends – gerichtet hatten.

Wim verschwendete keine Zeit auf Nebensächlichkeiten, sondern musterte sofort das Stück Papier, das ihm Daniel reichte. Seine kleinen, engstehenden Augen leuchteten auf, als er die säuberlich ausgeführte Bilanz erblickte. Doch er war sorgsam darauf bedacht, seine Befriedigung nicht zum Ausdruck zu bringen, damit Daniel nicht schon beim erstenmal eine Erhöhung seiner Bezüge forderte. Mit raschen, ruckartigen Bewegungen seiner gesunden Hand grub er aus den Tiefen seiner linken Rocktasche eine Handvoll Quittungen, die er auf einen Kartentisch fallen ließ, und zählte dann fünfundzwanzig Golddukaten ab. Daniel raffte alles zusammen und stopfte es in den robusten Lederbeutel, den er heute morgen zu diesem Zweck an seinen Gürtel gehängt hatte. Dann gesellte er sich zu Wim, der ihm bereits einige Schritte in den Salon vorausgegangen war, und fragte wie nebenbei: »Wie wäre es mit einer Partie Bezique, bevor Ihr geht?«

»Nein, tut mir leid, ich habe heute noch viel zu tun, ehe ich meine Runde mache.« Damit verschwand er aus dem Zimmer, lief die Treppe hinunter und verließ das Haus so unauffällig, wie er es betreten hatte. Er glaubte offensichtlich, daß der Anblick von zwei Holländern zusammen bereits ein klarer Beweis für aufrührerische Tätigkeiten war …

»Habe ich da gehört, daß jemand eine Partie Bezique spielen wollte?« ließ sich eine belegte Stimme aus dem oberen Geschoß hören. Ein schwammiger Mann mittleren Alters, das graumelierte Haar zerzaust, die blauen Augen glasig, den wabbeligen Bauch über der schief sitzenden Kniebundhose hängend, kam heruntergeschlendert und legte

Daniel eine schwere Hand auf die Schulter. »Ich bin immer für ein Spielchen zu haben.«

Daniel war nur zu gern einverstanden. Das war genau die Art Gegner, die er mochte, einer, dessen Gedanken völlig von der Sinnenlust benebelt waren.

»Vendramin«, stellte sich der Mann vor, während sie durch den Salon zum Kartenzimmer gingen. »Aus einem Nebenzweig der Familie.«

Während Daniel aus dem französischen Spiel, das auf dem Tisch bereitlag, alle Karten unterhalb der Sieben heraussortierte und die übrigen mit schneller Hand mischte, bestellte Vendramin bei einer der Bedienungen Rotwein, stürzte rasch ein Glas hinunter und legte dann den Einsatz fest.

»So hoch?«

»Nervenkitzel, Risiko, lieber Junge, Nervenkitzel. Sonst hat es doch gar keinen Sinn.«

Daniel sah die Sache nicht ganz so, denn eigentlich war er keine Spielernatur. Ehe er nach Venedig gekommen war, hatte er nur zum Vergnügen gespielt, doch nachdem er den großen Hang der Venezianer zum Glücksspiel erkannt hatte, hatte er rasch gelernt, es als nützliche Einnahmequelle zu sehen. Und jetzt, da Vendramin so offensichtlich von den Vergnügungen der vergangenen Nacht erschöpft war und Daniel sich ausmalen konnte, wie verwirrt sein Gehirn nach zwei, drei weiteren Gläsern Wein sein würde, war er bereit, ihm trotz des Risikos Paroli zu bieten.

Wie immer spielte Daniel konzentriert, behielt alles im Gedächtnis, zog seine Schlüsse, rechnete, nippte kaum am Wein, den sein Gegner auch für ihn einschenken ließ. Als Vendramin endlich begriff, daß er dem zurückhaltenden und nüchternen Daniel nicht gewachsen war, gab er auf, warf die fünfzig Dukaten, die er ihm schuldete, auf den Tisch und schlug eine Runde Würfeln vor.

»Das reine Glücksspiel, da braucht man nicht zu denken«, nuschelte er. Er erhob sich schwankend, um die Würfel aus dem Zinnkästchen am Nebentisch zu holen, und hieb Daniel krachend auf den Rücken, als er zurückkehrte. »Jetzt krieg ich dich«, verkündete er, schüttelte die Elfenbeinwürfel in seinen fleischigen Händen und ließ sie auf den Tisch trudeln.

Doch das Glück blieb Daniel treu. Je mehr Daniel gewann, desto waghalsiger wurde Vendramin. Mit hochrotem Kopf und wilden Augen erhöhte er ständig den Einsatz, höher und immer höher, wie von einer unwiderstehlichen inneren Kraft angetrieben. Beim nächsten Mal, beim nächsten Wurf mußte sich das Rad der Fortuna einfach zu seinen Gunsten drehen! So war es doch mit dem Glück. Es war nur eine Frage der Zeit. Vendramin war so besessen von diesem Glauben, daß er nicht zu begreifen vermochte, was in Wirklichkeit vor sich ging. Im Augenblick jedenfalls blieb das Rad der Fortuna unbeweglich stehen. Und begünstigte weiterhin nur Daniel.

Als sein Gewinn auf eine völlig unrealistische Summe angewachsen war, machte Daniel dem Wahn ein Ende. Er war überzeugt, daß Vendramin derlei Beträge auf keinen Fall würde zahlen können. Das bereitete ihm keine übermäßigen Sorgen. Er würde nehmen, was immer ihm angeboten wurde, und das wäre in jedem Fall ein guter Gewinn für diesen Morgen. Wie gut, das hätte er sich zu diesem Zeitpunkt wohl kaum vorstellen können.

Der Verlierer erhob sich und unternahm den kläglichen Versuch, würdevoll auszusehen. Er stützte sich schwankend mit den Fingerspitzen auf dem Tisch ab, um nicht das

Gleichgewicht zu verlieren, und erklärte feierlich: »Es soll mir keiner nachsagen, daß ein Vendramin seine Spielschulden nicht bezahlt. Die gesamte Einrichtung meines Palazzos hinter San Geremia, der bedauerlicherweise unvollendet geblieben ist, gehört Euch, mein lieber Herr, bis hin zum letzten goldenen Kelch.«

Nach diesen Worten taumelte er aus dem Salon, stolperte die Treppe hinunter und verließ das Haus durch den Ausgang zum Kanal hin, wo sein Gondoliere im Bug seines Bootes vor sich hin döste und geduldig auf seinen auf Abwege geratenen Herren wartete.

Ein wenig später folgte ihm Daniel Farrar, noch ganz benommen von der unglaublichen Wendung, die seine Geschicke genommen hatten. Als er aus dem Salon auf den Treppenabsatz trat, wäre er beinahe mit einer Gestalt in Scharlachrot zusammengestoßen, die vom oberen Geschoß heruntergeflitzt kam. Er machte einen Schritt zurück, um sie vorüberzulassen, folgte ihr mit Blicken, als sie mit wehendem dunklem Haar weiter die Treppe hinunterrannte. Die Freiheit ihrer Bewegungen, die ungezügelte Weite ihrer energiegeladenen Schritte, die Schlankheit ihrer hohen biegsamen Taille, all das raubte ihm beinahe den Atem. Doch ehe er Zeit hatte, darüber nachzudenken, war sie auch schon verschwunden, und es blieb nur ein sanfter Hauch ihres Parfüms zurück.

Kapitel 3

Die in scharlachrote Gewänder gekleidete Gestalt, die durch die schmale Gasse hinter der Kirche von San Marcuola eilte, war kaum aus dem Blickfeld des einen Kartenspielers verschwunden, als sie im Visier eines anderen auftauchte. Raffaelo Motta saß mit dem Gesicht zum Fenster in einer kleinen Taverne, und seine tief zerfurchte Stirn war vor Wut und Verwirrung in Falten gelegt. Er sprang rasch auf, zog die Summe, die er seinen Mitspielern schuldete, in *soldi* und *piccoli* aus den zerfransten Taschen seiner speckigen schwarzen Hose, warf sie auf den Tisch, setzte sich die gelbe Mütze schräg auf den Kopf und stürzte nach draußen.

»Warte! Warte!« schrie er wütend und lief mit schweren Schritten hinter der geschmeidigen Gestalt her. Die aber ignorierte sein Rufen vollkommen.

Die Dame in Rot führte ihren Verfolger auf einer verwirrenden Jagd durch das dichte Netz der kleinen Gäßchen zwischen San Marcuola und dem Ghetto Nuovo. Doch er kannte diese Gegend mindestens ebensogut wie sie. Schließlich holte er sie am Ende der Calle Fanese ein. In ihrem eiligen Lauf zur schmalen Brücke, die über den Kanal zum Ghetto Nuovo und ins jüdische Wohnviertel führte, war sie mit einem Gondoliere zusammengestoßen, der gerade sein Boot dort angebunden hatte und auf die Brücke treten wollte. Motta packte die Frau beim wehenden Haar. Dann nahm er ihre Arme mit festem Griff und zog sie ein paar Schritte auf die weniger belebte Gasse beim Campo Briani. Obwohl sie Motta beinahe um Haupteslänge überragte, schaffte er es doch, sie schließlich gegen eine Wand zu drücken, die von Rissen durchzogen war und von der vor Feuchtigkeit der Putz abblätterte. Noch völlig außer Atem, machte er seiner Wut Luft: »Wie kannst du es wagen, mir solche Schande zu bereiten?«

»Mehr Schande, als du ohnehin schon hast?«

Motta hob eine Hand, um sie auf die Wange zu schlagen, aber dadurch entkam sie einen Augenblick seinem Klammergriff und duckte sich weg.

»Zumindest habe ich eine Methode gefunden, mir meinen Lebensunterhalt zu verdienen. *Mich* muß niemand aus Barmherzigkeit einstellen, damit ich meine Schulden bezahlen kann.«

»Man hat mich nicht aus Barmherzigkeit eingestellt«, schäumte Raffaelo Motta. »Ich bin hochbegehrt wegen meiner Gelehrsamkeit und meiner unvergleichlichen Art, sie anderen zu vermitteln.«

»Seltsame Gelehrsamkeit, die dir nicht beibringt, daß es deine vornehmste Pflicht wäre, für deine Frau und deine Familie zu sorgen. Ich weiß, was du heute morgen gemacht hast. Hast die zweihundertfünfzig Golddukaten verspielt, die du dir mit dem Verkauf deiner hebräischen Bücher verdient hast. Wieviel hast du verloren?«

»*Ich* habe nur Geld verloren. Durch dich werde ich nun auch noch meine Ehre verlieren.«

»*Deine* Ehre! Und was ist mit meiner? Glaubst du etwa, es ist dem Ruf deiner verwitweten Tochter förderlich, wenn du, mein Vater, als Spieler bekannt bist, der seine Leidenschaft nicht zügeln kann? Hättest du nicht das bißchen verloren, das du mit deinen gelehrten Schriften verdienst, dann wäre vielleicht genug für eine bescheidene Mitgift für mich da, und ich könnte mich wieder verheiraten und die Hölle verlassen, zu der dein Haus geworden ist. So begebe ich mich an einen Ort, wo niemand etwas von dir weiß, und werde dort wenigstens mit einem Quentchen Respekt behandelt.«

»Und wo genau befindet sich dieses ›respektable‹ Etablissement, wenn mir diese Bezeichnung gestattet sei?«

»Was gibt dir das Recht, mich so etwas zu fragen?« brauste Diana auf. »Erwartest du wirklich, daß ich es dir sage, damit du mich auch dorthin verfolgst, womöglich die Hausherrin um eine Anleihe angehst? Ich enttäusche dich ungern, aber es ist nicht die Art von Etablissement, die du meinst. Und jetzt entschuldige mich, ich muß nach Hause und nachsehen, wie es Mutter geht.«

»Was ist denn mit ihr?«

»Das gleiche wie jedes Jahr im Herbst, wenn es kühler wird. Ihre Gelenke quälen sie sehr.«

»Das hat sie mit der Hälfte der Bevölkerung von Venedig gemeinsam. Was kann man schon erwarten, wenn man auf dem Wasser wohnt?«

»Man kann von seinem Ehemann, einem, der so überzeugend vom grundlegenden Prinzip des ›Liebe deinen Nächsten wie dich selbst‹ predigt, erwarten, daß er alles in seiner Macht Stehende tut, um das Leben seiner Frau so bequem wie nur irgend möglich zu machen. Daß er zum Beispiel dafür sorgt, daß sie genug Geld hat, um ihren bescheidenen Haushalt zu führen und um sich eine bezahlte Hilfe für die schweren Arbeiten zu verdingen, daß er zum Beispiel eine Wohnung in einer unteren Etage mietet, damit sie nicht sieben Stockwerke über wackelige Treppen hinaufsteigen muß, daß er zum Beispiel ab und zu ein wenig Mitgefühl für sie an den Tag legt. Was hat sie denn schon davon, daß Prinzen und Herren und Gelehrte aus ganz Europa zum Ghetto Vecchio kommen, um dich am Sabbat in der Synagoge predigen zu hören? Nur daß dir der Kopf vor Stolz und Wichtigkeit noch mehr anschwillt und daß du es für dein gutes Recht hältst, ihr Leben zu verspielen.«

»Ich hätte mich niemals darauf einlassen dürfen, sie zu heiraten. Das war der größte Fehler meines Lebens.«

»Und das wirst du sie nie vergessen lassen.«

»Ich war einfach nicht ich selbst«, murmelte Motta und lockerte den Klammergriff um die Oberarme seiner Tochter ein wenig. »Ich war verrückt vor Trauer, als ihre Schwester am Vorabend des Tages starb, der unser Hochzeitstag hätte sein sollen. Ihre Familie hat mich zu dieser anderen Hochzeit überredet, und ich hatte nicht die Willenskraft, mich ihnen zu widersetzen.«

»Genausowenig, wie du die Willenskraft hast, einer Runde Karten zu widerstehen. Ein weiser Mann, der sich selbst kennt, sollte doch seine Schwächen überwinden können«, warf ihm Diana entgegen, als sie sich von ihm losriß und mit einem Rauschen ihres scharlachroten Gewandes nach Hause rannte.

Raffaelo Motta folgte ihr nicht. Er konnte den Gedanken nicht ertragen, in Begleitung seiner ungebärdigen Tochter auf den vor Menschen nur so wimmelnden Gassen des engen jüdischen Wohnviertels gesehen zu werden. Das würde doch bedeuten, daß er ihr Verhalten öffentlich guthieß. Sollte sie allein den entrüsteten Blicken und anzüglichen Bemerkungen die Stirn bieten! Sie hatte diese Schmach wahrlich verdient. Schon vor langer Zeit hatte sie alle Fesseln abgeworfen, jeglichen Respekt vor dem Fünften Gebot verloren. Ohne den leisesten Anschein eines Zögerns riß sie ihm erbarmungslos die schöne Maske vom Gesicht, die sein Ruf als hervorragender Gelehrte ihm verliehen hatte. Und dann hielt sie ihm den Spiegel vor, in dem er sein inneres Selbst in seiner ganzen Häßlichkeit begutachten konnte.

Verärgert über den Verrat seiner Tochter, die seine Selbstachtung mit einigen wohlgesetzten Worten zerstört hatte, betrat Raffaelo Motta eine heruntergekommene Taverne am Campo Briani, trank ein Glas billigen Wein, der ihm wie eine Raspel über die Zunge fuhr, und begann sein Gewissen zu erforschen. Doch wie immer kam ihm das Selbstmitleid dazwischen. Ein Erdbeben und die Flucht seiner Eltern von Ferrara nach Venedig hatten seine Geburt verfrüht. Mehr noch: er war als Steißgeburt auf die Welt gekommen. Von Anfang an hatten die Zeichen für ihn schlecht gestanden. Auf dem Rückweg nach Ferrara hatte auch noch ein Christ versucht, ihn seinen Eltern zu rauben. Kaum ein vielversprechender Anfang für ein Leben. Aber damit nicht genug.

Als er neun Jahre alt war, hatten sich die Sterne völlig gegen die Familie Motta verschworen. Durch betrügerische Machenschaften des Kardinals Alvise d'Este war sein Vater zu Unrecht eingekerkert worden, und die Familie verlor ihre gesamte Habe, nicht weniger als 8000 Dukaten. Trotzdem hatte Isaac Motta, der die auffällige Intelligenz bemerkt hatte, die sein Sohn bereits in jungen Jahren zeigte, dafür gesorgt, daß Raffaelo von den besten Lehrern unterrichtet wurde, die er sich leisten konnte, nicht nur im Hebräischen und in der jüdischen Lehre, sondern auch in Italienisch, Musik, Tanz und Korrespondenz. Bei all dieser Bildung, die man ihm angedeihen ließ, hatte man von ihm erwartet, daß er in der Lage sein würde, sich seinen Lebensunterhalt zu verdienen. Aber war es nicht offensichtlich, daß er sich dem Glücksspiel zuwenden mußte, um sein mageres Einkommen aufzubessern, das er sich mit seelenlosen

Tätigkeiten wie dem Unterrichten, dem Verfassen von Nachrufen, der Übersetzung von Schriftstücken oder dem Schreiben von Handbüchern für seine Schüler gerade eben mühsam zusammenkratzen konnte? Welche andere Wahl bot sich ihm denn? So bestand doch wenigstens immer die Hoffnung, daß er an einem Tag, wenn das Horoskop günstig war, auch gewinnen würde? Früher oder später mußten die Sterne einmal gut für ihn stehen, und dann würde er das Vermögen zurückgewinnen, um das man seinen Vater betrogen hatte. War das für seine Frau und seine Tochter wirklich so schwer zu verstehen? Denn daß ihm das Risiko des Spiels unsägliches Vergnügen bereitete, daß ihm die Spannung ein unvergleichliches Hochgefühl verschaffte, das gestand er nicht einmal sich selbst ein.

Zum Glück hatte er noch seinen Sohn. Angelo verstand ihn, äußerte nie auch nur ein Wort des Tadels, tat, was er konnte, um den Vater in seinem Kampf um die Wiedergewinnung der Reichtümer zu unterstützen, die der für sein Geburtsrecht hielt. Schwerfällig erhob sich Raffaelo, verließ die Taverne und wandte seine Schritte zum jüdischen Viertel, um seinen Sohn zu suchen.

Als er die wackelige Brücke überquerte, die vom Ghetto Vecchio, was eigentlich übersetzt »Die Alte Gießerei« hieß, in das Stadtviertel führte, in dem sich früher dessen Nachfolger, das Ghetto Nuovo, befunden hatte, erspähte Raffaelo Motta seinen Sohn Angelo, der rasch durch die Menschenmenge auf ihn zukam. Aufgewühlt und mit vor Erregung hochroten Wangen umarmte der junge Mann seinen Vater.

»Wir haben es beinahe geschafft!« rief Angelo aus. »Es funktioniert alles prächtig. Das Ergebnis ist wunderbar. Es ist all die Mühe wert und all den Ärger mit den Leuten, die sich über den Rauch und den Knoblauchgestank beschwert haben. Jetzt müssen wir nur noch das Silber hinzufügen.«

»Bist du sicher, daß Pater Grillo dich nicht hintergangen hat? Wenn es stimmt, was er behauptet, warum sollte er dann sein Geheimnis mit dir teilen wollen?«

»Er ist ein alter Mann. Und als Priester hat er niemanden, dem er es hinterlassen könnte. Er möchte sein Wissen nicht mit ins Grab nehmen.«

»Aber warum hat er ausgerechnet dich als seinen Erben ausgewählt?«

»Die anderen konnten den ekligen Geruch nicht ertragen und haben von den Dämpfen Kopfschmerzen bekommen. Außerdem war ich bei weitem sein begabtester Schüler. Komm, Vater, komm und sieh es dir an, es ist wirklich beinahe ein Wunder.«

Raffaelo Motta folgte seinem Sohn zu dem Schuppen, den er auf dem winzigen, niedrig gelegenen Platz zwischen dem Corte dell' Orto und dem Rio del Ghetto Nuovo errichtet hatte. Als sie näher kamen, hielt er sich ein Taschentuch vor Mund und Nase. »Es überrascht mich nicht, daß sich die Leute beschweren«, murmelte er.

»Sie werden uns schon bald bitten und betteln, sie zu beliefern. Darin liegt ein Vermögen verborgen, Vater, ein riesiges Vermögen.«

Die beiden Männer beugten den Kopf, als sie durch die niedrige Tür in den wackeligen Schuppen traten. Raffaelo Motta brauchte eine Weile, bis er etwas sah, denn wabernde Dämpfe vernebelten den gesamten Raum. Doch schließlich konnte er eine ganze Hexenküche mit Kesseln und Feuerstellen ausmachen, mit Schläuchen und Zylindern, die mit grauen und gelblichen Substanzen gefüllt waren.

Etwas abseits stand ein kleiner Schmelztiegel, der mit einem Tuch abgedeckt war. Angelo enthüllte ihn mit dramatischer Geste. Auf dem Grund des Tiegels lag schimmernd wie Silber ein Klümpchen weißes Metall.

Motta stockte der Atem. »Unglaublich«, murmelte er, »ganz unglaublich.«

»Wenn erst einmal das echte Silber hinzugefügt ist, wird die Verwandlung vollständig sein. Davon träumen die Menschen schon seit Jahrhunderten.«

»Wie lange wird es dauern, bis der Prozeß vollendet ist?«

»Nur ein, zwei Tage.«

»Es hat also mehr als zwei Monate in Anspruch genommen.«

»Gut Ding will Weile haben, Vater.«

»Das werden wir sehen, mein Sohn. Wir wollen nichts übereilen. Vom Anschein des Metalls einmal abgesehen, können wir nicht sicher sein, daß wir neun Teile einer Mischung aus Kupfer und Arsen und ein Teil Silber zu zehn Teilen echtem Silber verwandelt haben, ehe das Metall nicht die Echtheitsprüfung durch Kuppelation bestanden hat. Ehe es nicht offiziell als Silber anerkannt ist, dürfen wir wohl kaum wagen, uns über unseren Erfolg zu freuen.«

»Das wird aber geschehen, Vater. Das Arsen macht es.«

»Bist du sicher? Wird nicht der Knoblauchgeruch die Prüfer stutzen lassen?«

»Natürlich nicht. Der verfliegt, wenn der Prozeß erst einmal in … in …«

Angelo wurde von einem heftigen Hustenanfall geschüttelt.

»Komm, du brauchst ein bißchen frische Luft.«

Behutsam führte Raffaelo seinen Sohn nach draußen, während sich der ein Taschentuch vor den Mund hielt. Als er es fortnahm, bemerkte Raffaelo darauf kleine Bluttröpfchen.

»Mein lieber Junge, bist du sicher, daß es dir gut geht?«

»Natürlich. Das ist nichts. Es gibt sich wieder. Absolut kein Grund zur Sorge. Ich habe mich nie im Leben besser gefühlt. Denk nur, Vater, eine ansehnliche Mitgift für Diana, eine geräumige Wohnung in einem unteren Geschoß für Mutter, feine neue Gewänder mit Kragen aus flämischer Spitze für uns beide und für die Frauen elegante Kleider nach der neuesten Mode und die schönsten Juwelen, die es zu kaufen gibt. Du, lieber Vater, wirst über alle Maßen reich sein, kannst endlich das verhaßte Unterrichten aufgeben, dich ganz deinen Schriften und deinem Bibelkommentar widmen. Dann magst du nach Herzenslust Karten spielen und würfeln, und niemand wird es wagen, dich dafür zu tadeln. Freiheit, die Freiheit, die nur Geld kaufen kann, die werden wir haben. Geld, das wir ganz nach unserem Willen machen können.«

Raffaelo Mottas tiefliegende braune Augen, die gewöhnlich hell und lebhaft waren, wenn er sprach, und melancholisch blickten, wenn er in Schweigen versank, blitzten und strahlten nun, als er sich die Zukunft vorstellte, die ihm sein Sohn ausgemalt hatte. Er war so begeistert, und sein Kopf war so randvoll mit Plänen und Träumen, daß er beinahe Musa Amsaleg nicht bemerkt hätte, der just in diesem Augenblick aus seinem nahe gelegenen Lagerhaus kam, gefolgt von zwei Trägern, die unter prall gefüllten Weizensäcken gebeugt gingen.

»Ah! Der höchst ehrenwerte Rabbi Motta, welch eine glückliche Fügung!« rief der türkische Kaufmann in schmeichlerischem Ton und neigte den von einem Turban gekrönten Kopf tief. Er baute seine korpulente, in einen

Kaftan gehüllte Gestalt vor Raffaelo auf und erklärte hastig: »Schon länger hege ich die Absicht, Euch einen Besuch abzustatten, aber da ich weiß, wie sehr Ihr von Euren Studien in Anspruch genommen seid ...«

»Ja, das bin ich wahrhaftig«, bestätigte ihm Raffaelo mit Nachdruck.

»Ich bitte Euch von ganzem Herzen um Entschuldigung, daß ich Euch mit einer so nebensächlichen Angelegenheit behellige, aber ich wäre Euch ewig verbunden, wenn Ihr mir die Ehre erweisen könntet, mich in jenen Gebieten zu unterrichten, in denen mich mein Unwissen zutiefst quält, nämlich in der italienischen Sprache und in den Werken unserer jüdischen Weisen, die ich nie zu studieren die Gelegenheit gefunden habe. Die Entlohnung würde Eurem großen Ruhm als Gelehrter entsprechen – und meinem Ruf als begüterter Mann.«

Aber Raffaelo Motta war nicht in der Laune, Musa Amsaleg weiter anzuhören. Von allen Arbeiten war ihm das Unterrichten am meisten zuwider, und er widmete sich ihm nur aus äußerster Not. Mit der Aussicht auf die unbegrenzten Reichtümer, die in Angelos Röhren und Schmelztiegeln entstehen würden, was brauchte er da die »Entlohnung« dieses lästigen Mannes? Seit Musa im Ghetto angekommen war und sich der levantinischen Gemeinde angeschlossen hatte, war er verzweifelt darauf bedacht, sich bei der alteingesessenen italienischen Gemeinde einzuschmeicheln, allen voraus bei Motta. Er hatte seiner Synagoge großzügige Beträge gestiftet, ihm an den hohen Feiertagen wunderschöne Geschenke geschickt – eine silberne Vorlegeplatte an Pessach, einen goldenen Weinkelch am Vorabend des neuen Jahres –, die Motta beide längst diskret verpfändet hatte. Doch selbst derlei noble Gesten von seiten eines Neuankömmlings konnten das nicht aufwiegen, was Raffaelo bei dem Türken als einen grauenvollen Mangel an Kultur ansah. Zudem empfand er Musas Unterwürfigkeit als unerträglich.

»Im Augenblick ist das völlig unmöglich. Ich brauche all meine Zeit für den Kommentar, den ich zur Bibel verfasse«, log er und fügte dann vorsichtig hinzu: »Vielleicht später.«

Mit diesen Worten drängte Raffaelo Motta sich an Musas massiver Gestalt vorbei und eilte über die Brücke zurück zum Campo del Ghetto Nuovo. Die aufgeregten Gedanken, die ihm durch den Kopf schwirrten, waren im schönsten Einklang mit dem Getümmel auf dem vor Menschen nur so wimmelnden Platz. Ein stetiger Strom von Schiffsbauern, Stauern, Schreibern und Zeichnern kam und ging von den Bankhäusern. Dort hatten sie als Pfand die wenigen Wertgegenstände hinterlassen, die sie noch besaßen – einen Ehering, eine Flöte, einen Teppich, vielleicht ein Buch oder ein silbernes Tintenfaß. Weder der Verleiher noch der Leiher machten bei diesen kleinen Transaktionen einen Gewinn, aber in Venedig waren harte Zeiten angebrochen. Die Piraten hatten sich zu einer solchen Gefahr für den Seehandel der Republik entwickelt, daß die großen venezianischen Familien das Meer inzwischen den jüdischen Händlern von der levantinischen Küste überlassen hatten, den einzigen, die noch bereit waren, die damit verbundenen Risiken auf sich zu nehmen. Diese drastische Abnahme des Fernhandels hatte dazu geführt, daß in der Republik Venedig viele kleine Leute völlig verarmt waren. Doch da die Regierenden der Lagune entschlossen waren, Gesetz und Ordnung auf den Inseln aufrechtzuerhalten, hatten sie die jüdischen Bankhäuser verpflichtet, den Bedürftigen zu lächerlich geringen Zinsen, die sie ihnen per

Gesetz diktierten, Geld zu leihen. So, glaubten sie, würden die Armen nicht in völlige Verzweiflung fallen, die unweigerlich zum Aufstand führen würde. Wenn er diese Menschen sah, stieg in Raffaelo Motta der Groll hoch. Ihm, dem Juden, verbot das venezianische Gesetz, sich bei den Banken Geld zu leihen, die von seinen Glaubensbrüdern betrieben wurden. Deren ausschließliche Aufgabe war es, armen Christen beizustehen, nicht, armen Juden zu helfen.

Durch das Gewimmel dieser arg bedrängten Christen bahnten sich Ladenbesitzer und Handwerker vom Rialto einen Weg, die gekommen waren, um bei den Großhändlern Seide und Eiderdaunen aus Belgrad, Mohairstoffe und Angorawolle, Leder und Felle einzukaufen. Motta erhaschte einen Blick darauf, wie Iseppo, ein Kaufmann von hervorragendem Ruf, der mit Schmuck und *objets d'art** handelte, gerade mit dem Beauftragten des französischen Botschafters in einem schmalen Türdurchgang verschwand. Die hochaufgeschossene weißhaarige Gestalt des Nicolas de Renault war inzwischen im Ghetto ein vertrauter Anblick. Alle wußten, daß er stets nach einem hervorragenden Schmuckstück oder Kunstgegenstand Ausschau hielt, die ein trauriges Schicksal hierhergebracht hatte und die durch ihn nun den Weg zum strahlenden Hof Ludwigs XIII. finden würden. Obwohl den Juden offiziell der Handel mit Schmuck und Juwelen verboten war – genau wie jede andere Einnahmequelle mit Ausnahme des Geldverleihs, des Handels mit Gebrauchtwaren und des Seehandels, wenn sie den Fängen der Piraten entgehen konnten –, drückten die Behörden in diesem Fall ein Auge zu. In wenigen Tagen, überlegte Raffaelo leise lächelnd, würde er hier

* (franz.) Kunstgegenstände.

das schönste Schmuckstück erwerben, das dann den erschlaffenden Busen seiner überaus geduldigen Ehefrau zieren würde. Vielleicht könnte er auf diese Weise endlich das Schweigen brechen, in das sie sich so störrisch zurückgezogen hatte.

Raffaelo Motta trat durch den schmalen Eingang vom Campo del Ghetto Nuovo ins Haus und begann die steile Holztreppe hinaufzusteigen. Der von allen Seiten herandringende ohrenbetäubende Lärm aus den vielen winzigen Wohnungen, an denen er auf seinem Weg nach oben vorüberkam, erzürnte ihn heute nicht wie sonst, wenn er versuchte, sich auf das Schreiben einer Predigt zu konzentrieren. Ganz im Gegenteil: heute war er milde gestimmt und duldete freudig den Jungen im vierten Stock, der widerwillig auf seiner Geige herumkratzte und dessen Mutter fest überzeugt war, er sei begabt genug, um einmal Schüler des großen Monteverdi zu werden, des *maestro di cappella* an San Marco, keines Geringeren, obwohl doch allen das Gegenteil ohrenfällig war. Heute verspürte er nichts als Mitleid für den armen Schlucker, der einmal seinen Lebensunterhalt damit verdient hatte, alte Matratzen auszuschlagen und neu zu füllen, der nun aber nicht mehr arbeiten konnte, weil ihm ein furchtbarer Husten die letzten jammervollen Tage auf Erden zur Qual machte. Und während er mühsam zum siebten Stock hinaufschnaufte, unterdrückte er ein wissendes Grinsen, als er die Seufzer und das Stöhnen der kecken Näherin und ihres Ehemannes hörte, die nebenan wohnten. Sie waren schon wieder bei der Sache, konnten ihrer Leidenschaft füreinander nicht widerstehen, und das am hellichten Tage! Ein pfiffiges Pärchen waren die beiden: Sie wusch und flickte getragene Kleidungsstücke so sorgfältig, daß sie beinahe wie neu aussahen, und er verkaufte sie in der Gegend um das Arsenal, wo so viele gelernte Rudermacher, Kalfaterer und Zimmerleute herumlungerten, die heutzutage ohne Arbeit waren. Selbst der Gestank der gemeinsam genutzten Toiletten schien Raffael Motta heute weniger ekelerregend, als er an ihnen vorbeieilte und in seine eigene beengte Wohnung eintrat. Er war in einer solchen Hochstimmung, daß er gar seiner Gattin einen flüchtigen Kuß auf die kühle Wange hauchte und sich nach ihren Gelenken erkundigte. Doch sie zuckte nur mit den knochigen Schultern, kniff die Lippen zusammen und wandte sich ab.

Von seiner Tochter war keine Spur zu sehen.

Kapitel 4

Nun sackten die letzten beiden Samtvorhänge in formlosen scharlachroten Falten von der Decke zu Boden und ließen die Stäubchen im Sonnenlicht tanzen. Säuberlich notierte Daniel Farrar in seinem Büchlein: *Drei Paar rote Samtbehänge, sechs bis sieben Ellen lang (großer Salon).* Er gestattete sich ein kleines trauriges Lächeln. Großartig war dieser Salon längst nicht mehr, nur noch ein weitläufiger hallender Raum, so jammervoll wie die nie fertiggestellten oberen Etagen. Es war eine anstrengende Aufgabe gewesen, all die Möbelpacker zu überwachen, die in den Palazzo ausgeschwärmt waren, den geübten Bewegungen ihrer kräftigen Gliedmaßen zu folgen, während sie in der Mitte des Salons im Hauptgeschoß des Hauses all die Gegenstände aufreihten, die Generationen von edlen Mitgliedern der Familie Vendramin zusammengetragen hatten. Wie alle venezianischen Patrizier waren auch die Vendramins einmal wohlhabende Kaufleute gewesen, die ihre Reichtümer in jenen Tagen angehäuft hatten, als die Republik Venedig die uneingeschränkte Herrschaft über den einträglichen Ost-West-Handel im Mittelmeer gehabt hatte. Ihre Handelsschiffe hatten kostbare Ladungen von Seide und Gewürzen, die über Land vom Orient nach Alexandria oder Konstantinopel, Smyrna oder Antiochien gelangt waren, nach Venedig gebracht. Von dort hatte man die Waren dann nach West- und Nordeuropa weitergeleitet. Doch nun war über ein Jahrhundert vergangen, seit Vasco da Gama den direkten Seeweg von Europa nach Indien entdeckt hatte. Jetzt konnten die Waren gleich vom Ausgangs- zum

Bestimmungsort transportiert werden, und das Mittelmeer, einstmals die einzige Verbindung zum Orient, spielte dabei keine Rolle mehr. Venedig war nicht länger ein Umschlagplatz für Waren aus fernen Ländern. Und als wäre dieser vernichtende Schlag gegen die Handelsinteressen der Republik nicht schon hart genug gewesen, bedrohten jetzt auch noch die Türken ständig die Vorherrschaft Venedigs über das Mittelmeer, seit Konstantinopel 1453 dem Angriff der Ottomanen zum Opfer gefallen war. Doch trotz all dieser Katastrophen lebten die Vendramins als echte Venezianer, die sie waren, so weiter wie bisher: auf größtem Fuß und im feinsten Stil. Wenn man schon unterging, dann mit Eleganz und Würde.

Nun war Daniel Farrar das Los zugefallen, das zusammenzuraffen, was noch von ihrer Pracht geblieben war – die Truhen und Teppiche, Tische und Tapisserien, Gemälde und Gobelins, Statuen und Silbersachen, die Goldkelche, die Betten samt Bettvorhängen und Laken. Es hatte sich ausgezahlt, daß er die Räumung des Palazzo so genau überwacht hatte, überlegte er zufrieden, während er mit Kennerhand über die Wölbung der Nautilusmuschel strich, die er eifersüchtig in ihrer Wandnische hütete. Höflich, aber bestimmt hatte er sie vor den schmierigen Händen eines Packers bewahrt, der sie gerade herunternehmen wollte. Dieses Stück stand nicht zum Verkauf. Daniel hatte die Nautilusmuschel erkannt, sobald sein Auge darauf gefallen war. Es war eine von zwei beinahe identischen Muscheln, die sein Vater in Amsterdam von einem Ostindienfahrer erworben hatte. Wochenlang hatte David Farrar an den silbernen Fassungen gearbeitet, hatte mit Engelsgeduld die Schiffskörper geformt, dann die winzigen Gestalten mit dem erhobenen Speer im Bug, mit denen er sie gekrönt hatte. Daniel hatte zwar gewußt, daß die beiden Muscheln irgendwie nach Italien gelangt waren, nicht aber, wer sie dort gekauft hatte. Daß nun der Fall der Würfel dazu geführt hatte, daß eine davon wieder in die Hand eines Farrar gekommen war, das war wirklich ein wahres Wunder, ein gutes Omen für Daniels Zukunft in dieser schwimmenden Stadt.

Er überprüfte gerade noch einmal seine Liste und verglich sie mit der Ansammlung von Gegenständen, die im Salon aufgereiht standen, als ein wohlhabend aussehender Mann mit raschen Schritten die Treppe zum Hauptgeschoß heraufkam und in den Raum trat. Der gepflegte Herr trug die Kniebundhosen im neuesten venezianischen Stil gebunden, aus seinem enganliegenden Wams schaute ein schneeweißer Kragen mit Spitzensaum. Gewiß war es der Händler, in dessen Namen die Packer hier gewesen waren. Er würde das, was sich noch im Palazzo befand, schätzen und ihm, dem gegenwärtigen Besitzer, eine ihm angemessen erscheinende Summe dafür anbieten. Daniel waren all diese Reichtümer so plötzlich zugefallen, daß er kaum die Zeit gefunden hatte, sich selbst eine Vorstellung von dem Wert zu machen, den sie auf dem venezianischen Markt haben würden. Außerdem hatte ihm niemand gesagt, wie sehr man den Juden trauen konnte, die in Venedig den Gebrauchtwarenhandel kontrollierten. Doch er ließ sich seine Unsicherheit nicht anmerken. Er war von mehr als durchschnittlicher Größe und mit einer kräftigen Statur gesegnet, und er machte durchaus den Anschein eines Mannes, der seinen Platz im Leben zu behaupten weiß. Mit ruhigem Selbstbewußtsein blickte er dem Händler geradeheraus in die Augen.

Nach einem ersten abschätzenden Blick auf die versammelten Gegenstände machte sich Iseppo geschäftsmäßig und nüchtern daran, alles in näheren Augenschein zu nehmen. Hier überprüfte er die Intarsien in der Tür eines Schränkchens auf Splitter und fehlende Teile. Dort hob er die Ecke eines türkischen Teppichs an, um die Fadendichte zu studieren. Oder er zupfte sacht an den Saiten einer Geige, um ihren Klang zu beurteilen. Doch all seine kühle Zurückhaltung fiel von ihm ab, als er die Leinwandabdeckung von zwei Gemälden zog.

»Wer, sagtet Ihr, waren die letzten Bewohner dieses Hauses?« erkundigte er sich bei Daniel.

»Soweit ich weiß, ein Nebenzweig der Familie Vendramin.«

»Dachte ich es mir doch. Die Vendramins haben immer das Werk von Zorzo da Castelfranco sehr bewundert – oder Giorgione, wie man ihn wohl heute nennt. Wirklich tragisch, daß er so jung sterben mußte, ein derart vielversprechendes Talent. Und so mutig, mit der florentinischen Tradition der Vorzeichnung zu brechen und immer gleich auf die Leinwand zu malen. Das macht, wie Ihr sehen könnt, die Umrisse viel weicher, die Farben zarter, und durch den lebendigen Pinselstrich scheint das ganze Bild zu pulsieren. Was haben wir also hier? Ah! Zwei von den drei Lebensaltern der Frau, dies hier die ängstliche junge Braut, rein und jungfräulich. Und hier die alte Frau, von der Zeit gezeichnet. Und beide auf dunklem Hintergrund – ein Geniestreich! Die älteren Vendramins, die wußten schon, was gut ist. Aber die jüngeren, die in den Reichtum hineingeboren wurden, die hatten nur noch eins im Sinn: ihren eigenen übermäßigen Appetit zu stillen und das zu verprassen, was ihre Vorfahren hart erkämpft und mit schwerer Arbeit erworben hatten.« Nach kurzem Überlegen wandte er den Blick von den beiden Meisterwerken ab und sagte in knappem Ton zu Daniel: »Und nun seid Ihr der glückliche Besitzer?«

»Ja.«

»Und denkt wahrscheinlich, daß Euch ein Vermögen in den Schoß gefallen ist?«

»Ein bescheidenes Vermögen, ja.«

»Es bereitet mir kein Vergnügen, Euch diese Illusion rauben zu müssen. Die Zeiten haben sich geändert – und das ist nicht etwa das schlaue Gerede eines raffgierigen Kaufmanns. Denn wenn wir nicht im Rufe stünden, unsere Geschäfte so abzuwickeln, wie es recht und billig ist, wir würden kaum überleben. Doch die nackten Tatsachen sind nun einmal so: Menschen, die die nötigen Mittel hätten, die kostbareren Stücke zu erwerben, sind am Rialto recht rar geworden, denn die alten Patrizierfamilien ziehen aufs Festland und suchen dort ihr Glück. Wißt Ihr, wo diese Gegenstände landen werden?«

»Nein.«

»Diejenigen, die einen echten Wert besitzen, werden sofort von ausländischen Diplomaten erworben, entweder für die eigene Sammlung oder für Landsleute, als deren Mittelsmänner sie tätig sind. Der Rest wird verliehen, um leere Palazzi damit zu möblieren, die die Republik den Würdenträgern zur Verfügung stellt, die hier zu Besuch weilen. Wenn sie erst ein paarmal hin und her getragen worden sind, um als Dekoration für Bälle und Bankette zu dienen, dann sind die Teppiche verschlissen und fleckig, die Wandbehänge schäbig, die Möbel zerkratzt und abgeschlagen. Kurz gesagt, alles wird rasch abgenutzt sein und schließlich für ein Butterbrot verkauft werden, um das Boudoir einer ehrgeizigen Kurtisane zu möblieren, die sich einen Platz in der feinen Gesellschaft erobern will.«

»Das soll meine Sorge nicht sein«, antwortete Daniel trocken und reserviert.

»Aber meine muß es sein. So wie ich es sehe, hat man viele wertvolle Gegenstände, die einst diesen Palazzo zierten, schon verscherbelt, ehe Ihr in ihren Besitz gelangtet. Zufällig habe ich die Nautilusmuschel verkauft, die mit der dort drüben in der Nische ein Paar bildet. Für die hätte ich sofort einen Abnehmer.«

»Ich bedaure, Euch mitteilen zu müssen, daß sie nicht zum Verkauf steht.«

»Schade. Der britische Botschafter würde eine ordentliche Summe dafür zahlen, nicht nur, weil er solche Gegenstände für sich und auch für den Herzog von Buckingham sammelt, sondern auch, um dem spanischen Botschafter eins auszuwischen, der das Gegenstück erworben hat. Wir würden beide gut verdienen an diesem Geschäft.«

Doch Daniel Farrar lehnte das Angebot des Händlers erneut ab.

»Trotzdem«, fuhr Iseppo fort und breitete andächtig die Leinwand wieder über die Gemälde, »sind genügend viele goldene und silberne Trickgefäße dabei, und dann noch die beiden Giorgione-Bilder, so daß ein stattliches Sümmchen dabei herauskommt.«

Äußerst beherrscht wartete Daniel darauf, daß der Händler sein Angebot machen würde.

»Ich würde sagen, ich kann Euch dafür 3000 Dukaten zahlen. Da Ihr Euch, Eurem hervorragenden Italienisch zum Trotz, durch Euer allgemeines Auftreten als Neuankömmling in Venedig zeigt, bin ich so frei, Euch zu erklären, daß Ihr Euch mit dieser Summe für über zwanzig Jahre ein geräumiges Haus in einer angesehenen Gegend mieten könnt.«

»Ich denke, dieser Betrag liegt doch um einiges unter dem Marktwert«, erwiderte Daniel Farrar erwartungsgemäß.

»Ich fürchte, ich kann Euch nicht mehr bieten. Wenn Ihr Euch anderenorts im Judenviertel ein besseres Angebot einholen oder die Waren vom Markt nehmen möchtet, steht Euch dies natürlich jederzeit frei.«

Es war nicht die Offenheit des Händlers, die Daniel Vertrauen zu ihm fassen ließ. Doch wenn gerissene Botschafter es für richtig befanden, mit ihm Geschäfte zu machen, wieso sollte er ihm dann nicht trauen? Und so schloß er nach dem allgemein üblichen Zögern den Handel mit ihm ab.

»Auf welche Bank soll ich die Summe überweisen, mein Herr?«

»Ich habe noch kein Konto eröffnet.«

»Darf ich dann die Banco della Piazza am Rialto vorschlagen? Wir haben unser Vermögen dort angelegt, seit sie vor dreißig Jahren von der Regierung gegründet wurde, und wir hatten noch nie Anlaß zur Beschwerde. Wenn Ihr Euch dazu entschließt, so kann die Überweisung unverzüglich und mit größter Leichtigkeit vorgenommen werden.«

»Ich danke Euch für Euren Rat. Ich werde ihn sofort befolgen.«

»Dann ist das Geld morgen um die Mittagszeit auf Euren Namen gutgeschrieben. Inzwischen ist hier mein Wechsel als Garantie. Und wenn Ihr neugierig seid, wie wir all diese Gegenstände verwenden, kommt doch einmal zur Ca' Dario, wenn Ihr bei der Bank fertig seid.«

»Wo ist das?«

»Ein wenig den Canal Grande entlang hinter der Dogana da Mar. Ihr könnt den Palazzo gar nicht verfehlen. Er ist der einzige in Venedig, dessen Fassade mit farbigem Stein verziert ist – eine Laune nach dem Geschmack des alten Giovanni Dario.«

»Giovanni Dario?«

»Er war ein venezianischer Diplomat, der den größten Teil seines Lebens im Orient verbracht und mit den Türken gefeilscht hat. Aber das ist nun schon über hundert Jahre her. Auch seine Nachfahren haben uns inzwischen verlassen. Die Barbaros leben jetzt in Maser bei Treviso. Der große Palladio persönlich hat ihre Villa entworfen, und Paolo Cagliari, den man sonst unter dem Namen Veronese kennt, hat dort die Gemälde ausgeführt. Aber die Familie leiht der Republik ihren Palazzo aus, wenn wichtige Gäste hier zu Besuch weilen. Wir richten ihn gerade für den Herzog von Savoyen ein, der herkommt, um den Friedensvertrag mit dem Erzherzog von Österreich auszuhandeln. Mit diesen Diensten gelten wir Juden der Serenissima einen Teil unserer Schuld dafür ab, daß man uns hier das Wohnrecht gewährt.«

Während er so sprach, hob und senkte der Händler gedankenverloren den Deckel einer silbernen Suppenterrine, die auf einem der Schränkchen stand. Dabei kam die Ecke eines gefalteten Briefes zum Vorschein, der über den Rand des Gefäßes ragte. Der Händler zog ihn heraus und reichte ihn Daniel, nachdem er einen kurzen Blick auf den Adressaten geworfen hatte. Daniel konnte seine Neugier nicht beherrschen und erbrach das Siegel sofort. In das Blatt, auf dem eine kurze Notiz für Daniel geschrieben stand, war ein quadratischer Bogen Pergament mit Goldrand und goldener Schrift eingelegt. Ein trauriges Lächeln über diese wunderbar galante Geste huschte über Daniels Gesicht, als er die Nachricht las:

»Beiliegend meine Einladung zum Bankett, das nächste Woche von Emmanuel, dem Herzog von Savoyen, in der Ca' Dario gegeben wird. Da ich nicht teilnehmen werde, würde es mich sehr freuen, wenn Ihr, die Ihr in den Besitz dessen gekommen seid, was von meinem Vermögen noch übrig ist, mich bei diesem Anlaß vertreten könntet. Die entsprechenden offiziellen Stellen sind angewiesen. G. V.«

Kapitel 5

Auf dem Boot, das ihn hinunter zur Bank am Rialto fuhr, schaute sich Daniel noch einmal die Einladung an, die Vendramin ihm mit patrizischer Eleganz hatte zukommen lassen. Doch allmählich wich seine Verwunderung darüber, daß sie nun in seinem Besitz war, einer vagen Unsicherheit. Ihm gingen allerlei Bemerkungen durch den Kopf:

»Ihr zeigt Euch durch Euer allgemeines Auftreten als Neuankömmling in Venedig.«

»Wenn die Venezianer eines nicht leiden können, dann sind es Leute, die sich nicht irgendwie einordnen lassen. Jeder muß in eine anerkannte Kategorie passen.«

»Die Behörden haben doch ein wachsames Auge.«

Wenn er an diesem offiziellen Bankett teilnahm, bei dem alle Honoratioren Venedigs anwesend sein würden, dann konnte er es sich schlecht leisten, diese warnenden Worte in den Wind zu schlagen. Einen Augenblick lang war er versucht, das Pergament über den Bootsrand fallen zu lassen und zuzusehen, wie es sich voll Wasser sog und versank. Doch es war eine einmalige Gelegenheit. Kein Mensch, der bei klarem Verstand war, würde sie sich entgehen lassen. Außerdem erwartete man ihn: Seine Abwesenheit würde also mehr Fragen aufwerfen als sein Kommen – vorausgesetzt, diese Anwesenheit blieb so unauffällig wie möglich. Nun, da er schon über zwei Monate in Venedig war, hatte er die Aussprache seines Italienisch vervollkommnet, ja, er hatte sogar einige Brocken des lokalen venezianischen Dialekts aufgeschnappt. Da er wie seine spanischen Vorfahren einen dunklen Teint hatte, konnte man ihn leicht für einen Süditaliener halten. Doch ein einziger Blick auf seine schmucklose Kleidung und seine steife Haltung würde ihn sofort verraten. Das erstere ließ sich allerdings leicht beheben, denn nun klirrten die Dukaten in seinen Taschen. Es würde ihm sogar großes Vergnügen bereiten, sich nach der venezianischen Mode auszustaffieren, ohne auf die Kosten achten zu müssen.

Nachdem er seine Geschäfte bei der Bank abgewickelt hatte, bahnte er sich einen Weg durch die Menschenmenge auf der Rialtobrücke und ging dann die Kaimauer entlang, bis er in die Merceria einbog. Unmittelbar nach dem Wirtshausschild des Gasthauses »Zur Madonna«, neben einem Laden, in dem Satin und Brokat, goldgewirktes Tuch und Spitze, Samt und Seide in einer extravaganten Farbpalette angeordnet waren, betrat er ein Geschäft, das einem Schneider von anscheinend hervorragender Qualität gehörte. Ein rundlicher Mann hieß ihn mit einer unterwürfigen Verbeugung willkommen. Nachdem er sich Daniels Wünsche angehört hatte, warf er sich mit geübtem Schwung eine Auswahl an Stoffen über den Unterarm, die er seinem Kunden zur Ansicht hinhielt. Sorgfältig wählte Daniel die Stoffe für sein Galagewand aus: Smaragdgrünen Samt für die Kniehosen, die knapp über dem Knie enden würden – »ein wenig wattiert«, verlangte er – und für das Wams, das eng anliegen und in der Taille spitz zulaufen sollte, einen prächtigen golden und grün gewirkten Brokat und winzige goldene Litzenknöpfe. Den Kragen nicht aus flämischer, sondern aus venezianischer Spitze. Nein, das Wams wünschte er nicht geschlitzt.

»Und für den Umhang, *Signore?*« erkundigte sich der kleine Mann, während er Daniel Maß nahm. »Scharlachroter Samt mit einer goldenen Bordüre und mit smaragdgrüner

Seide abgefüttert, das wäre außerordentlich elegant. Ihr seid groß gewachsen und könntet so etwas wunderbar tragen.«

Aber zu diesem Übermaß an Pracht konnte Daniel sich nicht entschließen. »Ich denke, lieber nicht. Ich würde für das Obergewand etwas zurückhaltendere Töne vorziehen.«

»So finster, Sire, so finster, so spanisch.«

»Was würdet Ihr denn sonst vorschlagen?«

Der Schneider trat einen Schritt zurück, rieb sich das feiste Doppelkinn und breitete dann mit vielen eleganten Gesten auf dem Tresen eine Auswahl an weniger auffälligen Stoffen aus, die sich mit denen vermischten, für die sich Daniel bereits entschieden hatte. »Wenn Ihr auf einem gedeckteren Ton beharrt, dann könnten wir einen dieser dunkleren Grüntöne nehmen, diesen hier zum Beispiel. Der paßt hervorragend dazu. Und wir würden ihn mit einer breiten roten Bordüre abschließen.«

»Kein Rot, habe ich gesagt.«

»Dann kann es nur Gold sein, aber in diesem Fall dann schmaler, und das Futter muß aus elfenbeinfarbenem Satin sein. Der Schimmer ist unverzichtbar.«

»Nun gut.« Daniel gab sich geschlagen. »Und dann brauche ich auch elfenbeinfarbene Strümpfe.«

»Nein, nicht dieser Ton, Sire, das wäre zu einfallslos. Gewöhnlich hätte ich rot vorgeschlagen, aber da der Signore offensichtlich eine Abneigung gegen diese Farbe gefaßt hat, werde ich für Euch ein Paar aus sehr, sehr heller grüner Seide bereithalten«, versprach der Schneider. »Und als ganz besondere Geste werde ich noch dafür sorgen, daß Ihr farblich passende Satinbänder für Eure Schuhe bekommt.«

So prächtig gewandet, stieg Daniel Farrar am Abend des Empfangs in eine Gondel und wurde in gemächlichem

Tempo den Canal Grande hinunter zur Ca' Dario befördert. Er hatte keine Eile, an Land zu gehen, und wartete geduldig, bis eine nach der anderen die glänzend vergoldeten Gondeln – geschnitzt, mit Teppich und weichen Kissen ausgelegt, mit Baldachinen überdacht – an den Landungssteg glitten. Genauso hatte er es geplant. Er hatte seine Ankunft so gelegt, daß er sich unter die Menschenmenge mischen konnte, die in den Palazzo strömte. Als er die Treppe zum Hauptgeschoß hinaufschritt, achtete er sorgfältig darauf, sich nicht zu sehr mit jenem bewundernden Gesichtsausdruck umzuschauen, der sofort den Neuankömmling verriet, der ein derart prächtiges Haus betrat. Doch aus dem Augenwinkel erhaschte er doch einen kurzen Blick auf die Kreise aus Serpentin, die Dreiecke aus Marmor und die Achtecke aus dem seltensten Porphyr, mit denen Giovanni Dario die Wände im Inneren verziert hatte, als einen Widerhall der wagemutigen Anordnung von farbigen Scheiben, mit denen die Marmorfassade des Palazzos geschmückt war.

Er bewegte sich unauffällig durch die illustre Menge von Würdenträgern, die sich mit jener überbordenden Pracht gekleidet, geschmückt und mit Juwelen behängt hatten, für die Venedig bekannt war. Hier und da erkannte Daniel einige Möbelstücke, deren Besitzer er kurzzeitig gewesen war. Unter den bemalten Kassettendecken und Bronzelüstern mit Tausenden von Kerzen, umgeben von Wandgemälden mit venezianischen Szenen, hatten sie ihren früheren Glanz wiedergewonnen.

Während Senatoren und Räte, Richter und Diplomaten und strahlendschöne, lebenssprühende Frauen um ihn herumwirbelten, wurde Daniel klar, daß er, wenn er nicht wie eine verlorene Seele erscheinen wollte in dieser glänzenden

Versammlung, seine natürliche Zurückhaltung aufgeben und irgend jemanden ins Gespräch ziehen mußte. Er sah sich im Raum um, als halte er Ausschau nach jemandem, und erspähte einen jungen Herren, der vergleichsweise schlicht gekleidet war, mit unendlich gelangweilter Miene neben dem hell flackernden Kaminfeuer stand und mit starrem Blick auf einen kleinen bronzenen Merkur in einer Nische schaute. Daniel ging zu ihm hinüber und bemerkte: »Eine wunderbare Arbeit.« Und dann, nachdem er sie näher betrachtet hatte: »Wenn ich mich nicht irre, ist sie von Benvenuto Cellini.«

»Ihr irrt Euch nicht. Meine Frau liegt mir ständig damit in den Ohren. Sie meint, früher oder später werden einmal die Hausmeister, wenn man sie nur ordentlich besticht, beide Augen zudrücken, und irgend jemand verschwindet damit. Aber ich kann es einfach nicht über mich bringen, sie aus dieser Nische herauszunehmen, für die sie gemacht wurde. Wie Ihr seht, herrscht ein vollkommener Einklang zwischen der Figur und den Proportionen der Nische. In den riesigen Weiten von Maser würde sie nur verloren wirken.«

Erleichtert, daß sein williger Gesprächspartner ihn nicht einmal nach seinem Namen gefragt hatte, war Daniel längst klar, daß er ein Mitglied der Familie Barbaro vor sich hatte.

»Ich kann es kaum erwarten, wieder dorthin zurückzukehren«, fuhr der junge Mann mit einem Seufzer fort und drehte sich ein wenig, so daß er lässig an einer Wand lehnte, die mit weißen Strümpfen bekleideten Beine an den Knöcheln gekreuzt. »Aber irgend jemand muß ja die Familie vertreten, wenn die Republik sich den Palazzo ausleiht. All diese Würdenträger, wie sie hier herumstolzieren in ihrem schrillen Gefieder, aufgeblasen wie die Pfaue, voller Wichtigtuerei, das ist einfach jämmerlich. Seht nur, wie sie dieser Erzdiplomat alle an der Nase herumführt, dieser Alphonse de la Cueva, Marquis de Bedmar und Botschafter Seiner Katholischen Majestät, Philipps III. von Spanien bei der Serenissima. Man sollte meinen, er persönlich hätte diesen Sieg errungen, so wie er jedem Venezianer im Raum gratuliert und sich sozusagen an ihrem Erfolg ergötzt. Es ist ein Skandal, mit welcher Leichtigkeit er sie von seiner Aufrichtigkeit überzeugen kann.«

»Ist das nicht die Kunst des Diplomaten?«

»Natürlich, aber andererseits ist es die Kunst der Regierenden im Gastland, zwischen Diplomatie und Politik zu unterscheiden. Eine Kunst, die unsere selbstverliebte Obrigkeit verlernt zu haben scheint. Seht sie Euch an, wie sie sich um den Marquis drängeln, wie die Männer an seinen Lippen hängen, die Frauen um ihn herumscharwenzeln, ihn anflehen, ihren nächsten Empfang mit seiner Gegenwart zu zieren. Es ist eine Schande für die Ehre Venedigs. Begreifen sie denn nicht, was für einen Schlag dieser Friedensvertrag dem Prestige des spanisch-habsburgerischen Hauses versetzt hat? Dieser Vertrag kann nur den Ehrgeiz Spaniens anstacheln, die Überreste unserer angeschlagenen Republik auch noch zu zerstören. Wenn dieser knauserige Philipp nicht so träge wäre …«

Doch Daniel Farrar hörte ihm nicht mehr zu. Durch den überfüllten Salon kam eine dunkelhaarige Frau in Scharlachrot auf ihn zu. Ihre Bewegungen hatten etwas so energisches, ihr Schritt war so geschmeidig, ihre Taille so biegsam, daß sie sofort seine Aufmerksamkeit auf sich zog und ihn an die Frau erinnerte, mit der er auf der Treppe im Haus der Griechin beinahe zusammengestoßen war. Beide strahlten die gleiche wilde Freiheit aus. Beide? Oder war es ein und dieselbe Person? Er hatte ja an jenem Morgen, als er ihr zum erstenmal begegnet war, nur einen flüchtigen Blick auf sie geworfen, aber so wie der ungezügelte Geist, den er damals in ihr erspürt hatte, ihn gleich berührt hatte, so fesselte sie ihn auch heute. Es schien ihm unwahrscheinlich, daß es zwei solche Frauen geben könne. Doch heute war sie nicht allein. Einen halben Schritt hinter ihr ging ein hochaufgeschossener, hagerer alter Mann mit weißem Haarschopf, den Daniel auf den ersten Blick für ihren Großvater hielt. Der besitzergreifende Blick jedoch, den er auf sie warf, und die Art und Weise, wie seine blutleeren Finger ihre Hand berührten, wie er den Arm um ihre Taille gelegt hatte, machte die Art ihres Verhältnisses völlig klar. Daniel erbleichte. Der Anblick einer so atemberaubenden jungen Frau im Besitz eines so ausgetrockneten Alten ließ in ihm eine Welle der Übelkeit und des Widerwillens aufsteigen.

Marco Barbaro, der bemerkt hatte, daß er die Aufmerksamkeit seines Gesprächspartners verloren hatte, folgte seinem Blick.

»Ein seltsamer Bursche, dieser alte Nicolas de Renault«, sagte er mit der ihm eigenen Nonchalance. »Ist auf einmal in der französischen Botschaft aufgetaucht, nachdem Ludwig XIII. sich des Concino Concini entledigt hatte, dieses Florentiners, dem seine ränkeschmiedende Mutter Marie de' Medici die Regentschaft über das Königreich ihres kleinen Sohnes anvertraut hatte. Niemand weiß etwas über ihn. Man sagt, er gebe nichts von sich preis – und schon allein das macht ihn höchst verdächtig. Ich schätze, er weiß einfach zu viel – von den Machenschaften seines Landes während der Herrschaft der Medici, meine ich. Warum sonst würde ihm der französische Botschafter hier Zuflucht gewähren? Heimlichtuerei ist ja in diesem Geschäft sozusagen eine *conditio sine qua non**. Und sie geht den Herren Diplomaten so sehr in Fleisch und Blut über, daß sie ihnen zur zweiten Natur wird.«

Aber Daniel interessierte sich nicht für Renaults Vergangenheit, sondern für seine Mätresse. Denn das war sie eindeutig, eine Kurtisane, die er bei der Griechin besuchen ging.

Das Herannahen des Haushofmeisters zwang ihn, die Betrachtung des ungleichen Paares zu unterbrechen. Man bat die geehrten Gäste des Herzogs von Savoyen ins Speisezimmer und wies ihnen die Plätze an der Tafel an. Ein blendender Anblick erwartete sie: Auf fein bestickten Tischtüchern glänzten goldene und silberne Kandelaber und ließen die goldenen Schalen, die silbernen Tischbrunnen, die Kristallgläser und die emaillierten Tafelaufsätze voller aromatischer Kräuter funkeln und blitzen, die alle Tische zierten. Ein Bediensteter führte Daniel zum äußersten Ende einer der zwei langen Tafeln, die man im rechten Winkel zum Haupttisch aufgestellt hatte. Es saß ihm niemand gegenüber, denn man hatte die innere Seite der Tafel unbesetzt gelassen, damit die Gäste einen freien Blick auf die Musikanten hatten, die nun hereinkamen und in dem Quadrat zwischen den Tischen Platz nahmen. Es gab also nur eine Person, mit der sich Daniel während des Banketts vielleicht unterhalten mußte, eine lästige Pflicht, die seine Gedanken von der Sache ablenken würde, die ihn am meisten beschäftigte. Zu seiner unendlichen Erleichterung war jedoch jegliche Konversation unmöglich, denn die untersetzte Matrone, an deren dicklichen Fingern sich eine Vielzahl von Ringen tief in das üppige Fleisch eingegraben hat-

* (lat.) Eine unerläßliche Bedingung.

ten, sprach nur Deutsch. Obwohl Daniel sich durchaus in dieser Sprache verständlich machen konnte, hatte er heute keinerlei Absicht, dies zu tun. Während er die Serviette auseinanderfaltete, die man kunstvoll zu einem Turban arrangiert und mit Blüten umrankt hatte, schaute er zwischen dem Flötisten und dem Geiger hindurch auf die Gesichter der Gäste am gegenüberliegenden Tisch. Für seine scharfen und forschenden Augen hob sich die Dame in Scharlachrot aus der Menge aller anderen heraus. Sie saß ihm schräg gegenüber, und er hatte sie zwischen den Musikern gut im Blick.

Während auf Austern und Trüffeln Meeräschen aus Ferrara und Aale aus Binasco folgten, während nach Drosseln aus Perugia Gänse aus der Romagna aufgetragen wurden, mußte Daniel fast ständig zu ihr hinsehen. Von Zeit zu Zeit hob sie die Augen, dieweil sie elegant an einem Knöchelchen nagte oder an ihrem Wein nippte, und immer begegnete sie seinem durchdringenden Blick, gab aber vor, ihn nicht zu bemerken. Erst als man mit dem Gebäck und dem Obst einen Malmsey-Wein aus Zypern reichte, schaute sie ihn plötzlich voller erbitterter Abweisung an.

Doch zu diesem Zeitpunkt hatten sich ihre Gesichtszüge bereits unauslöschlich in Daniels Gedächtnis eingegraben. Wie es dem förmlichen Anlaß des Abends entsprach, hatte sie ihr glattes schwarzes Haar streng nach hinten aus dem ovalen Gesicht gekämmt. Es war zu langen Zöpfen geflochten, um den Kopf gewunden und mit Ketten aus winzigen Perlen geschmückt. Diese Haartracht legte ihre klare, hohe Stirn frei und ließ ihre Züge offen und aufrichtig erscheinen. Ihre Augenbrauen waren, anders als bei so vielen anwesenden Damen, gut ausgeprägt, nicht zu beinahe unsichtbaren Linien gezupft, wie es anscheinend die Mode vorschrieb. Dunkel und sichelförmig, betonten sie die großen braunen, weit auseinander stehenden Augen, die freimütig in die Welt blickten. Die Wangenknochen waren hoch und gut ausgebildet, die Nase gerade, aber sonst nicht weiter bemerkenswert, das Kinn eckig. Und wenn einem Maler ihre Lippen vielleicht ein wenig zu voll erschienen wären, so waren sie doch in Daniels Augen unerträglich sinnlich, wenn er mit ansehen mußte, wie sie Renault gewinnend zulächelte. Der Anblick stürzte ihn in einen wilden Wirbel aus Wut und Begierde. Angesichts der üppigen Rundungen, die sich über dem viereckigen Ausschnitt ihres Kleides wölbten und die ein feiner Schleier, kaum mehr als ein kleines Zugeständnis an den guten Ton, nur wenig verhüllte, malte er sich ihren vollen Busen aus, spürte ihre Haut schon weich an seinen Wangen, während seine Lippen ihre Brustwarzen umfingen. Ehe diese Vision nicht Wirklichkeit geworden war, würde er wohl keinen Frieden mehr finden.

Als sich die Gäste nach dem Bankett gesättigt erhoben und ihre Partner zum Tanz aufforderten, kam Marco Barbaro geradewegs auf Daniel Farrar zu.

»Wie wäre es mit einer Runde Bezique, um uns die Zeit zu vertreiben, bis ich mich endlich verabschieden darf?« schlug er vor.

Daniel nahm an, wenn auch ein wenig zögerlich. Denn zum einen hatte das übermäßige Essen und Trinken ihm das Gehirn benebelt. Und zum anderen schwebte vor seinen Augen nur noch das Bild der Frau in Scharlachrot, schob sich zwischen ihn und die Wirklichkeit. Aber es war ihm unmöglich, sich ihr zu nähern. Renault wich keinen Schritt von ihrer Seite, und der Ausdruck seiner kühlen ruhigen Augen war eine Warnung an alle Würdenträger, die zu ihnen herübergeschlendert kamen, angeblich, um ein paar Worte mit ihm zu wechseln, in Wirklichkeit aber nur, um neidvolle Blicke auf diese Frau zu werfen. Vielleicht würde ihn also das Kartenspiel ein bißchen ablenken.

Obwohl Barbaro den Einsatz recht niedrig setzte, spielte er so leichtfertig, wie er redete, und war für Daniel selbst in dessen gegenwärtigem Geisteszustand kein ebenbürtiger Gegner. Als die ersten Gäste aufbrachen, hatte er schon an die zwanzig Dukaten verloren, doch er hatte kein Geld bei sich.

»Alles, was ich Euch bieten kann, ist mein Saphirring«, meinte er. »Aber ich habe nicht den leisesten Schimmer, wieviel er wert sein könnte. Und ehrlich gesagt, würde ich mich nur ungern von ihm trennen, denn er ist ein Familienerbstück. Also, wie wäre es, wenn wir uns morgen früh, ehe ich nach Maser aufbreche, beim Ghetto Nuovo treffen. Ich hinterlege dann den Ring als Pfand bei einer der Banken, nehme, was immer sie mir dafür geben, zahle Euch die zwanzig Dukaten und behalte den Rest. Wenn ich das nächste Mal das Pech habe, mich in dieser sinkenden Stadt aufhalten zu müssen, kann ich den Ring wieder auslösen.«

Daniel erklärte sich nur zu gern einverstanden. Und selbst wenn der Mann am nächsten Morgen nicht käme, es wäre ihm gleichgültig. Das einzige, was ihn in diesem Augenblick interessierte, war die dunkelhaarige Frau im scharlachroten Kleid.

Kapitel 6

Das Judenviertel von Venedig war kein Ort, den Daniel Farrar betreten hätte, wenn man ihm die Wahl gelassen hätte. Was er nun sah, während er auf Marco Barbaro wartete, bestätigte ihn nur in seinem instinktiven Zögern: Die eng beschränkten Ghetto-Gebiete, das alte wie das neue, waren so überfüllt, so unerquicklich und so laut, wie er es erwartet hatte. Zum Glück standen zu so früher Stunde vor der Bank am Campo del Ghetto Nuovo nur wenige Leute, so daß Barbaro, der kein Mann war, der lange über ein paar Dukaten hin oder her verhandelte, seine Geschäfte schnell abgeschlossen hatte, Daniel seine zwanzig Dukaten überreichte und sich davonmachte.

Außer daß er so schnell wie möglich wieder aus dem Ghetto heraus wollte, wußte Daniel nicht, was er mit dem Tag anfangen sollte. Hätte er sein Herz nicht so fest gegen alles verschlossen, was auch nur im entferntesten mit Religion zu tun hatte, er hätte in eine der großartigen Kirchen von Venedig gehen und dort die Kunstwerke bewundern können. Doch der gegenreformatorische Pomp, der einem dort überall entgegenquoll, steigerte seine Wut nur. So stand er mitten auf dem Platz und überlegte, ob er über Land oder über Wasser zum Stadtzentrum zurückkehren sollte, als eine scharlachrote Erscheinung vor seinen Augen vorbeisauste. Da war sie, noch in das Gewand vom Vorabend gekleidet. Die goldene Kette um die Taille betonte ihre Geschmeidigkeit. Völlig verwirrt schaute Daniel ihr zu, wie sie einen Salatkopf und einen runden Ziegenkäse aus einem Weidenkorb aussuchte, den eine Bauersfrau, die im Ghetto ihre Waren verkaufen wollte, gerade eben erst abgesetzt hatte. Er verschwendete keinen Augenblick.

»Ich glaube, wir sind uns schon einmal begegnet«, hub er an und näherte sich ihr, als sie der Bäuerin die Waren bezahlte und gerade über den Platz fortgehen wollte.

Ohne ihn auch nur eines Blickes zu würdigen, eilte sie davon und knurrte: »Das braucht Ihr bei mir gar nicht erst zu versuchen. Ich lasse mich von niemandem so anreden.«

»Ihr irrt Euch in mir. Wir wären vor einigen Wochen beinahe auf der Treppe in Marysas Haus miteinander zusammengestoßen, und gestern abend habe ich Euch beim Bankett in der Ca' Dario zu Gesicht bekommen.«

»Also seid Ihr dieser schamlose Geselle, der sich durch das Glücksspiel einen Weg in die feinsten Kreise gebahnt und mich den ganzen Abend lang angestarrt hat«, erwiderte sie und wandte sich zu ihm, um ihm einen Blick voller unverhüllter Verachtung zuzuwerfen.

»Genau der, liebe Dame. Allerdings bin nicht ich durch das Glücksspiel in die feinen Kreise gekommen, sondern vielmehr hat sich Vendramin mit dem Spielen aus den feinen Kreisen herauskatapultiert. Aber was um alle Welt macht Ihr hier, im Judenviertel?«

»Ich wohne hier.«

»Hier?«

»Was ist daran so überraschend? Ich bin Jüdin, und deswegen habe ich keine andere Wahl. Und als Witwe steht mir auch keine andere Möglichkeit offen, als bei der Griechin meinen Lebensunterhalt zu verdienen, indem ich einem maulfaulen alten Franzosen seine einsamen Abende versüße, so daß ich meine Mutter und mich durchfüttern kann.«

»Eure Mutter ist also ebenfalls Witwe«, erwiderte Daniel besorgt.

»Keineswegs, aber da mein Vater ein leidenschaftlicher Spieler ist, genau wie Ihr, muß ja irgend jemand dafür sorgen, daß Essen auf den Tisch kommt.«

»Ich bin kein leidenschaftlicher Spieler, nicht einmal ein gewöhnlicher. Ich habe ab und zu Spaß an einer Runde Karten, aber ich weiß, wann ich aufhören muß.«

»Zweifellos dann, wenn Ihr mehr verloren habt, als Ihr Euch leisten könnt«, entgegnete sie ihm spöttisch.

»Nein, wenn ich noch gewinne. Aber das ist unwichtig. Gewiß sollte doch eine so attraktive Frau wie Ihr nicht gezwungen sein, ihren Lebensunterhalt auf so erniedrigende Weise zu verdienen.«

»Es ist weitaus weniger demütigend, als die Schulden so zu begleichen, wie mein Vater das gewöhnlich macht, und auch weniger demütigend, als es den Anschein hat. Renault ist außerordentlich großzügig und ungewöhnlich anspruchslos.«

»Bringt Euch das in Eurer Gemeinde keinen Tadel ein?«

»Und wenn schon! Wenn ich gezwungen bin, das zu tun, was ich tue, dann liegt das doch teilweise an den Sitten und Gebräuchen, auf die sie so beharrlich pochen. Wenn ich nicht eine beträchtliche Mitgift bräuchte, um mir einen anständigen Ehemann zu sichern, wäre ich inzwischen längst wieder ehrbar verheiratet. Aber da mein Vater jeden Dukaten, den er verdient, gleich wieder verschleudert, besteht nicht die geringste Aussicht, daß er je wieder in den Besitz einer solchen Summe kommt. Ist Eure Neugierde nun befriedigt? Wenn nicht, kann ich auch nichts machen, denn ich muß mich jetzt um den Rheumatismus meiner Mutter kümmern.«

Und mit diesen Worten flitzte die Schöne im scharlachroten Kleid davon, und Daniel hatte sie nicht einmal nach ihrem Namen fragen können.

Ein Gefühl tiefster Einsamkeit überkam Daniel, als sie fort war. In diesen wenigen Augenblicken hatte sie den gesamten Raum seines Daseins ausgefüllt, die Leere, die er ganz bewußt gesucht hatte, nachdem er alles hinter sich gelassen hatte, was gewöhnlich das Leben eines Menschen ausmacht: sein Heim, seine Familie, seine Freunde und seine Religionen. Ihre Gegenwart und ihr rasches Verschwinden hatten ihm urplötzlich wieder bewußt gemacht, in welcher Ödnis er lebte, zu welcher Isolation er sich selbst verdammt hatte, nur weil er alle Ketten hatte sprengen, alle Fesseln hatte abwerfen wollen. Zum erstenmal spürte er das ganze Gewicht der Verlassenheit, die Kehrseite jeder Freiheit. Welchen Zweck hatte denn die vollkommene Freiheit, wenn sie nur ihm allein zugute kam? Als seine Gedanken wieder zu der kurzen Begegnung mit der Frau im scharlachroten Kleid wanderten, begriff er, daß auch sie alle Konventionen in den Wind schlug, mit denen sie die Gesellschaft, die jüdische wie die christliche, zu fesseln versuchte. In offenem Verstoß gegen die Gesetze Venedigs wagte sie es, ihre Nächte außerhalb des Ghettos zu verbringen, und wenn derlei auch mit klug verteilten Bestechungsgeldern zu regeln war, so konnte man das damit verbundene Risiko doch schwerlich ganz ignorieren. Mehr noch, gestern abend in der Ca' Dario hatte sie es mutig mit der gesamten feinen Gesellschaft Venedigs aufgenommen, als sie am Arm Renaults dort erschienen war. Dazu gehörte schon etwas, selbst wenn der französische Botschafter seinen Schutz auch auf sie, die Begleiterin Renaults, ausdehnen mochte. Je mehr er darüber nachdachte, desto überzeugter war er davon, daß sie genau wie er im Grunde ein unabhängiger Geist war, eine Rebellin, die sich gegen alle Beschränkungen auflehnte, die einem die Gesellschaft in allen ihren Formen willkürlich auferlegen wollte. Während ihr Bild noch vor seinem inneren Auge schwebte, verschmolz diese Vorstellung vom Gleichklang ihrer Seelen mit einer ungestümen Phantasie von der Umarmung ihrer Körper, so daß ihn eine feurige Leidenschaft überkam, die er um nichts in der Welt hätte leugnen wollen. Von diesem Augenblick an war er nur noch von einem einzigen Ehrgeiz besessen, wie unrealistisch, wie unerreichbar dieses Ziel im Augenblick auch scheinen mochte: Er wollte sie befreien, wie er sich selbst befreit hatte, und sie an einen fernen Ort entführen, wo sie Zuflucht finden und miteinander nur nach der einen Regel leben würden, die er einzuhalten willens war: Liebe deinen Nächsten wie dich selbst. Ein seltenes Glücksgefühl durchströmte ihn, ein Gefühl, das er genießen und auskosten wollte, ehe ihn die rauhe Wirklichkeit zwang, es wieder zu unterdrücken.

Daniel Farrar wandte sich der Stadt zu und verließ das Judenviertel über die Brücke, die über den Rio di San Girolamo führte. Er richtete seine Schritte nach San Alvise und auf die offenen Gewässer der Lagune zu. Ein kleines Fischerboot, das frisch mit roten und grünen Streifen gestrichen war, lag am Kai. Sein Eigentümer fuhr mit der schwieligen Hand so zärtlich über die glatte Wölbung der Seitenwände, wie man das sonst nur bei einem geliebten Menschen macht. Daniel trat näher zu dem Mann hin und bot ihm eine ordentliche Summe dafür an, daß er ihn ein paar Stunden über die Lagune ruderte. Der Tag war schön, die See ruhig, die Luft, wenn auch schon mit einer Prise

Herbst gewürzt, ungewöhnlich lau. Der Fischer, der sein Boot gerade instand gesetzt und nicht mehr damit gerechnet hatte, heute noch Arbeit zu finden, war von diesem Vorschlag begeistert. Eilig fegte er die abgeblätterte alte Farbe aus dem Bootsinneren heraus, schob den Kahn über die Rampe ins Wasser und bedeutete Daniel, er möge einsteigen.

»Irgendeine bestimmte Richtung, mein Herr?«

Daniel schüttelte den Kopf. Seine Gedanken waren mit anderen Dingen beschäftigt.

»Dann fahre ich mit Euch zwischen Torcello und Burano durch und weiter in Richtung Jesolo.«

Daniel streckte die Beine vor sich aus und stützte sich nach hinten auf den Händen ab, wandte das Gesicht den zärtlichen Strahlen der Sonne zu und ließ sich von der rhythmischen Bewegung der Ruder, der Stille des Wassers, den Flecken grünen Sumpflandes, die zitternd auf der Wasseroberfläche zu schweben schienen, in ein süßes Gefühl des Wohlbefindens einlullen. Er hatte allen Grund, zufrieden zu sein. Mit jedem Tag, der verging, erwies sich seine Entscheidung, nach Venedig zu kommen, als klüger. Er hatte sich nicht nur mühelos – und beinahe unbemerkt – in die bunte Vielfalt der Menschen eingefügt, die in dieser Stadt ein- und ausbrandeten wie die ewigen Gezeiten der Lagune. Dank der Lasterhaftigkeit der Venezianer hatte er bereits ein erkleckliches Sümmchen Geld zusammengewonnen. Und nun glaubte er, daß er auch eine verwandte Seele gefunden hatte, die er lieben konnte, und sein glühender Wunsch, sein Schicksal mit dem ihren zu verquicken, eröffnete ihm neue Perspektiven, die genauso köstlich wie schwierig schienen.

Es war schon nach Mittag, als der Fischer, der sein Boot

vorsichtig zwischen den Holzpfählen hindurchmanövriert hatte, mit denen die trügerischen Untiefen abgesteckt waren, sich der Küste von Jesolo näherte. Daniel verspürte Hunger und fragte ihn, ob sie nicht zum Mittagessen an Land gehen könnten. Kannte er ein Gasthaus, das er empfehlen konnte?

Der Fischer war ein bedächtiger Mann mit schweren Gesichtszügen und wettergegerbter Haut. Seine hellgrauen, beinahe farblosen Augen waren nach den vielen auf See verbrachten Jahren von zahllosen Fältchen umgeben. Er blickte Daniel geradewegs an.

»Es gibt ein Restaurant für feine Herren am Hauptplatz«, antwortete er mit einer Spur Verachtung in der Stimme. »Oder das Haus am Ufer, wo Mama Angelina kocht, was wir ihr vom Tagesfang bringen.«

»Dann versuchen wir es bei Mama Angelina.«

Der Fisch war saftig frisch, die Dorade perfekt auf heißen Kohlen gegart. Fischer und Bauern aus der Umgebung kamen und gingen, manche aßen rasch etwas, drückten die gemütliche Mama Angelina nur kurz und anerkennend an sich und machten sich wieder an die Arbeit. Andere blieben noch ein wenig bei einem Glas Wein sitzen. Daniel aß genüßlich und lehnte sich dann mit halb geschlossenen Augen entspannt zurück, ließ die friedvolle Atmosphäre auf sich wirken, die das blaß türkisblaue Wasser der Lagune im mittäglichen Sonnenschein ausstrahlte.

Die Taverne war schon beinahe wieder leer, als ein Mann mittleren Alters, der ganz in Weiß gekleidet war, langsam zur Tür hereintrat und sich schwerfällig und niedergeschlagen an einen Tisch in der hinteren Ecke setzte.

»Guten Tag, mein lieber Müller«, begrüßte ihn Mama Angelina jovial, wie es ihre Art war. »Was soll es denn sein?

Da Ihr so spät erschienen seid, bekommt Ihr eine doppelte Portion. Müßt aufessen, was noch übrig ist. Keiner soll Mama Angelina nachsagen, daß bei ihr Fisch aufgetragen wird, der länger als zwei Stunden aus dem Wasser ist.«

»Bringt mir irgend etwas«, erwiderte der Müller gedankenverloren, die Augen starr auf die Tischplatte gerichtet.

»Was ist denn los, Menocchio? Seid Ihr enttäuscht, daß heute niemand mehr da ist, mit dem Ihr streiten könnt?«

»Wenn das alles wäre«, murmelte der Müller.

»Hat Euch Euer loses Mundwerk doch schließlich in Schwierigkeiten gebracht, was? Ich hab's immer schon gewußt.«

»Stimmt. Ihr habt mich oft genug gewarnt. Aber es ist mir gleichgültig. Irgend jemand muß doch den Mut haben und die Wahrheit aussprechen.«

»Wer hat Euch denn bei der Inquisition angeschwärzt?«

»Ich weiß es nicht. Meine Söhne vermuten, daß es Odorico gewesen ist.«

»Euer Pfarrer?«

Menocchio nickte und fügte zweifelnd hinzu. »Ich bin mir da aber nicht so sicher. Müller haben alle möglichen Feinde. Man hat uns immer im Verdacht, daß wir die Leute beim Abwiegen beschummeln. Und wenn einer wie ich auch noch lesen und schreiben und selber denken kann, dann gesellt sich zum allgemeinen Mißtrauen auch ein Quentchen Neid hinzu. Die Inquisitoren sind gerade dabei, die Beweise gegen mich zusammenzutragen, aber ein alter Freund, der einmal Rechtsanwalt war, hat mir geraten, mich freiwillig dem Heiligen Offizium vorzustellen oder zumindest sofort hinzugehen, wenn ich vorgeladen werde, und untertänigst meine Schuld einzugestehen. Ich habe gedacht, ich setze mich eine Weile ganz ruhig hier hin und denke darüber nach, was ich sagen will.«

»Nun, Menocchio, jetzt habt Ihr die Gelegenheit, Eure Ansichten denen darzutun, die sie Eurer Meinung nach hören sollten. Ihr habt doch immer gesagt, wenn Ihr nur die Erlaubnis hättet, vor den Papst oder einen König oder Prinzen zu treten, der Euch zuhört, dann hättet Ihr denen einiges mitzuteilen, und wenn es Euch das Leben kosten sollte.«

»Nein. Da habt Ihr mich falsch verstanden. Ich habe gesagt, wenn ich nicht um mein Leben fürchten müßte, dann hätte ich denen das eine oder andere zu sagen, was sie aufhorchen ließe.«

Das Wort »Inquisition« hatte Daniel aus seiner schläfrigen Trägheit aufgeschreckt. Was konnte die geschwächte venezianische Inquisition, von den gleichzeitig toleranten und autoritären, aber pragmatischen Oligarchen der weltlichen Republik völlig entmannt, von einem schlichten Müller wollen? Neugierig geworden, erhob er sich, setzte sich dem Mann gegenüber an den Tisch und fragte: »Was würdet Ihr ihnen denn gern erzählen?«

Der unvorsichtige Müller, der sich freute, endlich einen Zuhörer zu haben, hob unverzüglich mit seiner leidenschaftlichen Tirade an, ohne sich zuvor danach zu erkundigen, wer sein Gegenüber sein mochte.

»Daß die Kirche nur noch ein Geschäft ist. Ihre Gesetze wurden von Sterblichen gemacht, um uns auszubeuten, und sie werden täglich von der Geistlichkeit dazu benutzt, uns unter die Knute zu zwingen. Sie wollen uns ruhighalten, damit sie weiter auf unsere Kosten ein schönes Leben führen können. Päpste, Kardinäle, Bischöfe, die sind so reich und mächtig, daß ihnen alles gehört. Sie unterdrücken die

Armen ohne jeden Skrupel. Mit Barmherzigkeit sollte die Kirche geführt werden, so wie sie gegründet wurde. Unser Herr Jesus Christus will keine vor Gold strotzenden Gotteshäuser und prächtigen Messen. Er will keinen Pomp, keine Reichtümer. Das paßt nicht zum Geist seiner Lehre. Wir sollten Gott anbeten, *Ihn* allein, nicht die sogenannten Reliquien, die Arme und Beine von irgendwem, und auch nicht die Bilder und Statuen, die sich die Kardinäle für viel Geld von Künstlern machen lassen. Abraham hat all diese Götzenbilder zerschmettert und nur Gott allein angebetet.«

Daniel kamen Wims warnende Worte in den Sinn, daß man den Protestanten in Venedig noch mit großem Mißtrauen begegnete. Als sich der Müller aber nun mit immer größerer Leidenschaft über sein Thema verbreitete, wurde ihm rasch klar, daß der unabhängige Geist dieses schlichten Mannes sich weit über alle Grenzen erhoben hatte, die von den Glaubenssätzen aller Christen abgesteckt waren, seien sie nun Protestanten oder Katholiken.

»Ich habe das Gefühl, Christus sehr nah zu sein, denn ich glaube, er war ein Mensch wie wir, wenn auch von heiligen Eltern geboren – allerdings nicht von einer Jungfrau, wie sie immer sagen, denn das ist schlicht nicht möglich. Wenn er wirklich Gottes Sohn gewesen wäre, dann hätte er es doch nicht zugelassen, daß sie ihn ergreifen und kreuzigen. Ich glaube, er war ein Prophet, ein Mann von unendlicher Güte und Weisheit, aber letztendlich doch nur ein Mensch. Ich glaube nicht, daß er gestorben ist, um die Menschheit zu erlösen. Wenn jemand gesündigt hat, muß er selbst Buße tun, muß Gott selbst um Vergebung dieser Sünde bitten, Gott, der unser aller Vater ist. Das Höchste, was uns Jesus gelehrt hat, ist, Gott und unseren Nächsten zu lieben.«

Daniels Erstaunen darüber, derlei Gedanken in so klaren Worten aus dem Munde eines Dorfmüllers zu hören, der im katholischen Glauben erzogen worden war, wandelte sich rasch in eine große Zuneigung zu diesem Mann. Er traf kaum je einen verwandten Geist, viel seltener noch einen, der mutig – oder waghalsig? – genug war, seine Meinung allen kundzutun. Trotzdem ließ er Vorsicht walten und verbarg seine Zustimmung. Mit einem Nicken bedeutete er dem Mann, daß er ihn verstanden hatte, und wandte dann seinen Blick wieder zum Meer.

»Das erzählt Ihr den Inquisitoren aber besser nicht«, mahnte Mama Angelina Menocchio.

»Und warum nicht? Was gibt ihnen denn das Recht, alle Gedanken, die sich von den ihren unterscheiden, als ketzerisch zu bezeichnen? Diejenigen als Ungläubige zu brandmarken, die nach anderen Regeln leben? Sie zu verfolgen, um sie von ihren Regeln zu überzeugen? Begreifen sie denn nicht, daß jeder Mensch, der seinen Glauben hinter sich läßt, ein Verräter ist? Ein Muselmann sollte nicht Christ werden, und auch ein Jude sollte nicht nach dem Turban greifen oder das Kreuz annehmen. Gott hat jedem sein eigenes Gesetz gegeben, und wir wissen nicht, welches das einzig Wahre ist. Alle Menschen sind Gott dem Vater gleich lieb und wert, und alle werden auf die gleiche Art gerettet. Wer seinem Nächsten nichts Böses antut, der ist ohne Sünde.«

Die ganze Zeit über hatte der Fischer auf seinen Teller gestarrt, war mit dem Messer an den Gräten seiner Meeräsche entlanggefahren, als striche er über die Saiten einer Gitarre, und hatte dabei auf seiner vollen Unterlippe herumgekaut. Doch schließlich übermannte ihn die Neugier, und er brach sein störrisches Schweigen.

»Wer hat Euch denn all diese Gedanken in den Kopf gesetzt? Die Lutheraner?«

»Ihr beleidigt mich, mein Herr. Das ist, als würdet Ihr sagen, daß ich nicht in der Lage bin, selbst zu denken. Wenn jemand in die Schule gegangen ist und lesen und schreiben gelernt hat, braucht er keinen Priester oder Pastor, der ihm sagt, was er glauben soll. Ich habe viel gelesen, viel nachgedacht und auch die Gelegenheit gehabt, mit unzähligen Menschen zu reden, während sie darauf warteten, daß ihr Korn gemahlen wurde. Und aus all dem habe ich meine eigenen Schlüsse gezogen.«

»Die behaltet Ihr aber besser für Euch«, murmelte der Fischer. Dann wandte er sich zu Daniel und meinte: »Wir sollten jetzt wieder zurückfahren. Die Tage sind schon kurz. Und ich möchte bei Einbruch der Dunkelheit zu Hause sein.«

In Gedanken versunken, nahm Daniel seine Umgebung kaum wahr, während er über die Lagune zurückgerudert wurde. Die Worte des Müllers hatten aus den Tiefen seines Bewußtseins all das wieder heraufgeholt, was er dorthin verbannt hatte. Wie oft hatte er in seiner Kindheit den Großvater verächtlich sagen hören: »Von einer Jungfrau geboren, wahrhaftig!« Oder gesehen, wie er auf das Kreuz spuckte. »Nichts als ein Stück Anmachholz.« Der störrische Alte hatte sich benommen, als gäbe es keine Inquisition, als liefe er nicht Gefahr, als abtrünniger Christ vor Gericht gestellt und verurteilt zu werden, bestenfalls als *Converso*, also als konvertierter Jude, schlimmstenfalls als Ketzer. Die Verachtung des Großvaters für die Religion, die man ihnen in ihrem Heimatland Portugal aufgezwungen hatte, war so tief ins Bewußtsein der Familie eingegraben, daß sie diesen Glauben im ersten Augenblick, der günstig schien, wieder abgeworfen hatte.

Das war Daniels Unglück gewesen. Niemals würde er aus seinem Gedächtnis das Bild des Vaters auslöschen können, wie er vom ersten Treffen mit dem Rabbi von Amsterdam zurückgekehrt war. Mit eifriger Vorfreude war er zu dieser Begegnung aufgebrochen, war sich sicher gewesen, daß man die Familie mit offenen Armen in der Gemeinschaft der Juden willkommen heißen würde. All die Hoffnungen, die er so lange und so störrisch genährt hatte, würden sich nun bald erfüllen. In Kürze würde er herzlich in die junge Amsterdamer Gemeinde spanischer und portugiesischer *Conversos* aufgenommen werden, die in den Nördlichen Provinzen vor der Inquisition Zuflucht gefunden hatten und dort zum Glauben ihrer Väter zurückkehren konnten. Doch David Farrar war als gebrochener Mann zurückgekehrt. Mit verzweifelt langsamen Schritten war er wieder ins Haus gekommen und wortlos in seinen Sessel gesunken, nur noch ein Schatten seiner selbst. All der Schwung der Erwartung war von ihm gewichen, seine Haut war fahl, die Wangen eingefallen wie bei einem Todgeweihten, das Licht in seinen Augen erloschen.

»Es ist ungeheuerlich, barbarisch, eine unmenschliche Forderung«, hatte er schließlich auf die sanften Fragen seiner Frau gemurmelt. Und dann war seine Stimme voller Wut angeschwollen: »Unter keinen Umständen werde ich ihnen gestatten, mich und meinen Sohn, die wir beide erwachsene Männer sind, der Verpflichtung zur Beschneidung zu unterwerfen. Diese Prozedur an einem einwöchigen Säugling auszuführen, das ist eine Sache, aber es ist ganz etwas anderes, es von einem erwachsenen Mann zu verlangen. Es ist, als würden wir eine dogmatische Religion gegen eine andere austauschen, als hätten wir mit einer kindlichen Illusion gelebt. Je mehr ich darüber nachdenke, desto fester bin ich davon überzeugt, daß es in der Natur der Religion, jeder Religion, liegt, daß sie unbeugsam, starr und, ja, häufig auch intolerant sein muß.«

Trotzdem hatte Daniels Vater, nachdem sich sein erster Schrecken und seine anfängliche Wut gelegt hatten, diese Angelegenheit störrisch mit dem Rabbi weiter diskutiert. Immer und immer wieder hatte er ihm versichert, er sei nicht wankelmütig, er hege keineswegs den Gedanken, irgendwann nach Portugal und zu seinem früheren Leben zurückzukehren, und weigere sich deswegen, sich diesen unauslöschlichen Stempel für den Bund Gottes mit Seinem Auserwählten Volk aufdrücken zu lassen. Zudem handle es sich bei der Prozedur um eine sehr heikle und höchst persönliche Angelegenheit. Und, argumentierte David Farrar weiter, sein Sohn hätte sich im übrigen intensiv mit allen 613 Regeln des Mündlichen Gesetzes beschäftigt, deren Befolgung jedem Juden geboten war. Aber Daniel hatte rasch begriffen, daß diese Gebote zumindest für ihn keinerlei Bedeutung hatten. Die meisten Gesetze waren nicht von Gott, sondern von Sterblichen gemacht worden, wie es der Müller Menocchio formuliert hätte. Und zwar von Talmudgelehrten und Weisen, die ihr Leben der Deutung des Gotteswortes gewidmet hatten, wie es in der Bibel geschrieben stand. Doch wer durfte behaupten, eines Mannes Deutung sei der eines anderen überlegen? So durfte man zum Beispiel am Sabbat kein Feuer anzünden, da dies als Arbeit galt und daher verboten war. Aber andererseits wurden die Juden angehalten, sich auf den Sabbat zu freuen. Wie, so hatte sich Daniel an einem Freitagabend mitten im feuchten und naßkalten nördlichen Winter gefragt, wie sollte man sich freuen und Gott preisen, wenn man vor Kälte bibberte und blaugefroren war? Am nächsten Morgen hatte er in der Synagoge die gleiche Frage gestellt und die folgende Antwort erhalten: Am Sabbat bezahlt man einem Christen etwas dafür, daß er für einen Feuer macht. Konnten derlei verworrene Pfade wirklich die Pfade Gottes sein? hatte Daniel überlegt. Nachdem er im Buch Exodus und im Deuteronomium nachgeschlagen hatte, war ihm klargeworden, daß auch die bis in jede kleinste Einzelheit ausgeführten Vorschriften über das Anlegen der Gebetsriemen nur ein künstliches Ritual waren, das gewöhnliche Sterbliche auf eine ziemlich unverständliche biblische Anweisung aufgepfropft hatten. Daraufhin war er die ganze lange Liste von Verboten und Geboten durchgegangen.

An einem Sabbat hatte Daniels Unbehagen, das er sich bis dahin kaum selbst eingestanden hatte, plötzlich klaren Ausdruck gefunden. Sein Vater hatte einen gelehrten Mann zu Tisch geladen, der erst kürzlich aus Portugal nach Amsterdam gekommen war. Der wollte sich wie Daniels Familie in den Nördlichen Provinzen der Niederlande niederlassen, die sich so tapfer gegen die spanische Vorherrschaft gewehrt hatten. In der Atmosphäre von Toleranz und Freiheit, die in der blühenden Handelsstadt herrschte, hatte auch er die Maske des Christentums abgelegt und versuchte nun, zum Glauben seiner Väter zurückzukehren. Doch er wußte recht wenig über diesen Glauben und näherte sich ihm mit der Mentalität eines Mannes, der in einem anderen Glauben aufgewachsen war und diesen nach reiflicher Überlegung ablegte. Er ging mit dem gleichen kritischen Verstand wie Daniel an die Glaubensgrundsätze seiner alten und gleichzeitig neuen Religion heran und kam zu erschreckend ähnlichen Schlußfolgerungen. Daniels

Vater hatte gerade den Sabbatsegen gesprochen, und nun trug seine Mutter das goldbraun gebratene Huhn auf, das dampfend auf der Platte lag. »Ich hoffe, es wurde ordnungsgemäß geschlachtet, ich meine, auf die jüdische Art«, hatte sie mit einem verlegenen kleinen Lächeln zu ihrem Gast gesagt. »Der Schächter ist noch neu in seinem Gewerbe und war sich nicht ganz sicher, ob er alle Vorschriften des Talmuds bis ins letzte befolgt hat. Ich würde es mir niemals verzeihen, wenn ich Euch, lieber Herr, und uns alle, so dazu verleiten würde, gegen unser Gesetz zu verstoßen.«

»Meine liebe Frau«, hatte José Pariente mit sanfter Bestimmtheit erwidert, »es wäre ein großer Irrtum, wenn man das Mündliche Gesetz mit dem Gesetz des Moses verwechseln wollte. Das Mündliche Gesetz ist ein ungeheuer kompliziertes Gebäude aus Traditionen und Kommentaren, Erklärungen und Veränderungen und Regeln, das die Weisen und Talmudgelehrten auf dem Göttlichen Wort aufgebaut haben. Es ist nur Menschenwerk, und es wäre wahrhaftig ketzerisch, wollte man es mit dem Gesetz des Moses vergleichen und verlangen, daß wir die Gesetze des Talmuds in dem gleichen Geiste befolgen müssen wie die Gesetze des Moses.«

Mit diesen Worten hatte der Gast Daniels Reaktion auf die Gebote und Verbote des Talmuds bestätigt und ihm die Schuldgefühle genommen, die er wegen seiner Skepsis gegenüber den Bestimmungen gehegt hatte, deren Logik ihm nicht ersichtlich war. Doch als José Pariente kurz darauf – genau wie Menocchio – begonnen hatte, seine Gedanken auch unter den anderen *Conversos* offen auszusprechen, die nach vielen Jahren eines nach außen hin scheinbar christlichen Lebens nun zum Judentum zurückkehrten, erklärte man ihn zum Ketzer, und die Rabbiner, die der jüdischen Gemeinde vorstanden, zu der er gehören wollte, verstießen ihn aus der Gemeinschaft. Danach glaubte Daniel an gar keine Religion mehr, weder an die alte Religion, die seine Familie unter höchster Gefahr bewahrt hatte, noch an die christliche Religion, die sie alle bedroht hatte. Nachdem er den katholischen Glauben abgelegt hatte, den ihn sein Großvater zu verachten gelehrt hatte, konnte er auch den anderen nicht mehr akzeptieren, der ihm so starre Beschränkungen auferlegte, die er weder begreifen noch ertragen konnte. Er hatte also beiden abgeschworen und war an diesen Ort geflohen, von dem ihm versichert wurde, hier würde jede Lebensweise toleriert, solange man die Gesetze der Serenissima einhielt und den katholischen Glauben zumindest nach außen hin respektierte.

Bis heute hatte er sich in seiner freidenkerischen Anonymität sicher gefühlt. Doch nun hatte ihn das, was er von Menocchio und von dem Schicksal, das diesen erwartete, gehört hatte, völlig verwirrt, hatte erneut Zweifel in ihm aufkommen lassen, ob er wirklich einen klugen Weg eingeschlagen hatte. Wie eine Drohung schien ihm jetzt Wims Warnung: »*Man kann nicht nichts sein. Jedenfalls hier nicht. Wenn die Venezianer eines nicht leiden können, dann sind es Leute, die sich nicht irgendwie einordnen lassen. Jeder muß in eine anerkannte Kategorie passen, so daß man ihn überwachen und kontrollieren kann.*« Und schon stiegen die alten Ängste wieder in ihm auf.

Was wäre, wenn ein Spion des Heiligen Offiziums, den man beauftragt hatte, ein wachsames Auge auf Menocchio zu halten, auch ihn, Daniel Farrar, hier gesehen hätte, wie er dasaß und den Worten des »Ketzers« andächtig lauschte, und wenn der bereits unterwegs war, um ihn anzuschwärzen? Man würde ihm ein halbes Dutzend Fragen stellen, und schon hätte man ihn zum Rückfälligen und Ketzer erklärt und ihn auf die Galeere verbannt, wo er innerhalb eines Monats jämmerlich verhungern oder einer Krankheit zum Opfer fallen würde.

Was wäre, wenn ein Priester oder Mitglied der christlichen Amsterdamer Kirchengemeinde, die seine Familie gleich nach ihrer Ankunft besucht hatte, sich im »Gasthof zum Stör« einquartierte, wie es viele Reisende aus den Niederlanden machten? Wenn sie ihn erkannten, wäre er dann sicher vor ihren Fragen – und den Fragen des Inquisitors?

Oder, noch einfacher, könnte nicht einer von den Kartenspielern, denen er ein Vermögen abgenommen hatte, Rachepläne schmieden und so lange in seiner Vergangenheit herumwühlen, bis er etwas gefunden hatte, das sich gegen ihn verwenden ließe?

Plötzlich begann der Boden, auf dem Daniel noch vor kurzer Zeit mit solchem Optimismus sein Leben hatte aufbauen wollen, unter seinen Füßen zu schwanken, wurde mit einem Male so unsicher wie der morastige Untergrund der Stadt, in der er paradoxerweise Stabilität gesucht hatte.

Kapitel 7

Daniel Farrar fand keine Ruhe mehr. Seit seiner Begegnung mit Menocchio erschien ihm jede maskierte oder verhüllte Gestalt, jeder Schatten in den düsteren Sträßchen und Gassen Venedigs als mögliche Bedrohung. Es war ein offenes Geheimnis, daß die Spitzel der *Esecutori contra la Bestemmia*, der Gesellschaft zur Bekämpfung der Untugend, die Agenten der Inquisition und des Rates der Zehn überall herumlungerten. Und als wäre das nicht bedrohlich genug, trieben sich auch noch Spione in Venedig herum, die aus allen vier Winden gekommen waren und hier etwas in Erfahrung bringen wollten – über die Truppenbewegungen der Österreicher, über die Stärke der spanischen Streitkräfte, über die Männer des Herzogs von Savoyen, die uskokischen Piraten oder gar die ottomanische Flotte, die auch die letzten kläglichen Reste von Macht bedrohte, die Venedig im östlichen Mittelmeer noch geblieben waren. Daniel mochte ja ein unbekannter Niemand sein, doch gerade diese Anonymität konnte in der Welt der Spitzel höchst verdächtig erscheinen. War nicht jeder Spion auf Unscheinbarkeit bedacht? Daniel mußte vorsichtig sein. Er konnte es sich nicht mehr leisten, Wims Rat in den Wind zu schlagen. Allerdings mußte dessen heimlichtuerische Art allein bereits Mißtrauen erregen. Hellwach, aufmerksamer als zuvor begriff er, daß Wim Marysas Haus wohl auch darum »diskret« genannt hatte, weil es an einer Ecke stand und daher nicht zwei, sondern drei Ausgänge hatte, einen landwärts, einen zum Canal Grande und einen zum Rio di San Marcuola, also über bessere Fluchtwege verfügte – für Spione oder Liebende, Verschwörer oder Kurtisanen.

Wenn nun der Morgen über der Lagune heraufdämmerte und der Dunst der frühen Wintertage die Inseln und das Meer in einen nebligen Schleier hüllte, der die Stadt noch unwirklicher erscheinen ließ, bedachte Daniel Farrar die Vor- und Nachteile, die der Versuch haben würde, dieser Frau aufzulauern, deren Bild ständig vor seinem inneren Auge schwebte. Wäre er nicht zufällig Menocchio begegnet, dann wäre er vielleicht wagemutiger gewesen, hätte sie jeden Morgen an der Brücke abgepaßt, wenn sie vom Haus der Griechin zurückkehrte. Doch jetzt befürchtete er, daß ein so deutliches Interesse an einer Jüdin von seiten eines Mannes, der kein Jude – allerdings auch kein Christ – war, die Neugier derjenigen erregen könnte, deren Geschäft die Überwachung und Kontrolle war. Unruhig, weil unsicher geworden, und sehnsüchtig wartete er die Wochen bis zum nächsten Treffen mit Wim ab. Wenn er ihr dann nicht bei Marysa begegnete, wollte er sich auf die Suche nach ihr machen.

Ein Brief vom britischen Botschafter in Venedig, den man ihm in den »Gasthof zum Stör« brachte, bot ihm eine kleine Abwechslung, eine Unterbrechung seines Wartens, seiner Sehnsucht, seines Unbehagens. Sir Henry Wotton bat um das Vergnügen seiner Gesellschaft bei einer geselligen Zusammenkunft von Gelehrten, Literaten und Künstlern, die in der nächsten Woche in seiner Residenz stattfinden sollte. Daniel, der zu keiner dieser Kategorien gehörte, hegte nicht die geringste Illusion über den Grund für diese Einladung. Iseppo mußte dem Engländer mitgeteilt haben, wo sich das Gegenstück der Nautilusmuschel befand, die der spanische Rivale des britischen Botschafters kürzlich erworben hatte.

Und nun wollte der Diplomat all seine Überredungskünste ins Spiel bringen, um ihn davon zu überzeugen, daß er sie ihm überließe – zweifellos für eine beträchtliche Summe. Obwohl er nicht die Absicht hegte, diesem Wunsche nachzukommen, ganz gleich wieviel man ihm anbieten würde, nahm Daniel Wottons Einladung an. Sie würde ihn zumindest eine Weile von seinen Sorgen ablenken.

Bei seiner Ankunft in der Residenz des Botschafters wurde Daniel von Sir Henry den Mitgliedern der kleinen, aber auserlesenen Gruppe vorgestellt. Die Herren saßen auf hochlehnigen harten Stühlen ordentlich im Halbkreis. Der frettchengleiche Diplomat führte Daniel mit vollendeter Höflichkeit vom einen zum anderen.

»Henri Duc de Rohan, unser protestantischer Freund aus Frankreich. Mein Kaplan William Bedell, der Provost vom Trinity College in Dublin, der gerade die Bibel ins Gälische übersetzt. Thomas Coryat, Gelehrter und Schriftsteller. Und dies ist der gelehrte Rabbi Raffaelo Motta. Doch nun kommt«, fuhr er fort. »Ihr müßt unbedingt meinen hervorragenden Muskateller aus Candia kosten.« Von einem Tablett, das ihm ein Diener in blau-goldener Livree entgegenhielt, nahm Sir Henry ein Glas Süßwein und reichte es Daniel. »Wie Ihr vielleicht gehört habt«, erklärte er, »hat unser Königlicher Herrscher, Jakob I. von England, vor etwa zehn Jahren eine neue Übersetzung der Bibel in Auftrag gegeben. Diese Aufgabe ist langwierig und mühsam und um so schwieriger, als es in England keine bekennenden Juden gibt, mit denen sich die Übersetzer über die Bedeutung des hebräischen Ausgangstextes beraten könnten. Zum Glück zählt Venedig den hervorragenden Gelehrten und Sprachkundigen Rabbi Raffaelo Motta zu seinen Einwohnern. Seine Gelehrsamkeit und Bildung haben sich für die Klärung der noch ungelösten Stellen als unersetzlich herausgestellt.« Nun gesellte sich der Duc de Rohan zu ihnen, der herübergeschlendert kam, um sich noch ein Glas Wein zu holen. »*Notre cher ami** ist zudem auch ein begabter Dichter«, fügte der Herzog hinzu und unterstrich dieses Lob mit einer gallischen Geste der Bewunderung. »Als Marie de' Medici dem Kind das Leben schenkte, das heute Ludwig XIII. von Frankreich ist, schrieb Motta ein Gedicht zu Ehren des Säuglings, das im Hebräischen gleichermaßen elegant klingt wie im Italienischen. Es war so wunderbar fein ausgedacht, daß es schließlich in die Textsammlung aufgenommen wurde, mit der Venedig dieses freudige Ereignis feierte.«

Daniel hörte nur mit halbem Ohr zu. Er hätte schwören können, daß er den Namen Raffaelo Motta schon einmal gehört hatte, konnte sich aber beim besten Willen nicht erinnern, in welchem Zusammenhang. Der Botschafter ließ ihm keine Zeit, darüber nachzudenken.

»Während die gelehrten Herren sich beraten, würde ich Euch gern ein, zwei Stücke aus meiner Privatsammlung zeigen.«

Wotton führte Daniel in einen kleinen Nebenraum, an dessen Wänden eine Reihe von Gemälden mit Bildnissen venezianischer Schönheiten hingen, deren verträumter, jungfräulicher Gesichtsausdruck durch die üppigen Rundungen der nackten Brüste Lügen gestraft wurde. Unter diesen köstlich vieldeutigen Bildern waren auf einem Konsoltisch drei Nautilusmuscheln ausgestellt. Zwei, die einander in Größe und Form ähnelten, standen rechts und links von einem

* (franz.) Unser lieber Freund.

Stück, das sich aus zwei Muscheln zusammensetzte, die man so gefaßt hatte, daß sie ein einziges Gefäß bildeten.

»Erkennt Ihr die Meisterhand?«

»Bei den beiden kleineren nicht.«

»Natürlich nicht. Ihr stammt ja aus dem Norden. Sie sind von italienischer Machart, kommen aus der Werkstatt des Niccolò Santini. Sie wurden als Paar entworfen. Wie Ihr seht, sind die Fassungen versilbert, die eine hat die Form eines Löwenhauptes, die andere ähnelt dem eines Drachen. Und beide Sockel sind mit Meerjungfrauen und Delphinen verziert.«

»Bewundernswert«, meinte Daniel höflich. Dann wanderte sein Blick zu dem mittleren Stück. »Das ist aus der Werkstatt von Bellekin.«

Sein Kennerblick überraschte Wotton.

»Ein herrliches Stück«, fuhr Daniel fort. »Es bedarf großer Geschicklichkeit, einen doppelten Nautilus auf derart kunstvolle Weise in Silber zu fassen. Wunderbar, wie die beiden Muscheln so gegeneinander gesetzt sind, daß ihre äußeren Rundungen einen vollkommenen Kreis bilden, und wie schön der Künstler sie mit einem versilberten Scharnier verbunden hat, das mit einem außerordentlich feinen Muster verziert ist.«

»Ich freue mich immer wieder an den unvergleichlich zarten Rundungen des Drachenmauls, den Schlangen, die sich rings um Griff und Hals winden, so geschmeidig und elegant wie eine Seidenschnur«, warf Sir Henry ein, der im Lob nicht zurückstehen wollte. »Doch Ihr braucht wohl meine Erläuterungen nicht, um diese feine Arbeit zu schätzen. Empfändet Ihr es als ungebührlich, wenn ich Euch fragte, woher Euer Wissen über diese Art von herrlichen Goldschmiedearbeiten stammt?«

»Seit Generationen sind meisterliche Handwerker in meiner Familie«, war alles, was Daniel preisgeben wollte.

Der Engländer war diskret und drängte ihn nicht weiter. »Ich habe hervorragende Beziehungen zu dem Händler, der von Euch die Einrichtung des Palazzo der Vendramins erworben hat. Wie Euch sicher bewußt ist, hat er mir gegenüber erwähnt, daß Ihr die verbliebene Hälfte von einem Paar Nautilusmuscheln vom Verkauf ausgenommen habt, das sich ursprünglich im Besitz dieser Familie befand. Ich verstehe das nun um so besser, da ich bemerkt habe, wieviel Ihr über derlei Arbeiten wißt. Trotzdem wäre ich bereit, Euch eine beträchtliche Summe anzubieten, die Euch vielleicht in Versuchung führen könnte, Euch doch davon zu trennen. Das Stück würde sich hier ganz wunderbar ausmachen, zusammen mit den anderen, meint Ihr nicht?«

»Es ist auch für sich allein nicht weniger wunderbar. Gegenstände von so auserlesener Schönheit sollten zum Ergötzen möglichst vieler Menschen weit verteilt, nicht zum Vergnügen einiger weniger Privilegierter an einem Ort zusammengetragen werden.«

»Das ist eine sehr großzügige Sichtweise, aber sie geht von der Annahme aus, daß viele Menschen Gegenstände von so kostbarer Anmut und feiner Kunstfertigkeit zu schätzen wissen. Sollte sich diese Eure Annahme als unberechtigt erweisen oder solltet Ihr einmal eine große Summe Geld benötigen, dann wäre ich Euch dankbar, wenn Ihr mich dem Marquis de Bedmar vorzöget. So würde die Schönheit dieses Paars wirklich weit verteilt, wenn auch nicht ganz so, wie Ihr es im Sinn habt.«

»Ich werde Euer Angebot in Erinnerung behalten.«

»Gut. So kommt denn, wir wollen uns wieder zu unseren gelehrten Freunden gesellen.«

Die beiden kehrten in den Salon des Botschafters zurück, als Rabbi Motta gerade seine Ansichten zu Jesus Christus erläuterte. »Er war ein großer Prophet, so groß wie all unsere Propheten, die ihm vorangegangen sind. Doch nirgends in den Evangelien hat er behauptet, göttliche Eigenschaften zu besitzen. Und was die Kreuzigung betrifft«, fuhr er nun eine Spur leidenschaftlicher fort, »so war dies keine jüdische Strafe. Sie wurde ausschließlich von den Römern verhängt, und das beweist zweifelsfrei, daß die Römer und nicht die Juden für den Tod Jesu verantwortlich waren.«

Nachdem er seinen Gesprächspartnern ein wenig Zeit gegeben hatte, diese Bemerkung zu verarbeiten, erhob sich Motta, verneigte sich tief und sagte: »Geschätzte Kollegen, ich muß Euch jetzt leider verlassen. Als *maestro di cappella* in unserer neu gegründeten Musikakademie habe ich in Kürze eine Chorprobe zu leiten. Wir haben hebräische Texte und Psalmen zur Musik unserer Zeit gesetzt, und wir proben für eine Aufführung, die in einigen Wochen stattfinden soll.«

»Wenn ich mich nicht irre, ist dies ein außerordentlich ungewöhnlicher Schritt, eine radikale Abwendung von jüdischen Gebräuchen«, kommentierte Thomas Coryat mit akademischer Zurückhaltung, hielt dabei die Augen zur Decke gewandt und die Hände säuberlich im Schoß gefaltet. »Da muß es doch beträchtlichen Aufruhr unter den orthodoxen Mitgliedern Eurer Gemeinde gegeben haben, wie es ja unweigerlich bei jeglicher Neuerung in religiösen Angelegenheiten der Fall ist.«

Motta hatte sich bereits die gelbe Kappe aufgesetzt, die alle Juden tragen mußten, blieb aber noch einen Augenblick in der Tür stehen und antwortete: »Natürlich hat es einigen Widerstand gegeben, doch ich bleibe bei meiner Überzeugung: Es ist nichts Lästerliches daran, wenn man seine Stimme erhebt, um Gottes Lob zu singen. Man kann es nicht als Gotteslästerung ansehen, wenn jemand im Lied Gottes Namen ausspricht. Unser traditionelles Ritual wird dadurch in keiner Weise geschmälert. Ich hoffe inbrünstig, daß die Schönheit der Musik unsere Gemeindemitglieder anlockt, sie dazu ermutigt, dem Gott Israels zu danken und nach Seinen Gesetzen zu leben, genau wie Monteverdis Musik die Gläubigen in die Gottesdienste in San Marco zieht.«

»Nun ja, die Musik lockt sie an, doch sobald sie verklungen ist, verlassen sie alle die Kirche unverzüglich wieder«, schnaubte Bedell verächtlich, die plumpen Hände frömmlerisch über dem Bäuchlein gefaltet. »Es ist, als wären sie zu einem Konzert gekommen und nicht, um zu Gott dem Vater zu beten und über ihre Sünden nachzudenken. Aber ganz abgesehen von religiösen Betrachtungen wäre es interessant, zu hören, wie Ihr die hebräischen Worte der italienischen Musik angepaßt habt. Keine einfache Aufgabe, würde ich meinen.«

»Eine Bagatelle, verglichen mit dem Gedicht, das ich einmal in einer Mischung aus Hebräisch und Italienisch verfaßt habe.«

Die Engländer blickten einander voller Verwunderung an. »Was für eine außerordentliche Leistung«, sagte schließlich Thomas Coryat mit einem Hauch Ungläubigkeit – oder war es Neid? – in der Stimme. »Ich habe solche Dichtungen schon als Mischung von Latein und Französisch gesehen, aber zwei Sprachen zu mischen, die einander so wenig ähnlich sind wie Hebräisch und Italienisch ...«

»Mir bereiten derlei linguistische Probleme größtes

Vergnügen.« Motta ergriff gern die Gelegenheit, sich ein wenig zu brüsten.

»Meine Herren«, schloß er, »Ihr seid herzlich eingeladen, an dem Gottesdienst in der sephardischen Synagoge teilzunehmen, in dem unsere musikalischen Werke aufgeführt werden. Wenn das Datum endgültig feststeht, wird es mir eine Ehre sein, Euch davon zu unterrichten.«

Als Motta eilig zur Tür ging, ergriff Daniel die Gelegenheit, es ihm gleich zu tun. Nachdem Sir Henry ihm gesagt hatte, was er ihm bei dieser Einladung mitteilen wollte, war seine Gegenwart inmitten des Hofstaats nicht mehr erforderlich. Außerdem wollte er Motta zum Ghetto begleiten. Während sie nebeneinander hergingen und sich unterhielten, fiel ihm vielleicht der Zusammenhang wieder ein, in dem er den Namen das Rabbis gehört hatte. Und wer weiß, vielleicht traf er unterwegs zufällig noch die Dame im scharlachroten Kleid.

Von den Dolomiten her fegte ein beißender Wind durch die Stadt, als die beiden Männer vor die Tür traten. Er wirbelte und bauschte ihre Umhänge auf, daß sie zu kämpfen hatten, bis sie ihre Gewänder wieder fest um sich geschlungen hatten. Wild war das Wasser der Lagune aufgewühlt, als tummelte sich in seiner Tiefe eine Horde böser Geister, die ihr Vergnügen an dem Chaos fanden. Raffaelo Motta machte sich zu Fuß auf den Weg nach Cannaregio. Die Aussicht, jetzt in einem Boot über die windgepeitschten Kanäle zu fahren und hin und her geschleudert zu werden, behagte ihm gar nicht. Daniel ging mit ihm, brüllte ihm über das Brausen den Windes hinweg zu, er hätte den gleichen Weg. Eine Weile schritten sie schweigend nebeneinander her, doch als sie durch die Calle dei Cristi auf den

Campo Cassiano zugingen, packte sie ein gewaltiger Windstoß und warf sie zur Seite, so daß sie an die Mauern der Häuser prallten, die diese enge Gasse säumten. Mit gesenkten Köpfen kämpften sie sich weiter vor, tasteten sich mühsam an den Wänden entlang. Kaum waren sie auf den Campo Cassiano gelangt, als sie hinter sich ein gewaltiges Krachen hörten. Sie drehten sich um und erblickten genau an der Stelle, wo die Bö sie erfaßt hatte, die zerschellten Überreste eines Schornsteins, der die Form einer umgedrehten Glocke gehabt hatte, eine jener Verzierungen, die auf den Dächern Venedigs mit Türmchen und Türmen konkurrierten.

Raffaelo Motta erbleichte, als ihm bewußt wurde, wie knapp sie einer Katastrophe entronnen waren. Er packte Daniel beim Arm und zerrte ihn in die Taverne, die gleich bei der Brücke über den Rio di San Cassiano stand.

»Ich muß einen Augenblick verschnaufen und Gott und den Sternen danken, daß sie mich verschont haben«, keuchte er vor Anstrengung und Schreck.

Daniel bestellte Wein, und während Motta allmählich die Fassung wiedergewann, betrachtete er den Rabbi genau. Unter seiner Kappe war sein Kopf kahl und seine Stirn gefurcht. Die tiefliegenden braunen Augen schauten abwechselnd lebhaft und melancholisch – wach und strahlend, wenn er sprach, traurig und sinnend, wenn er schwieg. Seine lange Nase verbreiterte sich nach unten zu fleischigen Nasenflügeln, doch der untere Teil seines Gesichts war hinter einem sauber geschnittenen, runden, graumelierten Bart verborgen, der ihm bis zum Rand des Kragens reichte. Daniel schlürfte den Wein, um sich zu wärmen, und überlegte, wie er am besten vorgehen sollte, um einen Hinweis zu bekommen, der seinem Gedächtnis auf die Sprünge helfen würde, ohne daß er zu viel von sich selbst preisgeben mußte. Aber diese Mühe hätte er sich sparen können. Nachdem Motta sich beruhigt hatte, bedurfte er keiner sonderlichen Aufforderung und plauderte munter drauflos. Er ging davon aus, daß Daniel zum gelehrten Zirkel im Hause von Sir Henry gehörte, daher ein Mann von einiger Bildung war. Sofort begann er mit einem Exkurs über genau das Thema, das ihnen, wenn er es auch nicht wußte, gemeinsam war – und das sie ebenso trennte.

»Ihr stammt also aus den Niederlanden. Ich habe einiges über dieses Land gelernt, und zwar durch meinen Briefwechsel mit den neuen jüdischen Gemeinden, die dort überall entstehen. In Ermangelung rabbinischer Autoritäten in den Nördlichen Provinzen, die ja, wie Ihr wißt, erst vor kurzer Zeit vom spanischen Joch befreit wurden, wenden sie sich mit der Bitte um Rat an mich, wenn sie vor Problemen stehen. Sie sind sehr schwierig, diese Neuankömmlinge von der iberischen Halbinsel, die ihr Leben bisher als Christen verbracht haben und die nun in dieser Region, wo die spanische Inquisition inzwischen ihre Macht verloren hat, zum Glauben ihrer Väter zurückkehren. Doch sie wissen nur sehr wenig von diesem Glauben und akzeptieren seine Gesetze recht widerwillig. Sie argumentieren immer wieder, die talmudischen Erklärungen der Bibel seien nicht mit der wortwörtlichen Bedeutung der heiligen Schriften vereinbar und die Gebote und Verbote des von Menschen geschriebenen rabbinischen Gesetzes könnten nicht die gleiche Autorität haben wie das Göttliche Gesetz des Moses. Unter diesem Vorwand weigern sie sich, die Vorschriften des Talmuds zu befolgen, und behaupten, sie wären noch strenger als das Gesetz des Moses – und beinahe genauso unmöglich einzuhalten. Es scheint mir, als hätten sie für sich am liebsten die besten Seiten beider Welten – einerseits Zuflucht vor der Inquisition und andererseits Dispens von der Befolgung der jüdischen Gebote und Verbote. Zunächst neigte ich zur Toleranz, wenn man mich in derlei Fragen um Rat bat. Denn ich wollte niemanden entmutigen, der den Wunsch hegte, zum jüdischen Glauben zurückzukehren. Deswegen beschied ich, daß man denjenigen keinen Vorwurf machen dürfe, die die Kommentare der Weisen genau studieren. Doch nachdem mir mehr und mehr solche Fälle bekannt wurden und das Phänomen weite Kreise gezogen hatte, sah ich mich gezwungen, einen orthodoxeren Standpunkt einzunehmen. Ich habe sogar einmal einen dieser Gegner des Mündlichen Gesetzes zum Ungläubigen und Ketzer erklärt. Wie läßt sich denn die Einheit unseres Volkes wahren, wenn die Mitglieder dieser neuen Gemeinden sich einfach aussuchen dürfen, welche Gesetze sie befolgen möchten und welche nicht? Wir können ohne einheitliche Gebräuche und einen geeinten Glauben nicht überleben.«

Mottas Worte beutelten Daniel stärker als der wildeste Sturmwind. Vor ihm saß der Mann, dessen unbeugsame Haltung dafür verantwortlich war, welchen Lauf sein Leben genommen hatte. Rabbi Raffaelo Motta: das war die Unterschrift unter dem Schreiben gewesen, mit dem José Pariente aus der jüdischen Gemeinschaft ausgestoßen wurde. Sein Herz zuckte schmerzlich zusammen. Und was sollte aus seinem Vater werden, wenn die orthodoxe Richtung sich durchsetzte? Wenn David Farrar auf seiner Meinung beharrte, würde er sich damit abfinden müssen, zwischen allen Stühlen zu sitzen: Der katholischen Kirche war er entronnen, aber in der Synagoge hatte man ihn keineswegs mit offenen Armen willkommen geheißen. Im Geiste von Mottas Urteil wurde ihm der Zutritt verwehrt. Und doch hatte vor kaum einer Stunde genau dieser Rabbi seine Mißachtung für die Orthodoxie innerhalb seiner eigenen Gemeinde dadurch zum Ausdruck gebracht, daß er Musik in die Liturgie der Synagoge einfügte.

Innerlich kochend vor Wut, aber nach außen hin wie immer äußerst gefaßt, beschloß Daniel, eine Anmerkung zu diesem Widerspruch zu machen. Er hoffte dabei den gleichen leidenschaftslosen Ton zu treffen, den die Gelehrten bei ihren klugen Gesprächen angeschlagen hatten. Er wollte gerade zu sprechen anheben, als die Tür der Taverne aufflog. Eine rote Gestalt kam hereingestürmt.

»Ich wußte, daß ich dich hier finden würde! In deiner Lieblingstaverne auf dem Nachhauseweg von den Häusern der Großen! Wie kommt es, daß noch keine Spielkarten auf dem Tisch liegen?«

»Diana! Wie kannst du es wagen, deinen Vater vor einem Fremden so zu beleidigen?«

»Du hast es nicht besser verdient.«

»Was um Himmels willen hast du hier zu suchen? Wieso verfolgst du mich? Das ist ungeheuerlich! Du weißt genau, daß ich zur Probe in die Akademie muß, und ich habe mich bereits verspätet.«

»Es ist wegen Angelo. Es geht ihm schrecklich schlecht. Er hustet wieder Blut. Er fleht uns an, Grillo zu rufen. Er besteht darauf, daß er der einzige ist, der ihn noch heilen kann. Aber wir haben nicht einmal einen Dukaten für seine Almosendose, und ohne das ...«

»Das macht doch nichts. Grillo weiß sehr wohl, daß wir es ihm tausendfach vergelten werden, sobald Angelo wieder gesund ist. Ich gehe ihn holen. Und du, du lauf zurück zu deinem Bruder.« Von Panik ergriffen, sprang Motta auf und hastete ohne ein weiteres Wort in den Sturm hinaus.

Einen Augenblick lang war Daniel sprachlos vor Staunen. Die scharlachrot gewandete Diana, Renaults Mätresse, war niemand anderes als Mottas Tochter! Und derselbe Motta, der skrupellos den Lebensunterhalt seiner Familie verspielte, war kein anderer als die große rabbinische Autorität, die die Macht hatte, Menschen wie Pariente aus der jüdischen Gemeinschaft auszustoßen!

Doch Daniel hatte sich schnell wieder gefaßt. Jetzt durfte er die Geistesgegenwart nicht verlieren. Neben ihm stand Diana, und sie brauchte Hilfe.

»Wenn Ihr erlaubt«, sagte er und legte sein förmlichstes Benehmen an den Tag, »begleite ich Euch zum Ghetto zurück. Es wäre unklug, sich allein in dieses schreckliche Wetter hinauszuwagen. Wir wären vorhin um Haaresbreite von einem herabstürzenden Schornstein erschlagen worden.«

Diana war ihm zutiefst dankbar.

Den Arm schützend um ihre schmale Taille gelegt, wie er es sich so lange erträumt hatte, begleitete Daniel sie zum Eingang des Ghettos. Dort blieb er stehen und kramte in seinen Taschen alle Münzen zusammen, die er finden konnte. »Hier, nehmt das und bezahlt Grillo damit«, schrie er ihr über den brausenden Wind zu.

»Das kann ich nicht annehmen«, rief sie zurück.

»Ihr könnt und werdet es annehmen.«

»Morgen kann ich es Euch zurückzahlen. Morgen mittag bei der Griechin.«

Kapitel 8

Wenige Minuten nach zwölf betrat Diana den Salon. Ihr Gesicht wirkte verhärmt, und sie schien gedankenverloren. In der Hand hielt sie genau die Summe, die sie Daniel schuldete. Aber als sie ihm das Geld hinstreckte, weigerte er sich, es anzunehmen. Sie bestand nicht darauf.

»Wie geht es Angelo?«

»Unverändert schlecht.«

»Konnte ihm Grillo nicht helfen?«

»Natürlich nicht. Das kann niemand.«

»Ist er schon lange krank?«

»Seit es ihm gelungen ist, neun Teile Kupfer und einen Teil Silber in zehn Teile Silber zu verwandeln.«

»Unglaublich!« rief Daniel aus. »Er muß ein begnadeter Alchimist sein.«

»Das hat mein Vater auch gedacht. Stellt Euch vor, Angelo sollte der Retter der Familie werden. Die beiden hatten es bis in die letzte Einzelheit geplant. Sobald das Metall erst einmal die Echtheitsprüfung durch Kuppelation bestanden hatte und als garantiert reines Silber gelten durfte, hätte der gelehrte und hochgeschätzte Rabbi Venedigs diese Legierung, die Angelo hergestellt hatte, für einen Dukaten die Unze verkauft. Obwohl der Vorgang mehrere Monate in Anspruch nahm, rechneten die beiden damit, daß sie so Tausende von Dukaten im Jahr verdienen würden. Nur einen einzigen kleinen Fehler hatte ihre Kalkulation: Die Dämpfe, die das Arsen, ein wichtiger Bestandteil dieses Prozesses, verströmt, sind zufällig tödlich.«

Daniel war entsetzt. »Hat Euer Vater nicht gewußt …«

»Mein Vater! Ihr solltet ihn jetzt lamentieren hören. *Ich bin der Verführung erlegen und habe mich täuschen lassen!* jammert er immerzu vor sich hin. Was für eine dumme Bemerkung von einem so intelligenten Mann! Wenn meine arme Mutter nicht wäre, ich würde keinen Fuß mehr in dieses vermaledeite Haus setzen. Mir sind die Widersprüche, die einem dort auf Schritt und Tritt begegnen, unerträglich geworden.«

»Dann geht.«

»Und wohin? Die Gesetze Venedigs beschränken mich auf dieses Viertel, und der Ruf, den wir uns in der jüdischen Gemeinde erworben haben – Vater mit seinen Spielschulden und ich, weil ich die Freiheiten meines Witwenstandes ausnutze –, läßt mir kaum eine andere Wahl innerhalb des Ghettos.«

»Dann verlaßt das Ghetto.«

»Ihr wißt, daß das unmöglich ist.«

»Kann nicht auch ein Jude seinem Glauben abschwören?« fuhr Daniel unbarmherzig mit seiner logischen Gedankenkette fort.

»Und als was sollte man dann leben?«

»Als nichts, genau wie ich.«

»Ich kann mir so etwas nicht vorstellen. Wie kann man aufhören, als das zu leben, was man ist? Ich bin, was ich bin, das Ergebnis aller Einflüsse und Bindungen und Überzeugungen, die sich zum Gewebe meines Lebens verschlungen haben. Und außerdem ist meine Familie hier in Venedig zu bekannt.«

»Dann geht woandershin.«

»Eure Gedanken können ohne alle Einschränkungen wandern. Meine sind hier verankert. Meine Welt hört am Ufer dieser Gewässer auf. Ich kann mir nicht einmal vorstellen, wie es sein könnte, allein an einem fremden Ort zu leben.«

»Ihr müßtet ja nicht unbedingt allein sein.«

»Das sagt Ihr«, neckte sie ihn sanft.

»Viele Männer würden für Euch das fühlen, was ich empfinde.«

»Und das wäre?«

»Den überwältigenden Wunsch, Euch zu befreien, so wie ich mich befreit habe.«

»Befreit? Wovon?« fragte Diana zurück.

»Von den Beschränkungen, die mir die Gesellschaft auferlegen will, vielmehr von der Tyrannei der Religion, die meine Gedanken steuern und von meiner Seele Besitz ergreifen will.«

»Und nun, da Ihr die Freiheit errungen habt?«

»Wenn ich sie nicht mit jemandem teile, werde ich die Einsamkeit erdulden müssen.«

»Die Freiheit teilen, das heißt: sie verlieren.«

»Nicht, wenn ich die richtige Wahl treffe.«

»Wenn ich Euch recht verstehe, so bietet Ihr mir an, Eure Freiheit mit Euch zu teilen.«

»Ihr versteht mich vollkommen.«

»Aber warum mit mir?«

»Weil ich glaube, daß wir verwandte Seelen sind, freie Geister. Und weil ich Euch liebe.«

»Mich lieben! Nach so kurzer Zeit!«

»Das soll durchaus schon vorgekommen sein – oft genug, daß die Franzosen sogar einen Ausdruck dafür haben.«

»*Le coup de foudre?** Nein, nein, Euch hat die närrische Luft Venedigs verzaubert.«

* (franz.) Liebe auf den ersten Blick, wörtlich: Blitzschlag.

»Wohl kaum. Ich bin von Natur aus alles andere als frivol veranlagt. Vom ersten Augenblick an, als ich Euch sah, spürte ich in Euch, in jeder Eurer Bewegungen, den körperlichen Ausdruck eines freien Wesens. Und die wenigen Worte, die wir neulich auf dem Campo del Ghetto Nuovo wechselten, haben mich überzeugt, daß Euer Geist genauso allen Konventionen trotzt, wie es jede Faser Eures Körpers ausdrückt. Weiter kann ich nicht erklären, warum ich mich vom ersten Augenblick an zu Euch hingezogen fühlte. Über Leidenschaft kann man nicht reden. Derlei Gefühle entziehen sich jeglicher Logik oder Analyse, und das ist auch gut so. Im Leben muß auch Raum für ein wenig Phantasie bleiben.«

Daniel machte sich darauf gefaßt, daß sie ihm gegenüber die gleiche trotzige Haltung einnehmen würde, mit der sie dem Rest der Welt die Stirn bot. Doch das geschah nicht. Nachdenklich raffte sie ihr langes schwarzes Haar auf einer Seite zusammen und begann es zu einem dicken, glänzenden Zopf zu flechten. Als sie fertig war, warf sie den Zopf mit rascher Bewegung auf den Rücken und schaute Daniel mit großen braunen Augen offen und ehrlich an.

»Ihr habt Euch in mir nicht geirrt. Es kann wohl sein, daß wir verwandte Seelen sind. Aber unsere Lebensumstände unterscheiden sich sehr. Soweit ich es beurteilen kann, seid Ihr allein, ohne jegliche Bindung oder Verantwortung, habt in Eurem entschlossenen Streben nach Freiheit alle Bande durchtrennt. Aber ich bin durch Bindungen gefesselt, die ich nicht abschütteln kann, zumindest in meiner augenblicklichen Lage nicht. Nachdem mein Sohn im Alter von vierzehn Monaten den Blattern erlegen und mein Mann drei Jahre später an der Pest gestorben war, haben mich meine Eltern mit unendlicher Liebe und Hingabe unterstützt und erhalten, ganz besonders meine Mutter. Ich kann es nicht über mich bringen, sie nun, da sie der Rheumatismus verkrüppelt, zu verlassen, so daß sie ganz allein mit der Spielleidenschaft meines Vaters und seinen ständigen Schulden fertig werden muß. Ehrlich gesagt, hatte ich gehofft, daß Angelos Alchimie all unsere Sorgen vertreiben würde und daß ich mich vielleicht dann aus den Banden der Familie befreien könnte, aber nun, da er an der Schwelle des Todes steht, bindet mich diese neue Tragödie nur noch fester.«

Diana schwieg einen Augenblick, hatte ihren traurigen Blick auf den gebrochenen Nagel ihres Zeigefingers gerichtet, den sie mit dem Daumen zu glätten versuchte. Sie hob die Augen wieder zu Daniel und legte ihm sanft eine Hand auf den Unterarm. »Aber ich würde Euch gern öfter treffen. Allerdings nicht hier.«

»Wahrscheinlich auch nicht im Ghetto.«

»Kaum. Ihr seid kein Jude, und wenn ich mich mit Euch dort sehen ließe, würde das meine Lage nur noch verschlechtern. Wo wohnt Ihr?«

»Immer noch im ›Gasthaus zum Stör‹, wo ich mich bei meiner Ankunft einquartiert habe. Es ist nicht weit vom Rialto entfernt, aber wohl kaum ein geeigneter Treffpunkt. Ich denke schon eine Weile darüber nach, in ein bequemeres Quartier umzuziehen.«

»Vielleicht in der Nähe von San Geremia?«

»Wenn dort etwas Passendes zu haben wäre, dann wäre das ideal. Ich werde mich umhören.«

»Ich auch. Aber nun muß ich schnell nach Hause, um nachzuschauen, wie es dem armen Angelo geht.«

Als Daniel an jenem Abend in den Gasthof zurückkehrte, nachdem er den ganzen Nachmittag lang ohne Erfolg in und um San Geremia nach einer geeigneten Wohnung gesucht hatte, fand er den »Stör« von einer Horde wilder Gesellen mit Beschlag belegt, deren schaukelnder Gang sie als Seeleute auswies. Sie lümmelten in der Gaststube herum, waren bei Einbruch der Dunkelheit bereits sturzbetrunken und brüllten einander in einem halben Dutzend verschiedener Sprachen unflätige Bemerkungen zu. Daniel schlüpfte unbemerkt durch die Menge. Er schloß sich in seinem Zimmer ein und machte sich daran, seine Habseligkeiten zusammenzupacken. Da er in den Wochen seit seiner Ankunft hier nur wenig zusammengetragen hatte, war das schnell geschehen. Müde und enttäuscht von den vielen Stunden, die er damit verbracht hatte, eine morsche Treppe nach der anderen hinaufzusteigen, klamme, übelriechende Zimmer zu besichtigen, vor frechen oder aufdringlichen oder schamlosen Vermieterinnen zu fliehen, wollte er jetzt nur noch eines: sich auf sein Bett legen und sich in Gedanken über die Zukunftsaussichten verlieren, die ihm sein Gespräch mit Diana eröffnet hatte. Von der Verwandtschaft ihrer Seelen war es nur ein kleiner Schritt bis zur Vereinigung ihrer Körper. Seit seiner Ankunft in dieser dem Vergnügen so zugeneigten Stadt hatte er sich jeglichen Gedanken an Frauen versagt. Selbst eine noch so flüchtige Liaison hätte seine Freiheit nur einengen können, hätte ihn gezwungen, sich irgendwie festzulegen. Aber bei Diana bestand keine solche Gefahr. Sie wußte, was es bedeutete, sich über alle Normen hinwegzusetzen. Er spürte beinahe schon, wie sich ihre langen Gliedmaßen um die seinen schlangen, sah sich, wie er sanft eine geschmeidige schwarze Haarsträhne zur Seite strich, die sich zwischen ihren sinnlich geöffneten Lippen verfangen hatte, spürte die Leidenschaft, die ihren Körper durchzuckte, als er zärtlich in sie eindrang.

Völlig in seine Gedanken versunken, von seinen Traumbildern erregt, bemerkte er nicht, wie unten der Lärm immer mehr anschwoll. Doch als schwere Schritte ins Nebenzimmer trampelten, zerbarst seine überhitzte Phantasievorstellung.

Ärgerlich erhob er sich, nahm den Wasserkrug, der auf einem wackeligen Dreibein in einer Ecke des Zimmers stand, und besprengte das gerötete Gesicht, die heißen Hände und das fordernd aufgerichtete Glied mit kaltem Wasser. Nachdem sich der Tumult in seinem Inneren ein wenig gelegt hatte, drangen die vulgären Stimmen Betrunkener aus dem Nebenzimmer durch die dünne Wand an sein Ohr.

»Unser lieber schlauer Käpt'n Pierre hat sich ja ein verdammtes Mordssümmchen damit verdient, daß er Osuna an die schlaffe alte Hure, die Serenissima, verpfiffen hat.«

»Dann hängen wir also jetzt unser Mäntelchen in den Wind. Machen unsere Beute auf See nicht mehr für Osuna, den Wahnsinnigen. Weiß der Teufel, wie der Kerl spanischer Gouverneur von Neapel geworden ist, nein, jetzt verteidigen wir seinen Erzfeind, den Tattergreis, den Dogen von Venedig.«

»Mit einem guten Dutzend venezianischer Schiffe, die auf seinen Befehl hören, und mit uns in der Hinterhand macht Pierre doch Hackfleisch aus jedem, der es auch nur wagt, einem von diesen verdammten Venezianern einen Scheißfloh vom Haar zu schnipsen – ob es nun Uskoken oder Osunas Leute sind, die ganze Scheißbande.«

»Ich bin ja vielleicht nur ein blöder Säbelraßler mit ein paar Schoppen Wein im Bauch, aber ich kapier einfach nicht, wieso dieser schwachsinnige Osuna in alle Welt hinausposaunt, daß er die paar stinkenden Inseln hier erobern will. Noch nie in meinem ganzen Leben hab ich gehört, daß einer, der auch nur ein bißchen Hirn in der Birne hat, seine Pläne so vor dem Feind rausplärrt.«

»Ist vielleicht nur ein Ablenkungsmanöver, das ganze Gerede?«

»Von was?«

»Keine Ahnung.«

»Klar hast du keine Ahnung. Du bist so besoffen wie ich. Aber ich hab läuten hören, daß es Osuna nicht reicht, nur Vizekönig zu sein. König von Neapel will der Mistkerl werden.«

»Dazu muß er aber seinen Herrn und Meister, den spanischen König, in die Pfanne hauen. Entweder der Lumpenhund ist völlig verderbt oder völlig hirnlos.«

»Eher hirnlos. Hier nimmt keiner Osuna ernst. Die sagen alle, was ich auch sag.«

»Und was ist das, du besoffener Bock?«

»Daß er, wenn er wirklich was plant, seine verdammte Klappe halten würde. Was ich nicht kapier, ist eines: Warum hat diese Hure, unsere liebe Dame Serenissima so bereitwillig die Beine breitgemacht und Pierre in ihr Allerheiligstes reingelassen, in ihr Arsenal? Die muß doch wissen, daß er Osunas treu ergebener Handlanger war, bis zu dem Streit. Nicht gerade wählerisch mit ihren Liebhabern, die Dame, würd ich mal sagen.«

»Na ja, die nimmt, wen sie kriegen kann, wie jede schlaffe alte Hure. Aber so wie ich's sehe, hat man Pierre besser auf seiner Seite als gegen sich. Und wenn der Kerl noch die eine oder andere Sache über den Feind weiß, und besonders über so einen Narren wie Osuna, was kann das schaden?«

»Ich bin zu alt und zu besoffen, ich krieg das nicht mehr raus. Mir ist alles eins. Solange ich meinen Teil von der

Beute krieg, ist's mir scheißegal, für wen ich auf Raubzug und Plünderfahrt geh!«

»Das hab ich mir auch immer gedacht. Pierre hat uns nie im Stich gelassen. Wo er uns hingeführt hat, hat es immer massig Beute gegeben. Wo er auch hingeht, ich geh mit.«

Dann verstummten die Betrunkenen. Kurz darauf übertönte ihr sonores Schnarchen sogar den Lärm aus der Gaststube. Entnervt stand Daniel auf, wickelte sich gegen die Kälte der Nacht in seinen Umhang und verließ das Gasthaus. Er suchte sich ein Plätzchen in einer nahe gelegenen Taverne, bestellte sich Wein und trank, bis ihm beinahe die Sinne schwanden. Erst dann kehrte er in sein Zimmer zurück und schlief sogleich ein.

Nun war die Suche nach einer neuen Unterkunft wirklich dringend geworden. Verzweifelt machte Daniel am folgenden Tag mit seinen Erkundungen weiter. Er fragte in jedem Gasthaus und jeder Taverne im ganzen Bezirk von San Geremia und Cannaregio, bei jedem Händler, Hausierer, Schneider, Glaser, Wasserträger und Fischverkäufer, der ihm begegnete. Die wechselten doch immer ein paar fröhliche Worte mit ihren Kunden, und vielleicht hatte einer von ihnen von einer Unterkunft gehört, die zu vermieten war. Doch die Antwort war immer gleich: ein bedauerndes Kopfschütteln, bestenfalls noch von einem freundlichen kleinen Lächeln begleitet. Am Ende des Nachmittags gab er völlig erschöpft auf. Der Abend dämmerte bereits, und der graue Winternebel, der See und Land einhüllte, ließ alle Konturen verschwimmen. Es war, als hätten sich Meer und Erde wieder miteinander vereint, wie vor Urzeiten, als warteten sie erneut auf den göttlichen Befehl, der das Wasser vom Land schied. Müde trottete Daniel am Kai von San Geremia entlang, wo der Canale di Cannaregio in den

Canal Grande mündete. Dort wartete er mit zunehmender Ungeduld auf ein Boot, das ihn zu dem Gasthofszimmer zurückbringen würde, aus dem er zu entkommen gehofft hatte. Die Zeit verstrich, und kein Boot tauchte auf. Unruhig trat er von einem Fuß auf den anderen, in dem vergeblichen Versuch, sich der Nässe zu erwehren, die durch seine Sohlen drang, seine Füße kalt werden ließ und in alle seine Körperteile aufzusteigen schien. Doch dann näherte sich ihm plötzlich aus dem immer dunkler werdenden Nebel ein scharlachroter Blitz.

»Ich hab sie!« rief Diana atemlos, während sie auf ihn zugerannt kam. »Morgen früh sollten die Gebrauchtwarenhändler das Haus des alten Apothekers ausräumen, gleich hinter der Cannaregio-Brücke auf der Seite von San Geremia. Vor ein paar Monaten ist seine Frau gestorben, und nun kann der alte Mann die Einsamkeit nicht ertragen und zieht nach Ferrara, wo seine Tochter mit ihrer Familie wohnt. Soweit die Händler wissen, ist der arme Alte zu niedergeschlagen, um überhaupt darüber nachzudenken, ob er sein Haus verkaufen oder vermieten soll. Es ist eine ideale Gelegenheit. Macht ihm ein gutes Angebot für die Miete, bezahlt den Händlern den Preis für die Einrichtung des Hauses, den sie nun nicht einmal von einem Ort zum anderen transportieren müssen. Dann sind alle zufrieden, und Ihr habt ein fertiges Zuhause.«

Daniels Müdigkeit verflog, als Diana ihr Gesicht zu ihm hob und ihn zart küßte. Und schon war sie fort, nur noch eine scharlachrot gewandete Gestalt, die durch die zunehmende Dunkelheit flitzte, um sich zu jenem einsamen Franzosen zu gesellen, dessen Großzügigkeit für die Familie des angesehensten jüdischen Gelehrten von Venedig sorgte.

Der Apotheker, vom Gram und von seinen fortgeschrittenen Jahren gebeugt, zeigte sich einverstanden, Daniel das Haus genauso zu überlassen, wie er es mit seiner geliebten Frau bewohnt hatte. Es war bequem eingerichtet, aber ohne auffälligen Luxus, makellos sauber und ordentlich, eine angenehme Kombination von glatten, ockerfarben gestrichenen Wänden und dunklen Holzmöbeln. An einer Wand des Wohnzimmers entlang verlief ein schmales Bord, auf dem säuberlich aufgereiht die bunt bemalten Keramiktöpfe standen, auf denen in schwarzen gotischen Lettern und gelb umrandet die Namen der vielen verschiedenen Substanzen standen, die sie einmal enthalten hatten. Als er den Handel mit Daniel durch einen Handschlag besiegelte, entschuldigte sich der Apotheker noch mit einem traurigen Kopfschütteln für all die schimmeligen Stellen, die er vielleicht hier und da hinter den Möbeln an den Wänden finden würde. »Das ist unvermeidlich«, murmelte er. »Meine Frau und ich, wir haben unser Leben lang dagegen angekämpft, haben immer wieder die feuchten Flecken abgekratzt, alles neu versiegelt und gestrichen, aber nach ein paar Jahren waren sie wieder da. Das ist der Preis, den wir dafür zahlen, daß wir diese vom Wasser umspülte Stadt so lieben. Mir wird sie sehr fehlen«, sagte er und wischte sich eine heimliche Träne aus den Augenwinkeln, als er die Segeltuchtasche aufhob, die seine persönliche Habe enthielt, und langsam zum Kai schritt, wo das Boot wartete, das ihn zum Festland bringen sollte.

Kapitel 9

An den Sonntagen verzichtete Nicolas de Renault, ein alternder Mann, den all die Menschen im Stich gelassen hatten, die sich sein Leben lang bei ihm einzuschmeicheln versucht hatten, auf die Gesellschaft der Frau, die ihm so geschickt das Gefühl vermittelte, nicht allein zu sein. Was machte es schon, daß er sie dafür bezahlte? Würden ihn eine Ehefrau und eine Familie nicht teurer zu stehen kommen? Und wem sollte er das Vermögen vererben, das er in den zweifelhaften Diensten derjenigen angehäuft hatte, die sich einen Mann von seiner Diskretion verdingt hatten? Eine Illusion war der Leere vorzuziehen, und diejenige, die diese Illusion schuf, war alle *sous* wert, mit denen er sie überhäufte. Sie stellte keine Fragen, spionierte ihn nie aus, redete nur, wenn er ein Gespräch führen wollte, war schweigsam, wenn ihm nach Stille zumute war. Da mochte er ihr zum mindesten an einem Tag in der Woche ihre Freiheit gewähren.

Und so klopfte Diana am ersten Sonntagmorgen, den Daniel in seinem neuen Zuhause verbrachte, an seine Tür. Es war ein trockner kalter Tag, und die eisige Winterluft war ungewöhnlich klar. Ehe Diana auch nur Zeit hatte, die Schnalle ihres scharlachroten Umhangs zu lösen, hatte Daniel schon mit beiden Händen ihre geschmeidige Taille umfaßt und sagte: »Es ist das ideale Wetter für unseren ersten gemeinsamen Ausflug. Wir wollen ein Boot nach Jesolo nehmen. Dort gibt es eine Frau, die Fisch serviert, der gerade aus dem Wasser gezogen wurde. Wenn ich den Fischer finde, der mich das erstemal dorthin gerudert hat, wird uns die Vorzugsbehandlung zuteil, die Mama Angelina ihren Stammkunden zukommen läßt.«

Hand in Hand kamen Daniel und Diana zur Kaimauer von San Alvise, wo Pietro, der Fischer, vor der Tür seines Häuschens saß. Seine wettergegerbten Hände lagen auf den gespreizten Knien, während er ruhig aufs Meer hinausschaute.

»Gewöhnlich fahre ich sonntags nicht hinaus«, erwiderte er auf Daniels Anfrage. »Sonst beschwert sich meine Frau. Allerdings zetert sie auch an den Werktagen ständig. Seit ich nicht mehr als Seiler im Arsenal arbeite, nörgelt sie immerzu wegen irgend etwas an mir herum. Aber da Ihr es seid und da Ihr heute zudem in Begleitung seid«, fuhr er mit einem kleinen verschwörerischen Zwinkern der hellgrauen Augen fort, »kann ich wohl einmal eine Ausnahme machen.« Er stand schwerfällig von seinem wackeligen Schemel auf und verschwand im Inneren des Hauses, erschien aber beinahe sofort wieder, verfolgt von lautem Kreischen und einem Schwall von Flüchen. Er zuckte resigniert die Achseln, band das Boot los und ruderte mit Diana und Daniel davon.

Die beiden sprachen unterwegs kaum ein Wort. Es war nicht nötig. Ein zärtlicher Blick, die sanfte Berührung einer Hand, ein kleines Lächeln, das hin und her flog, das war ihnen genug.

Als sie bei Mama Angelina ankamen, war die Gaststube überfüllt. Große, lärmende Familien waren um lange Tische herum versammelt, die man eigens für sie aufgestellt hatte, zahllose Kinder turnten drunter und drüber, kletterten Großeltern, Onkeln und Tanten auf den Schoß, hüpften wieder herunter, kreischten aufgeregt, während sie mit ihren zahllosen Vettern und Kusinen spielten.

Kaum hatte sich Pietro mit seinen Fährgästen niedergelassen, als Mama Angelina auch schon mit hochroten Wangen zu ihnen geflitzt kam und ihnen einen Korb hinstellte, der mit Meeresfrüchten gefüllt war.

»Buon appetito!« wünschte sie ihnen mit einem fröhlichen Lächeln, ehe sie zum nächsten Tisch weiterwirbelte und im Vorübergehen einem Kind, das ungeduldig am Ärmel seines Vaters zerrte, einen liebevollen Klaps aufs Hinterteil gab.

Daniel warf Diana einen flüchtigen Blick zu, war sich nicht sicher, wie sie auf diese Köstlichkeiten reagieren würde, die das jüdische Gesetz verbot. Aber sie öffnete völlig unbekümmert mit geübter Hand die erste Auster und schlürfte sie mit offensichtlichem Genuß. Er verlor kein Wort darüber, denn damit hätte er ja seine eigene jüdische Vergangenheit enthüllt, und dazu war er noch nicht bereit. Ihm genügte es schon, daß Diana sich wenig um die jüdischen Speisevorschriften scherte. Das war nur ein weiterer Beweis dafür, wie einig sie sich darüber waren, welche Angelegenheiten sie für wichtig oder unwichtig hielten.

Sie hatten schon beinahe ihr Hauptgericht verzehrt, fingerlange gegrillte Meerbarben, glänzend von Olivenöl und mit Petersilie bestreut, als Mama Angelina sich zu ihnen gesellte und sich neben ihren alten Freund Pietro setzte, um die müden Füße auszuruhen und ein paar Worte mit ihm zu wechseln. Sie lehnte den rundlichen Unterarm auf die Tischkante und sagte mit jovialer Freundlichkeit: »Gut, daß Ihr Euch auch einmal an einem Sonntag hier sehen laßt. Ist Eure Frau nicht mitgekommen?«

»Die würde um nichts auf der Welt die Sonntagsmesse versäumen wollen.«

»Wenn mich meine Erinnerung nicht täuscht, wart Ihr

mit diesem jungen Mann an dem Tag bei mir zu Gast, als Menocchio hier war, um seine Gedanken zu ordnen, ehe er vor der Inquisition erscheinen mußte.«

»Ihr meint den Müller? Ja, jetzt, wo Ihr es sagt, erinnere ich mich an ihn. Wie ist es ihm ergangen?«

Mama Angelina schüttelte schweigend den Kopf, während ihr die Tränen in die freundlichen Augen traten.

»Diese verfluchten Papisten haben ihn doch nicht etwa zum Ketzer erklärt und umgebracht?«

Mama Angelina nickte, vermochte nicht zu sprechen, weil sie sonst die Schluchzer erstickt hätten.

»Konnte seine Gedanken einfach nicht für sich behalten, der Narr«, murmelte Pietro traurig. »Mußte unbedingt seine Thesen herausposaunen, so überzeugt war er davon, daß er die Wahrheit sprach. Vielleicht stimmte das ja auch, aber wenn die Wahrheit, die ein ehrlicher, schlichter, aber wehrloser Mann spricht, nicht mit dem Dogma der mächtigen Kirche übereinstimmt, zieht der ehrliche Mann den kürzeren und muß den Preis dafür zahlen. Und all das wohlgemerkt im Namen eines Glaubens, der uns angeblich beibringt, den Nächsten wie uns selbst zu lieben. Was für eine traurige Maskerade!«

»Psst!« warnte Mama Angelina und legte Pietro beruhigend die Hand auf den Arm.

Der Ausdruck satter Zufriedenheit war aus Daniels Gesicht gewichen, als er all das mit anhören mußte.

Diana bemerkte seine düstere Laune und fragte: »Kanntest du den Müller auch?«

»Flüchtig«, erwiderte er; dies war weder der richtige Ort noch die rechte Zeit, um ihr den Grund für seine Besorgnis zu enthüllen, um ihr die Verwirrung – und den Schrekken – zu erklären, die die Religion auch in seinem Leben angerichtet hatte. Die warme Vertrautheit, die auf ihr Liebesspiel folgen würde, nachdem sie am Abend nach Hause zurückgekehrt waren, das wäre eine bessere Atmosphäre für derlei Gespräche …

Doch so sollte es nicht kommen. Der wilde Wirbel der Leidenschaft, der sie beide erfaßte, verbannte jeden weiteren Gedanken aus seinem Kopf. Diana reagierte so begeistert auf die stürmische Gewalt, mit der er sie übermannte, daß sie einander nur immer weiter entflammten. Daniel war wie trunken von Dianas schmalem, sehnigem Körper, der sich mit dem seinen verschlang, und Diana ihrerseits konnte kaum genug bekommen von seiner angespannten, lebensvollen Energie. Diesen Mann mußte sie nicht mit Zärtlichkeiten in Stimmung bringen, bei ihm mußte sie ihr Vergnügen nicht heucheln. Seit den ersten Tagen ihrer kurzen Ehe hatte sie sich nicht mehr so gefühlt, so von aller Erdenschwere befreit, in eine andere Sphäre geschleudert, in der es keine Schranken gab.

Als die Begierde schließlich abgeklungen war und sie nebeneinander ruhten, fragte Daniel vorsichtig: »Nun, da das alchimistische Experiment sich als Katastrophe erwiesen hat, könntest du dir eine Lösung vorstellen, die dir die Notwendigkeit nimmt, weiterhin Renault zu Diensten zu sein?«

»Es gibt einen Hoffnungsschimmer. Doch es hat auch früher schon deren so viele gegeben, daß ich nicht darauf zu zählen wage. Vater hat endlich seinen Stolz begraben und sich bereit erklärt, Musa Amsaleg Unterricht zu erteilen. Musa ist ein reicher levantinischer Jude, dessen Unterwürfigkeit Vater nicht ausstehen kann, gegen dessen Dukaten er jedoch nichts einzuwenden hat. Ich persönlich halte Musa für einen freundlichen und zuvorkommenden

Mann. Jedesmal, wenn er unser Haus betritt oder es wieder verläßt, achtet er darauf, daß er auch meine arme Mutter grüßt. Und einmal habe ich während eines auf Italienisch geführten Gesprächs mitgehört, wie er meinem Vater so ganz nebenher gesagt hat, daß er in seiner Jugend einmal von wilder Spielleidenschaft für Backgammon ergriffen war. Um dieses Laster vor seinen Glaubensbrüdern zu verbergen, sei er damals über den Bosporus ans Ufer der Uskudaren gefahren und hätte mit dem Gesindel gespielt, das dort herumlungerte. Seine verstorbene Frau habe ihn von dieser Spielleidenschaft kuriert, meinte er dann, und zwar nicht mit Vorwürfen und wütenden Szenen, sondern mit milder Überredung. ›Wie ich sie vermisse‹, hatte er schließlich gemurmelt. Als meine Mutter das vernahm, bekam sie ganz feuchte Augen – und ich auch.«

»Und dein Vater?«

»Er tat so, als hätte er nichts gehört. Aber Musa ist nicht unsere einzige neue Einnahmequelle. Seit einiger Zeit gibt mein Vater einem französischen Adeligen, einem gewissen Louis Iselin, Italienischunterricht und erklärt ihm die jüdischen Glaubensregeln. Außer den hundert Dukaten, die er für seine Bemühungen bezahlt bekommen hat, gab Iselin auch noch beim berühmten Tiberio Tinelli Papas Porträt in Auftrag. Papa hat ihm bereits einige Male Modell gesessen, doch Tinelli ist ein äußerst launenhafter Mensch, und nun haben wir schon einige Wochen nichts mehr von ihm gehört oder gesehen. Vater hofft, daß er das Gemälde, wenn es denn endlich fertig ist, für ein stattliches Sümmchen verkaufen und so einen Teil seiner Schulden begleichen kann. Tinelli könnte uns auch auf andere Weise nützlich werden. Wie alle seine Künstlerkollegen hält er ständig Ausschau nach Frauen, die ihm für seine Darstellungen venezianischer Damen Modell sitzen, ob es nun ehrwürdige Matronen oder verführerische Nymphen sind. Er hat schon angedeutet, daß ihn meine Gesichtszüge inspirieren. Mit diesem zusätzlichen kleinen Einkommen sollten wir bald genug Geld zusammen haben, um Vaters Schulden zu tilgen.«

»Wieviel hat er denn zu zahlen?«

»Beim letzten Nachrechnen ungefähr fünfhundert Dukaten, glaube ich.«

»Und wenn ich diese Summe übernehme?«

Wie der Blitz sprang Diana aus dem Bett. Ihre Wangen flammten tiefrot vor Zorn. »Hältst du mich für eine Hure?« herrschte sie Daniel an. »Renault ist eine traurige Notwendigkeit, angenehm, großzügig und erstaunlich anspruchslos. Aber du? Dich glaube ich zu lieben. Und die Liebe, so wie ich sie verstehe, braucht keinerlei Bezahlung. Nur Gegenseitigkeit.«

Von Reue geplagt, erhob sich Daniel. Er nahm die zerwühlte Überdecke vom Bett und wickelte sie schützend um Dianas Nacktheit. »Sonst erkältest du dich«, war alles, was er sagte. Und Diana verstand.

Ein völlig unbekanntes, wohliges Gefühl durchströmte Daniel. Die innere Anspannung, die er so lange und so fest im Griff gehabt hatte, war nun gelöst, und die Leere in seinem Inneren hatte sich mit Liebe gefüllt. Zum erstenmal in seinem Leben fühlte er sich vollständig. Er wollte jede Sekunde dieser neuen Empfindung auskosten, weil ihm bewußt war, wie flüchtig sie sein würde. Jedes andere Gefühl verbannte er aus seinen Gedanken.

Diana blieb bis zum Morgen bei ihm. Zusammen schlummerten sie ein, in eine wohlig warme Zufriedenheit eingehüllt.

Kurz nach der Stunde, zu der täglich die Tore des Ghettos geöffnet wurden, stand Diana auf. Sie konnte nun an den Ort zurückkehren, den sie aus Pflichtgefühl ihr Zuhause nannte.

Nachdem sie Daniel verlassen hatte, drängte sich ihm unweigerlich die Wirklichkeit wieder ins Bewußtsein. Obwohl sein eigenes, eher abstraktes Dilemma ihm jetzt, verglichen mit Dianas verzweifelter und sehr konkreter Not, geradezu winzig erschien, konnte er doch die Folgen nicht ignorieren, die es für seine – ihre gemeinsame? – Zukunft haben könnte. Wenn man den armen Menocchio, der als Katholik geboren und aufgewachsen war, für kein größeres Vergehen hinrichten konnte, als daß er Ansichten öffentlich vertreten hatte, die vom Dogma der Kirche abwichen, welche Hoffnung gab es für einen Abtrünnigen wie ihn, wenn ihm jemand, aus welchem Grund auch immer, die Inquisition auf den Hals hetzte? Die ständige Unruhe, die ihm sein ganzes bisheriges Leben vergällt hatte und vor der er in der scheinbar toleranten Umgebung von Venedig Zuflucht gefunden zu haben glaubte, kehrte nun mit all ihrer lähmenden Dringlichkeit wieder zurück, untergrub seine Fähigkeit, sich irgendwo eine gesicherte Zukunft vorzustellen. Hatte Wim doch recht? Hatte er wirklich keine andere Wahl, als seine Identität in den Augen der Gesellschaft zu definieren, sich irgendeiner anerkannten Gruppierung anzuschließen, deren Regeln er dann blind zu befolgen hatte – unter Lebensgefahr, wie es sich in Menocchios Fall herausgestellt hatte, oder auf die Gefahr der Beschneidung hin, wenn er sich für die Synagoge entschied? Gab es tatsächlich keine Hoffnung, daß er in diesem Schwebezustand der gesellschaftlichen Bindungslosigkeit überleben konnte?

Der einzige, mit dem er diese Frage besprechen konnte, war seiner Meinung nach der so selten anzutreffende Holländer. Und da Wim überdies Geschäftsmann war, konnte er ihm vielleicht auch noch eine andere Frage beantworten, die ihn beschäftigte: Wie hatten es die türkischen Kaufleute im Ghetto, die genau wie er *Conversos* waren, geschafft, anscheinend immun gegen die Verfolgung durch die Inquisition zu werden? Bei ihrer für den nächsten Tag anberaumten Begegnung hoffte Daniel sich darüber einige Klarheit zu verschaffen.

Niedergeschlagen setzte er sich an den dunklen, glattpolierten Schreibtisch des Apothekers und überprüfte noch einmal die Bilanz, die er bereits säuberlich zusammengestellt hatte. Seine Aufgabe war mit der Zeit leichter geworden, da er sich allmählich an die Abkürzungen der Ortsnamen gewöhnt hatte, die auf Wims Zetteln auftauchten – Crema, Sonsino, Asola und manchmal Breschia. Warum man in der Lombardei vorgenommene Transaktionen auf dem Umweg über Venedig abwickelte und nicht über Mailand, war ihm weiterhin ein Rätsel. Neugierig geworden, stellte er am nächsten Tag Wim diese Frage, als er ihm die Bilanz überreichte.

Die Antwort war kurz und bündig, kam so rasch und hart wie Musketenfeuer: »Ich weiß es nicht, und ich will es auch nicht wissen. Ich mache meine Arbeit, werde gut dafür bezahlt, und mehr interessiert mich nicht.«

Daniel erinnerten diese Worte an das trunkene Gespräch der Seeleute im »Gasthaus zum Stör«: *Solange ich meinen Teil von der Beute krieg, ist's mir scheißegal, für wen ich auf Raubzug und Plünderfahrt geh.* Das war der Wahlspruch jedes Söldners, und die Bedeutung war mehr als klar: *Wir verscherbeln unsere Dienste an den höchsten Bieter. Loyalität sollte von uns keiner erwarten.* Daniel ließ die Sache auf sich beruhen. Ihm konnten die Geschäfte, die Wim tätigte, gleichgültig sein. Er hatte dringendere Dinge mit ihm zu besprechen.

»Als wir uns kennengelernt haben«, hub er an, »habt Ihr mich vor den Gefahren gewarnt, die hier lauern, wenn man im Verdacht steht, den protestantischen Glauben zu fördern. Nun höre ich jedoch, daß sogar Menschen hingerichtet werden, die nur öffentlich eine Meinung kundgetan haben, die von der hiesigen venezianischen Inquisition für ketzerisch gehalten wird. Andererseits habe ich, ganz gegen meine Erwartung, festgestellt, daß die türkischen Kaufleute spanisch-jüdischen Ursprungs, die das Kreuz angenommen haben, um mit heiler Haut davonzukommen, und dann ins Land der Ottomanen geflohen sind, um der Inquisition zu entgehen, hier in aller Ruhe leben und Handel treiben.«

»In Venedig war immer die Börse wichtiger als der Glaube«, erwiderte Wim ein wenig verächtlich. »Ohne die jüdischen Händler, die von der levantinischen Küste hierhersegeln, würde ja noch das letzte bißchen Handel zusammenbrechen, das die Republik betreibt. Was würde denn dann mit all den kleinen Leuten in Venedig werden, die noch ihren mageren Lebensunterhalt davon fristen? Also haben die Behören, pragmatisch wie immer, eine Lösung gefunden, die diese zwangsbekehrten Christen schützt und es ihnen erlaubt, unbelästigt ihren Geschäften nachzugehen. Sie müssen lediglich öffentlich erklären, daß sie zum jüdischen Glauben zurückgekehrt sind, und den gelben Judenhut* tragen. Dann dürfen sie sich im Ghetto niederlas-

* Gelber halbkugeliger oder konisch zulaufender breitkrempiger Hut, den die Juden als Kennzeichen ihrer Andersgläubigkeit seit dem vierten Laterankonzil 1215 tragen mußten.

sen und ganz ungestört Handel treiben. Manche sagen, daß man heute auf der Rialtobrücke mehr gelbe als schwarze Kopfbedeckungen sieht.«

»Ihr stellt die am meisten verfolgte aller Religionen wie einen sicheren Hafen der Zuflucht dar.«

»Ach was, das ist mitnichten ein Hafen! Die Juden sind dort zusammengepfercht wie Ratten in einem Loch, fünftausend leben auf dem Gebiet der ehemaligen Gießerei, und nachts werden die Tore abgesperrt. Allerdings braucht man nicht zu glauben, daß sie sich nicht doch rausschleichen. Die Wachen sind dort nicht weniger korrupt als alle anderen in diesem Sündenpfuhl, der sich Serenissima nennt. Nein, das schlimmste muß die völlige Überfüllung sein. Man sagt, zwanzig Juden leben auf dem Raum, den eine gewöhnliche venezianische Familie von acht Personen für sich beansprucht. Und selbst diese winzigen Räume dürfen sie nicht besitzen, sondern nur mieten. Ich habe noch nie einen Fuß in dieses Viertel gesetzt. Schon der Gedanke an die drangvolle Enge widert mich an, wenn auch nicht so sehr wie einiges andere, was ich gehört habe.«

Wim hielt einen Augenblick inne, trat näher an Daniel heran und flüsterte: »Die Juden lassen keinen wieder zu seinem alten Glauben zurückkehren, wenn er sich nicht seinen Pimmel schnippeln läßt! Stellt Euch das vor! Aber die Juden und die Levantiner gehen mich ja nichts an – und Euch auch nicht, nehme ich an. Ich kann nur wiederholen, was ich Euch schon früher gesagt habe: Haltet den Mund geschlossen und den Kopf gesenkt.«

Das war ein kluger Ratschlag, denn noch war Daniel nicht bereit, seinen Freiheitsdrang aufzugeben.

Kapitel 10

Daniel Farrar lebte nun nur noch von einem Sonntag zum nächsten. Regelmäßig jeden Samstag kam die Frau, die für die Apothekersleute das Haus sauber gehalten hatte, und putzte, räumte auf, wusch und polierte alles, um das Haus für Dianas Besuch vorzubereiten. Und während sie fegte und schrubbte, ging Daniel zum Markt und häufte alle möglichen Köstlichkeiten in seinen Einkaufskorb. In den leeren Tagen dazwischen spielte er oft einmal eine Runde Whist in der einen oder anderen Taverne vor Ort, wenn auch selten zweimal in der gleichen und nur, nachdem er sich versichert hatte, daß keine Spitzel in den Ecken herumlungerten. Da er keine Spielernatur war, gewann er gewöhnlich, erwähnte aber seine Spiele Diana gegenüber nur gelegentlich. Mit seinem guten Gedächtnis, seiner ungewöhnlichen Konzentration und bemerkenswerten Selbstbeherrschung konnte er die halsbrecherisch spielenden Gegner problemlos besiegen, deren Gedanken zweifach benebelt waren, zum einen vom Wein, dem sie nicht widerstehen konnten, und zum anderen von den schwindelerregenden Einsätzen, die sie zu gewinnen hofften. Sobald er das Gefühl hatte, genug erbeutet zu haben, strich er seinen Gewinn ein, erhob sich vom Spieltisch und verabschiedete sich. Diese verläßliche Einnahmequelle ermöglichte es ihm, bescheiden, aber bequem zu leben, und dabei das Vermögen, das er Vendramin abgewonnen hatte, nicht einmal anzurühren. Er verbrachte viel Zeit zu Hause und zeichnete Entwürfe für Ringe, die er einmal zu machen hoffte, denn er hatte eine Goldschmiedelehre absolviert. Alle Schmuckstücke waren für schmale, sehnige Hände gedacht, denn er stellte sie sich sämtlich an Dianas Hand vor. Wenn seine Inspiration zu versiegen drohte, nahm er die Nautilusmuschel vom Bord, wo er sie in einem kleinen Fach allein aufgestellt hatte, und untersuchte ihre zarten, feinen Formen nach einem Detail, das er für seine Schöpfung abwandeln konnte.

Mit der Zeit wurde ihm unweigerlich klar, daß die Freiheit von einer Art der Einschränkung ihm Fesseln ganz anderer Art auferlegte. Weil er sich weigerte, sich zu einer bestimmten Identität zu bekennen, mußte er ständig auf der Hut sein, war sein Seelenfrieden unablässig durch die stets wache Furcht getrübt, man könnte ihn in Frage stellen, überprüfen, kontrollieren, erwischen. Und jetzt, da er die Tochter des Raffaelo Motta mit in seine provisorische Existenz hineingezogen hatte, drohte ihm noch eine weitere horrende Pflicht, die ihm bei keiner anderen Frau zugefallen wäre. Früher oder später würde er mit ihr nicht nur die trunkene Leidenschaft der Gegenwart, sondern auch die finsteren Konflikte der Vergangenheit teilen müssen. Auf welche Seite würde sie sich schlagen, sobald sie erfuhr, daß ihr eigener Vater damals José Pariente aus der jüdischen Gemeinschaft ausgestoßen und so ihn, Daniel, in ein religiöses Niemandsland hinausgeschleudert hatte, in dem er nun lebte? Konnte er wirklich von ihr erwarten, daß sie ihre Bindungen so radikal kappte, wie er das getan hatte? Hatte er überhaupt das Recht, derlei zu verlangen? Hatte sie nicht gesagt, daß sie eine ganz andere Vorstellung von Freiheit hatte? An jedem Sonntagmorgen, wenn er aufstand, um ihre Ankunft zu erwarten, überlegte er sich in Gedanken die gleichen präzisen, wohlformulierten Fragen, die er ihr stellen wollte. Doch an jedem Wochenende gab es immer einen guten Grund, sie nicht zu stellen.

Während die Intimität zwischen ihnen ständig wuchs und Diana ihm immer mehr anvertraute, traten Daniels Sorgen um seine persönliche Lage völlig in den Hintergrund – angesichts der Flut von unglücklichen Umständen, die die Familie Motta zu überschwemmen drohte. Verglichen damit erschienen ihm seine Probleme als Luxus, und er schämte sich beinahe ein wenig dafür.

Trotz aller frommen Beteuerungen zeigte Raffaelo Motta keinerlei Anzeichen, seine Spielleidenschaft zu zügeln, und verschleuderte weiterhin alles, was er mit seinen Unterrichtsstunden, seinen Predigten und Kompositionen verdiente. Angelo siechte erschreckend schnell dahin, lag nur noch reglos auf dem Bett, während das Blut aus seinem Körper strömte. Ein Arzt nach dem anderen wurde herbeigeschleppt. Keiner konnte eine Heilung bewirken, doch alle verlangten ein Honorar. Diana hatte damit gerechnet, die ständig wachsenden Schulden, die ihre Familie bei diesen Scharlatanen hatte, durch den Verkauf des Tinelli-Porträts zu begleichen. Doch Tinelli hatte, des Lebens überdrüssig, Selbstmord begangen, ehe das Bild vollendet war.

Verzweifelt erklärte sie Daniel eines Sonntags, daß sie überlegte, sich mit einem Hilferuf an ihren anderen Bruder Marino zu wenden. Vielleicht würde der sich angesichts der dramatisch verschlechterten Lage der Familie eines Besseren besinnen, sein Lotterleben aufgeben und der Familie zu Hilfe eilen. Doch kaum war sie in der folgenden Woche über die Schwelle getreten, da wußte Daniel, daß auch dieser Versuch fehlgeschlagen war.

»Ehe es mir auch nur gelang, seiner habhaft zu werden, hatte sich der unglückselige Kerl *in flagrante delitto* erwischen lassen, mit der Frau eines Diamantschleifers namens Camillo Scarpa.«

»Ein Jude?«

»Ich wünschte, es wäre einer gewesen! Dann hätten wir die Sache wenigstens unter unseresgleichen regeln können. Statt dessen jagte eine Bande bewaffneter Raufbolde, allen voran Scarpa, Marino bis zum Ghetto. Mit Messern und Schwertern fuchtelnd, holten sie ihn beim koscheren Fleischer ein und prügelten ihn windelweich. Als der Metzger den Aufruhr draußen hörte, kam er mit dem Schlachtermesser in der Hand herausgerannt, um nachzusehen, was los war. Da rappelte sich Marino auf, riß dem Mann das Messer aus der Hand, packte Scarpa beim Schopf und drohte, er würde ihm die Kehle durchschneiden, wenn er nicht seine Grobiane zurückpfiff. In seiner Panik stürzte sich der Hahnrei in den Canale di Cannaregio. Während ihn ein vorüberkommender Bootsmann herauszog, schrie er meinem Bruder über das Wasser hinweg zu: »Dafür kriege ich dich, du Schuft, bei Gott, ich kriege dich!«

»Und wo ist Marino jetzt?«

»Weiß der Himmel. Er lief um sein Leben. Wahrscheinlich ist er irgendwo auf hoher See, zecht auf einer Galeere mit dem Pöbel, bis Gras über die Sache gewachsen ist – falls das je der Fall sein sollte. Männer wie Scarpa haben ein gutes Gedächtnis.«

»Vergiß Marino. Du weißt, daß du immer zu mir kommen kannst ...«

»Niemals!«

»Nicht für ein Almosen. Nur eine Anleihe, ohne Zinsen, um euch über die Runden zu bringen.«

»Nein, von dir niemals! Es würde alles, was zwischen uns ist, beflecken. Außerdem ist es vielleicht gar nicht nötig. In all diesem entsetzlichen Durcheinander gibt es doch einen Hoffnungsschimmer. Marysa hat vor, ihr Haus gründlich zu renovieren, schließt es also für einige Monate. Renault schien das nicht sonderlich zu beunruhigen, und er war so großzügig, mir eine Summe auszuhändigen, die den ›Diensten‹ von drei Monaten entspricht. Wenn wir sparsam sind, dann können wir eine ganze Weile davon leben, und ich kann noch etwas hinzuverdienen, indem ich den Nachbarinnen beim Nähen oder Flicken helfe oder bei den Händlern den Schmuck vorführe, wenn die Fremden zum Kaufen kommen. Sie sehen sich ja immer gern an, wie die Stücke aussehen, wenn sie getragen werden«, sagte sie mit einem kleinen Lächeln, während sie verzweifelt versuchte, ihre tapfere Miene zu wahren. »Und dann kann ich endlich auch mehr Zeit mit dir verbringen. Du bist die einzige Quelle süßer Freude in meinem Leben.«

Aber es kam anders. Einige Tage darauf starb Angelo, und sein Tod stürzte Diana in so abgrundtiefe Verzweiflung, daß nicht einmal Daniel sie daraus befreien konnte. Er hätte sehr gern bei der Beerdigung an ihrer Seite gestanden und hätte sie gestützt, aber sie weigerte sich kategorisch. Vor der versammelten Gemeinde am Arm eines Nichtjuden zu erscheinen, das wäre eine große Beleidigung, beharrte sie. In jenem Augenblick war Daniel näher denn je an dem Bekenntnis: »Aber ich bin doch auch Jude.« Nur der Gedanke, daß er dann Rafaello Motta entgegentreten mußte, hinderte ihn noch daran. Von den Portalen der christlichen Kirchen hatte er sich abgewandt, aber die Türen der Synagoge blieben ihm dennoch weiterhin verschlossen.

Nach der Trauerwoche kam Diana ihn ab und zu besuchen, doch anstatt ihn zu lieben, wenn sie einmal kurz aus ihrem tiefen Schmerz aufgetaucht war, bestand sie darauf, daß er sie zum jüdischen Friedhof am Lido begleitete, wo ihr Bruder begraben lag.

Zunächst hatte er nichts dagegen gehabt, weil er spürte, daß Diana in ihrem tiefen Leid nicht nur um Angelo trauerte, sondern daß ihr Schmerz dem ganzen Elend ihres Lebens galt. Wenn es ihr half, einmal die beherrschte Maske abzulegen, mit der sie trotzig der Welt die Stirn bot, endlich einmal ihrer Trauer freien Lauf zu lassen und ungehemmt zu weinen, dann sollte es eben sein. Er war der einzige Zeuge. Obwohl diese Besuche quälend waren, erfüllte ihn der Anblick der Stadt, die vor ihren Augen auftauchte, wenn sie in der Abenddämmerung heimkehrten, mit einer melancholischen Ruhe. Vor ihm lag dann Venedig in seiner ganzen, beinahe körperlosen Schönheit: Himmel und Meer schienen im zartesten Türkisschleier ineinander zu verschmelzen, die Türme von San Marco ragten nur noch als ein mattes Glänzen verschwommen im Dunst auf, der Spitzensaum des Dogenpalastes war kaum mehr als ein schwacher rosa Schimmer neben dem Wasser.

Als sie an einem bitterkalten Januarnachmittag wieder mit der gleichen Bitte bei ihm erschien, mahnte er sie sanft: »Heute ist kein Tag, an dem man über die Lagune fahren sollte. Die Wolken hängen schwer und niedrig am Himmel, ein sicheres Zeichen, daß sich ein Sturm zusammenbraut. Vielleicht gibt es sogar Schnee. Ich spüre eine beißende Kälte in der Luft.«

Aber es war, als hätte sie kein Wort gehört. Sie war wie erstarrt, nicht vom eisigen Wind draußen, sondern von der düsteren Kälte, die ihr ganzes Wesen erfaßt hatte. Dem Flehen in ihren braunen Augen konnte er nicht widerstehen.

Sie mieteten sich ein solides überdachtes Boot. Daniel umfing Diana mit starkem Arm, zog sie eng an sich und hielt ihren Kopf an seiner Schulter geborgen. Während der gesamten Überfahrt regnete es heftig, doch als sie am Ende des schlammigen Pfades angekommen waren, der zum Friedhof führte, setzte ein leichter Eisregen ein. Fest in ihren scharlachroten Umhang gehüllt, die Kapuze schützend tief ins Gesicht gezogen, eilte Diana durch die vielen Reihen verwitterter Grabmäler, bis sie zu dem neuen Grab gelangte. Reglos stand sie vor dem schlichten Block aus grauem istrischem Stein, beugte sich nieder, um mit dem Zeigefinger über die eckigen hebräischen Lettern zu streichen, mit denen Angelos Name und eine Grabinschrift eingeritzt waren:

Mordechai ben Raphael Motta
Geboren im September 1591,
gestorben im Dezember 1617
Mit seinem Dahinscheiden in der Blüte seines Lebens
ist alle Freude aus der Welt gewichen.

Daniel, der ein, zwei Schritte hinter ihr stand, beobachtete, wie ihre Schultern zuckten. Er wußte, daß sie nicht nur um ihren Bruder weinte, sondern auch um sich selbst, um ihren kleinen Sohn und ihren Mann, deren Gräber in Ferrara waren. Eifersucht durchzuckte ihn, ein absurdes und völlig unangebrachtes Gefühl, wie er es im Zusammenhang mit Renault nie verspürte. Denn Renault, wie unangenehm er ihm auch war, galt als Notwendigkeit, während Diana ihren Mann geliebt hatte, und diese Liebe konkurrierte mit derjenigen, die sie heute ihm beteuerte. Gewaltsam unterdrückte er seine Anwandlung, denn dies war weder die Zeit noch der Ort für derlei ungerechtfertigte Gefühle. Ein bedrohlicher Wind kam auf, peitschte die Oberfläche der Lagune zu schäumenden Wellen. »Wenn wir jetzt nicht gehen, schaffen wir es vielleicht nicht mehr zurück.«

Sie duldete es, daß er sie über den glitschigen Pfad zum Kai geleitete, wo der Bootsmann bereits unruhig auf sie wartete. Er kniff die Augen gegen den eisigen Regen zusammen. »Keinen Augenblick zu früh«, murmelte er, als er die Leine losmachte und sich dann gegen den Wind, der inzwischen zu einem brausenden Sturm angeschwollen war, kräftig in die Riemen legte. Doch obwohl er mit ganzer Kraft ruderte, kamen sie kaum vorwärts.

Er wandte leicht den Kopf und brüllte Daniel über den Wind hinweg zu: »Tut mir leid, Sire, aber wir schaffen es nicht. Müssen am Lazzaretto festmachen.«

»Am Lazzaretto?« schrie Diana in höchstem Schrecken. »Niemals!«

Bestürzt fragte Daniel: »Warum denn nicht?«

»Dort isolieren sie die Pestkranken. Was ist, wenn gerade Pestopfer dort sind?«

»Es hilft alles nichts«, knurrte der Bootsmann. »Ertrinken wär auch nicht besser.«

Verbissen kämpfte er gegen die wilden Wasserwogen, schaffte es aber schließlich, die Leine um den schiefen Pfahl zu werfen, der wohl als Anlegeplatz dienen sollte. Die Wahrscheinlichkeit, daß dieses morsche Stück Holz den wütenden Sturm überleben würde, war nicht sonderlich hoch. Das war ihnen allen dreien bewußt, als der Bootsmann, der auf den schwankenden Steg gesprungen war, seine kräftige Hand ausstreckte, um ihnen aus dem rollenden Boot zu helfen. An Land weigerte sich Diana, auch nur einen Schritt weiter zu gehen.

»Ich will nicht in dieses Haus«, schrie sie verzweifelt.

Den Bootsmann ließ das völlig kalt. Er kämpfte sich zu dem kasernenartigen Gebäude durch, das unweit des Ufers aufragte, und scherte sich nicht um sie. Daniel flehte sie an.

»Es war doch schon lange keine Epidemie mehr. Wahrscheinlich ist die Insel völlig verlassen.«

»Immerzu bringt irgend jemand die Pest von irgendwo mit.«

Da ihr Mann an dieser Krankheit gestorben war, sah Daniel keinerlei Möglichkeit, sie vom Gegenteil zu überzeugen.

»Aber du kannst in diesem Unwetter nicht hier draußen bleiben.« Er legte ihr den Arm fest um die Schulter, versuchte sie aufs Haus zuzuschieben. Doch sie stemmte sich gegen ihn und weigerte sich, auch nur einen Schritt zu tun.

»Laß uns wenigstens bis zu dem Gebäude gehen. Du kannst dich dann auf der windabgewandten Seite unterstellen, während ich nachsehe, ob drinnen Pestkranke sind.«

Da ein mächtiger Windstoß sie gerade in diesem Augenblick beinahe umwarf, blieb Diana nichts anderes übrig, als sich einverstanden zu erklären.

Drinnen im Gebäude fand Daniel keine Kranken vor. Vielmehr stampfte eine Bande schmuddeliger, unrasierter, aber eindeutig kerngesunder Männer von einem Fuß auf den anderen. Sie hatten die Arme vor der Brust gefaltet und klatschten sich, um sich warm zu halten, auf die muskelbepackten Oberarme. Dabei brüllten sie alle möglichen Flüche: gegen die widrigen Elemente, gegen die Welt, ihr Schicksal, die Uskoken, Venezianer und Österreicher, sowie gegen ihre Väter, die sie gezeugt, und ihre Mütter, die sie geboren hatten. Zunächst glaubte Daniel, daß man sie hier in Quarantäne hielt, weil man fürchtete, sie könnten jemanden anstecken, doch beim näheren Hinsehen fiel ihm auf, daß sie Überreste von Militäruniformen trugen, venezianische, soweit er es an den Lumpen und zwischen all dem Dreck erkennen konnte. Kein einziger Kranker war unter ihnen. Nachdem er sich überzeugt hatte, daß sie aus anderen Gründen hier waren, ging er nach draußen, um Diana zu holen.

Die Männer schenkten dem Paar keinerlei Beachtung, boten ihnen weder Lappen an, um sich abzutrocknen, noch etwas Warmes, in das sie sich einhüllen konnten, nachdem sie ihre triefnassen Umhänge abgelegt hatten. Es war, als existierten die beiden für sie gar nicht. Daniel und Diana suchten sich ein freies Eckchen in der Nähe der zugigen Eingangstür, hockten sich auf die feuchten Planken, lehnten sich an die Wand und schlossen erschöpft die Augen. Diana fiel trotz aller Ängste in einen leichten Schlummer. Daniel war erleichtert, sie so entspannt zu sehen, und wollte gerade selbst auch ausruhen, als er hörte, wie die Männer am anderen Ende des riesigen Raumes Flämisch miteinander sprachen. Mit weiterhin geschlossenen Augen strengte er sich an, den Inhalt ihres Gespräches mitzubekommen, das um so freimütiger geführt wurde, da sie glaubten, es bestünde keine Gefahr, daß sie jemand verstehen würde.

»Bande von Lügnern und Betrügern!« schimpfte eine rauhe, aggressive Stimme.

»Als hättest du das nicht gewußt, als du uns alle so heiß darauf gemacht hast«, sagte ein zweiter verächtlich. »Wie sonst wären sie so reich geworden, mit nichts als den paar jämmerlichen Inseln?«

Der Anführer ging über diese Bemerkung hinweg und dröhnte weiter: »Wie lange, glauben die, kämpfen wir noch brav weiter für sie, wenn wir niemals auch nur einen *Soldo* Lohn sehen?«

»Ach, schau an, der Scheißheld! Wohin hat uns denn dein

ganzes bombastisches Geschwätz gebracht? Verbannt sind wir auf diese Pestilenzinsel, der Rebellion angeklagt, von dem Lumpenverein, der sich Senat nennt!«

»Und Gott weiß, wie lange noch«, gesellte sich eine dritte, schwächere Stimme hinzu. »Jetzt schließen sie obendrein Frieden mit diesen Schweinehunden, den Uskoken, dann können sie uns auf unseren verdammten Sold warten lassen, solange sie wollen. Scheiße noch mal.«

»Und am Ende zahlen sie ihn langsam Dukat für Dukat aus, um länger Zinsen zu kassieren«, meinte der Verächtliche.

»Welche Wahl haben wir denn?« jammerte der Dritte. »In den Niederlanden ist auch nichts mehr für uns zu holen, jetzt wo die Rebellen den Waffenstillstand mit Spanien unterschrieben haben.«

»Erzähl uns mal was Neues, du alter Idiot.«

»Es gibt nur eines: Wir haben für sie die Uskoken umgebracht, und dafür steht uns unser Lohn zu.«

»Vielleicht kommt ja noch ein Angebot aus einer ganz anderen Ecke«, mischte sich nun eine nüchterne Stimme ein.

»Von wem denn? Vielleicht von den Scheißpapisten?« wollte der Verächtliche wissen.

»Ich weiß es noch nicht, aber ich habe so ein Gefühl, daß Nassau und Lievestein mit einer gewissen Partei geredet haben ...«

»Und in wessen Diensten steht diese ›gewisse Partei‹?«

»Was zum Teufel schert dich das, wenn das Geld stimmt?« bellte der Anführer.

»Das will ich hoffen, daß das Geld stimmt, wenn ich noch weiter auf diesem stinkenden Stück Sumpf bleiben soll. Diesmal nur gegen Bares im voraus«, forderte der Verächtliche.

»Damit du's dir nehmen und abhauen kannst, du mieser kleiner Schweinehund?«

Daniel blinzelte ein wenig und sah, wie der Anführer und der Mann, den er beleidigt hatte, mit gezückten Messern aufeinander losgingen. Als die Klingen aufblitzten, hörte man wieder die nüchterne Stimme: »Laßt es gut sein, ihr beiden. Wenn wir uns jetzt noch gegenseitig an die Gurgel gehen, bringt uns das auch nicht weiter. Wir kriegen nur, was uns zusteht, wenn wir ausharren und zusammenhalten. Wenn die Herren Venezianer nicht zahlen, können wir immer noch woanders hingehen, aber selbst dann müssen wir wie ein Mann handeln. Niemand wird sich einen Trupp Söldner anheuern, die sich gegenseitig abschlachten und nicht den Feind.«

Jetzt wußte Daniel, in wessen Nähe er die nächsten Stunden, wenn nicht die ganze Nacht verbringen müßte. Er schloß die Augen und hörte den Kerlen nicht weiter zu. Mit diesen Halsabschneidern legte man sich besser nicht an. Als Dianas Kopf ein wenig zur Seite fiel, zog er sie fester an sich und bettete sie an seiner Schulter. Dann sank auch er in einen unruhigen Schlaf. Er hatte keine Vorstellung, wieviel Zeit vergangen war, als ihn eine rauhe Hand rüttelte.

»Los, auf, ihr zwei. Der Sturm hat ein wenig nachgelassen. Das hat man oft in der Abenddämmerung. Nichts wie raus hier. Ich will verdammt sein, wenn ich die Nacht mit einer Horde gedungener Mörder verbringe. Wenn wir uns sputen, können wir es noch vor Einbruch der Dunkelheit schaffen. Ihr, junger Mann, könnt die Ersatzruder nehmen und mir helfen.«

Kapitel 11

Die ersten Monate des Jahres 1618 waren weiterhin stürmisch und bitterkalt. An manchen Tagen war Daniel überzeugt, nun würden die Elemente endlich die Inseln in der Lagune überwältigen, würden mit vereinten Kräften die Landstücke wieder in das Meer versenken, aus dem sie entstanden waren. Durch das Wetter ans Haus gefesselt, verbrachte er seine Zeit damit, Entwürfe für Salzfässer, Medaillons, Schmuckkästchen, Trinkkelche und allerlei Gerät zu zeichnen, das man sonst noch aus Gold und Silber fertigen konnte. Aber die Skizzen reichten ihm nicht. Es drängte ihn, sie auch auszuführen. Viel zu lange waren seine Hände schon untätig gewesen. Er hätte sich gern als Handwerksmeister niedergelassen, aber dann müßte er sich der Gilde der Goldschmiede anschließen. Als Juden würde man ihn nicht aufnehmen, und Katholik war er nicht mehr. In optimistischeren Augenblicken spielte er mit dem Gedanken, ab und zu Arbeiten für einen venezianischen Goldschmied auszuführen. Bei seiner Kunstfertigkeit würde jeder Arbeitgeber ein Weile keine unnötigen Fragen stellen. Aber würde dann nicht doch die Neugier siegen? Da er genug Geld hatte, verschob Daniel die Angelegenheit auf den Frühling.

Diana kam zu ihm, so oft sie konnte, aber das war für sie beide nicht oft genug. Ihre Familie brauchte sie ständig. Angelos Tod hatte Raffaelo Motta in tiefste Verzweiflung gestürzt. Er war unglücklich, sein ganzes Leben schien ihm unter einem so unseligen Stern zu stehen, daß er vier Astrologen, zwei Juden und zwei Christen, um sein Horoskop bat. Wann, drängte er sie, würde ihn endlich der Tod von der Bürde dieser Welt erlösen? Zögerlich verkündeten sie ihm, sein Ende sei nah, doch anstatt in dieser Prophezeiung Trost zu finden, verfiel er nun in panische Angst.

»Und was, glaubst du, was macht er, um sein Elend zu vergessen?« platzte Diana eines Nachmittags heraus, als sie noch erschöpfter als sonst bei Daniel eintraf.

»Er spielt.«

»Die Vorsteher der Gemeinde lassen sich mit in die Sache hineinziehen. Um die Juden von Venedig vor dem Skandal zu bewahren, daß einer der Ihren, eine geachtete Persönlichkeit noch dazu, seine Spielschulden nicht zahlt, stellen sie ihn als Lehrer ein, damit man von seinem Gehalt etwas einbehalten und seinen Gläubigern auszahlen kann.«

Daniel schloß sie in die Arme, versuchte sie zu trösten, aber sie war so sehr in ihrem Unglück befangen, daß sie nicht darauf reagierte. In diesem Augenblick wollte sie nichts weiter als jemandem ihr Herz ausschütten, der außerhalb ihres alltäglichen Lebens stand.

»Kannst du dir diese ungeheuren Widersprüche vorstellen, die unsere Familie zerreißen? Aus ganz Europa kommen die christlichen Gelehrten, denen das biblische Hebräisch Kopfzerbrechen bereitet, und hören sich die Erklärungen meines Vaters an. Andere wollen bei ihm jüdische Riten und Gebräuche lernen. Und die Juden respektieren ihn so sehr, daß sogar Rabbiner aus Amsterdam und Hamburg ihn um Rat fragen, wenn sie ein Problem nicht lösen können. Hier in Venedig strömen selbst die Fürsten ins Ghetto, um ihn predigen zu hören. In dieser toleranten Stadt ist er eine Art Brücke zwischen der christlichen und der jüdischen Welt geworden.«

»Tolerant, wenn ihr auf so eingeschränktem Raum leben müßt?«

»Alle fremdländischen Gemeinschaften – die deutschen Kaufleute, die Griechen, die Türken, die Albaner – waren hier stets auf ihre eigenen Wohnviertel beschränkt. So halten die Behörden sie in Schach. Doch das hindert uns Juden nicht daran, uns frei unter die Venezianer zu mischen. Wir kennen und bewundern ihre Kultur, nehmen sie auf und passen sie an, um damit unsere eigene zu bereichern. Und sie zeigen ein echtes Interesse an unserer Lebensweise. Dieser Offenheit hat mein Vater es zu verdanken, daß er auch außerhalb der Ghettomauern einen so hervorragenden Ruf genießt. Und doch sind wir, seine Familie, kaum mehr als Bettler. Meine arme Mutter geht nie aus dem Haus. Mit ihren rheumageplagten Gelenken könnte sie den Schmerz einfach nicht aushalten, wenn sie die sieben Treppen wieder hinaufsteigen müßte. Es hat mal eine Zeit gegeben, da hat sie protestiert, aber nun hat sie schon lange resigniert, und ihr Schweigen verletzt mich mehr als die bittersten Vorwürfe. Seit Angelos Tod sitzt sie reglos da, ein völlig apathisches Häuflein Elend. Selbst das kleine Lächeln, das sie Musa schenkte, wenn er sie begrüßte, ist ihr inzwischen vergangen. Sie schafft es nur noch, matt zu nicken, wenn er ihr eine Dose türkischen Honig oder eine Tüte Pistazien mitbringt, um sie aufzumuntern. Oft, nicht nur, wenn er wieder beim Kartenspiel verloren hat, versetzt ihr bloßer Anblick den berühmten Rabbi Motta in eine so unbezähmbare Wut, daß er all seine Frustration an ihr ausläßt. Kannst du dir auch nur vorstellen, wie absurd, wie ungerecht das alles ist?«

»Familiendramen sind mir nichts Neues«, platzte es aus ihm heraus, und er bedauerte das sofort, weil sie nun vielleicht eine Erklärung dafür haben wollte. Aber Diana hatte die Bedeutung seiner Worte nicht begriffen. Zu sehr waren ihre Gedanken mit den paradoxen Gegebenheiten ihrer eigenen Wirklichkeit beschäftigt, als daß sie die Widersprüche in seinem Leben bemerkt hätte.

»Gestern ist Marino bei uns aufgetaucht«, fuhr sie fort. »Vater wiegt sich in der Illusion, daß er zur Vernunft kommen wird, jetzt, da Angelo nicht mehr bei uns ist, genauso wie er sich vormacht, welche Reichtümer er gewinnen wird, wenn er das nächste Mal die Würfel rollen läßt. Aber der Rabbi in seiner unendlichen Weisheit irrt sich, wie immer, wenn es um seine eigene Familie geht. Marino ist als Tunichtgut geboren.«

Daniel sehnte sich danach, sie zu lieben, glaubte, daß seine Zärtlichkeit ihre Sorgen lindern würde, aber sie zog sich vor ihm zurück, war melancholisch und teilnahmslos. Die Abenddämmerung brach bereits herein, als sie sich zum Gehen wandte. Er bot ihr an, sie nach Hause zu begleiten, und diesmal nahm sie ohne Zögern an.

Es war nur ein kurzer Fußweg von San Geremia über die Guglie-Brücke, und dann am Kai von Pescania entlang ins jüdische Wohnviertel. Obwohl es immer noch regnete, war zumindest der Wind ein wenig abgeebbt, so daß sie auf dem Weg nicht gegen den Sturm ankämpfen mußten. Sie waren halb über den Campiello delle Scuole im Herzen des Ghetto Vecchio, als sie hinter sich schwere Schritte hörten. Wenige Augenblicke später hasteten ein paar Männer an ihnen vorüber. Diana warf einen kurzen Blick auf ihre Gesichter, während sie vorbeirannten, und wußte sofort, daß es keine Bewohner des Ghettos waren. »Schnell! Ich will zu Hause sein, ehe diese Bande Ärger macht«, rief sie.

Aber der Ärger war schon da. Als sie auf den Campo del

Ghetto Nuovo kamen, hatte sich die Meute bereits vor dem Haus zusammengerottet, in dem die Mottas lebten. In ihrer Mitte wand sich jemand mit auf den Rücken gebundenen Händen. »Marino!« keuchte Diana. »Ich wußte es! Es ist Scarpa! Er hat ihm die ganze Zeit über aufgelauert! Gott allein weiß, wie diese Sache ausgeht.«

»Geschwind! Du gehst nach Hause und beruhigst deine Eltern. Ich folge den Leuten, um herauszufinden, was sie vorhaben.«

Die Gruppe verschwand rasch in Richtung der Ghetto-Nuovo-Brücke über den Rio di San Girolamo. Daniel versuchte noch, sie einzuholen, als er aus einem halb verfallenen Gebäude an der Ecke der schmalen Gasse, die zur Brücke führte, rauhe Stimmen hörte.

»Mach einfach genau das, was ich dir sage, dann vergißt Scarpa deine Schuld.«

»Was will der Scheißkerl?«

»Na, na, paß auf, was du sagst. Scarpa ist ein in seiner Zunft außerordentlich geachteter Diamantenschleifer. Er mag es nicht, wenn man seinen Namen besudelt, klar?« Es folgte das Klatschen einer Ohrfeige. »Nur Geduld, dann wirst du schon sehen.«

Die Nacht zog herauf und mit ihr die Kälte. Daniel begann zu frieren. Aber er durfte um Dianas willen seinen Wachposten nicht aufgeben. Er schlug den Umhang noch fester um sich und rannte auf den Eingang des Gebäudes zu, das dem gegenüber lag, in dem man Marino festhielt. Zum Glück waren die Straßen und Gassen des jüdischen Wohnviertels an diesem Winterabend menschenleer, weil sich alle Einwohner daheim vor den Kaminen zusammendrängelten.

Daniel hatte keine Vorstellung davon, wieviel Zeit verstrichen war, als ihn das regelmäßige Ruderklatschen einer schweren Barke aufschreckte, die über den Rio di San Girolamo auf den Eingang des Ghetto Nuovo zuhielt. Er drückte sich tiefer in den Schatten des Türbogens, in dem er sich untergestellt hatte, so daß er das Haus beobachten konnte, in dem man Marino gefangenhielt. Nachdem die Barke angelegt hatte, hörte er die Geräusche eines Handgemenges. Mit Leichtigkeit wurde der Wachtposten am Tor zum Judenviertel überwältigt. Mit einem Fußtritt öffnete jemand die Tür, die Daniel im Visier hatte. Marino wurde von seinen Häschern hinausgestoßen, von denen jeder ein Messer in der Hand hielt.

»So, und jetzt führst du Mistkerl die Leute von der Barke an einen Ort, wo sie die Ware verstecken können, die sie mitbringen.«

»Was für Ware?«

»Das geht dich gar nichts an.«

»Doch, das tut es. Woher kann ich sonst wissen, wieviel Platz sie brauchen?«

»Es sind Tuchballen.«

»Empfindlich?«

»Seide und Goldbrokat. Also, biete uns nicht irgendein halb überflutetes Kellerloch an.«

Marino ging ein paar Schritte vorwärts, erst zögerlich, dann zunehmend selbstsicher; ihm war offenbar ein Versteck eingefallen. Er überquerte den Campo del Ghetto Nuovo und führte die Männer, die die gestohlene Ware trugen, über die Brücke ins Ghetto Vecchio und von dort durch die Gasse, die zum Corte dell' Orto führte. Zwischen dem Corte und dem Kanal stand da der Schuppen, in dem Angelo versucht hatte, Silber herzustellen. Jetzt lag er völlig verlassen. Wer, so flüsterten sich die Einwohner des

Ghettos zu, wer konnte denn garantieren, daß er nicht noch mit den tödlichen Dünsten durchzogen war, die Angelo Motta das Leben gekostet hatten?

Daniel folgte ihnen in sicherem Abstand. Er drückte sich flach gegen die Mauern, die die Gasse zum Corte dell' Orto säumten, schlüpfte lautlos von einem Türbogen zum nächsten und erreichte den Schuppen, als einer der Halunken gerade mit einer einzigen Handbewegung den Tisch abräumte, an dem Angelo einmal seine Experimente durchgeführt hatte. Becher, Brenner, Rohre und Kessel fielen polternd zu Boden. Nachdem sie den Tisch sauber abgewischt hatten, stapelten die Männer Stoffballen um Stoffballen darauf, so viele, daß Daniel, der durch die Spalten in der wackeligen Bretterwand blinzelte, den Überblick verlor. Dann hielt einer von ihnen Marino das Messer an die Kehle. »Du weißt, was dir passiert, wenn du nur ein einziges Sterbenswörtchen verlauten läßt.«

Und damit machten sich die Ganoven aus dem Staub, rannten zurück zur wartenden Barke.

Daniel hatte nur einen Gedanken: Wie konnte er Dianas Bruder schützen? Er hatte gesehen, was für ein ungeheurer Raubzug dies gewesen sein mußte. Nicht einmal die korruptesten Gesetzeshüter konnten es wagen, derlei zu ignorieren. Sie würden schließlich das Diebesgut finden. Es war allgemein bekannt, daß gestohlene Ware oft im Ghetto versteckt wurde. Und wenn man die Täter schnappte, wie konnten sie ihre Unschuld besser beweisen, als dadurch, daß sie mit dem Finger auf den Juden deuteten, der die Ware in Empfang genommen hatte?

Marino stand benommen und reglos neben dem Schuppen, als Daniel auftauchte und ihn fest am Arm packte. »Komm mit.«

»Wer seid Ihr?«

»Das ist gleichgültig. Ich habe alles gesehen. Ihr braucht jetzt den Schutz des Gesetzes. Ich bürge für Euch.«

Daniel ließ Marino keine Zeit zum Protestieren, sondern schob ihn vor sich her durch das Ghetto Vecchio zum Tor des jüdischen Wohnbezirks am Kai von Pescara. Dort weckte er den Wachmann, der eigentlich hätte aufpassen sollen. Der Kerl saß am Boden, den Rücken an das verriegelte Tor gelehnt, die dicken Beine weit gespreizt. Er war wohl langsam hinuntergesackt, als der Inhalt der großen Korbflasche, die leer neben ihm lag, zur Neige ging. Wenn er sich betrunken hatte, um sich gegen die Nässe und die Kälte und die unerträgliche Langeweile zu wappnen, wer konnte es ihm verübeln? In einer Nacht wie dieser würde sich ohnehin niemand aus dem Ghetto wagen.

Daniel beugte sich zu ihm hinunter und legte ihm eine Handvoll Dukaten auf die kalte, nasse Pranke. »Nehmt diesen Mann in Gewahrsam. Eine Bande von Halsabschneidern ist gewaltsam ins Ghetto eingedrungen und hat ihm angedroht, man würde ihn umbringen.«

Der Wachmann war noch schlaftrunken und brauchte eine Weile, bis er Daniels Worte begriff. »Woher wißt Ihr das denn?« murmelte er mit belegter Stimme.

»Ich war gerade auf dem Nachhauseweg aus dem Ghetto, als ich sie bemerkte, also bin ich umgekehrt und ihnen gefolgt, um zu sehen, was sie vorhatten.«

»Und warum wollen sie diesem jungen Herrn den Garaus machen?« erkundigte sich der Wachmann und rieb sich das kalte Hinterteil, während er sich aufrappelte und Daniel mit glasigen Augen anschaute.

»Streit um eine Frau.«

»Ach so«, murmelte der Mann mit einem schläfrigen

Achselzucken und warf einen begehrlichen Blick auf die restlichen Münzen, die noch in Daniels Hand glänzten. »Kommt immer wieder mal vor. Wenn wir jeden Mann schützen würden, der sich in Venedig in die Dame eines anderen verguckt ...«

Einige zusätzliche Dukaten brachten ihn zum Schweigen. »Ich paß schon auf ihn auf, keine Sorge. Und Ihr macht, daß Ihr nach Hause kommt, ab ins Bett, daß Euch Euer Liebchen die kalten Knochen wärmt.«

Und damit schloß er das Tor auf, klatschte Daniel kumpelhaft auf die Schulter und ließ ihn heraus.

Die Nacht war schon beinahe vorüber, als Daniel sein Haus erreichte. Erschöpft schlief er sofort ein, wurde aber beim ersten Licht des Morgens von Dianas heftigem Klopfen an der Tür aufgeweckt. Seine Stimme war noch schlaftrunken, als er ihr die Ereignisse der vergangenen Nacht erzählte und berichtete, wo Marino abgeblieben war.

»In Gewahrsam?« rief sie entsetzt. »Wenn man die Täter schnappt, werden sie ihn anschwärzen, daß er die gestohlene Ware entgegengenommen hat, und ihn mit in die Sache hineinziehen.«

»Wer sagt denn, daß man die Schuldigen findet? Und wenn man sie erwischt, stecken sie in großen Schwierigkeiten, denn ich war dabei, als Augenzeuge, und habe alles gesehen.«

»Nein! Niemals! Auf keinen Fall darfst du mit in diese Sache verwickelt werden. Das verbiete ich dir kategorisch. Du kennst diese Halunken nicht. Sie haben überall Komplizen. Während ein paar dieser Kerle auf einer Galeere rudern oder irgendwo in einem dunklen Keller vermodern, nachdem man ihnen die rechte Hand abgehackt hat, rächt sich der andere Teil der Bande. Ich könnte nicht mit dem Gedanken leben, daß auch dein Leben gefährdet ist. Du hast getan, was du konntest, um Marino zu schützen, und das reicht. Er hat es nicht besser verdient. Er war schon immer ein ungehorsamer Bursche, ist ständig von einem Schlamassel in den nächsten getappt.«

»Nun, im Augenblick ist er jedenfalls in Sicherheit. Jetzt geh du nach Hause und beruhige deine Eltern. Ich mache einen Spaziergang zum Rialto und sehe zu, was ich herausfinden kann. Halte auf dem Platz des Ghetto Nuovo nach mir Ausschau. Ich warte dort, bis du herunterkommst.«

Als Diana fort war, stand Daniel eine Weile vor seinem Haus, räkelte sich und atmete in tiefen Zügen die frische Morgenluft ein, um einen klaren Kopf zu bekommen. Der Regen hatte aufgehört, und obwohl der Boden noch naß war und vor Pfützen glänzte, war doch der Himmel wolkenlos. Er beschloß, zu Fuß zum Rialto zu gehen. Nach so vielen faulen Tagen verlangte es ihn nach Bewegung, und vielleicht konnte er auch unterwegs das eine oder andere Gerücht auffangen. Er machte sich sofort auf den Weg. Das Gewirr von Kais und Gassen, das zum Stadtzentrum führte, lag noch immer in tiefem Schlummer. Erst allmählich wurden grüne und ockergelbe Fensterläden aufgestoßen, schauten verschlafene Menschen mit zerzaustem Haar vorsichtig nach dem Wetter. An jeder Straßenecke, an jeder Ladentür, in allen Tavernen und vor allen Banken gab es nur ein Thema: den Raub. Stückchen für Stückchen setzte Daniel die ganze Geschichte zusammen, und jedes neue Detail war immer noch überraschender.

Der Raub hatte in der Merceria stattgefunden, in dem Laden gleich beim Wirtshausschild des Gasthofs »Zur Madonna«. Er erinnerte sich sofort, denn nebenan war das Geschäft des rundlichen kleinen Schneiders, bei dem er seine Ausstattung für das Bankett in der Ca' Dario bestellt hatte. Der beraubte Laden war weithin bekannt; sein Besitzer, ein gewisser Bartolomeo Bergonzi, versorgte keinen geringeren als den Dogen selbst und alle Würdenträger der Republik mit Goldtuch, Seide, Samt und Brokat. Man hatte Waren im Wert von 60000 Dukaten gestohlen, behaupteten manche, andere wieder redeten von 100000 Dukaten. Das war an sich schon skandalös genug. Doch eine ganz andere Frage war in aller Munde: Wie konnte in einem so gut bewachten Gebiet ein solcher Einbruch der Aufmerksamkeit der Polizei entgangen sein? Oder hatten die Gesetzeshüter einfach beide Augen zugedrückt?

David bewegte sich langsam auf das Wirtshausschild der »Madonna« zu, und obwohl man Wachtposten aufgestellt hatte, um die Neugierigen fernzuhalten, schaffte er es doch, über ihre Köpfe hinweg zu sehen, wenn er sich auf die Zehenspitzen stellte. Zu seiner großen Überraschung stellte er fest, daß Tür und Türsturz des Ladens völlig unversehrt waren. Er konnte nirgends ein Anzeichen dafür ausmachen, daß sich jemand gewaltsam Zutritt verschafft hatte. Es war, als hätte jemand einfach die Tür aufgeschlossen, wäre in die Geschäftsräume spaziert und hätte sich bedient. Selbst im extravagant unwirklichen Venedig war das erstaunlich.

Während die Menschenmenge gaffte und sich in allen möglichen Spekulationen erging, erschien der Stadtschreier. Mit lauter Stimme verkündete er, derjenige, der sachdienliche Hinweise geben könnte, hätte eine Belohnung von 1000 Dukaten zu erwarten. Unter gewöhnlichen Umständen hätte Daniel Farrar, den man in einer wohlgeordneten Gesellschaft zu einem ehrlichen und gesetzestreuen Bürger erzogen hatte, es für seine Pflicht und Schuldigkeit gehalten, zu berichten, was er wußte. Aber nichts, weder sein Leben in Venedig noch die Stadt selbst war in seinen Augen gewöhnlich. Wenn er jetzt vor die Behörden trat, würden sie zuerst etwas über ihn wissen wollen, ehe sie seine Zeugenaussage *bona fide* annahmen, und wer vermochte schon zu sagen, wozu das noch führen konnte? *Haltet den Mund geschlossen und den Kopf gesenkt.* Mehr noch, Diana, die sich eher damit auskannte, wie es in der Unterwelt zuging, hatte ihn angefleht, sich nicht einzumischen. Ihre Liebe war ihnen so kostbar geworden, daß keiner von beiden sie aufs Spiel setzen wollte. Leise schlich er sich davon und wandte sich dem Canal Grande zu. Von hier aus wollte er ein Boot zurück nach Cannaregio nehmen, um Diana genau zu berichten, was geschehen war.

Als er am Kai ankam, war der Stadtschreier schon dort gewesen. Daniel wollte gerade eine Gondel heranwinken, als er einen Mann sah, der von einer schweren Barke an Land sprang, die in einiger Entfernung vertäut lag. Neugierig geworden, folgte Daniel ihm – zum nächsten Posten der *Cinque alle Pace* – der Ordnungshüter. Und warum auch nicht? Er würde beteuern, daß er nur ein Bootsmann sei, der seine Barke an diesem Tag noch ein letztes Mal vermietet hatte, ohne eine Frage zu stellen, ehe er sie für die Nacht festmachte, und jeder würde ihm glauben, daß er unschuldig war. Mit tausend Dukaten in der Tasche konnte er auf Scarpa pfeifen, allen seinen Töchtern eine Mitgift mitgeben, wenn er denn welche hatte, und dann mit seiner Barke die Brenta hinauf verschwinden und eine Weile in Padua wie ein Herr in Saus und Braus leben und abwarten, bis Gras über die Sache gewachsen war.

Als Daniel ins jüdische Wohnviertel kam, fand er dort alles in hellem Aufruhr. Man durchsuchte jeden Zentimeter. Die *Cattaveri*, die im Ghetto Nuovo für Zucht und Ordnung zu sorgen hatten, durchkämmten jedes Gebäude, ein überfülltes Geschoß nach dem anderen, während ihre Rivalen von den *Cinque Savii*, die für das Ghetto Vecchio zuständig waren, jeden Winkel jeder Schule, jeder Synagoge, jeder Taverne und jedes Innenhofes durchforschten. Es wäre nicht das erstemal gewesen, daß Diebesgut auf verschlungenen Pfaden ins jüdische Viertel gelangt war und dort nach einer Weile von den Gebrauchtwarenhändlern verkauft wurde. Aber eine derartig große Menge kostbarer Stoffe konnte man kaum unbemerkt veräußern. Noch viel weniger ließ sie sich leicht verbergen. Sobald Diana Daniel aus dem Fenster ihrer Wohnung erspäht hatte, eilte sie die Treppe hinunter und winkte ihn mit einer Handbewegung zu sich in den Eingang des Hauses. Die *Cattaveri* waren aufgetaucht, als sie gerade nach Hause gekommen war, berichtete sie ihm. Aber das war, wie Daniel feststellte, wohl noch vor der Meldung des Bootsmanns gewesen. Wieviel hatte der Mann denn von dem mitbekommen, was sich tatsächlich im Ghetto abgespielt hatte? Wenn er überhaupt etwas gewußt hatte! Wie auch immer, jeden Augenblick mußte die Verstärkung eintreffen. Kurz darauf kamen aus allen Himmelsrichtungen, zu Land und zu Wasser die Wachen der *Cinque alle Pace* herbeigeströmt und liefen auf dem Campo del Ghetto Nuovo zusammen.

»Der Schuppen! Wo ist der Schuppen?« brüllten sie die *Cattaveri* an.

»Schuppen? Was kümmert uns ein Schuppen? Wir suchen ein sicheres Versteck!«

»Ihr unnützes Gesindel! He, ihr da!« schrien die Gesetzeshüter einer Handvoll Juden zu, die neugierig an den Türen ihrer Häuser herumlungerten.

»Wo ist der Schuppen?« wiederholten sie. »Bringt uns sofort hin, sonst landen alle Juden von Venedig auf der Galeere.«

»Schuppen? Welcher Schuppen?«

»Der Schuppen, in dem die gestohlenen Stoffballen liegen.«

Die Juden schauten einander ratlos an. »Wißt ihr etwas von einem Schuppen?«

Alle schüttelten verwirrt den Kopf. »Ein Schuppen? Ein Schuppen?«

Dann tauchte der Vorsteher der jüdischen Gemeinde auf, den der Lärm aufgeschreckt hatte. Giacomo Luzzatto war ein reicher und geachteter Mann, und seine Anwesenheit verlieh der ganzen Situation zumindest einen Anschein von Würde.

»Ich glaube, ich weiß, welchen Schuppen ihr sucht«, warf er dazwischen. »Er steht im Ghetto Vecchio, aber es ist ein unglückseliger Ort, den wir völlig aus unserem Gedächtnis verbannt haben.«

Eine große, magere, seltsam schlaksige Gestalt, anscheinend der befehlshabende Offizier der Wachmannschaft, löste sich aus der Gruppe seiner Leute und trat auf Luzzatto zu, der mitten auf dem Platz stand. »Unglückselig? Erklärt Euch näher«, befahl er mit tiefem Baß, der nicht recht zu seinem schmächtigen Körper passen wollte.

»Dort sind seltsame alchemistische Experimente durchgeführt worden, und derjenige, der sie gemacht hat, ist an den tödlichen Substanzen gestorben, die sich dort entwickelt haben. Seither hat es niemand gewagt, sich diesem Ort wieder zu nähern. Bei allem Respekt, mein Herr, Respekt vor Euch und Euren Männern, den achtbaren Gesetzeshütern der Republik, würde ich Euch um Eurer eigenen Sicherheit willen nicht raten, einen Fuß in diese Bruchbude zu setzen.«

Die Wachleute schauten einander verwirrt an. Nach kurzer Überlegung erwiderte der Offizier: »Wenn die gestohlene Ware wirklich dort ist, dann reicht es, wenn wir einen Trupp Männer ringsum – in sicherem Abstand – aufstellen, damit niemand das Diebesgut heimlich fortschaffen kann. Wenn es allerdings inzwischen schon wieder verschoben wurde«, fügte er mit einem Achselzucken hinzu, »dann soll das nicht mehr unsere Sorge sein.« Er wandte sich zu Luzzatto um und befahl mit einer Autorität, die man von dieser schlaksigen Gestalt kaum erwartet hätte: »Niemand verläßt das jüdische Wohnviertel, ehe wir nicht herausgefunden haben, wer der Komplize bei diesem Verbrechen war. Nur einer von Euch kann den Halunken den Weg zu diesem vermaledeiten Schuppen gewiesen haben.«

Entsetzte Laute des Schreckens waren aus der kleinen Gruppe von Männern zu hören, die sich um Luzzatto versammelt hatten. Ab jetzt wurden sie alle für ein Verbrechen eines einzigen von ihnen verantwortlich gemacht. Eines einzigen, den sie demaskieren und aus ihrer Gemeinschaft ausstoßen mußten. Doch wer wagte es schon, gegen einen Glaubensbruder auszusagen? Andererseits, wer konnte es wagen, das nicht zu tun, wo doch die gesamte Gemeinde Gefahr lief, für die Untaten eines einzigen bestraft zu werden? Fragende Augen richteten sich auf Luzzatto. Jeder wußte, welche Familie diesen Schuppen genutzt hatte. Außer ihnen würde kaum jemand den Mut besitzen, sich ihm zu nähern. Aber nicht einer der Männer brachte es über sich, den Namen auszusprechen. Schwer lastete das Schweigen auf dem Platz. Ein Schweigen, das niemand zu brechen bereit war. Niemand.

Da trat eine gebeugte Jammergestalt mit graumeliertem Bart aus einem Hauseingang und schlurfte auf die Mitte des Platzes. Mit sichtlicher Mühe richtete sich der Mann auf, blickte dem Offizier gerade in die Augen und erklärte mit bebender Stimme: »Mein Sohn, Marino Motta, wurde mit vorgehaltenem Messer gezwungen, die Männer zu dem Schuppen zu führen, wo die gestohlene Ware versteckt wurde. Er konnte nicht selbst kommen und eine Aussage machen, weil er in Gewahrsam genommen wurde, um ihn vor den Angriffen der Mörder zu schützen.«

Eine Woge der Erleichterung breitete sich vom Platz aus und erreichte selbst die fernsten Winkel des Ghettos.

»Ich bitte Euch, geehrte Gesetzeshüter unserer geliebten und erhabensten Republik, meinen Sohn gnädig zu behandeln. Er mag in schlechte Gesellschaft geraten sein, aber er hat keinen Anteil an dem Raub, der gestern nacht begangen wurde.«

»Das würde wahrhaft jeder Vater behaupten«, spöttelte der Offizier und richtete sich zu voller Größe auf. »Aber wenn er geständig ist und uns zum Rest der Bande führt, dann kommt er vielleicht mit einer Verbannung davon und muß nicht auf der Galeere rudern.«

So war es dann auch. Scarpa wurde gefaßt und zu zwanzig Jahren auf der Galeere verurteilt. Das kam einem Todesurteil gleich, denn nur wenige überlebten die Kombination aus Hunger, ansteckenden Krankheiten und Schwerstarbeit länger als ein paar Monate. Seine Komplizen wurden aus Venedig verbannt, und all ihr Eigentum wurde beschlagnahmt, um den Händler für seinen Verlust zu entschädigen. Wenn sie je nach Venedig zurückkehren sollten, würde man sie zwischen den beiden hohen Säulen auf dem Markusplatz aufknüpfen. Beim Prozeß stellte sich heraus, daß unter den Komplizen auch zwei Angestellte des Magistrats der *Cattaveri* waren. Die stattliche Summe, die ihnen Scarpa als Bestechung angeboten hatte, war eine zu große Versuchung für sie gewesen. Und so hatten sie ihm die Tür zu Bartolomeo Bergonzis Laden mit einem Nachschlüssel aufgesperrt, den sie hatten anfertigen lassen. Auch Marino wurde aus Venedig verbannt, aber bei ihm gab es nichts zu beschlagnahmen.

Kapitel 12

»So ist es schon immer mit ihm gewesen. Jetzt siehst du die Widersprüche einmal selbst.« Daniel sagte nichts, ließ Diana reden, bis sie sich ein wenig beruhigt hatte.

»Er treibt uns zur Verzweiflung. Häuft Schulden an, jammert über sein Schicksal, als wären die Sterne und nicht etwa er selbst dafür verantwortlich. Dann versinkt er in Melancholie und setzt sich wieder an den Spieltisch, um seine Sorgen über dem Kartenspiel zu vergessen. Anschließend macht er eine noble Geste und wäscht sich von allem rein. Es hat schon ungeheuer viel Mut dazu gehört, sich so öffentlich der Schande auszusetzen. Die gesamte Gemeinde hat ja hinter den Gardinen zugeschaut. Er hätte die Angelegenheit auf weniger auffällige Art regeln können. Doch angesichts eines derart ehrenhaften Auftretens verraucht aller Zorn, und wir sind wieder grenzenlos stolz auf ihn.«

»Als Gelehrten oder auch als Mensch?«

»Beides in diesem Falle.«

»Ich weiß von seinen sprachlichen Fertigkeiten und daß er ein brillanter Kenner jüdischer Gebräuche und Glaubensregeln ist. Du kennst ihn doch ziemlich gut. Reicht dir das wirklich aus, um ihn auf einen so hohen Sockel zu stellen?«

»Er besitzt ein ungeheures und umfassendes Wissen. Er kennt sich nicht nur mit allen Aspekten jüdischer Gelehrsamkeit aus – mit dem Talmud, der hebräischen und aramäischen Grammatik, der hebräischen Lyrik, den Schriften der Kabbala – und auch mit den Schmähschriften gegen die Kabbala und die jüdische Literatur, die in Spanien vor der Vertreibung und in den letzten hundert Jahren in Italien verfaßt wurden, mit den Schriften, die heute aus Polen und aus dem ottomanischen Reich zu uns gelangen. Aber die christlichen Gelehrten schätzen ihn besonders wegen seiner Kenntnisse der nicht-jüdischen Gelehrsamkeit. Er hat sich intensiv mit den Philosophen der Antike beschäftigt, mit dem Neuen Testament, den Werken der christlichen Scholastiker, mit lateinischer und italienischer Grammatik und Stilkunde, italienischer Lyrik und Prosa, ja sogar mit wissenschaftlichen Werken. Außerdem besitzt er die bemerkenswerte Fähigkeit, jeden Aspekt eines Problems zu erkennen und zu analysieren. Deswegen widerspricht er manchmal schon am nächsten Tag seiner Meinung vom Vorabend. Sein Geist ist ganz frei, läßt sich nicht von irgendwelchen Sitten und Gebräuchen einschränken, die er für zu starr hält.«

»Wie zum Beispiel dem Verbot von Musik in der Synagoge?«

»Genau. Dafür muß man ihn doch bewundern, ganz gleich, was für Fehler er sonst hat.«

Daniel antwortete nicht sogleich. Langsam glitt sein Kopf vom weichen Kissen ihrer Brüste hinunter, seine Lippen wanderten über ihre schlanke Taille, über die sanfte Wölbung ihres Bauches, bis die Leidenschaft sie beide mitriß. Nachdem sie sich im warmen Gefühl ihres Einsseins ausgeruht hatten, spürte er, daß nun auf die Vereinigung der Körper auch der Einklang der Seelen folgen mußte.

»Das, was du Widerspruch nennst, würde ich als Tragödie bezeichnen«, flüsterte er, und seine Stimme wurde sicherer, während er weitersprach. »In der kurzen Zeit, seit ich dich kenne, hast du beide Brüder verloren, Angelo für immer und Marino so gut wie für immer. Deine Mutter erleidet ein Martyrium, und du mußtest die Freiheit, die dir dein Witwenstand schenkt, ausnutzen, um deine Eltern aus der jämmerlichen Lage zu befreien, in die dein Vater sie mit seiner Spielleidenschaft gebracht hat. Ich begreife nicht, wie selbst der höchste öffentliche Ruhm diese privaten Mißstände aufwiegen kann.«

»Weil du als Außenstehender keine Gefühle für diesen Mann hegst.«

»Als Außenstehender kann ich ihn aber aus einem Blickwinkel sehen, der dir verwehrt ist. Ich kann ihn leidenschaftslos beurteilen, das Bild, das sich die Welt von ihm macht, mit der Wirklichkeit vergleichen, unter der du leidest. Und aus der es meiner Meinung nach keinen Ausweg gibt. Wenn du dich nicht daraus befreist, dann taumelt dein Leben von einer Tragödie zur nächsten, bis deine Kräfte erschöpft sind und du unter all deinen Ängsten und Sorgen zusammengebrochen bist. Wäre ich nur ein zufälliger Beobachter, so würde ich die Achseln zucken und weitergehen, dich deinem Schicksal überlassen. Aber dein Glück liegt mir am Herzen, weil ich dich liebe, und deswegen möchte ich dich aus der Falle retten, die hinter dir zugeschnappt ist, möchte dir die Freiheit zurückgeben, nach der sich deine Seele verzehrt – wirkliche Freiheit, nicht den schönen Schein von Freiheit, den du dir vorgaukelst, weil du allen Konventionen die Stirn bietest. Ich glaube schon immer, daß jeder Mensch zunächst sich selbst gegenüber in der Pflicht steht, daß er zunächst einmal mit sich selbst in Frieden leben muß. Sonst stünde ich heute nicht hier. Jetzt, da uns das Schicksal zusammengeführt hat, uns vereint hat, ist es unsere Pflicht, auch dich zu retten, dich von einem Schicksal zu erlösen, das dich schließlich zerstören würde, dir jenes Maß an Würde und Zufriedenheit zurückzugeben, auf das jeder einen Anspruch hat.«

Diana war von Daniels leidenschaftlicher Rede zutiefst bewegt und überlegte lange, ehe sie antwortete.

»Mit größter Anstrengung und mit dir an meiner Seite könnte es mir gelingen, die Bande zu sprengen, die mich, wahrscheinlich gegen jede Vernunft, an meinen auf Abwege geratenen Vater fesseln. Doch wenn ich jetzt meine Mutter verließe, nach allem, was geschehen ist, dann glaube ich, würde sie völlig zugrunde gehen. Sie war für mich da, als ich sie brauchte. Mit einem solchen Verrat auf dem Gewissen könnte ich nicht leben.«

»Aber indem du ihr Leben erhältst, gibst du dein eigenes auf, das Leben, das sie dir einmal geschenkt hat. Ich glaube nicht, daß du ein solches Schicksal für immer auf dich nehmen könntest. Irgendwann einmal mußt du dich dagegen auflehnen. Bis jetzt hast du vielleicht keinen Ausweg gesehen. Aber nun biete ich dir einen an.«

»Einen Ausweg? Wohin soll ich denn gehen?«

»An einen Ort, wo wir einfach nur wir selbst sein können.«

»Gibt es einen solchen Ort überhaupt, wo wir zwei, so verschieden wie wir sind – einer, der nichts ist, und eine Jüdin –, die Freiheit haben, einfach nur wir selbst zu sein?«

»So verschieden sind wir nicht. Wir sind beide Juden.«

»Was? Du bist Jude?«

»Hätte dein Vater damals ein weniger striktes Urteil gefällt, dann wäre ich das heute.«

»Was hat mein Vater damit zu tun? Er weiß doch gar nichts von dir.«

»Er weiß mehr, als ihr beide ahnt.«

Daniel schlüpfte unter der Decke hervor, die er bis unters Kinn hochgezogen hatte, um sie beide warm zu halten, warf sich ein langes Nachthemd über, schenkte sich ein Glas

Wein ein und setzte sich neben Diana aufs Bett. Er ergriff ihre Hand und entdeckte ihr endlich auch seine Seele.

»Ich stamme aus einer Familie spanischer *Conversos*, die von Anfang an unwillige Christen waren. So wurde ich zu einem widerborstigen Mitglied der katholischen Kirche erzogen. Meine Großeltern wohnten mal in Portugal und mal in Spanien, je nachdem, wo die *Conversos* gerade weniger heftig verfolgt wurden. Doch am Ende holte die Inquisition sie trotzdem ein. Der Vater einer Frau, die der älteste Bruder meines Vaters kurz vor der Hochzeit im Stich ließ, rächte die Ehre seiner Tochter und verriet meine Familie. Mein Vater wurde der Obhut eines Onkels anvertraut, eines weithin bekannten Steuereinnehmers, der anscheinend höherenorts einigen Einfluß besaß. Schließlich wurden meine Großeltern aus den Kerkern der Inquisition freigelassen. Man hatte jedoch all ihre Habe beschlagnahmt, und sie verbrachten ihr weiteres Leben in äußerster Armut und in der ständigen Angst, man würde ihren Fall erneut aufrollen. Der Onkel blieb Vormund meines Vaters und erzog ihn nach außen hin als Christen, während er ihm heimlich eine jüdische Erziehung angedeihen ließ, genau wie es mein Vater später mit mir machte. Er sorgte auch dafür, daß mein Vater ein nützliches Gewerbe erlernte, das er überall ausüben konnte, wohin es ihn verschlug.«

Daniel hielt inne und nippte am Wein, während Diana sprachlos darauf wartete, daß er mit seiner Erzählung fortfuhr.

»Als Vater das Mannesalter erreicht hatte, beschloß er, bei der nächsten Gelegenheit von der iberischen Halbinsel zu fliehen. Diese Gelegenheit ergab sich, als sich die nördlichen Provinzen der Niederlande vom Joch Spaniens befreit hatten. Wir machten uns sofort auf nach Amsterdam, da diese Stadt für ihre Toleranz weithin bekannt war. Dort schloß sich Vater einer kleinen, aber stetig wachsenden Gruppe von *Conversos* an, die genau wie er hofften, hier ihren kostbarsten Traum zu verwirklichen: Sie wollten endlich ihre christliche Maske ablegen und offen zum Glauben ihrer Väter zurückkehren

Aber wie alle, die ein Ideal im Herzen tragen, war er dazu verdammt, seine Illusionen zu verlieren. Da sämtliche Mitglieder der jüdischen Gemeinde, die sich nun entwickelte, ihr ganzes bisheriges Leben als Christen verbracht hatten, tauchten des öfteren Fragen zu religiösen Sitten und Gebräuchen auf, die sie nicht zu beantworten vermochten. Deswegen taten sie das, was Juden schon seit Jahrhunderten tun. Sie legten diese Fragen gelehrten Männern vor und baten sie um Rat.

Dein Vater war einer jener Männer. Zunächst waren seine Antworten durch Toleranz geprägt. Er hatte Verständnis für die bohrenden Fragen, die ihm Männer stellten, die die strikten Beschränkungen nicht akzeptieren mochten, die ihnen von Menschen erlassene Gesetze in ihrem Alltag auferlegten, Gesetze, die sie nicht als geheiligt ansehen konnten. Doch später, als die *Conversos* mehr und mehr Einwände gegen die komplizierten Einzelheiten des talmudischen Gesetzes vorbrachten, wurde Rabbi Mottas Einstellung immer starrer. Nun erinnerte sie uns an jenen anderen Fanatismus, dem wir ja gerade entronnen waren. Unsere Enttäuschung wandelte sich vollends zu Grausen, als er von uns, von erwachsenen Männern, verlangte, wir sollten uns der Prozedur der Beschneidung unterziehen. Mein Vater weigerte sich. Ich floh. So wurde ich zu einem Nichts. Seither bin ich ein Mann, der den Glauben, in dem er nach außen hin erzogen wurde, abgelegt hat, den jedoch jener andere Glaube, dem er anzugehören verlangte, nicht aufgenommen hat.«

Nach ihrer ersten Überraschung reagierte Diana völlig gelassen. »Dieses Problem ist mir nicht neu. Ich habe es jedoch von der anderen Seite zu betrachten gelernt. Es gab einmal eine Zeit, als die orthodoxen Rabbis hier in Venedig meinen Vater wegen seiner liberalen Entscheidungen sehr angriffen. Sie behaupteten, seine Haltung würde die Einheit der jüdischen Sitten und Bräuche und daher des ganzen jüdischen Volkes gefährden. Mit der Zeit wurden die *Conversos* immer zahlreicher und kecker und stellten die Autorität der Rabbiner zunehmend in Frage. Manche argumentierten, Gott hätte diese Vorschriften sicherlich in die Bibel aufgenommen, wenn Er denn die Absicht gehegt hätte, den Mündlichen Gesetzen das gleiche Gewicht zu verleihen wie dem Göttlichen Gesetz des Moses. Angesichts dieser schweren Bedrohung einer jahrhundertealten Tradition blieb meinem Vater nichts anderes übrig, als einen härteren Kurs einzuschlagen. Er hatte Jahre gebraucht, um Rabbi zu werden, nicht etwa weil es ihm am nötigen Wissen gefehlt hätte, sondern wegen seiner notorischen Spielleidenschaft. Diese Position innerhalb der Gemeinde wollte er auf keinen Fall aufs Spiel setzen, nur wegen einiger Männer, die zwischen zwei Religionen standen und sich den Regeln von keiner der beiden unterwerfen wollten.«

»Mit dieser Schwierigkeit haben alle Konvertierten zu kämpfen. Um ihre Aufrichtigkeit als frisch bekehrte Anhänger der neuen Religion unter Beweis zu stellen, müssen sie jeden Buchstaben des Gesetzes streng befolgen, während diejenigen, die in diesem Glauben aufgewachsen sind, so lax sein können, wie sie wollen. Deswegen bin ich weder ein gläubiger Christ mehr noch ein richtiger Jude geworden. Hier in der liberalen Atmosphäre von Venedig ist es mir bisher gelungen, in der anonymen Masse aufzugehen. Aber das ist gefährlich in einer Republik, die ihre Menschen in verschiedene Gemeinschaften und Gilden einteilt, um sie besser kontrollieren zu können. Früher oder später wird mich die Wirklichkeit einholen, und dann muß ich weiterziehen.«

»Wohin würdest du denn gehen?«

»In die Levante, vielleicht nach Saloniki. Der Sultan hat der ersten Welle von Auswanderern aus Spanien erlaubt, die Stadt neu aufzubauen, nachdem die Streitkräfte der Ottomanen sie erobert hatten. Die ursprüngliche Bevölkerung war geflohen, und die Stadt lag in Trümmern. Heute ist sie wieder ein blühendes Gemeinwesen, in dem die Juden praktisch die Regierung stellen, und viele *Converso*-Familien wie meine eigene haben sich dazugesellt. Das wenige, was ich gehört habe, besagt, daß die Flüchtlinge aus Spanien je nach ihrer Herkunftsstadt eigene kleine Gemeinden in der Stadt gegründet haben, jede mit ihren ureigenen Riten und Gebräuchen. Da solche Vielfalt anerkannt und akzeptiert wird, scheint mir diesem Ort die starre Strenge völlig fremd zu sein.«

»Das stimmt vielleicht für die täglichen Lebensregeln, aber wohl kaum, fürchte ich, für jenen grundlegenden Ritus, gegen den du und dein Vater euch gewehrt habt. Man wird euch höchstens ab und zu in die Synagoge lassen, doch in die Gemeinschaft werdet ihr nur aufgenommen, wenn euch jenes unauslöschliche Merkmal aller Mitglieder zeichnet, das Symbol eurer Zugehörigkeit zum jüdischen Volk. Unter den gegenwärtigen Umständen würde man uns nicht miteinander verheiraten.«

»Wer sagt denn, daß wir heiraten müssen?«

»Und wo würdest du begraben sein wollen? Wie ein Hund in ungeweihter Erde?«

»Wenn ich einmal tot bin, wen schert das?«

Diana konnte ihre Bestürzung nicht verhehlen.

Überrascht sagte Daniel: »Ich hatte angenommen, du wärest ein freier Geist?«

»Bis zu einem gewissen Punkt, aber nicht weiter. Eine Predigt, die mein Vater einmal gehalten hat, hat mich zutiefst beeindruckt, wenn auch nicht unbedingt so, wie er es beabsichtigt hatte. Es ging um die Reaktion der Öffentlichkeit auf ein Kunstwerk, in diesem Fall auf eine Statue, die ein Künstler ausgestellt hatte. Die Öffentlichkeit, sagte mein Vater, spricht mit vielen Zungen. Wenn die Skulptur sehr hoch ist, werden alle kleinen Leute sie hassen. Wenn sie niedrig ist, haben die Großgewachsenen etwas dagegen. Sollte der Marmor ein wenig beschädigt sein, spricht man abschätzig davon, und wenn die Adern und Sehnen und Muskeln nicht korrekt abgebildet sind, wird man dies heftig kritisieren. Aber selbst falls die Statue in jeder Weise vollkommen sein sollte, wird das scharfe, doppelschneidige Schwert der Menschenzunge den Künstler verletzen. ›Warum stellt er seine Begabung derart zur Schau? Er ist doch nur auf Ehre und Ruhm aus.‹

Ich habe daraus für mich gefolgert, daß immer irgend jemand etwas an einem auszusetzen hat, ganz gleich, was man macht. Deswegen bin ich bereit, der öffentlichen Meinung die Stirn zu bieten, wenn mir die Umstände keine andere Wahl lassen. Doch was du von mir verlangst, geht darüber weit hinaus. Ich soll mich jenseits aller Regeln stellen und einen bedeutenden Teil meiner Person aufgeben.«

»Und du verlangst von mir, daß ich unsere Liebe, unser Glück mit meinem Verzicht auf die Freiheit erkaufe. Denn ich schrecke ja nicht nur wegen meines Unbehagens über die Beschneidung zurück. Mir geht das Prinzip der Unterwerfung selbst gegen die Natur. Reicht es denn nicht, wenn man die Grundregeln des jüdischen Glaubens akzeptiert und in Übereinstimmung mit seinen Gesetzen ein ehrbares Leben führt? Du, eine jüdische Frau, hast kein unauslöschliches Mal an deinem Körper und bist darum doch um keinen Deut weniger Jüdin. Mehr noch, alle Kinder, die du auf die Welt bringst, gelten als Juden, ganz gleich wer ihr Vater ist. Was ist denn daran logisch?«

»Logik und Religion sind seltsame Bettgesellen.« Sie zog sich hoch, bis sie kerzengerade saß, und fragte ihn dann unverblümt: »Wenn wir einen Sohn bekommen sollten, ehelich oder nicht, würdest du zustimmen, daß er bei der Geburt beschnitten wird?«

»Ich glaube, das würde ich machen, denn es würde ihm das Dilemma ersparen, mit dem ich mich jetzt herumschlagen muß. Es würde ihm die Freiheit geben, im späteren Leben den Weg einzuschlagen, den er möchte.«

Diana war zwar ein wenig erleichtert, hegte aber immer noch Zweifel.

»Es muß doch einen Rabbi geben, der mich so in die Gemeinschaft aufnimmt, wie ich bin.«

»Was bist du denn?«

»Ein Jude, der an den Einen Gott glaubt, sich bemüht, die Zehn Gebote zu befolgen und seinen Nächsten so zu lieben wie sich selbst, der aber auf der Freiheit beharrt, selbst zu denken und zu argumentieren.«

»Aber es gibt grundlegende Riten, auf deren Befolgung jeder Rabbi bestehen würde.«

»Dann irren sich die Rabbis eben. Meine Großeltern haben Jahre in den Kerkern der Inquisition verbracht. Mein

Vater hat sein Geburtsland verlassen, um endlich wieder offen und ehrlich als Jude leben zu können. Ist euch das nicht Beweis genug für den jüdischen Glauben meiner Familie? Wir haben trotz aller Verfolgung so verzweifelt an diesem Glauben festgehalten und wünschen uns nichts sehnlicher, als wieder dazu zurückzukehren. Warum sollten wir nun auch noch einen weiteren Beweis unserer Aufrichtigkeit geben müssen? Befolgen denn die als Juden geborenen, von denen die Männer ohne ihr Zutun gleich nach der Geburt beschnitten wurden, wirklich alle 613 Glaubensvorschriften? Natürlich nicht! Du auch nicht. Ihr seid von Geburt an Juden, und keiner von euch muß noch seine Frömmigkeit unter Beweis stellen. Warum sollten dann diejenigen, die wieder in die Schar der Frommen zurückkehren möchten, abgewiesen werden, nur weil sie ein einziges Ritual ablehnen? So viele Tausende von uns sind umgekommen oder dem Glauben verlorengegangen. Wie können es die Rabbis da verantworten, die abzuweisen, die sich nichts sehnlicher wünschen, als ins Haus Israels zurückzukehren?«

»Ich verstoße selbst gegen viele Regeln. Mich kannst du leicht überzeugen. Aber ob du die Rabbis für deine Argumente gewinnen kannst, das steht auf einem anderen Blatt. Als Vorsteher einer etablierten Gemeinde wie etwa der von Saloniki haben sie die Pflicht, dafür zu sorgen, daß alle ihre Gemeindemitglieder Gottes Bund mit Israel angehören. Und das äußere Zeichen dafür ist nun einmal die Beschneidung. So wird die jüdische Identität festgelegt, und so ist für das Fortbestehen des jüdischen Volkes gesorgt – mit diesem Symbol für die Zugehörigkeit zu einer Nation, die kein eigenes Land hat.«

»Irgend jemand wird doch bestimmt ein offenes Ohr für mich haben. Es gibt keine Regel ohne Ausnahme.«

»Das bezweifle ich. Aber angenommen, du könntest dieses Problem lösen, dann steht dir frei, das zu tun, was die *Conversos*, die wir Levantiner nennen, gemacht haben: Sie sind in den Ländern der Ottomanen zum jüdischen Glauben zurückgekehrt und danach zurückgekommen und haben sich hier in Venedig als Juden niedergelassen.«

»Um hier im Ghetto Nuovo zu leben, so eng zusammengepfercht? Niemals! In Saloniki können wir wohnen, wo wir wollen, und haben soviel Platz, wie wir uns leisten können. Außerdem wäre es unmöglich, daß ich mich hier niederlasse, solange unsere beiden Väter noch leben.«

»Nein. Natürlich nicht. Das hatte ich vergessen.«

»Wir sind beide an eine Vergangenheit gefesselt, von der wir uns zu befreien suchen. Der einzige Ausweg scheint mir, woanders ein neues Leben anzufangen.«

»Mir ist der Gedanke, Venedig zu verlassen, nie gekommen. Es erscheint mir beinahe unvorstellbar. Mich binden hier nicht nur meine Verpflichtungen der Familie gegenüber. Hier ist alles, was ich kenne und liebe.«

»Wenn ich dir ein wenig helfe, würdest du dich rasch an den Gedanken gewöhnen. Ich habe genug Geld. Wir könnten uns dort gut einrichten. Und als Goldschmied kann ich uns ein mehr als angenehmes Leben sichern. Die Sultane und Paschas bräuchten sich ihren Schmuck nicht mehr aus Venedig kommen zu lassen, sondern könnten ihn von mir für einen Bruchteil der Kosten beziehen. Und zudem verspreche ich noch, daß ich nie wieder Spielkarten anrühre.«

»Dazu müßten wir aber erst dein Dilemma lösen. Doch was ist, wenn das nicht geht?«

»Seite an Seite, wenn wir zwei zusammen sind, können wir als freie Geister so leben, wie wir sind, können uns unser eigenes Gesetz schreiben.«

»Das ist eine Illusion, Daniel. Siehst du denn nicht, daß dir der Wunsch, im Namen der Freiheit alle Normen zu brechen, die es nun einmal in jeder zivilisierten Gesellschaft geben muß, die Freiheit genauso beschneidet, wie das deiner Meinung nach die Rabbis tun? Schränkt denn nicht die Tatsache, daß du nicht wie jeder normale Bürger in Venedig leben kannst, weil du dich weigerst, deine Identität nach den Regeln der Stadt zu definieren, genau die Freiheit ein, die du hier gesucht hast? Früher oder später wirst du überall, wohin du auch immer gehen magst, den Gesetzen des Landes gehorchen und ihre Einschränkungen akzeptieren müssen. Das Leben in der Levante, von dem du träumst, läßt sich nicht außerhalb der Gesellschaft des ottomanischen Reiches führen. Wie würdest du zum Beispiel deine Steuern zahlen? Als Moslem oder als Jude? Findest du mehr Gefallen an dem Gedanken, dich als Moslem auszugeben, anstatt eine christliche Lebensart zu heucheln? Selbst wenn es bislang keine islamische Inquisition gibt, die dich verfolgen könnte? Möchtest du ständig am äußersten Rand der jüdischen Gemeinschaft leben, immer in ihrer Nähe, aber niemals als ihr festes Mitglied? Wieder einmal zwischen allen Stühlen? Was du für eine Einschränkung deiner Freiheit hältst, das sehe ich als Befreiung. Eine einzige Handlung, die Entfernung eines winzigen Stückchens überflüssiger Haut und ein, vielleicht zwei Tage Unbehagen, das erlöst dich aus diesem quälenden Dilemma und schenkt dir die Freiheit des Geistes, die man erreicht, wenn man mit sich selbst im reinen ist.«

Darauf wußte Daniel nichts zu erwidern.

Das Licht des Nachmittags war verblaßt. Die Dämmerung schien die Vertrautheit der beiden noch zu erhöhen, zog sie näher zueinander hin.

»Ich muß nach Hause«, sagte Diana schließlich, erhob sich rasch aus dem Bett und zog sich an. »Seit dem Raubüberfall stehen überall Wachen. Es sind nicht die alten vertrauten Gesichter, sondern neue Leute von den *Cattaveri*, die nur zu gern ihren Übereifer unter Beweis stellen möchten. Sie stürzen sich auf jeden, der sich nachts ohne Erlaubnis außerhalb des Ghettos aufhält. Doch wenn du morgen Zeit hast, würde ich dir gern einiges zeigen, was mir in meiner Heimatstadt am meisten am Herzen liegt.«

»Doch wohl keine Kirchen?«

»Warum denn nicht?«

»Weil sie für mich genau den Fanatismus verkörpern, dem wir zum Opfer gefallen sind.«

»Und doch einige der größten Kunstwerke beherbergen, die die Menschheit je hervorgebracht hat.«

»Alles, was einen Glauben verherrlicht, der einen Mann wie Menocchio zum Tode verurteilen kann, nur weil er es gewagt hat, selbst zu denken, verdient es nicht, durch künstlerisches Schaffen noch überhöht zu werden.«

»Und wer soll dann die Künstler bezahlen?«

»Die Patrizier, die Kaufleute, die reichen Handwerker.«

»Genau das tun sie ja hier in Venedig. Du wirst das morgen schon sehen.«

»Mir gefallen nicht die großen Bilderzyklen und dramatischen Szenen am besten. Ich liebe die kleineren, intimeren Werke«, erklärte Diana Daniel, als sie sich der Scuola di San Giorgio degli Schiavoni näherten. »Dies ist die Bruderschaft der dalmatinischen Seefahrer. Obwohl sie inzwischen längst Bürger der Republik sind, bezeichnen die Venezianer sie immer noch hartnäckig als ›Sklaven‹.«

»Dürfen wir denn dort hinein?«

»Man kennt mich hier schon seit meiner Kindheit«, erwiderte Diana, als der Türsteher die beiden mit einem freundlichen Lächeln begrüßte und sie mit einer Handbewegung über die enge Stiege in den Gebetsraum winkte. »Immer wenn wir Schwierigkeiten mit unseren eigenen wohltätigen Gesellschaften hatten, beriet sich mein Vater mit den anderen *scuole* in der Stadt. Oft hat er mich mitgenommen, so daß ich mit der Zeit sozusagen Ehrenmitglied aller *scuole* geworden bin. Hierher sind wir oft gekommen. Wenn sie mit ihren Beratungen fertig waren, haben wir, wie mir schien, stundenlang vor Carpaccios Gemälde vom heiligen Augustinus in seiner Studierstube gestanden. Damals hatte ich keine Ahnung, was meinen Vater so an diesem Bild faszinierte. Heute weiß ich, daß es für ihn alles verkörperte, wonach er sich sehnte: einen großen Raum mit gutem Licht, der elegant, aber schlicht eingerichtet ist und wo er allein sitzen, schreiben und in Frieden meditieren kann. Doch es gibt noch eine weitere Feinheit: Bei seiner liberalen Einstellung muß ihm auch die Kombination humanistischer und religiöser Symbole auf dem Bild gefallen haben. Hier ein Kreuz, dort eine Armillarsphäre, und über den Brevieren hängt ein Astrolabium von der Decke. Der Heilige hat auf seinem Tisch eine Muschel liegen, und auf dem Boden findet sich neben gelehrten Büchern sogar ein Notenblatt.

Ich habe Vater nie gefragt, aber ich habe immer vermutet, daß ihn dieses Gemälde zu einer der wunderbarsten Predigten angeregt hat, die ich ihn je habe halten hören. Ein Künstler, der ein Meisterwerk schaffen möchte, sieht den Weg klar vor sich liegen, begann er. Wenn er den Pinsel noch in der Hand hält und einen Fehler bemerkt oder wenn ihm auffällt, daß seinem Werk etwas fehlt, dann behebt er dies sofort. Er fügt so lange an einer Stelle Farben hinzu, nimmt anderswo etwas weg, zeichnet Umrisse neu, mildert hier die Tongebung, verschiebt dort Gegenstände, bis er alle Defekte behoben hat. Gott dagegen schafft mit einer einzigen Geste Vollkommenheit, seine Werke bedürfen keiner weiteren Veränderung. Der Maler kann auf seiner Leinwand ein Abbild der Natur schaffen, aber er kann ihm nicht den Odem des Lebens einhauchen. Nur der Schöpfer kann eine Seele geben. Und obwohl ein Künstler ein wahres Bild der Natur darstellen kann, so kann doch nur Gott die Blumen und Bäume schaffen. Deswegen, schloß er, gibt es keinen Felsen wie unseren Gott, und auch keinen Künstler, der es Ihm gleich tun kann, der ohne Fehler malt und dessen Werke vollkommen sind. Genau diese geschickte Verbindung von Geheiligtem und Weltlichem bezaubert schon seit jeher die Zuhörer meines Vaters.«

Dianas melancholische Bewunderung verflog, während sie fortfuhr: »Doch als ich ein Kind war, haben mich nicht seine Predigten am meisten gefreut. Da war es der kleine weiße Terrier hier. Es hat mir gefallen, wie lebhaft seine Augen zu seinem Herren aufschauen, wie er nur darauf wartet, daß der ihm ein Zeichen gibt, um ihm dann auf den Schoß zu hüpfen und sich von ihm streicheln zu lassen. Heute scheint mir der kleine Hund eher ein Ersatz für das Kind zu sein, das der Heilige nie haben konnte. Als ich klein war, habe ich meinen Vater gebeten und gebettelt, mir auch ein solches Haustier zu erlauben, aber seine Antwort war immer die gleiche. Unsere Wohnung wäre zu klein, als daß auch noch ein Tier darin Platz finden könnte, und wer würde zweimal am Tag sieben Treppen hinunter und wieder hinaufgehen, um mit dem Hund spazierenzugehen?«

»In Saloniki könntest du so viele Haustiere haben, wie du

willst – Hunde, Katzen, Papageien, sogar einen Pfau.« Daniel lächelte verführerisch, als sie San Giorgio verließen.

Diana reagierte nicht auf diese Bemerkung.

»Wohin nun?«

»Zur Scuola di Sant' Orsola. Das ist eine der kleineren Bruderschaften. Sie befindet sich gleich bei der düsteren Kirche Giovanni e Paolo, wo traditionsgemäß die Dogen begraben liegen.«

Sie gingen am Reiterstandbild eines Condottiere, eines berühmten Söldnerführers, vorüber. Diana erklärte: »So, da wären wir schon bei Sant' Orsola. Hier hat Carpaccio einen ganzen Bilderzyklus zur Legende der heiligen Ursula gemalt«, erläuterte sie weiter, als sie in den zur Zeit menschenleeren Versammlungsraum eintraten, der im Hauptgeschoß lag. »Ich schaue mir allerdings immer nur die Kinderfrau des armen Mädchens an. Sie sitzt unten an der Treppe, während der bretonische König Nothus überlegt, ob er dem Prinzen von England die Hand seiner Tochter geben soll. Sieh dir ihren Gesichtsausdruck an, voller dunkler Vorahnungen, als könnte sie das tragische Schicksal voraussehen, das dem Kind, das sie so liebevoll aufgezogen hatte, bevorstand. Schau sie dir gut an, damit du sie mit der anderen alten Dame vergleichen kannst, die wir noch besuchen.«

»Wo?«

»In der ältesten und reichsten Bruderschaft von Venedig.«

»Noch eine?«

»Diesmal ist es eine wohltätige Laienbruderschaft, die sich Scuola di Santa Maria della Carità nennt. Das Haus liegt auf der anderen Seite des Canal Grande, beinahe gegenüber von der Ca' Dario.«

Als sie auf die geschäftige Wasserstraße zugingen, um ein Boot zu nehmen, erklärte Diana dem verwirrten Daniel, welche Funktion die unzähligen großen und kleinen *scuole* überall in der Stadt erfüllten.

»Ursprünglich waren es nur fromme und wohltätige Gesellschaften, aber mit der Zeit sind aus einigen regelrechte Handwerkszünfte geworden, die sich für die Interessen eines bestimmten Gewerbes einsetzen. Bis heute sorgen sie für bedürftige Mitglieder ihrer Zunft, für Witwen und Waisen, Kranke und Leute, die keine Arbeit haben. Heute, da die politische Macht in Venedig in den Händen weniger reicher Patrizierfamilien liegt, vertreten diese Gesellschaften zusammen die gesamte Mittelschicht und die Gesellen und Plebejer. Manche sind sogar mächtig genug, um Einfluß auf das gesellschaftliche Leben und die Geschäfte der Stadt zu nehmen. Jeder Handwerker muß einer dieser Vereinigungen angehören. Selbst die Auswärtigen, die in der Republik das Aufenthaltsrecht besitzen – Albaner, Dalmatiner, Griechen und Deutsche –, sind in derlei Bruderschaften organisiert.«

»Mit anderen Worten, die Republik schaut darauf, daß jedermann registriert, kontrolliert und im Notfall versorgt ist.«

»So könnte man es sagen. Jede *scuola* hat auch bestimmte Verpflichtungen der Republik gegenüber, muß zum Beispiel Männer für die Miliz und für die Galeeren stellen und an den Staatsumzügen teilnehmen.«

»Und was ist mit den Juden?«

»Wir statten das *Bucintoro*, das zeremonielle Boot des Dogen, aus, das jedes Jahr am Himmelfahrtstag zur Feier der Vermählung Venedigs mit dem Meer ausfährt. Die *Università degli Ebrei** besteht aus drei Gemeinden, und jede

* (ital.) Gemeinschaft der Juden.

hat ihre eigene wohltätige Vereinigung. Diese Gesellschaften kümmern sich um Menschen in Not – Arme, Waisen, junge Frauen ohne Mitgift, Alte und Kranke –, aber sie betreiben auch Schulen für die Kinder, deren Eltern sich keinen Privatlehrer leisten können. Und jede Gemeinde hat eine eigene Synagoge.«

»So viele verschiedene Organisationen, obwohl die jüdische Bevölkerung auf so kleinem Raum leben muß?«

»Die deutschen Juden bleiben unter sich, weil ihrer Meinung nach die Juden aus Italien und Spanien die Glaubensregeln nicht streng genug einhalten. Da aber auch die Italiener und die Sepharden verschiedenen Traditionen folgen, betet jede Gruppe in ihrer eigenen Synagoge. Doch das ist längst nicht alles. Als die Händler aus der Levante kamen, wollten sie auch ihre eigenen Einrichtungen haben.«

»Solche Streitereien über unwichtige Fragen schwächen doch nur die Position der Gemeinde gegenüber den Christen?«

»Gewöhnlich gelingt es uns, unsere Zwistigkeiten zu vergessen, wenn einmal echte Schwierigkeiten auftauchen. Ansonsten geben gerade diese kleinen Querelen dem Leben hier ein wenig Würze. Und wir schärfen bei diesen Auseinandersetzungen unseren Geist.«

»Ein schwacher Trost«, murmelte Daniel abschätzig.

Diana sah keinen Grund, dieses Argument weiter zu verfolgen.

Das Boot glitt zum Campo della Carità hin und ließ sie dort an Land. Der Türsteher döste auf seinem Schemel, als sie eintraten und die Treppe zum Hauptgeschoß hinaufstiegen. Daniel und Diana schlüpften in den kleinen Saal, in dem sich ab und zu die Vorsteher dieser Vereinigung trafen, den *albergo*, der nur selten benutzt wurde. Sie betraten den Raum durch eine niedrige Pforte, durchquerten den Saal und wandten sich dann um, so daß sie das Wandgemälde betrachten konnten, das die Wand, in der sich die Tür befand, von der Fußleiste bis zur Decke ausfüllte.

»Das ist Tiziano Vecellis ›Darstellung der Jungfrau im Tempel‹«, erklärte Diana.

»Das sehe ich, und trotzdem sind die meisten Personen im venezianischen Stil unserer Zeit gekleidet. Seltsam«, bemerkte Daniel. »Man sollte doch meinen, daß jeden Tag genug Reisende aus dem Heiligen Land durch Venedig kommen, um den Künstlern echte Vorbilder dafür zu geben, was man in diesem Teil der Welt trägt.«

»Einige der abgebildeten Personen sind wahrscheinlich Amtsträger der Bruderschaft. Sie würden es kaum zu schätzen wissen, wenn man sie in orientalischen Kaftans zeigte.«

»Ah! Da ist ja auch deine andere alte Frau. Diese Eierverkäuferin, die unten an der Treppe zum Tempel sitzt. Du hast recht. Auf ihrem Gesicht spiegeln sich die gleichen schlechten Vorahnungen wie auf dem der Kinderfrau der armen heiligen Ursula.«

»Ich sehe sie als Symbol für den jüdischen Glauben. Sie beobachtet die Geburt einer neuen Religion mit gemischten Gefühlen. Diese neue Religion wird sie später verurteilen, weil sie sich ihrem Einfluß entzieht. Sieh nur, wie Tiziano sie aus der Mitte des Bildes gerückt hat. Und sie ist auch die einzige, die in eine andere Richtung blickt.«

»Ja. Er könnte es kaum deutlicher sagen. Komm, laß uns gehen. Genau diese Darstellungen machen mich immer so wütend. Sie liegen all dem zugrunde, was wir je von seiten der Kirche zu erdulden hatten. Denn über Generationen hinweg haben sie den Christen immer wieder Vorurteile gegen die Juden eingeflößt. In Saloniki haben wir mit solchen Beleidigungen bestimmt nichts mehr zu tun.«

»Aber wir haben dann auch keine Gelegenheit mehr, solche Kunstwerke zu betrachten.«

»Auf das Vergnügen kann ich dankend verzichten. Wenn man nicht mit sich selbst im reinen ist, sind alle äußeren Ablenkungen nur ein schwacher Trost.«

»Ein schwacher Trost, aber immerhin ein wenig Erleichterung.«

Als sie aus dem Gebäude traten, wimmelte der Canal Grande von unzähligen Booten aller Art, die zur Lagune hin aufbrachen: Gondeln, Galeeren mit geblähten Segeln, die durchs Wasser schnellten, als gälte es das Leben der Ruderer, ungeschlachte Barken, die trotz ihres massigen Gewichts rasch vorankamen. Winzige Boote, einige gar von Frauen gerudert, deren Haar in der stiebenden salzigen Gischt wehte, schlängelten sich geschickt zwischen den gemächlicheren Gefährten hindurch. Am ganzen Schiavoni-Kai entlang drängte sich eine dichte Menge. Die Menschen fuchtelten mit den Armen und feuerten die Schiffe an, so laut es nur ging.

»Was um alles in der Welt ist denn hier los?« fragte Daniel verdutzt.

»Eine Regatta. Eines unserer Lieblingsvergnügen, ein Riesenspaß. Vater muß auch irgendwo sein. Er verpaßt niemals eine. Auf den Gewinner zu wetten, das ist nur eine andere Art des Glückspiels für ihn.«

»Laß uns heute einmal deinen Vater vergessen. Wie wäre es mit einer kleinen Siesta? Wir wollen uns der anderen Kunst widmen, für die deine Heimatstadt so berühmt ist.«

Diana schaute mit vor Aufregung strahlenden Augen auf all die vielen Schiffe, die über das Wasser flitzten, und erwiderte: »Nur eine kleine Weile noch. Wir können doch nicht gehen, ehe wir gesehen haben, wer gewinnt.«

Ihr Anblick ernüchterte Daniel mit einem Schlag. Wie hatte er seiner Phantasie so ungezügelt freien Lauf lassen können? Wie hatte ihn die Liebe so blind machen können? Wie konnte er sich nur einbilden, daß seine Leidenschaft die Macht besitzen würde, Diana von all dem fortzureißen, nur um mit ihm in eine ungewisse Zukunft zu reisen? Er war ja nicht ihre erste Liebe. Wie konnte er da erwarten, daß ihre Gefühle sie so beherrschten, wie ihn seine? Und wenn sie diese überwältigende Kraft der Liebe nicht spürte, wie konnte er so vermessen sein, anzunehmen, daß er sie von allem fortholen konnte, was ihrem Herzen lieb und teuer war? Denn Diana war nicht nur die Tochter von Raffaelo und Fioretta Motta. Sie war auch eine Tochter Venedigs.

Kapitel 13

Von diesem Tag an beherrschte die beiden eine seltsame Stimmung. Sobald Diana das Haus betrat, bemerkte sie, daß Daniel in Gedanken versunken war, und er spürte an ihr eine gewisse lustlose Trägheit. Er war zerstreut und versuchte nicht, sie durch Zärtlichkeiten zu erregen, wie er es bisher zu ihrem beiderseitigen Vergnügen so oft getan hatte. Auch sie unternahm nicht den Versuch, ihn in bessere Laune zu versetzen. Das hätte ihn zu sehr an ihre Beziehung zu Renault erinnert. Gegen Ende des Winters brachen sie eines Nachmittags ihr halbherziges Liebesspiel ab und gingen statt dessen spazieren.

»Was bekümmert dich?« fragte Diana, als sie ziellos durch Cannaregio schlenderten, wo eine schläfrige Brise so recht zu ihrer beider Trägheit zu passen schien.

»Nichts Ernstes«, erwiderte er knapp. Er war weder bereit noch willens, ihr das Leid zu klagen, das über ihn gekommen war, seit sie ihm *ihr* Venedig gezeigt hatte. »Ich versuche, hinter eine bestimmte Sache zu kommen«, fuhr er leichthin fort, »und die beschäftigt mich nun ständig.«

»Unter Umständen kann ich dir helfen.«

»Vielleicht. Kennst du einen Ort in Norditalien, dessen Name mit L-A-Z beginnt? Ich habe jeden Straßenverkäufer, jede Marktfrau und jeden Bootsmann hier gefragt, aber keiner konnte mir helfen.«

»L-A-Z? In Norditalien? Nein. Mir fällt nur Lazarus ein, aber das ist kein Ort.«

»Lazarus«, grübelte Daniel.

»Oder Lazzaretto, aber das ist ja hier in Venedig.«

»Natürlich! Das muß es sein! Warum bin ich nicht selbst darauf gekommen!«

Zurückhaltend wie immer erkundigte sich Diana nicht weiter, was es mit dem Lazzaretto auf sich haben könnte. Sie bemerkte, wie Daniel nach einer kleinen Denkpause ein wenig lebhafter wurde, weil sich nun seine Gedanken wieder geordnet hatten. Wims Arbeitgeber hatte wahrscheinlich Lebensmittel für die Söldner auf der Insel bereitgestellt, und der Holländer hatte als Abkürzung LAZ neben die Summe gekritzelt, die auf einem seiner Zettel für die März-Abrechnung auftauchte. Damit war die Sache für Daniel erledigt.

Inzwischen näherten sie sich dem ehemaligen Gelände der Jesuiten. Über dem gesamten Bereich hing die Stille völliger Verlassenheit. Der Kreuzgang war von Unkraut überwuchert, und zwischen den Steinplatten wuchsen gelbbraune Grasbüschel, Moos kroch an den Mauern der verriegelten Kirche empor. Keine Menschenseele war zu sehen.

»Warum liegt hier alles verlassen?« erkundigte sich Daniel.

»Die Republik hat die Jesuiten vor über zehn Jahren verbannt.«

»Mit welcher Begründung?«

»Nachdem zwischen Venedig und dem Vatikan schon seit längerer Zeit ein Streit tobte, belegte eines Tages der Papst die Serenissima mit einem Kirchenbann. Unbeirrt erwiderte der Doge, daß die Regierung und das Volk von Venedig einen solchen Bann für wirkungslos hielten und ihn daher ignorierten. Da Venedig trotzdem eine treue Tochter der Kirche zu bleiben gedachte, befahl man den Geistlichen, ihre heiligen Pflichten weiterhin zu versehen. Wer sich diesem Befehl widersetzte, sollte gehängt werden. Zu diesem Zeitpunkt empfahl ein Priester aus dem Servitenorden namens Scarpi dem Dogen, die Jesuiten aus der Stadt zu vertreiben.«

»Aber warum?«

»Wegen ihrer engen Verbindungen mit Spanien hatten sie von Anfang an unerschütterlich auf der Seite des Papstes gestanden.«

»Ich verstehe.« Daniel fuhr zerstreut mit dem Finger über die kleinen Krater in einem der verwitterten Pfeiler des Kreuzgangs, überlegte einen Augenblick und meinte dann nachdenklich: »Die ganze Angelegenheit lief eigentlich auf eine Grenzziehung zwischen der weltlichen und der geistlichen Macht hinaus.«

»Genau. Und da derlei Fragen für alle Nationen des christlichen Europas schon immer von lebenswichtigem Interesse waren, entwickelte sich das Ganze zu einem internationalen Streit.«

»In dem Spanien natürlich gegen Venedig Position bezog.«

»Und England und Holland uns unterstützten. Frankreich vollführte einen Drahtseilakt zwischen den zerstrittenen Seiten. Schließlich akzeptierten beide Parteien den französischen König, einen zum Katholizismus übergetretenen Protestanten, als Vermittler. Der Papst hob seinen Bann auf. Aber den Jesuiten blieb die Rückkehr nach Venedig verwehrt.«

»Und Spanien?«

»Hegt immer noch einen Groll gegen die Republik, würde ich meinen, aber der König ist unentschlossen und unternimmt nicht viel in dieser Richtung.«

»Im Augenblick nicht, aber wer weiß? Da Spanien bereits die Kontrolle über Neapel, Sizilien, Mailand und den größten Teil der Lombardei hat …«

»Mach dir keine Sorgen, Venedig hat bisher immer überlebt.«

»Auch heute noch?«

Diana warf Daniel einen belustigten Blick zu. »Sollte das vielleicht wieder ein geschickter Versuch sein, mich zu einem sicheren Leben in Saloniki zu überreden?«

»Wenn ich dich nur überzeugen könnte«, murmelte Daniel trübselig, als sie zum Ghetto zurückspazierten. Sie trennten sich am Eingangstor, als die Dämmerung bereits heraufzog, und Daniel ging allein nach Hause.

Nachdem er sich müde auf dem Bett ausgestreckt hatte, wanderten seine Gedanken wieder zum Lazzaretto. Plötzlich erhob er sich, ging zum Schreibtisch des Apothekers, zog die säuberlich aufgelistete Abrechnung aus der Ledermappe und schaute nach, welche Summe neben LAZ eingetragen war. Seltsam. Sie war ungeheuer hoch, selbst wenn man davon ausging, daß die auf der Insel einquartierten Söldner aufs großzügigste mit Lebensmitteln versorgt wurden. Er sah noch einmal auf Wims Zettel nach, um sicher zu sein, daß er keinen Fehler gemacht hatte, aber nein … Den ersten Gedanken, sich bei Wim zu erkundigen, verwarf er sogleich. Der Holländer würde ihn bestimmt wieder mit seiner üblichen Antwort abspeisen: Er wüßte nichts über die Geschäfte seines Auftraggebers, und solange man ihn für seine Bemühungen gut bezahlte, stellte er keine Fragen.

Es gab nur eine andere Möglichkeit, herauszufinden, wofür diese ungeheure Summe bezahlt worden war. Er mußte auf die Insel übersetzen und sich mit den Männern dort unterhalten. Vielleicht konnte er bei ihnen etwas Neues in Erfahrung bringen. Die Erinnerung an das, was er bei seinem kurzen Aufenthalt im Lazzaretto mitbekommen hatte, war zu vage. Darauf konnte er sich nicht verlassen. Damals war er zu sehr um Dianas Wohlergehen besorgt gewesen, um genau hinzuhören. Wim würde seine Abrechnung erst in zwei Tagen abholen – bei Daniel zu Hause, da Marysas Haus ja geschlossen war. Also hatte er noch etwas Zeit für seine Erkundungen. Aber warum sollte er sich freiwillig unter diese Mörderbande begeben und herumschnüffeln? Vergiß die ganze Angelegenheit, mahnte er sich. Ihn fröstelte leicht, denn der Abend wurde kühler. Er entfachte ein Feuer im Kamin. Dann bereitete er sich eine leichte Mahlzeit aus Räucherschinken, frischem Käse aus Provolone und Brot, für das vielleicht die Erben des unglückseligen Menocchio in ihrer Mühle das Mehl gemahlen hatten.

Doch später, als er vor dem knisternden Feuer saß und ein Glas Wein nach dem anderen trank, um sich den einsamen Abend zu vertreiben, gingen ihm die Ungereimtheiten auf der Abrechnung wieder durch den Kopf und bereiteten ihm eine unruhige Nacht. In der stillen Einsamkeit schossen ihm die wildesten Gedanken durch das halbwache Hirn. War Wim, dieser schwer zu fassende Mann, hier in mehr als nur unschuldige, normale Geschäfte verwickelt? Und wenn ja, was war dann mit ihm, Daniel, dem Mitwisser?

Bereits im Morgengrauen stand er auf. Der blasse Morgenhimmel versprach einen strahlendhellen, trockenen Tag. Da er nichts Besseres zu tun hatte, beschloß Daniel, nach einer Antwort auf seine Fragen zu forschen.

Hätte er auch nur die geringste Ahnung gehabt, wohin ihn seine Untersuchungen führen würden, dann hätte er sich wohl niemals auf diese Erkundungsfahrt begeben.

Daniel machte sich auf die Suche nach einem Boot, das ihn zum Lazzaretto hinüberfahren würde. Er hatte völlig außer acht gelassen, daß nur wenige Bootsleute bereit sein würden, auch nur in die Nähe dieses Ortes zu rudern, den sie für verflucht hielten. Ein Bootsführer nach dem anderen weigerte sich mit steinerner Miene, sobald Daniel sein Fahrtziel nannte. Doch er hatte nun einmal seine Entscheidung getroffen und war fest entschlossen, die Sache durchzuziehen. Zu guter Letzt machte er sich auf zum Kai von San Alvise. Wenn Pietro nicht schon losgerudert war, würde er sich vielleicht bereit erklären, ihn dorthin zu fahren – für ein erkleckliches Sümmchen, versteht sich.

Pietro saß neben seinem Boot in der Vorfrühlingssonne und flickte Netze. Er hob kaum die Augen von den Maschen, die er geschickt zwischen seinen schwieligen Fingern hielt. Auf Daniels Frage murmelte er nur: »Ich hatte nicht vorgehabt, heute überhaupt hinauszufahren. Hab meiner Frau versprochen, die Löcher im Dach zu flicken, wenn ich mit den Netzen fertig bin.«

»Das Wetter ist doch viel besser geworden. Da könntet Ihr das Dach morgen machen. Oder jemanden anstellen, der das für euch erledigt. Wieviel würde das kosten?«

»Es geht nicht ums Geld. Es geht um sie«, meinte er mit einem vielsagenden Blick auf sein Haus.

Beim Klang der beiden Männerstimmen war Pietros Frau auf der Schwelle des Hauses erschienen, um nachzusehen, was da draußen vor sich ging.

»Der schon wieder?« knurrte sie, die Arme in die mageren Hüften gestemmt. »Warum mietet er sich nicht am Canal Grande ein Boot wie alle anderen?«

»Ich habe eben einen Narren an Eurem Mann gefressen«, erwiderte Daniel so freundlich, wie er es angesichts ihres knurrigen Gesichts nur über sich brachte.

»Ja, ich habe auch einmal einen Narren an ihm gefressen,

töricht wie ich war, und nun habe ich ihn am Hals. Und jetzt, wo er nicht mehr im Arsenal arbeitet, hockt er den lieben langen Tag hier herum. Aber zufällig habe ich heute für ihn im Haus zu tun.«

»Nun, das muß dann eben bis morgen warten«, knurrte Pietro. Wenn ihn seine Frau unter vier Augen demütigte, mochte das angehen. Doch wenn Fremde dabei waren, war das eine ganz andere Sache. Er hatte zwar nicht die geringste Lust, zum Lazzaretto zu rudern. Aber jetzt hatte sie seinen männlichen Stolz herausgefordert, und da blieb ihm wohl nichts weiter übrig.

Kapitel 14

Vorsichtig manövrierte Pietro das Boot an den unendlich vielen kleinen Schiffen vorbei, die kreuz und quer über den Canal Grande flitzten. Er war dieses Durcheinander nicht gewohnt. Sein Zuhause war das weite Meer. Schließlich ruderte er mit einem Seufzer der Erleichterung an der Dogana da Mar vorüber auf die offene Lagune, um zu seinem Entsetzen festzustellen, daß es auch hier vor Schiffen und Booten aller Art nur so wimmelte. Heute war der erste warme Tag seit Wochen, und es schien, als sei die gesamte Bevölkerung der Stadt unterwegs, um den Frühlingssonnenschein zu genießen.

Aus diesem Grunde widmeten die Männer auf der Lazzaretto-Insel dem kleinen rot-grünen Fischerboot auch keinerlei Aufmerksamkeit, das wie so viele andere über die Lagune kam. Da endlich die Sonne schien, waren sie aus den Kasernengebäuden herausgetreten, in denen sie während der endlosen Wintertage unfreiwillig gefangen gewesen waren, und hatten sich über die ganze Insel verteilt. Manche liefen am Strand entlang. Andere breiteten feuchte Kleidungstücke und durchweichte Stiefel zum Trocknen in der Sonne aus. Eine dritte Gruppe reinigte Musketen und prüfte, ob das gelagerte Pulver trocken geblieben war. Wieder andere polierten Schwerter und schärften Äxte. Ein paar jüngere Männer fegten die Kasernengebäude aus, und ein einsamer Geselle, der auf einem großen, mit Moos bedeckten Stein saß, nähte einen Knopf an sein Wams.

Erst als Pietros Boot das Gewimmel der Schiffe hinter sich ließ, die sich auf die flachen Sandbänke des Lido zubewegten, und geradewegs auf die Landungsbrücke der Insel zuhielt, verharrten alle wie versteinert in ihrer Bewegung. Davor hatten sie sich am meisten gefürchtet, mehr noch als vor der wildesten Schlacht oder der schrecklichsten Naturkatastrophe. Solche Kalamitäten mochte man vielleicht überleben. Doch der Pest entkam niemand. Innerhalb weniger Sekunden hatten die Männer alles – Waffen, Besen, Stiefel und Knöpfe – stehen- und liegenlassen und rannten kopflos in wilder Flucht zur entferntesten Ecke der winzigen Insel. Pietro näherte sich mit dem Boot dem Steg so weit, daß Daniel an Land springen konnte, und ruderte dann ein wenig weiter aufs Wasser hinaus, um den Anker zu werfen. Niemand, der bei rechtem Verstand war, näherte sich diesem verseuchten Ort mehr als unbedingt nötig. Pietro zog die Ruder ins Boot und lehnte sich zurück, um den Sonnenschein zu genießen, bis sein Fahrgast zur Rückfahrt bereit war.

Daniel sprang an Land und schritt energisch über das feuchte Gelände. Als er ungefähr auf der Mitte der Insel um das Kasernengebäude bog, fand er die Söldner in der Nähe des Ufers zusammengedrängt, so weit wie nur irgend möglich vom Landungssteg entfernt. Als er sich ihnen näherte, rückten sie furchtsam noch näher zusammen. Hier umfaßte einer krampfhaft den tätowierten Arm seines Nachbarn, dort kaute ein anderer ängstlich auf der Unterlippe, während ein dritter alle Soldatenflüche murmelte, die ihm nur einfielen, und der jüngste sich verstohlen bekreuzigte.

»Ich bin kein Pestkranker«, rief Daniel ihnen auf flämisch zu.

Ein magerer Mann mit listigen Augen löste sich aus der

Gruppe. Die zerfetzte Goldlitze an den Epauletten seines schief zugeknöpften Wamses wiesen ihn als Hauptmann aus. »Wer seid Ihr dann, und was habt Ihr hier zu suchen?« fragte er und musterte den Neuankömmling mit mißtrauischen, halb zugekniffenen Augen.

»Ich komme, um mich nach meinem Schwager zu erkundigen.«

»Hier? Wieso das denn?«

»Weil ich glaube, daß ihr mir helfen könnt. Ich habe herausgefunden, daß ihr auf der Insel seid, als vor einiger Zeit mein Boot hier festmachen mußte. Wir haben Unterschlupf vor dem Sturm gesucht, der uns auf dem Rückweg vom Lido überrascht hatte.«

»Ihr und eine Frau in einem roten Umhang?«

»Richtig.«

»Daran erinnere ich mich. Und wer ist Euer Schwager?«

»Ein Holländer namens Jan Hein, ein Söldner wie Ihr. Er hat sich in den Niederlanden den Rebellen angeschlossen, als sie sich gegen die Spanier auflehnten. Nach dem Waffenstillstand sah er sich gezwungen, sich anderweitig zu verdingen. Schließlich nahm ihn ein gewisser Graf Nassau in seinen Sold, der zusammen mit Graf Lievestein die Republik Venedig im Kampf gegen die Österreicher unterstützte. Das ist nun über drei Jahre her, aber seit Jan nach Friaul aufgebrochen ist, haben wir nichts mehr von ihm gehört.«

»Jan Hein? So heißt hier niemand. Wenn er in den Diensten des Grafen Nassau stand, dann hätte ich ihn kennen müssen. Aber er war ja vielleicht Lievestein unterstellt. Denen hat man übler mitgespielt als uns.«

»Ist Lievestein hier?«

»Im Augenblick nicht.«

»Wo kann ich ihn denn finden?«

»Überhaupt nicht. Er ist irgendwo in Venedig und versucht die Senatoren dazu zu bewegen, uns zu bezahlen, was sie uns schulden, damit wir für die nächste Aufgabe frei sind.«

»Ich hätte gedacht, ihr wollt vielleicht für eine Weile nach Hause. Wenn ich Jan finden könnte, dann würde ich ihm das jedenfalls vorschlagen. Meine Schwester bettelt, er möge heimkommen. Er hat einen Sohn, der nun beinahe drei Jahre alt ist und den er noch nie gesehen hat.«

»Für den Mann Eurer Schwester kann ich nicht antworten, aber im Augenblick sind wir hier alle entschlossen, so lange zu bleiben, bis wir endlich bekommen, was uns zusteht.«

»Aber Ihr habt doch gesagt, ihr hättet schon eine neue Aufgabe.«

»Stimmt, und man hat uns bereits einen ersten Vorschuß gezahlt.«

»Da werdet ihr wohl bald aufbrechen. Wenn ich den Grafen Lievestein nicht treffe, finde ich sicher nie heraus, was aus dem Vater des armen kleinen Kerlchens geworden ist.«

Der Hauptmann trat einen Schritt näher zu Daniel hin und steuerte ihn am Ellbogen zurück zum Landungssteg, außer Hörweite der Männer, die sich inzwischen wieder an ihre verschiedenen Aufgaben gemacht hatten.

»Keine Sorge. Wir sind bestimmt noch eine ganze Weile da. Unser neuer Zahlmeister hat mit Lievestein vereinbart, daß er bei den Verhandlungen mit den Venezianern auf keinen Fall nachgibt, damit die Männer hier auf der Insel bleiben, bis die Zeit für unseren nächsten Feldzug reif ist. Aber das wissen die Männer nicht. Sie laufen nur nicht auseinander, weil man ihnen in Aussicht gestellt hat, daß Venedig zahlt, was es ihnen schuldet. Wenn sie wüßten, daß sie bis zum Startsignal auf diesem winzigen Stückchen Land ausharren müssen, würden sie sich schleunigst aus dem Staub machen; einen Vorschuß haben sie ja schon.«

»Und wohin geht es, wenn die Zeit gekommen ist?«

»Das kann ich Euch beim besten Willen nicht sagen, denn ich weiß es selbst nicht.«

»Ihr meint, man hat euch angeheuert, und ihr sollt irgendwann für eine euch bisher unbekannte Sache kämpfen?«

»So ungefähr. Aber was ist schon dabei? Wir Söldner sind nicht wählerisch. Wo das Geld ist, da gehen wir hin, und glaubt mir, diesmal ist es sehr viel Geld.«

»Dann komme ich wieder. Wann meint Ihr, kann ich Graf Lievestein am ehesten hier antreffen?«

»Keine Ahnung. Er kommt und geht. Da müßt Ihr einfach Glück haben.«

Mit einem traurigen, halb resignierten Lächeln bedankte sich Daniel beim Hauptmann und spazierte zum Landungssteg. Dort weckte er den geduldigen Pietro auf, den die warmen Strahlen der Sonne und das sanfte Schaukeln seines Bootes schläfrig gemacht hatten.

Während ihn der Fischer wieder zur Stadt zurückruderte, war Daniel zu sehr in Gedanken vertieft, um das Panorama zu bewundern, das sich vor ihm ausbreitete: ein Aquarell aus pastelligen Tönen, Rosa und Ocker und Siena auf wäßrig-türkisem Hintergrund, aus dem hier und da Türme und Kuppeln in den blaßblauen Himmel emporragten. Er saß zusammengesunken im Heck des Bootes und grübelte. Schließlich kam er zu dem einzig möglichen Schluß: Wims Arbeitgeber und der neue Zahlmeister der Söldner auf der Insel waren ein und dieselbe Person. Aber wer war es? Und für welche »Aufgabe« hielt man die Männer auf der Insel bereit? Wieviel wußte Wim? Wenn er überhaupt etwas wußte? Daniel konnte diese Frage nicht mehr aus seinen Gedanken verbannen – aber eine Antwort fand er auch nicht.

Als Wim zwei Tage später wie gewöhnlich zur Mittagsstunde kam, bemerkte Daniel wie nebenbei: »Jetzt frage ich mich schon den ganzen Monat lang, wofür die Abkürzung LAZ steht, aber mir fällt immer nur das Lazzaretto ein. Doch das ist völlig absurd. Was um alles in der Welt würde Euer Kaufmann mit diesem verfluchten Ort zu tun haben wollen?«

»Ich habe keine Ahnung, was ›mein Kaufmann‹, wie Ihr ihn nennt, damit zu tun hat oder nicht. Aber wenn es Eure Neugier befriedigt: Nördlich von Rom gibt es eine Provinz namens Lazio.«

»Aber natürlich! Daß ich darauf nicht gekommen bin!« Daniel lächelte bescheiden, als sei die Sache völlig unwichtig. Noch hastiger als sonst griff Wim mit der linken Hand in die Tasche, zog seine Zettel heraus, warf sie auf den Tisch, nahm von Daniel das zusammengefaltete Blatt mit den säuberlich aufgereihten Zahlen entgegen, bezahlte und verschwand.

Kurz darauf verließ auch Daniel das Haus. Am Nachmittag würde Diana zu Besuch kommen, und er hatte keinen Wein mehr im Haus. Er wollte nur eben rasch in die Taverne in der Gasse hinter San Marcuola laufen. Dort hatten sie gewöhnlich einen guten hiesigen Wein, den sie ihm nur zu gern in einer großen Korbflasche günstig verkauften.

Er schob die Tür der Taverne auf und wollte gerade eintreten, als er zwei Männer sehr nah beieinander mit dem Rücken zu ihm an der Theke stehen sah. Den einen erkannte er an dem rotblonden Haar. Er schaute genau hin: Wim zog die Abrechnung, die er gerade bekommen hatte, aus der linken Tasche und reichte sie, noch zusammengefaltet, dem großen, hageren, weißhaarigen Mann, der neben ihm stand. Eine bläulich blutleere Hand nahm das Papier, die gleiche Hand, die seinerzeit Diana beim Bankett in der Ca' Dario besitzergreifend um die Taille gefaßt hatte.

Daniel war, als hätte ihm jemand einen Fausthieb in den Magen versetzt. Lautlos schloß er die Tavernentür wieder und lehnte sich eine Sekunde an den Türpfosten, um durchzuatmen. Dann machte er sich mit raschen Schritten auf den Weg zum jüdischen Wohnviertel. Er mußte unverzüglich mit Diana sprechen. Nachdem sie so viel Zeit mit Nicolas de Renault verbracht hatte, mußte sie doch wenigstens eine leise Ahnung davon haben, womit er sich beschäftigte. Daß er der Zahlmeister der niederländischen Söldner war, das war nun klar. Aber wer bezahlte den Franzosen? Marie de' Medici und Richelieu, die Streitkräfte gegen den jungen Louis zusammenriefen? Die Türken, die gegen die Christenheit mobilmachten? Vielleicht gar der Vatikan, der eine Verschwörung gegen die Serenissima plante? Hatte der Papst nicht gedroht, er würde Venedig seinen Willen aufzwingen? Daniels Unbehagen wuchs von Minute zu Minute. Wims übermäßige Vorsicht hatte ihn stets mit Mißtrauen erfüllt. Er hätte sich niemals ... Aber nun war es zu spät. Er steckte bis zum Hals in dieser Sache. Von Anfang an hatte er ungefähr gewußt, *wo* jeder Soldo aus dem Fundus des »Kaufmanns« ausgegeben wurde. Nun wußte er, *an wen* die Zahlungen gingen – an ein Heer, das man heimlich überall in Norditalien in kleinen Trupps aufstellte, die keinen Argwohn erregen würden. Aber zu welchem Zweck?

Als Daniel auf den Campo del Ghetto Nuovo trat, herrschte dort heller Aufruhr: Die Männer verteidigten wortgewaltig ihre Position in einem Streit. Die Frauen feuerten ihre Männer an. Mitten im Gewühl blitzte es rot auf. »Natürlich haben sie recht«, schrie ein Gebrauchtwarenhändler. »An jedem Spieltisch der Stadt macht er Schulden. Erst haben ihn die Aschkenasim als Lehrer angeheuert, dann haben ihn die Sepharden für seine Predigten bezahlt, und nun entlohnen ihn ein paar mitleidige Seelen dafür, daß er ihre Kinder unterrichtet – und alles bloß, damit er den Christen die Schulden zahlen kann und die Ehre der jüdischen Gemeinde gerettet ist. Aber so kann es nicht weitergehen.«

Die Leute nickten zustimmend.

Da meldete sich die Frau in Scharlachrot zu Wort: »Die Vorsteher der Gemeinde haben nicht das Recht, das Glücksspiel zu verbieten und die Schuldner aus der Gemeinde auszuschließen«, herrschte Diana die Gegner Raffaelo Mottas an. »Im jüdischen Gesetz ist das Glücksspiel nirgends ausdrücklich verboten. Nur weil ihr ihn unbedingt verurteilen wollt, habt ihr in eurer Hast alle das Prinzip vergessen, daß keine Gemeinde ein Verbot erlassen darf, das nicht die Mehrheit befolgen kann? Wer von euch hat nicht schon einmal an einem Spieltisch gesessen oder gewürfelt? In Venedig spielen alle, Juden wie Christen, Patrizier wie Plebejer, vom höchsten bis zum geringsten Bürger.«

»Aber *wir* bezahlen unsere Spielschulden.«

»Mein Vater auch.«

»Weil wir ihm jedesmal aus der Patsche helfen. Allerdings tun wir das nur, um unseren guten Ruf nicht zu verlieren.«

»Und diesen Ruf hat ja wohl gerade mein Vater immens befördert. Denn allein seinetwegen strömen doch Prinzen und Fürsten hierher in die Synagoge, um seine Predigten anzuhören.«

»Sehr wahr gesprochen«, ließ sich nun eine versöhnliche Stimme hören. Diana hatte in ihrer Verzweifelung nicht bemerkt, daß sich am Rand der Menge Musa dazugesellt hatte. Er hatte die zornigen Stimmen gehört und war gekommen, um herauszufinden, was hier los war.

»Aber das reicht nicht«, konterte der Händler erbarmungslos. »Wenn wir dem Rat der Zehn nur den geringsten Vorwand liefern, verbannen sie uns alle. Es ist ein Wunder, daß man uns nicht schon beim letzten Skandal, dem mit den bestechlichen Richtern, hinausgeworfen hat.«

»Versucht jetzt nicht, das auch noch meinem Vater anzuhängen!« brauste Diana auf.

»Und was ist mit den gefälschten Dukaten deines Bruders?« schrie nun eine rauhe Stimme mitten aus der Menge. »Wenn Angelo sich nicht dabei umgebracht hätte, wäre dieser Skandal früher oder später über uns alle hereingebrochen.«

»Jetzt vergehen wir uns schon an den Toten, ja?« kreischte Diana in äußerster Wut.

»Pst«, ertönte wieder Musas beruhigende Stimme. »Wir sollten uns alle schämen. Laßt die Toten in Frieden ruhen. Amen.«

Peinlich berührtes Schweigen senkte sich über den Platz. Mit verlegenen Gesichtern wandten sich die Leute ab. Die Männer zuckten mit den Achseln, verließen zu zweit oder dritt den Platz, um sich wieder ihren eigenen Angelegenheiten zu widmen. Schließlich war es Aufgabe der Gemeindevorsteher, sich mit Motta zu beschäftigen. Die

Frauen tuschelten gehässig miteinander, während sie sich widerwillig an die Hausarbeit machten. Ihre Verachtung und ihr Zorn galten Diana.

Als der Platz sich beinahe völlig geleert hatte, eilte Daniel an Dianas Seite und nahm sie fest beim Arm. Zusammen verließen sie das Judenviertel, gingen über die Brücke nach San Geremia – und zogen sich in die Abgeschiedenheit seines Hauses zurück.

Kapitel 15

Kaum hatte Daniel die Tür geschlossen, da sackte Diana wie leblos in sich zusammen. Es war, als hätte eisiges Wasser das Feuer des Widerstandes, das noch vor wenigen Augenblicken hell in ihr gelodert hatte, plötzlich ausgelöscht.

»Du warst wunderbar«, versuchte Daniel sie aufzumuntern.

»Wunderbar? Jämmerlich! Ich bin das einzige von seinen drei Kindern, das noch geblieben ist, um ihn zu verteidigen, um für eine Sache einzutreten, an die ich nicht glaube. Natürlich ist sein Verhalten ein Skandal. Natürlich sollte ihn die Gemeinde zur Rechenschaft ziehen. Weißt du, daß er mit gerade einmal dreizehn Jahren selbst eine Abhandlung geschrieben hat, in der er das Glücksspiel verdammte? Doch wenn ich diese Leute sehe, die sich wie die Geier auf ihn stürzen, dann kann ich ihn doch nicht im Stich lassen.«

»Wie hat er denn auf das reagiert, was die Gemeinde verkündet hat?«

»Wütend. Die Strafe stünde in keinem Verhältnis zum Vergehen, sagt er.«

»Werden sie die Bestrafung durchsetzen?«

»Ich glaube nicht, daß sie es wagen würden, irgend jemanden wegen Glückspiels aus der Gemeinde auszustoßen, am wenigsten noch ihn. Sie können es sich schwerlich leisten, seinen Ruf in den Augen der Christen zu mindern. Aber ist eine solche öffentliche Demütigung nicht Strafe genug? Du kannst dir gar nicht vorstellen, wie niedergeschlagen er ist. Zu all seinen ›Leiden‹, wie er es nennt, hat sich in letzter Zeit auch noch Asthma hinzugesellt, und außerdem Mutters unerträglich bedrückendes Schweigen ...« Sie trat hinter Daniel, der am Boden hockte, um das Feuer neu anzufachen, legte ihm die Arme von hinten um den Hals und küßte ihn auf das nach oben gewandte Gesicht.

»Wenn ich nicht bei dir Zuflucht finden könnte, würde ich wahrscheinlich den Verstand verlieren. Selbst die unendlich langen Stunden, in denen ich Renault übers weiße Haar strich oder ihm den Rücken massierte, während ich ihm geduldig zuhörte, waren der Hölle vorzuziehen, die ich mein Zuhause nenne.«

Daniel nahm das Stichwort auf, das sie ihm gegeben hatte, wenn er auch zögerte, sie in noch weitere Verwirrung zu stürzen. Er wollte die Sache langsam und vorsichtig angehen.

»Worüber habt ihr beiden denn immer miteinander gesprochen?«

»Oh, Nicolas ging der Gesprächsstoff nie aus. Er ist ein sehr kultivierter Herr, weißt du. Manchmal hat er ein Buch mitgebracht und mir Abschnitte daraus vorgelesen, von denen er meinte, sie könnten mich interessieren. Einer seiner Lieblingsautoren war Michel de Montaigne.«

»Oh, stammte dessen Mutter nicht aus einer Familie von *Conversos* wie ich?«

»Ja, aber im Gegensatz zu dir ist er ein gläubiger Katholik. Da Nicolas über Vater Bescheid wußte, hat er als erstes eine Passage über das Glückspiel ausgesucht. Weißt du, was Montaigne dazu zu sagen hatte?«

»Nein, denn ich spreche zwar ein wenig Französisch, kann es aber nicht lesen.«

»Er hat geschrieben, das brennende, ungestüme Verlangen des zwanghaften Spielers stürze sowohl seinen Verstand wie auch seinen Körper in Gefahr und Chaos. Im Gegensatz dazu sei jemand, der eine nüchterne Einstellung zum Gewinnen oder Verlieren hat, stets Herr seiner selbst. Je weniger er der Spielleidenschaft gestatte, ihn zu überwältigen, desto sicherer und erfolgreicher sei sein Spiel. Das erinnert mich ein wenig an dich.«

»Ich habe ja immer gesagt, daß ich keine Spielernatur bin.«

»Renault fand auch einen treffenden Abschnitt, als ich ihn nach Angelos Tod um einen kleinen Vorschuß bitten mußte, damit ich weiterhin für unseren Haushalt sorgen konnte. ›Wer die Vergnügungen seines eigenen Lebens aufgibt, um anderen zu dienen, der folgt einem schlechten, unnatürlichen Pfad.‹«

»Montaigne und ich könnten Zwillinge sein. Sage ich nicht genau das, seit wir uns kennen?«

Diana überging diesen Kommentar. Ihr war nicht nach Streitgesprächen zumute. »Renault interessiert sich auch für italienische Schriftsteller, aber ich mußte ihm oft bei den schwierigeren Passagen helfen.«

»Ist Renault denn nach Italien gekommen, um italienische Literatur zu studieren?« forschte Daniel vorsichtig weiter.

»Ich weiß es nicht.«

»Hast du ihn nie gefragt, was ihn hierhergebracht hat?«

»Eine erstklassige Kurtisane stellt ihren Gefährten niemals Fragen.«

»Er hat wohl nie über seine Vergangenheit gesprochen?«

»Kein einziges Mal.«

»Warst du nicht neugierig? Ihr seid doch sicher so vertraut, daß du es aus ihm hättest herauslocken können?«

»Er läßt nicht so leicht etwas aus sich herauslocken.«

»Also ist er eher ein sehr verschlossener Mann?« Daniel legte ihr die Worte in den Mund und versuchte sich verzweifelt daran zu erinnern, was Marco Barbaro ihm während des Festmahles in der Ca' Dario von Renault erzählt hatte. Man sagt, er gebe nichts von sich preis – und schon allein das macht ihn höchst verdächtig. *Ich schätze, er weiß einfach zu viel – von den Machenschaften seines Landes während der Herrschaft der Medici, meine ich. Heimlichtuerei ist ja in diesem Geschäft sozusagen eine* conditio sine qua non.

»Das ist schwer zu sagen. Die Beziehung zu einer Mätresse ist für Männer oft problematisch. Manche wollen uns unbedingt ihr Herz ausschütten, uns etwas anvertrauen – selbstverständlich nur ihre Version der Dinge. Andere wollen der Wirklichkeit entfliehen, sie aus ihren Gedanken löschen, eine Weile in der künstlichen Welt des Vergnügens entspannen, die wir für sie schaffen. Unsere Aufgabe ist es, uns ihren jeweiligen Bedürfnissen anzupassen.«

»Und welche Bedürfnisse hatte Renault?«

»Die haben sich mir nie erschlossen.«

»Hat er vielleicht Liebe gesucht?«

»Ich glaube nicht, daß er überhaupt zur Liebe fähig ist. Zunächst haben seine angeborene Höflichkeit, seine Zuvorkommenheit, die Zärtlichkeit, mit der er mir manchmal begegnete, mir den Eindruck einer echten Zuneigung vermittelt, vielleicht gar einer ruhigen, gereiften Liebe. Schon bald wurde mir klar, daß seine Aufmerksamkeiten kaum mehr als mechanische Gesten waren, daß keinerlei Gefühl dahinter stand, keine Wärme, keine Aufrichtigkeit. Er ist stets wie geistesabwesend. Nur auf sich bezogen, in sich selbst versunken, und er baut eine undurchdringliche Wand auf, hinter die er sich zurückzieht. Selbst nach einem unserer seltenen Liebesakte stand er sofort auf und ging, damit nicht am Ende die Intimität der Situation dazu führen könnte, daß er seinen Schutzschild senkte und vielleicht etwas von sich preisgab.«

»Der perfekte Verschwörer«, meinte Daniel. »Was erwartet er also von dir?«

»Ich nehme an, ich bin für ihn eine Art Zuflucht, wie künstlich auch immer, eine Zuflucht vor seiner inneren Einsamkeit, ein Trost allein durch meine Gegenwart, eine beinahe mütterliche Gestalt – eine, die gibt, aber nichts dafür erwartet.«

»Er scheint mir eine versteinerte Seele zu haben.«

»Ja, aber wer kann schon sagen, wie er so geworden ist? Ein- zweimal versuchte ich ihn dazu zu bringen, mir etwas aus seinem früheren Leben zu erzählen, indem ich von meinen eigenen Mißgeschicken berichtete – vom Tod meines Mannes, dem Verlust meines kleinen Kindes, der Krankheit meiner Mutter – von typisch menschlichen Tragödien. Doch nichts berührte ihn. ›So ist nun einmal das Leben‹, antwortete er leichthin, ›ein ständiger Kampf gegen das Unglück, den nur die Stärksten überleben. Entweder man akzeptiert sein Schicksal, oder man kämpft dagegen an.‹ – ›Wie soll man denn gegen die Pest ankämpfen?‹ herrschte ich ihn an.«

»Und was hatte er dazu zu sagen?«

»›Man flieht davor.‹ – ›Und wie kämpft man gegen den Tod?‹ konterte ich. Seine Antwort war kurz und knapp: ›Der Tod ist der einzige, der letzte Sieger.‹ Da ich nun einmal in Rage geraten war, brach ich alle Regeln und ließ es nicht dabei bewenden. ›Für welche Alternative habt Ihr Euch denn entschieden, für das Akzeptieren oder für das

Kämpfen?‹ Er erwiderte, daß er immer kämpfte. ›Und habt Ihr gewonnen?‹ drängte ich ihn. ›Nicht immer‹, gestand er mir ein, fügte jedoch hinzu, daß er trotzdem niemals aufgebe. Er sprach von Mustern im Leben der Menschen, die sich unaufhaltsam wiederholen, wie das Muster in einem Brokatstoff. Ein Mann, den die Armut geizig gemacht hat, wird auch dann noch sparsam bleiben, wenn ihm ein großes Vermögen in den Schoß gefallen ist. Ein Lügner lernt es niemals, die Wahrheit zu sagen, genausowenig wie sich der Betrüger die Schwindeleien abgewöhnen kann, ganz gleich, ob gerade die Notwendigkeit dazu besteht oder nicht. Er lügt und betrügt allein deshalb, weil das sein unveränderliches Verhaltensmuster ist. Mir lag die Frage auf der Zunge, was das Muster seines Lebens sei, aber er ahnte bereits, worauf ich hinauswollte. Also wechselte er das Thema, lobte überschwenglich die neueste Motette Monteverdis, die er am Sonntag zuvor in der Messe gehört hatte.«

»Ich frage mich, was er zu verbergen hat, was ihn dazu gebracht hat, sein Vaterland zu verlassen, was er hier will.«

»Das werden wir wahrscheinlich niemals herausfinden.«

»Das glaube ich auch. Wenn er sich dir nicht anvertraut hat, dann nimmt er wahrscheinlich seine Geheimnisse mit ins Grab. Jedenfalls bin ich wirklich froh, daß du dich nicht mehr mit ihm triffst.«

»Das ist aber nur eine zeitweilige Unterbrechung.«

»Du wärest gut beraten, den Kontakt für immer abzubrechen.«

»Bist du eifersüchtig?« Sie lächelte und legte ihm sanft die Hand auf den Unterarm.

»Nicht auf so jemanden. Nur wenn Liebe im Spiel wäre, dann wäre ich eifersüchtig. Aber meine Gefühle haben nichts damit zu tun. Es ist etwas anderes.«

Diana schaute ihn fragend an, doch er zögerte einen Augenblick, ehe er weitersprach. Sie hatte ohnehin schon so viele Sorgen …

»Erinnerst du dich, wie du mir das Rätsel der Abkürzung LAZ gelöst hast, die auf Wims Zetteln stand?«

»Ja.«

»Und du erinnerst dich an die Bande von Söldnern, die wir auf der Lazzaretto-Insel angetroffen haben, als wir dort auf dem Rückweg vom Friedhof vor dem Sturm Unterschlupf suchten?«

»Natürlich.«

»Nun, inzwischen weiß ich, daß beides miteinander verbunden ist.«

»Du meinst Wim und die Söldner?«

»Genau.«

»Wie bist du zu diesem Schluß gekommen?«

»Die Summe, die an das Lazzaretto ausgezahlt worden ist, war so ungeheuerlich hoch, daß sie meine Neugier erregt hat. Also habe ich mich gestern zur Insel hinausrudern lassen und mit dem Hauptmann der Söldner geredet. Anscheinend werden seine Männer dafür bezahlt, daß sie dort bleiben, bis ihnen der neue Auftrag mitgeteilt wird, den sie übernehmen sollen. Um sicherzugehen, daß sie die Insel nicht verlassen, bis man ihre Dienste benötigt, feilschen ihre Anführer um die Summe, die ihnen die Venezianer noch für ihre Beteiligung am Krieg gegen Österreich schulden. Sie planen, die Verhandlungen so lange hinauszuzögern, bis der Mann, den der Hauptmann seinen Zahlmeister nennt, ihnen den Marschbefehl gibt.«

»Bei Söldnern überrascht mich so etwas nicht, aber ich begreife nicht, was das alles mit Renault zu tun haben soll.«

»Ich habe ihn gerade mit Wim in der Taverne bei San

Marcuola gesehen. Wim hat ihm dort die Abrechnung überreicht, die er heute morgen bei mir abgeholt hat.«

Diana überdachte dies eine Weile. Schließlich sagte sie: »Aber warum sollten Renaults Geldgeschäfte irgend etwas mit seiner Beziehung zu mir zu tun haben?«

»Das kann ich jetzt noch nicht sagen. Das wissen wir erst sicher, wenn wir herausfinden, welche Interessen er verfolgt. Bis dahin solltest du dich besser von ihm fernhalten.«

»Das werden wir niemals herausfinden. Wir haben einfach nicht die Mittel dazu.«

»Nein, aber wir können diskret Nachforschungen anstellen. Du weißt besser als ich, daß in Venedig alles käuflich ist, einschließlich von Auskünften.«

»Die werden oft teuer bezahlt und sind doch falsch. Warum sollten wir uns da überhaupt einmischen? Wir haben auch so genug Probleme. Bitte. Ich liebe dich zu sehr, um zuzulassen, daß du dich in Angelegenheiten verstrickst, die dich nichts angehen.«

»Aber sie gehen mich etwas an, sogar sehr viel. Alles, was, wenn auch noch so indirekt, mit dir zu tun hat, berührt auch mich. Denn wir sind doch jetzt eins, nicht wahr?«

»Ich kann mit Fug und Recht das gleiche sagen. Nehmen wir an, du fingest mit deinen diskreten Nachforschungen an. Schon bald würde sich sicher jemand nach dir erkundigen – warum du Fragen stellst, für wen du arbeitest. Wenn du weiterhin unauffällig bleiben willst, hast du keine andere Wahl, als den Mund zu halten.«

Dem konnte Daniel nicht widersprechen. So leicht wollte er sich jedoch nicht geschlagen geben.

»Aber die Augen und Ohren kann ich offenhalten.«

Dianas Schweigen sprach Bände. Doch solange sie sich nicht mit Renault traf, war die Frage ohnehin unwesentlich.

Auf keinen Fall mochte sie mit diesen Gedanken die Entspannung trüben, die sie so nötig hatte und die ihr die Stunden mit Daniel gewährten. Aber ob sie es wollte oder nicht, seine Unruhe übertrug sich auch auf sie. Das verlieh ihrem Liebesspiel eine noch größere Dringlichkeit, sie klammerten sich aneinander, hielten einander fest umschlungen, suchten einer im anderen Sicherheit und Unterstützung.

Als Diana in die Hölle ihres Elternhauses zurückgekehrt war, legte sich Daniel wieder auf das zerwühlte Bett, verschränkte die Hände hinter dem Kopf und ging noch einmal das Für und Wider durch, wenn er Erkundigungen über Renaults Machenschaften einziehen sollte. Der Franzose bezahlte nicht nur die Männer auf der Lazzaretto-Insel. Überall in der Lombardei und im Veneto warteten ja ebenfalls kleinere Trupps. Nachdem der Friedensvertrag zwischen Venedig und den Habsburgern unterzeichnet war, lieferten sich die spanischen Streitkräfte auch in der Lombardei keine Gefechte mehr mit den Männern des Herzogs von Savoyen. Warum war also Renault, warum war die Macht, die hinter ihm stand, so sehr darauf aus, die Männer dort festzuhalten? Nach Brescia oder Crema zu fahren, um das herauszufinden, war völlig sinnlos. Er würde dort nicht mehr in Erfahrung bringen als auf dem Lazzaretto. Und außerdem, überlegte er, während er seine Gedanken so disziplinierte wie sonst am Kartentisch, warum sollte die Mätresse eines Mannes irgend etwas mit seinen Geschäften zu tun haben?

Diana hatte recht. Wim auch. Er mußte den Mund geschlossen und den Kopf gesenkt halten, wenn er in Venedig in Ruhe leben wollte. Zumindest so lange, bis er Diana dazu überreden konnte, ihr Schicksal mit dem seinen zu vereinen.

Kapitel 16

Als der Frühling endlich Einzug hielt, wirbelte ein Wind der Erwartung durch die Stadt. Fenster wurden geöffnet, Kleider und Bettzeug hervorgeholt, ausgeklopft, auf die Leinen gehängt, die zu beiden Seiten der Kanäle aufgespannt waren. Mägde und Hausfrauen winkten einander durch das Dickicht der Stoffe zu, die über den schmalen grünlichen Wasserstraßen flatterten. In der Merceria war hektisches Treiben ausgebrochen. Die Zeit des Karnevals rückte heran. Bei allen Tuchhändlern strichen Frauen mit den Fingern prüfend und zärtlich über Seide, Samt, Spitze und Brokat, redeten über nichts anderes als über die Kostüme, die sie sich daraus schneidern lassen würden. Vorsichtig schauten sie sich ab und zu um, damit auch ja keine ihrer Bekannten sie dabei beobachtete, wenn sie nach langem Zögern ihre Entscheidung trafen. Dann rauschten sie weiter zum Maskenmacher, wo sie sich eine ganze, eine halbe oder nur eine kleine federbesetzte Maske aussuchten, die zu dem Wesen passen würde, in das sie sich verwandeln wollten, die Maske, die ihnen – wenn auch nur für kurze Zeit – die ersehnte Illusion der Freiheit schenken würde. Und während die Damen hin und her eilten, herrschte in den Palazzi ebenfalls geschäftiges Treiben. Die Haushofmeister öffneten die Kleiderschränke ihrer Herren, bürsteten vorsorglich schon einmal die Festgewänder aus, musterten die prächtigen Roben. Zwar waren es noch zwei Monate bis zum Himmelfahrtstag und zur feierlichen Zeremonie der Vermählung der Stadt Venedig mit dem Meer. Doch man mußte schließlich rechtzeitig feststellen, wo noch eine kleine Reparatur notwendig sein mochte, ob man am Ende, Gott bewahre, Ersatz brauchen würde. Wenn die Diener ihre Herren respektvoll darauf aufmerksam machen mußten, daß sie ihre kostbaren Prozessionsgewänder wirklich nicht noch einmal tragen könnten, tauchten ganze Heerscharen von Tuchhändlern, Schneidern, Kürschnern und Strumpfwirkern in den Palazzi auf, wetteiferten miteinander um die Kundschaft der hohen Herrschaften, selbst wenn diese sehr hart verhandelten oder gar verlangten, die Ware auf Kredit geliefert zu bekommen.

Die einfachen Leute begaben sich zu den jüdischen Gebrauchtwarenhändlern am Rialto oder im Ghetto Nuovo, die sorgfältig gereinigte und geflickte Gewänder anboten, die so gut wie neu aussahen.

Auf den strengen und nüchternen Daniel übertrug sich die Erregung, die die ganze Stadt ergriffen hatte, jedoch nicht. In der letzten Abrechnung für Wim hatte er eine neue, geheimnisvolle Abkürzung bemerkt. Es war einfach nur der Buchstabe A. Die damit verbundene Summe war noch weit höher als diejenige, die man an das Lazzaretto gezahlt hatte. Daniel war vorsichtig geworden und widerstand zunächst der Versuchung, diese Abkürzung ebenfalls zu ergründen. Resolut verbannte er das neue Rätsel aus seinen Gedanken. Aber wie so mancher Fleck verschwindet, wenn man ihn mit Wasser herauszuwaschen versucht, nur um dann störrisch wieder aufzutauchen, sobald der Stoff trocknet, so kehrte auch dieses einsame A immer wieder in Daniels Gedanken zurück. Bald beherrschte es sein Denken ganz und gar, und Daniel begann zu begreifen, was Besessenheit ist, verspürte plötzlich sogar eine gewisse Sympathie für

Motta. Nun verstand er, daß eine Idee, wenn sie einmal einen Mann ergriffen hatte, seinen Willen völlig überwältigen, ihn zu Handlungen zwingen konnte, die sich allem Verstand und jeglicher Kontrolle entzogen. Kein Argument, wie überzeugend es auch sein mochte, konnte ihn jetzt von seiner Absicht abbringen, das Rätsel um Renaults Geschäfte zu lösen. So ging es wahrscheinlich Motta mit dem Glücksspiel.

Als Wim am Ende des Monats um die Mittagszeit zu ihm kam, um die Abrechnung abzuholen, und sich danach wie immer geheimnistuerisch fortschlich, beschloß Daniel, ihm zu folgen. Inzwischen kannte er alle Gassen und Gäßchen in der Umgebung seines Heims, um das Haus der Griechin und das jüdische Viertel herum. Er mußte nur warten, bis er sicher sein konnte, daß Wim die Brücke über den Canale di Cannaregio überquert hatte, ehe er sich auf den Weg machte. Obwohl die Sonne schien, war es doch noch kalt, und so konnte er die untere Hälfte seines Gesichtes guten Gewissens hinter einem Schal verbergen.

Daniel ging mit raschen Schritten durch die engen Gassen. Hier streifte er mit dem Kopf eine Bettdecke, die an einer Leine über dem Weg hing, dort schüttelte eine rothaarige Frau, die eine fröhliche Melodie summte, über ihm ihren Staublappen aus. Hätte er hochgeschaut, hätte er das einladende Funkeln in ihren dunklen Augen wahrgenommen. Aber heute konnte ihn nichts von seinem Ziel ablenken. Zunächst eilte er auf verschlungenen Pfaden zur Taverne hinter San Marcuola. Er nahm zwar nicht an, daß die beiden Männer das Risiko eingehen würden, sich zweimal nacheinander am gleichen Ort zu treffen, aber er brauchte Gewißheit. Denn das allein würde ihm beweisen, daß sie etwas zu verbergen hatten. Er näherte sich der Tür in gemessenen Schritten, öffnete sie einen Spaltbreit, schaute hinein. Ein rascher Blick genügte. Das Gasthaus war leer.

Beinahe wie von selbst lenkten ihn seine Füße als nächstes zum Haus der Griechin. Als er gerade auf die Brücke über den Rio di San Marcuola treten wollte, fiel sein Blick auf eine glänzende schwarze Gondel, die über die schmale Wasserstraße fortglitt. Ein Baldachin verbarg den Fahrgast vor seinen Augen, doch als die Gondel die Fahrtrichtung änderte und in den Canal Grande einbog, erblickte Daniel kurz den Rücken des Mannes, denn die Vorhänge waren nur an den Seiten zugezogen. Ein dichter weißer Haarschopf quoll unter einem breitkrempigen Hut hervor. Rasch änderte Daniel die Richtung, überquerte den Platz von San Marcuola im Laufschritt und nahm auf dem Landungssteg, der auf den Canal Grande hinausragte, einen Beobachtungsposten ein. Er konnte links gerade eben die Fassade von Marysas Haus erspähen. Zwar war seine Haltung unbequem, aber er war sich sicher, daß er nicht lange so würde verharren müssen. Tatsächlich tauchte wenig später auch schon Wims schmale Gestalt auf. Ein Boot, das in einiger Entfernung gewartet hatte, näherte sich längsseits der Gondel. Rasch stieg Wim um, und das Boot trug ihn fort, verschwand zwischen den unzähligen Schiffen, die auf dem Weg ins Herz der Stadt waren.

Daniel lenkte seine Schritte zurück über die Brücke und ging langsam zu Marysas Haus. Er erwartete, dort auf geschäftiges Treiben zu stoßen, Klempner, Stukkateure und Maler. Zu seiner großen Überraschung lag das Haus völlig verlassen da. Daniel rüttelte an der landeinwärts gelegenen Tür, aber sie war verriegelt. Als er durch einen Spalt zwischen den Fensterläden im Erdgeschoß blinzelte, sah er, daß die Fenster dieser Etage von innen mit Brettern vernagelt waren. In den oberen Etagen hatte man schwere Vorhänge vorgezogen. Schließlich klopfte er noch an die Tür, die sonst stets geöffnet gewesen war und zum Eintreten eingeladen hatte – einmal, zweimal. Drinnen war nicht das geringste Geräusch zu hören, das die Anwesenheit von Menschen verraten hätte. Er trat einen Schritt zurück und musterte die abweisende Fassade ein letztes Mal ganz genau, versuchte, ein Lebenszeichen zu erspähen. Nichts. Oder vielleicht doch? Im obersten Geschoß, bewegte sich da nicht ein Vorhang ein wenig? Aber das war zu weit weg, und das Spiel von Licht und Schatten in der engen Gasse konnte leicht sein Auge getäuscht haben.

Nach einigem Zögern wandte er sich ab und machte sich auf den Heimweg. Wäre er in einer nüchterneren Stimmung gewesen, so hätte er sich sagen können, daß es ihn nichts anging, was Marysa mit ihrem Haus machte. In der Vergangenheit hatte das Haus sowohl Wim als auch Renault gute Dienste geleistet. Warum sollte das jetzt anders sein? Solange die Geschäfte der beiden Diana nicht berührten, sollte ihn das Treffen der Verschwörer nicht weiter aufregen. Aber die Sache wollte ihm einfach nicht in den Kopf. Seine Gedanken waren ohnehin beinahe nur noch mit dieser geheimnisvollen Angelegenheit beschäftigt. Allmählich wuchs sein Mißtrauen immer mehr. Warum hatte Marysa Lügengeschichten über die Renovierungsarbeiten verbreitet? Warum sah das Haus aus, als sei es völlig verlassen?

Daniel sprach nicht mit Diana über seine neue Entdeckung, weil er sie nicht noch mehr belasten wollte. Aber von dem Tag an erfüllte dieses Rätsel, seine beinahe besessene Suche nach einer Lösung seine einsamen Nächte. Daniel spazierte zu allen möglichen Nachtstunden zum Rio di San Marcuola, stellte sich an die Brücke, hielt den Blick starr auf das still daliegende Gebäude mit den blinden Fenstern gerichtet. In den ersten Nächten fiel ihm nichts auf, aber er hielt unbeirrt weiter Wache. Schließlich mußte sich das doch auszahlen.

Und so war es dann auch. Eines Abends machte ein schlichtes Boot an der zum Rio di San Marcuola gelegenen Eingangstür fest. Wenige Minuten später tauchten aus dem Gebäude drei vermummte Gestalten auf und stiegen auf das Boot, das unverzüglich ablegte. Wer waren diese Leute? Wohin fuhren sie? Würden sie in das Haus zurückkehren, das offensichtlich ihr Versteck war? Wenn ja, wann? Heute nacht? Morgen? In einer Woche oder einem Monat? Obwohl Daniel die Feuchtigkeit vom nachtschwarzen Wasser her in alle Glieder kroch und ihn fröstelte, harrte er aus. Wenn die Männer nicht heute nacht zurückkamen, dann würde er morgen auf sie warten, wenn es sein mußte, auch übermorgen noch. Doch seine Geduld wurde nicht auf eine so harte Probe gestellt. Drei oder vier Stunden später tauchte das Boot erneut auf, und die Männer verschwanden wieder im lautlosen Dunkel von Marysas Haus. Daniel ging heim, um wenigstens ein paar Stunden zu schlafen, bis der Tag mit lärmender Geschäftigkeit anbrach.

Er war in blendender Laune, als er aufstand. Er kam mit seinen Untersuchungen voran, ohne daß er oder Diana dabei ein Risiko eingehen mußten. Immer wieder beobachtete er nachts Marysas Haus. Alle paar Nächte tauchte ein unscheinbares Boot dort auf, manchmal vom Canal Grande, manchmal vom Rio di San Marcuola aus, machte fest und wartete. Nach einer Weile – manchmal dauerte es nur wenige Minuten, manchmal bis zu einer halben Stunde – kamen die Fahrgäste aus dem Gebäude, zwei oder auch drei, wurden fortgerudert und kehrten wie am ersten

Abend einige Stunden später zurück. Daniel überlegte, ob es nützlich sein könnte, den Männern einmal zu ihrer nächtlichen Verabredung zu folgen. Doch er entschied sich dagegen. Von einem Boot zum anderen konnte er nachts auf dem Wasser auf keinen Fall mithören, was sie beredeten. Noch konnte er herausfinden, wer die Männer waren, warum sie sich in Marysas Haus versteckt hielten und was sie mit Renault zu tun hatten, wenn überhaupt eine Verbindung zu dem Franzosen bestand. Der dunkle Toreingang, durch den sie schließlich verschwinden würden, würde ihm auch nur wenig über den Zweck ihrer Verabredung verraten.

Eines Nachts änderte sich jedoch plötzlich das Muster. Von seinem Versteck aus erspähte Daniel, wie sich eine elegante Gondel dem Hauseingang am Rio di San Marcuola näherte. Eine athletische Gestalt sprang auf die vom Wasser umspülten Treppenstufen, klopfte an Marysas Tür und wurde sofort eingelassen. Der Gondoliere band das Boot an und machte es sich im Heck gemütlich, während er auf seinen Fahrgast wartete. Auch Daniel wartete. Es war schon weit nach Mitternacht, und die Nacht war mondlos. Kaum jemand war in der Nähe. Die Minuten verstrichen langsam, und ihm schmerzten schon beinahe die Augen, weil er so fest auf das unbeweglich daliegende Boot starrte. Endlich tauchte der Besucher wieder auf, stieg in seine Gondel und wurde in Richtung auf den Canal Grande fortgetragen. Diesmal beschloß Daniel, dem Boot zu folgen.

Er rannte zum Landungssteg von San Marcuola zurück. Zu dieser späten Stunde waren in der Vorstadt aber nur wenige Boote auf den dunklen Gewässern des Canal Grande unterwegs. Wenn nicht sofort eines vorbeikam, wäre die Gondel außer Sichtweite. Mit quälender Ungeduld wartete

Daniel, suchte abwechselnd mit den Augen den Kanal nach einem Boot ab und folgte der Gondel, die immer mehr mit dem Dunkel der Nacht verschmolz. Sie war schon beinahe völlig verschwunden, als ein kleines Ruderboot auftauchte, das sich auf San Geremia zubewegte. Verzweifelt rief Daniel den Bootsmann an.

»Ich mache für heute Feierabend«, brüllte der Mann mit müder, rauher Stimme zurück.

»Ich zahle jeden Preis.«

»Wohin soll's denn gehen?«

»Folgt dieser Gondel da.«

»Hat Euch jemand Hörner aufgesetzt, was?«

»Verdammt, genau das.«

»Immer die gleiche Geschichte. Kenn ich schon. Mein Mitgefühl habt Ihr. Aber das wird Euch ein hübsches Sümmchen kosten.«

»Reichen zehn Dukaten?«

Eine phantastische Summe! Die Hörner mußten den Mann um den Verstand gebracht haben! »Springt rein.«

Der Bursche ruderte wie der Teufel, bis er die kleine gelbe Laterne, die am Heck der Gondel baumelte, gut im Blick hatte. Erst jetzt verringerte er die Geschwindigkeit, so daß der Abstand zwischen den Booten stets gleich blieb. Geschickt manövrierte er sein Boot durch das Gedränge am Rialto, dann den Canal Grande hinunter, vorüber an der Scuola della Carità, an der Ca' Dario und der Dogana da Mar und auf die offene Lagune hinaus. Beide Boote hielten sich nah am Kai, obwohl sie bei San Marco einen großen Bogen geschlagen hatten, um all den anderen auszuweichen, die sich dort stets stauten. Nun ging es weiter, immer am Schiavoni-Kai entlang, bis schließlich die Gondel nach links abbog und rasch im finsteren Eingang des Arsenals verschwand.

»Tut mir leid, mein Herr«, sagte der Bootsmann bedauernd zu seinem Fahrgast. Er schien selbst so enttäuscht, als wäre es der Liebhaber seiner eigenen Frau gewesen, dem sie bis hierher gefolgt waren. »Weiter kann ich Euch nicht bringen. Ohne besondere Erlaubnis darf niemand ins Arsenal. Der hat Euch ordentlich an der Nase herumgeführt, was? Ist Euch entwischt, der gerissene Schweinehund! Typisch, die sind alle gleich, diese Seeleute! Wohin jetzt?«

»Wieder zurück«, bellte Daniel, täuschte Wut vor, um seine Freude zu verbergen. Das wäre ihm niemals in den Sinn gekommen: A stand für Arsenal!

Von der Nacht war nicht mehr viel übrig, als er endlich zu Hause ankam. An Schlaf war nicht zu denken. Daniel streckte sich angekleidet auf seinem Bett aus und starrte in die verblassende Dunkelheit der frühen Morgenstunden. Die Befriedigung über seine erstaunliche Entdeckung wich schon bald einem tiefen Unbehagen. Während der wenigen Monate, die er sich in Venedig aufhielt, hatte ihn der Zufall immer wieder mit verschiedenen Gruppen von Männern zusammengeführt, denen er eigentlich nie sonderliche Aufmerksamkeit gezollt hatte. Doch nun schien es plötzlich eine Verbindung zwischen ihnen zu geben. Alle diese Männer standen offenbar im Dienst einer unbekannten Macht und warteten auf den Befehl, irgendeine Mission zu erfüllen. Darauf lief alles hinaus. Methodisch wie immer ging er einen Anhaltspunkt nach dem anderen durch. Noch war ihm das Ziel nicht klar, das sie alle miteinander verband.

Zunächst war da das Gespräch gewesen, das er in jener lauten Nacht im »Gasthof zum Stör« hatte mit anhören müssen.

»Ich kapier einfach nicht, wieso dieser schwachsinnige

Osuna in alle Welt hinausposaunt, daß er die paar stinkenden Inseln hier erobern will.«

»Ist vielleicht nur ein Ablenkungsmanöver, das ganze Gerede?«

»Von was?«

»Keine Ahnung.«

Dann hatte der betrunkene alte Seemann weitergefaselt: *»Ich hab läuten hören, daß es Osuna nicht reicht, nur Vizekönig zu sein. König von Neapel will der Mistkerl werden.«*

»Dazu muß er aber seinen Herrn und Meister, den spanischen König, in die Pfanne hauen. Entweder der Lumpenhund ist völlig verderbt oder völlig hirnlos.«

Daniel wagte nicht zu entscheiden, welche von beiden Möglichkeiten zutraf.

»Was ich nicht kapier, ist eines: Warum hat diese Hure, unsere liebe Dame Serenissima, so bereitwillig die Beine breitgemacht und Pierre in ihr Allerheiligstes reingelassen, in ihr Arsenal?«

Ja, warum? Was für ein Mann war Kapitän Pierre? Als früherer Handlanger des Herzogs Osuna, eines eingeschworenen Feindes der Republik, wußte er ja zweifellos so manches. Aber war sein Angebot aufrichtig gemeint? Konnte man einem Mann vertrauen, der seinen Herren verraten hatte, einen Herren, der selbst des Hochverrats verdächtigt wurde? Fragen über Fragen stürzten über Daniel herein.

»Und in wessen Diensten steht diese ›gewisse Partei‹?« hatte einer von den holländischen Söldnern im Lazzaretto gefragt.

Wieder war *»Keine Ahnung«* die Antwort gewesen.

Daniel hegte keinerlei Zweifel, daß die Männer, die sich in Marysas Haus verborgen hielten, auch im Sold des Franzosen standen, vielleicht zu derjenigen Gruppe gehörten, die mit dem Buchstaben A bezeichnet war. Denn sonst hätten Wim und Renault es nicht gewagt, einander dort zu treffen. Es war völlig glaubhaft, daß Söldner, die sich in Venedig herumtrieben, von jeder beliebigen Macht Europas angeheuert werden konnten, daß sie sich für irgendeine Aufgabe bereithielten, für deren Ausführung man sie bezahlte. Doch dazu benötigte man keine Männer im Arsenal. Die Festung war die uneinnehmbare Bastion der Republik, das Symbol ihrer Souveränität. War sie wirklich uneinnehmbar? Jetzt, da Daniel Hinweise auf eine Verbindung zwischen Renaults Söldnern und dem riesigen Machtkomplex der venezianischen Republik hatte, verwandelte sich sein leichtes Unbehagen rasch in eine tiefe Beunruhigung. Wenn man den Kapitän gegen fürstlichen Lohn ins Arsenal ließ, um die Republik gegen ihren »Feind«, seinen langjährigen Herren, zu verteidigen, wem wurde dann das kleine Vermögen ausgezahlt, das Renault unter dem geheimnisvollen Buchstaben A führte? Hatte man auf diese Weise Osunas Leute ins Arsenal eingeschleust? Oder hatte Renault gar den berühmten Kapitän Pierre für seine Sache gewonnen, und hatte der noch einmal sein Mäntelchen nach dem Wind gehängt, obwohl seine Taschen doch ohnehin schon mit den goldenen Dukaten der Venezianer bis obenhin voll waren? Ein Mann, der bereits einen Herrn verraten hatte, würde sicher genauso bereitwillig auch den nächsten betrügen. Söldner kannten eben keine Ehre.

Daniel mußte unbedingt mit Wim sprechen, wenn sie sich wiedersahen. Er wußte ja nur zu gut, welche ungeheuren Summen hier im Spiel waren. Es war soviel Geld, wie es allein Staaten oder gar Staatenbünde aufbringen konnten. Plötzlich begriff er, wie dringend die Angelegenheit geworden war. Wenn seine Vermutungen stimmten, dann waren Wim und er und vielleicht auch Diana wissentlich oder unwissentlich in eine Angelegenheit hineingeraten, die viel bedrohlicher war, als sie es sich je hätten träumen lassen. Und alles hing an der einen Frage: Welche Macht stand hinter Renault?

Kapitel 17

Daniel verfolgte von nun an nur noch ein einziges Ziel: Er wollte ins Arsenal hinein. Wenn ihn diese fixe Idee einmal losließ, begriff er, daß er keinerlei Möglichkeit hatte, in diese eindrucksvolle Bastion, das Nervenzentrum der venezianischen Republik, vorzudringen. Das stand nicht in seiner Macht. Doch es mußte einfach einen Weg geben! Und er mußte ihn finden!

Er wußte nur sehr wenig über diese Festung, eigentlich nur das, was allgemein bekannt war: Schon seit beinahe fünf Jahrhunderten wurde die eindrucksvolle venezianische Flotte, mit der die Macht der Republik über ihr ungeheures Handelsreich stand und fiel, innerhalb dieser Mauern geplant, gebaut, aufgetakelt und bewaffnet. Eine einzige schwache Verbindung hatte er zu diesem Machtzentrum der venezianischen Welt. Pietro hatte einmal erwähnt, daß er vor Jahren dort gearbeitet hatte. Wahrscheinlich hatte er schon längst keinen Zugang mehr. Doch seine ehemaligen Kollegen, falls sie noch dort tätig waren, durften hinein. Zumindest war Pietro mit dem Gelände, mit den dort verrichteten Arbeiten und mit der Bewachung vertraut. Ein kümmerlicher Anfang, aber besser als gar nichts.

Daniel zügelte seine Ungeduld bis zum frühen Sonntagmorgen. Da würde er Pietro sicher zu Hause antreffen. Als er sich dem Häuschen näherte, trat der Fischer gerade vor die Tür, reckte die steifen Glieder und atmete tief die klare Frühlingsluft ein. Als er Daniel erblickte, fragte er: »Wohin soll es denn diesmal gehen, mein Herr?«

»Nirgendwohin. Ich bin nur auf ein Schwätzchen vorbeigekommen. Wie wäre es mit einem Spaziergang am Kai entlang?«

Pietro legte warnend den Finger an die Lippen und rief ins Haus: »Ich gehe zum Bäcker und hole uns frisches Brot fürs Frühstück.«

Ohne eine Antwort abzuwarten, gesellte er sich zu Daniel, und die beiden machten sich auf den Weg. Nur die Möwen, die kreischend am Himmel ihre Kreise zogen, störten die Ruhe des frühen Morgens.

»Wenn ich mich recht erinnere, habt Ihr einmal erwähnt, daß Ihr im Arsenal gearbeitet habt«, begann Daniel.

»Ja, genau wie mein Vater vor mir. Ich bin sehr stolz darauf. Das waren gute Zeiten. Wir mußten nichts für die Wohnung bezahlen, wir bekamen kostenlosen Wein, und in der Schule des Arsenals habe ich lesen, schreiben und rechnen gelernt. Und noch eine Vergünstigung gab es: alles Abfallholz gehörte uns, wenn wir es haben wollten.« Einen Augenblick hielt Pietro inne und packte Daniel mit seiner knotigen alten Hand am Ärmel. Mit der stolzen Nostalgie des Veteranen erklärte er: »Wir *Arsenalotti*, alle sechzehntausend von uns, haben immer unter allen Handwerkern in ganz Venedig den höchsten Respekt genossen, und uns hat man auch das größte Vertrauen geschenkt. Wußtet Ihr, daß nur wir in der Münze arbeiten dürfen?«

»Nein.«

»Und wir haben das Privileg, am Himmelfahrtstag das *Bucintoro* des Dogen hinauszurudern, wenn er die Vermählung Venedigs mit dem Meer feiert«, fuhr Pietro fort, ließ Daniels Arm wieder los und ging weiter.

»Das ist natürlich wirklich eine hohe Ehre«, bestätigte Daniel höflich, ehe er das Gespräch wieder seinem eigentlichen Ziel zusteuerte. »In welcher Eigenschaft habt Ihr dort gearbeitet?«

»Ich habe eine Schreinerlehre gemacht. In meinen jungen Jahren habe ich an den Kielen mitgebaut. Später bin ich dann zu den Rudermachern gegangen. Als auch das zu anstrengend für mich wurde, hat man mich in die Seilerei versetzt und mir die Verwaltung der Hanfvorräte übertragen.«

»Werden die Taue ebenfalls dort gefertigt?«

»Alles, was für die Ausrüstung und Bewaffnung eines Schiffes notwendig ist, sei es ein Handels- oder ein Schlachtschiff, wird im Arsenal oder in der Nähe gefertigt und dort gelagert. Sogar die Schiffszwiebacke für die Mannschaften werden in der Calle del Forno unmittelbar vor den Mauern gebacken.«

»Und die Waffen?« bohrte Daniel weiter.

»Tausende von Kanonen, ungeheure Munitionsvorräte und Schießpulver werden im ›eisernen Garten‹ gelagert, wie ein paar Besucher das Areal einmal genannt haben.«

»Es werden also Besucher eingelassen?« Daniel ging sogleich auf diesen schwachen Hoffnungsstrahl ein.

»Wenn die Serenissima ausländische Würdenträger beeindrucken will, dann werden sie dort herumgeführt. Als ich noch ein junger Lehrling war, ein paar Jahre nach der Schlacht von Lepanto, kam einmal König Heinrich von Frankreich – der dritte oder vierte, ich weiß es nicht mehr – auf dem Rückweg von Polen durch Venedig. Ich erinnere mich noch, sein älterer Bruder, König Karl – war es der neunte oder zehnte?«

»Das ist doch gleichgültig«, wandte Daniel ein, den das alles nicht sonderlich interessierte.

»Seltsam, ich weiß es nicht mehr. Mein Gedächtnis spielt mir dauernd irgendwelche Streiche. Nun, jedenfalls war

Karl plötzlich gestorben. Als Heinrich von Wien aus nach Venedig kam, hießen ihn sechzig Senatoren, in purpurroten Samt gekleidet, in Marghera willkommen. Dann brachte eine Flotte von vergoldeten Gondeln die Gesellschaft vom Festland nach Murano, wo dem König eine Ehrengarde salutierte, die man eigens in den französischen Nationalfarben gekleidet hatte. Es muß ein herrlicher Anblick gewesen sein. Alle redeten wochenlang von nichts anderem, vor allem meine Mutter, die jedes kleinste Fetzchen Klatsch begierig aufschnappte, das sie über derlei großartige Ereignisse erhaschen konnte.

Am nächsten Tag ruderte man König Heinrich – den dritten, jetzt ist es mir wieder eingefallen – zusammen mit dem Dogen Mocenigo zum Lido, wo sie in San Nicolò ein Tedeum feierten. Sie schritten durch einen Triumphbogen, den der große Palladio eigens für diesen Anlaß entworfen hatte. Mama erzählte, man hätte Paolo Cagliari, den sie auch Veronese nennen, und Jacopo Robusti, den Tintoretto, beauftragt, den Bogen zu bemalen. Selbstverständlich stand meine Mutter in der ersten Reihe der Menschenmenge, die zusah, wie die glänzende Prozession wieder über die Lagune zurück und dann den Canal Grande hinauf zum Palazzo Foscari hinauffuhr, wo Heinrich wohnte. Als ich damals von der Arbeit nach Hause kam, blieb mir nichts anderes übrig, als mit ihr noch einmal hinzugehen und die Fassade des Hauses anzuschauen. Ich werde diesen Anblick nie vergessen«, murmelte Pietro und schloß die Augen, als er sich die Erinnerung wieder heraufbeschwor.

»Von flammenden Fackeln hell beleuchtet, war das Haus mit Goldbrokat, purpurrotem Samt und blaßblauer, mit der Bourbonenlinie bestickter Seide behängt. Eine ganze

Woche lang bereitete der Doge dem König eines jener Feste, derentwegen Venedig von der ganzen Welt beneidet wird. Bankette und Paraden, Tanz und Akrobatik, sogar einige köstliche Augenblicke mit Veronica Franco, der berühmtesten Kurtisane der Zeit. Doch laßt Euch nicht täuschen, mein unschuldiger junger Freund«, fuhr Pietro mit listig zusammengekniffenen Augen fort. »All diese Extravaganz diente einem Zweck. Man hat Venedig niemals nachsagen können, daß es sein Geld sinnlos verschleudert.«

Obwohl Daniel nicht das geringste Verlangen zeigte, etwas über diesen Zweck zu erfahren, hörte er doch wie gebannt zu.

»Nach Lepanto«, fuhr Pietro fort, »wollten wir, daß Spanien weiter auf unserer Seite kämpft und die Türken endgültig besiegt, aber Philipp wollte nichts davon hören. Er war der Meinung, er hätte schon genug getan. Und er war zu sehr mit dem Aufstand in den Niederlanden beschäftigt, als daß es ihn gekümmert hätte, was aus uns wurde. Wir hatten also keine andere Wahl, als mit dem Sultan unseren separaten Frieden zu schließen. Das erzürnte Spanien und das Reich sehr, und wir mußten uns also mit den Franzosen gut stellen.«

»Aber was war mit dem Besuch im Arsenal?« fragte Daniel verzweifelt.

»Ach ja, der Besuch. Davon bin ich wohl ein bißchen abgekommen, nicht? Man wird alt«, erwiderte Pietro mit einem reuigen kleinen Lächeln und fuhr sich durch das zerzauste graue Haar. »Nun, eines frühen Morgens geleitete der gesamte Verwaltungsrat des Arsenals, angeführt vom Admiral, König Heinrich hinein, um ihm ein Schiff zu zeigen, das gerade auf Kiel gelegt wurde. Dann machten sich die Herrschaften zu den Unterhaltungen des Tages auf.

Noch am gleichen Tag bei Sonnenuntergang brachte man den französischen König wieder zurück. Vor seinen Augen wurde das Schiff, das man am Morgen begonnen hatte, vom Stapel gelassen. Es war kampfbereit, in voller Besegelung, vollständig bewaffnet und mit Proviant versehen.«

»Das muß Heinrich ja zutiefst beeindruckt haben«, meinte Daniel, der selbst seine Bewunderung kaum verhehlen konnte.

»Obwohl ich mich tief verneigte, als der König an mir vorüberschritt, hörte ich ihn sagen – und bis auf den heutigen Tag ist mir jedes einzelne Wort im Gedächtnis geblieben: ›Was für eine einzigartige Verbindung von Schönheit und Leistungsstärke, Eleganz und Weisheit ihr Venezianer geschaffen habt!‹«

An diese Art von Besuch hatte Daniel jedoch gewiß nicht gedacht. Um den Fischer von seinen Erinnerungen abzubringen, kam er geradewegs zum Thema: »Dürft Ihr als ehemaliger Mitarbeiter eigentlich immer noch ins Arsenal hinein?«

»Am Anfang ging es schon, als die Wachen mich noch kannten.«

»Und jetzt?«

»Ich weiß nicht. Ich bin schon eine ganze Weile nicht mehr dort gewesen.«

»Fehlt es Euch nicht?«

»Manchmal. Immer wenn ich frische Späne rieche, dann ist es, als wäre ich wieder dort und hobelte Ruder, bis sie seidig glänzen.«

»Und Eure Kumpane?«

»Wir hatten eine gute Zeit miteinander, haben so manchen Humpen Wein getrunken.«

»Möchtet Ihr sie nicht einmal wiedersehen?«

Pietro zuckte gleichgültig die Achseln, aber so leicht ließ sich Daniel nicht abbringen.

»Arbeiten denn überhaupt noch welche dort?«

»Von den jüngeren sind vielleicht noch einige übrig. Experten für Schwarzpulver sind schwer zu finden.«

»Wenn sie für Euch bürgen würden, und Ihr für mich, dürften wir beide dann hinein?«

»Ich bin nicht sicher, aber ich glaube eher nicht. Das Gelände ist streng bewacht. So streng, daß nachts die drei Mitglieder des Großen Rates, die für das Arsenal zuständig sind, abwechselnd innerhalb der Mauern schlafen müssen. Sie haben die Schlüssel zu den Lagern und Werkstätten, und sie beaufsichtigen die ganze Nacht hindurch die Wachen, die gerade Dienst tun.«

»Aber am Tag müssen doch Leute ein und aus gehen.«

»Stimmt.«

»Was für ein außergewöhnlicher Ort das sein muß. Schade, daß nur wichtige Gäste ihn sich anschauen dürfen. Ich wünschte, ich könnte einmal hineinkommen, nur um mich ein bißchen umzusehen. Schon als kleiner Junge habe ich den Schiffsbau ungeheuer fesselnd gefunden.«

»Ich hätte nichts dagegen, mit euch hinzugehen. Wir können es ja mal versuchen. Aber ich bezweifle, daß wir Erfolg haben.«

»Morgen früh also?«

»Paßt mir gut.«

»Wann?«

»Früh. Wenn die Vorräte und der Proviant hereingebracht werden. Dann haben wir eine Chance, im allgemeinen Gedrängel einfach durchgelassen zu werden, ohne daß uns jemand Fragen stellt. Aber ich warne Euch, auch die Wahrscheinlichkeit ist nur gering.«

Daniel ließ ein schönes Sümmchen als Vorschuß in Pietros halb ausgestreckte Hand gleiten und trennte sich beim Eingang zum Bäckerladen von ihm. Von überall kamen Männer und Frauen hierhergeströmt, angelockt vom unwiderstehlichen Duft des frisch gebackenen Brotes und der Sonntagskuchen.

Der schmale Kanal, der zu den beiden finster aussehenden viereckigen Türmen führte, die den Eingang zum Arsenal bewachten, war bereits voller Boote, als Pietro und Daniel am nächsten Morgen dort eintrafen. Riesige Barken, die bis zum Rand mit Hanf vom Festland und Balken aus Dalmatien beladen waren, drängelten sich mit kleineren Booten, die von nahe gelegenen Werkstätten Ballen Segeltuch, verschlungene Taue, Anker und Fässer mit Teer lieferten. Zwischen diesen schweren Gefährten schlängelten sich die kleinen Ruderboote durch, die den Proviant für die Mannschaften brachten, die im Arsenal lebten. Auf einigen Booten untersuchten die Wachen die Ladung und hakten sie auf ihren Listen ab. Andere Barken, deren Besatzung und Waren sie gut kannten, wurden einfach hindurchgewinkt durch das ehrfurchteinflößende Tor, das sonst den Zugang zu den Werften versperrte, zu dieser geschäftigen Morgenstunde aber weit offen stand.

Zwischen all den vielen massigen Gefährten wirkte Pietros rot-grünes Fischerboot klein und zerbrechlich. Es war so ungewöhnlich, daß es einfach Aufmerksamkeit erregen mußte. Zwei Wachen, die auf den Stufen zwischen dem Eingang des Arsenals und dem Kanal standen, bedeuteten Pietro mit einem Handzeichen, er solle sein Boot zu ihnen lenken. Sie waren sehr jung und fragten ihn freundlich, aber bestimmt nach dem Zweck seines Besuchs.

Nein, es täte ihnen leid, aber sie erinnerten sich nicht mehr an ihn, und nein, es täte ihnen auch leid, sie könnten seine ehemaligen Kollegen nicht von ihrer Arbeit wegholen, damit sie für ihn bürgen könnten.

»Aber«, sagte der jüngere der beiden, dessen Puttengesicht nur Freundlichkeit ausstrahlte, »wenn Ihr Eure alten Kumpane treffen wollt, die sitzen abends oft im ›Goldenen Pfeil‹ an der Riva degli Schiavoni zusammen, trinken und spielen Karten.«

Pietro drang nicht weiter in sie, dankte den Wachposten für diese Auskunft und legte wieder ab.

»Tut mir leid, mein Herr. Ich habe mein Bestes versucht, aber das war nicht anders zu erwarten«, murmelte er knurrig, als er sich an die komplizierte Aufgabe machte, sein Boot auf dem engen, überfüllten Kanal zu wenden und gegen die Richtung aller ankommenden anderen Boote zu manövrieren.

»Wohin jetzt, Sir?«

»Laßt mich am Rialto an Land.« Obwohl Daniel dort nichts Besonderes zu tun hatte, war es der günstigste Ort, um die Zeit bis zum Abend zu verbringen. Er würde sie nutzen, um die Handwerkskunst des bedeutenden Goldschmieds Battista Rizzoletti zu studieren. Seine Werkstatt hatte unter anderem die berühmte Schmuckkassette hervorgebracht, die Uluch Ali, der türkische Admiral, der wie durch ein Wunder Lepanto überlebt hatte, für seine Lieblingskonkubine bestellt hatte. So konnte sich Daniel mit dem Geschmack der Kunden vertraut machen, die er eines Tages zu gewinnen hoffte – nachdem er Diana für sich gewonnen hatte.

Gegen Abend kehrte Daniel der Geschäftigkeit des Rialto den Rücken. Er hatte immer noch reichlich Zeit und spazierte gemächlich durch das Labyrinth der Plätze und Gassen zum Schiavoni-Kai. Überall herrschte närrisches Treiben. Hier zupfte ihn ein kleiner Pierrot, der hinter seiner melancholischen Maske kicherte, keck am Ärmel. Dort erregte schallendes Gelächter aus einem offenen Fenster seine Aufmerksamkeit. Anderswo beugte sich eine Frau mit einem üppigen Dekolleté verführerisch aus einem Fenster zu ihm herunter, das Gesicht völlig hinter einer schimmernden schwarzen Seidenmaske verborgen. Daniel grauste bei dem Gedanken, was sich wohl hinter der schönen Larve verbergen mochte. Er ignorierte die gurrenden Verlockungen der Frau und eilte weiter. Er erreichte den »Goldenen Pfeil«, als in der Abenddämmerung die Glocken gerade zur Vesper läuteten – ein verzweifelter Aufruf an alle Vergnügungssüchtigen auf den Inseln, die Augen doch noch zum Himmel zu erheben.

Pietro war schon in der Taverne. Er war in ein Gespräch mit zwei Männern vertieft, die ein wenig jünger als er wirkten, und bemerkte Daniel nicht. Der setzte sich hinter ihm an einen Tisch. Von hier aus konnte er den Eingang im Auge behalten und gleichzeitig das Gespräch seines Freundes ein wenig belauschen.

»Sind vor ein paar Monaten ausgeschieden«, meinte der eine und stocherte nachdenklich in den Zähnen. »Hatten das Gefühl, es ging einfach nicht mehr.«

»Hat ja keinen Sinn, wenn man bei der Arbeit tot umfällt, oder?« ließ sich sein Kumpel hören und wippte mit dem Stuhl. »Man will ja noch ein bißchen Zeit haben, um das Leben mit der Frau zu genießen ...«

»Oder ohne sie vielleicht ...«

»... ehe es zu spät ist.«

»Ehrlich gesagt«, fügte der Nachdenklichere der beiden

hinzu, »hatten wir die Nase voll, weil wir unser jämmerliches bißchen Geld nie pünktlich bekamen. Jahrelang keine Lohnerhöhung, und dann mußten wir oft wochenlang warten, ehe wir auch nur einen *Soldo* von unserem schwerverdienten Geld zu sehen bekamen. So behandelt man Männer nicht, die ein Leben lang treue Dienste geleistet haben. Und dann ist dieser Franzose aufgetaucht, der uns ein ordentliches Sümmchen geboten hat, damit wir ihm ein bißchen was über den Laden erzählen, und da haben wir uns gefragt, warum nicht? Man muß ja schließlich an sein Alter denken.«

»Es war bestimmt nicht leicht, neue Leute zu finden, die sich so gut mit Schwarzpulver auskennen wie ihr«, meinte Pietro und schwenkte seinen Wein im Becher.

»Damit hatte der Admiral gar nichts mehr zu tun. Das hat der berühmte Kapitän Pierre übernommen.«

»Zu meiner Zeit gab es keinen Kapitän Pierre«, grübelte Pietro. »Damals waren nur Venezianer auf unseren Schiffen.«

»Pierre ist ein toller Kämpfer, da gibt es nichts. Hat etwas von einem Piraten, würde ich sagen. Er ist zu uns in die Marine gekommen, nachdem ihn der Herzog Osuna rausgeworfen hat. Gleich mit dem ersten Schiff, das er befehligte, hat er den Uskoken solche Prügel verpaßt, daß er inzwischen zwölf Schiffe unter seinem Kommando hat. Sobald er gehört hat, daß wir gegangen waren, hat er einen Landsmann von sich angeschleppt, einen gewissen l'Anglade, den besten Schwarzpulver-Experten in ganz Europa. Der Admiral war begeistert. Er hat ihn sofort eingestellt, hat ihm sogar Unterkunft im Arsenal gegeben und auch seine beiden Assistenten mit übernommen. Tja, wenn man vom Teufel spricht: Da sind die drei. Dann wollen wir mal gehen. Die sollen ja nicht denken, daß wir ihnen nachspionieren. Und wir sollten auch besser die Frauen nicht warten lassen. Die werden ja jedes Jahr mißtrauischer, wenn der Karneval kommt, keine Ahnung, warum. Was dem einen recht ist, muß doch dem anderen billig sein. Ganz gleich, wie schlaff und faltig ihr Gesicht ist, sie können alles hinter ihren Masken verbergen. War schön, dich zu sehen, Pietro. Komm doch bald mal wieder vorbei.«

»Ich mach jetzt auch besser, daß ich nach Hause komme«, erwiderte der Fischer melancholisch, erhob sich schwerfällig und ging mit ihnen fort. Er wußte, daß er nicht hierher zurückkehren würde. Das Arsenal und alles, wofür es gestanden hatte, war nicht mehr wie früher. Für ihn gab es da keinen Platz mehr.

Kaum war Pietro fort, erhob sich Daniel, als wolle er ebenfalls gehen. In Gegenwart eines Fremden würden die drei Franzosen kaum frei heraus reden. Er nutzte aus, daß der Kellner gerade alle Hände voll damit zu tun hatte, sie zu bedienen, und begab sich in den hinteren Teil der Taverne. Dort machte der Wirt seine Abrechnungen. Daniel tat, als wollte er bei ihm bezahlen. Doch der Mann war gerade zu sehr mit seinen Zahlenreihen beschäftigt, die er beim Addieren vor sich hin murmelte. Mit einer gereizten Geste bedeutete er Daniel, er solle ihn nicht unterbrechen – was dem den idealen Vorwand lieferte, wie angewurzelt stehenzubleiben, wo er war. Er brauchte also nicht einmal den Wirt in ein Gespräch zu verwickeln, um die Franzosen im Auge behalten zu können. Er ließ den Wirt mit einem verständnisvollen Nicken wissen, daß er sich nur Zeit lassen solle, und wandte seine Aufmerksamkeit einer alten Holzplakette zu, die hinter ihm hing und Rudermacher bei der Arbeit zeigte. Wie ein Gebrauchtwarenhändler, der eine

Ware untersucht, fuhr er mit den Fingern sanft über die körnige Oberfläche und die abgestoßenen Ecken, neigte sich dann ein wenig näher, um das Jahr der Fertigstellung zu lesen: 1517, vor genau einem Jahrhundert. So konnte er mit einiger Anstrengung ungefähr mithören, was die drei Franzosen besprachen, während sie sich um ihre Korbflasche Wein scharten. Es war so verschlüsselt, daß es für niemanden außer ihm überhaupt einen Sinn ergab.

»Jetzt haben wir genug für die endgültige Fassung.«

»Nein. Es fehlen noch ein paar wesentliche Elemente.«

»Die sollte ich bis morgen haben. Es sind noch zwei drinnen, die nichts dagegen hätten, uns dabei zur Hand zu gehen.«

»Morgen dann? Wo?«

»Beim Haus. Seiteneingang. Wird auch höchste Zeit, daß ihr euch wieder dahin aufmacht.«

Stühle scharrten, und zwei von den drei Männern standen auf und gingen.

Daniel wandte sich wieder zur Taverne um, rief den Kellner zu sich, der müßig an einer Wand gelehnt hatte, warf ihm eine Handvoll *Soldi* hin und spazierte fort. Er kam gerade noch rechtzeitig an den Kai, um zu hören, wie die Franzosen dem Gondoliere, den sie herbeigewinkt hatten, ihr Fahrtziel mitteilten:

»Cannaregio. Campo San Marcuola.«

Kapitel 18

Wie einfach und gefahrlos war das doch alles gewesen, überlegte Daniel, als er im Gewirr der engen Gäßchen um den Schiavoni-Kai verschwand. Jetzt war ihm die Verbindung klar: Es gab einen Zusammenhang zwischen den Männern, die sich im Haus der Griechin versteckten, und dem Piratenkapitän Pierre, wie ihn Pietros Kumpane genannt hatten. Jetzt konnte keinerlei Zweifel mehr bestehen, daß sie alle zu dem gleichen Netz gehörten, das Renault gesponnen hatte. Es war doch unwahrscheinlich, daß zwei separate geheime Trupps gleichzeitig im Arsenal zugange sein sollten, auf der einen Seite diejenigen, die im Sold Renaults standen, und auf der anderen diejenigen, die mit dem Kapitän eine Verschwörung ausheckten. Allerdings war in den Sümpfen der Intrige, auf denen hier in Venedig alles aufbaute, vielleicht nichts unmöglich.

Was Daniel herausgefunden hatte, war von größter Bedeutung und brandgefährlich, aber zum anderen waren es nur logische Schlüsse, die er aus einer Reihe zufälliger Umstände gezogen hatte. Er konnte keine konkreten Beweise erbringen, die diese Vermutungen stützten. Er mußte über solide Tatsachen verfügen, die seinen Verdacht erhärteten, wollte er Wim angreifen. So wie die Sache stand, hatte er nur eine einzige Chance, je in den Besitz solcher Beweise zu kommen: Er mußte in der folgenden Nacht in Marysas Haus eindringen, die Gespräche über die Pläne belauschen, die man dort schmiedete, und vielleicht so herausfinden, wer dahintersteckte.

Aber wie sollte das vonstatten gehen? Daniel grübelte

die ganze Nacht hindurch, doch ihm kam keine Idee. Wenn sich wirklich im Haus der Griechin Experten für Schießpulver trafen, verbot sich jeder normale Zutritt. Ihm fiel ein, daß er einmal die Mädchen auf der Dachterrasse gesehen hatte, wie sie sich das Haar in der Sonne bleichten. Es mußte von dieser Plattform einen Zugang zum Haus geben, vielleicht eine Art Falltür. Aber man müßte schon ein Akrobat oder ein erfahrener Einbrecher sein, um dort hinaufzugelangen. Und allein das Risiko, daß man möglicherweise entdeckt wurde, verbot jeglichen Gedanken an derlei Klettereien.

Erschöpft nach der durchwachten Nacht, in der er vergeblich eine Lösung gesucht hatte, fiel Daniel in den frühen Morgenstunden in einen rastlosen Schlaf. Sobald er erwacht war, stand er in einem Zustand fieberhafter Erregung auf, der ihm in seinem strengen und geordneten Leben sonst völlig fremd war, ging unruhig vom Schlafzimmer zum Wohnzimmer und vom Wohnzimmer ins Schlafzimmer und versuchte mit seinem Verstand die undurchdringlichen Mauern von Marysas Haus zu durchdringen. Als Diana gegen Mittag kam, stand er noch ungewaschen und ungekämmt im Nachthemd da.

»Bist du krank? Du siehst aus, als hättest du Fieber.«

»Nein, es geht mir gut.«

»Warum bist du dann am hellichten Tag noch nicht einmal angezogen? Und wo warst du gestern den ganzen Nachmittag? Ach, warum frage ich überhaupt? Du bist nicht besser als die anderen. Beim ersten Hauch von Karneval gehen eure niedrigsten Instinkte mit euch durch. Pfui, schäm dich, Daniel Farrar. Jetzt weiß ich, warum du beim bloßen Gedanken an die Beschneidung die Flucht ergriffen hast. Wie konnte ich nur so blöd sein und dir dein ganzes Gewäsch über die Einschränkung deiner Freiheit glauben? Du bist nichts als ein Heuchler, ein geheuchelter Christ und ein geheuchelter Jude!«

»Halt!« schrie Daniel über diese Tirade hinweg, packte sie beim Arm, um sie zurückzuhalten, als sie auf die Tür zurannte. »Hör dir erst einmal meine Geschichte an, dann wirst du dir noch wünschen, daß mir nur der Karneval so zusetzt.«

»Dir zusetzt? Hat dich die Inquisition erwischt? Das war ja abzusehen.«

»Nein. Die Inquisition hat mich nicht eingeholt. Was mich eingeholt hat, ist eine viel finsterere Angelegenheit. Wenn es nur um mich ginge, würde ich mir viel weniger Sorgen machen. Aber auch du könntest in Gefahr sein.«

»Du hast also doch Erkundigungen angestellt, trotz all meiner Warnungen.«

»Ja, aber sehr vorsichtig. Und das war gut so, wenn meine Vermutungen stimmen.«

»Und was vermutest du?« warf ihm Diana trotzig entgegen, die immer noch vor Wut schäumte.

»Ich wage kaum, es in Worte zu fassen.«

»Wenn es auch mich betrifft, dann muß ich es wissen. Laß meinen Arm los, setz dich hin und erkläre es mir so ordentlich und methodisch, wie das sonst deine Art ist.«

Daniel zog den Stuhl heran, der am alten Schreibtisch des Apothekers stand, setzte sich rittlings darauf, stützte die Arme auf die hohe Lehne. Diana ließ sich ihm gegenüber nieder.

»Ich vermute, daß jemand Pläne schmiedet, wie Venedig von innen heraus zu unterwandern ist. Seit ich die Verbindung zwischen Wim und Renault entdeckt habe, beobachte ich die beiden. Diese Spur hat mich zunächst zu Marysas Haus geführt.«

»Aber das ist doch geschlossen.«

»Für dich und mich, aber nicht für Renault, nicht für Wim und nicht für ein paar von den Verschwörern, die sich dort verbergen.«

»Woher weißt du das?«

»Unterbrich mich nicht dauernd. Wenn ich es sage, kannst du mir glauben. Ich habe dir nur nicht schon früher davon erzählt, weil ich dich nicht unnötig erschrecken wollte. Doch was ich gestern entdeckt habe, hat alles, was ich in den letzten Monaten gehört und gesehen habe, zu einem logischen, gut geplanten Ganzen zusammengefügt. Es klingt zwar unwahrscheinlich, aber ich glaube, daß Renaults Leute wirklich bis ins Herz der venezianischen Macht, also bis ins Arsenal vorgedrungen sind. Zwei von ihnen sind Experten für Schießpulver und gehören zu den Männern, die sich in Marysas Haus versteckt halten. Heute nacht gesellt sich ihr Anführer aus dem Arsenal zu ihnen, und sie schmieden den endgültigen Plan. Was mich die ganze Nacht hindurch umgetrieben hat, ist die Frage: Wie komme ich ins Haus der Griechin? Wie kann ich dort konkrete Beweise finden, die meine Theorie erhärten? Wenn ich die habe, dann kann ich Wim entgegentreten, wohl eher, um ihn zu warnen. Es ist fraglich, ob er weiß, welcher Sache Renault dient, aber das ist im Augenblick unwichtig. Zunächst muß mir einfallen, wie ich heute nacht in Marysas Haus gelange.«

Diana sah bleich und verstört aus. Sie brauchte eine Weile, um zu begreifen, was Daniels Enthüllungen bedeuteten. Ihre Beziehung zu Renault war allgemein bekannt, die Missetaten ihrer verschiedenen Familienmitglieder waren weithin berüchtigt. Falls der Franzose also wirklich in eine Art Verschwörung gegen die Republik verstrickt war, würden nicht nur die Mottas, sondern vielleicht alle Bewohner der Ghettos unter den Folgen zu leiden haben. Das war ein schrecklicher Gedanke, der sie unmöglich gleichgültig lassen konnte.

»Du kennst das Haus doch wie deine Westentasche«, drängte Daniel sie. »Hast du eine Idee, wie man unbemerkt hineinkommen könnte – durch einen nicht mehr benutzten Eingang, durch ein Kellerfenster ...« Er verstummte, denn er wußte, daß er Unsinn redete.

Diana schwieg. Doch dann blitzte wieder der Trotz auf, mit dem sie gewöhnlich der Welt begegnete. »Warum eigentlich heimlich?«

»Wie sonst?«

»Ganz einfach mit Dreistigkeit!«

»Wie? Willst du an die Tür klopfen und Marysa sagen, du müßtest nach einem kostbaren Schal suchen, den du wahrscheinlich irgendwo im Haus verloren hast und den du einfach finden mußt, weil Renault ihn dir geschenkt hat und darauf besteht, daß du ihn trägst, damit er dich beim Karneval erkennt? Sie macht dir nicht einmal die Tür auf. Ich weiß es, denn ich habe es versucht.«

»Nein, an so etwas hatte ich nicht gedacht. Wir müssen es auf die venezianische Art tun.«

»Und das heißt?«

»Mit Phantasie.«

»Das verstehe ich nicht.«

»Das begreifst du schon noch. Heute nacht inszenieren wir beide, du und ich, irgendwo in der Nähe von Marysas Haus einen Streit. Es geht hoch her. Du bedrohst mich. Um vor dir zu fliehen, stürze ich mich in den Kanal, und zwar genau in dem Augenblick, wenn das Boot mit dem

Mann vom Arsenal bei Marysas Haus anlegt und sie die Tür aufriegelt. Der Bootsmann zieht mich bestimmt aus dem Wasser. Marysa erkennt mich und hat keine andere Wahl, als mich mit ins Haus zu nehmen. Und da ich erst ins Ghetto zurückkehren kann, wenn am Morgen die Tore wieder geöffnet werden, muß ich über Nacht bleiben. Ob ich dabei etwas aufschnappen kann oder nicht, ist ungewiß, aber es ist unsere einzige Hoffnung.«

»Ich kann nicht zulassen, daß du derart in diese Sache hineingezogen wirst. Es ist meine Aufgabe, in das Haus einzudringen, nicht deine.«

»Warum? Ich habe ebensoviel Interesse daran wie du, alles herauszufinden. Hast du denn einen besseren Vorschlag? Wo bleibt jetzt deine Logik? Die Tür geht nur ein einziges Mal auf. Wenn *du* aus dem Wasser gezerrt wirst, nimmt dich Marysa nicht mit ins Haus, oder? Ich bin nicht einmal sicher, ob sie dich je gesehen hat. Wenn du dich mit Wim bei ihr getroffen hast, lag sie ja gewöhnlich noch im Bett.«

»Und wenn man dich außerhalb des Ghettos erwischt? Was ist, wenn die *Cattaveri* kommen, um unseren Streit zu schlichten?«

»Das Risiko müssen wir eben eingehen. Wenn wir uns beeilen, ist alles vorbei, ehe irgend jemand auch nur etwas davon bemerkt. Da wäre allerdings noch ein anderes Problem. Wir müssen herausfinden, welchen der drei Eingänge zu Marysas Haus der nächtliche Besucher benutzen wird.«

»Das weiß ich. Er hat gesagt, den Seiteneingang, und ich nehme an, damit meint er die Tür am Rio di San Marcuola.«

»Also könnten wir unseren Streit auf der Brücke inszenieren. Von da aus sehen wir das Boot nahen. Dann können wir die zeitliche Abfolge bestens abstimmen.«

»Und was ist, wenn man dich bei Einbruch der Nacht im Ghetto vermißt?«

»Ein unwichtiges Problem, verglichen mit dem, was du vermutest. Mein zügelloses Benehmen ist dort weithin bekannt. Freie Geister, weißt du noch?«

Nachdem er Diana von seinen Sorgen erzählt hatte, wich die zwanghafte Besessenheit ein wenig von Daniel. Nun konnte er seine Lage wieder ein wenig nüchterner betrachten, und so sah er sich und Diana wie zwei Kleinkinder, die mit ihren winzigen Fäusten an die massive Tür einer grimmigen Festung hämmerten. Was veranlaßte ihn nur, zu glauben, daß sie beide sich mit bloßen Händen der vereinten Schlagkraft so vieler bewährter Kämpfer und Verschwörer entgegenstellen könnten, hinter denen zudem noch eine unbekannte Großmacht stand?

»Nein, ich will das nicht. Ich will nicht, daß du mit hineingezogen wirst.«

»Möchtest du lieber dasitzen und warten, bis alles rings um uns herum zusammenbricht?«

»Wir haben keine Möglichkeit, das zu verhindern. Wir können nur die richtigen Schlüsse ziehen.«

»Die beruhen dann aber auf Vermutungen und nicht auf Tatsachen. Was riskiere ich denn schon? Eine Erkältung! Wenn Marysa mich nicht mit ins Haus nimmt, bist du da, um mich zu retten. Und wenn sie mich mitnimmt, ist immer noch nichts Schlimmes passiert. Entweder entdecke ich etwas oder nicht. Zumindest haben wir es versucht.«

Dagegen hatte Daniel nichts vorzubringen. Ermattet fügte er sich ihr. Vielleicht war sogar die Waghalsigkeit dieses Plans der Schlüssel zum Erfolg.

Sie verbrachten den restlichen Tag miteinander, liebten sich, ruhten sich aus, aßen, tranken und liebten sich wieder, bestärkten einander so schweigend in ihrer Entschlossenheit.

Als die Abenddämmerung in eine mondlose Nacht übergegangen war, legte Daniel Diana den älteren seiner beiden Umhänge um und schlug den breiten Kragen hoch, so daß er ihr Gesicht teilweise verdeckte. Danach vermummte er sich selbst genauso. Mit raschen Schritten gingen sie von San Geremia über den Canale di Cannaregio, dann weiter durch die Gäßchen von San Marcuola. Nur ab und zu hörte man an diesem stillen Abend das Geklapper von Geschirr, ein fröhliches Pfeifen hier und eine wütende Stimme dort, die aus den trübe erleuchteten Fenstern drangen. Als sie sich dem schmalen Kanal näherten, ging Diana die sieben Stufen bis mitten auf die Brücke hinauf, blieb dort stehen und wandte sich dem Canal Grande zu.

Wenig später folgte ihr Daniel. Mit schweren Schritten polterte er die Stufen hinauf, machte sich rasch an Dianas reglos dastehende Gestalt heran, als wollte er sie belästigen. Sie protestierte, rannte über die Brücke, um sich ihm zu entziehen, zog sich schließlich in einen Türbogen in der Nähe zurück. Nun baute er sich seinerseits an der Stelle auf, wo sie gestanden hatte, und wartete dort eine Weile. Dann drehte er sich um und ging wieder dorthin, wo er hergekommen war. Jetzt übernahm wieder Diana die Wache auf der Brücke. Sie wiederholten dieses Muster mit kleineren Abweichungen, falls sie zufällig jemand beobachten sollte. So bereiteten sie die geplante Szene vor.

Das Glück war ihnen hold. Gerade standen beide zusammen auf der Brücke, als Daniel an der Einmündung des Kanals ein kleines Boot sah, das seine Laterne auslöschte, als es einbog. Diesmal legte keine Gondel, sondern ein schlichtes Boot mit flachem Boden an den Stufen vor Marysas Haus an.

»Nimm deine schmutzigen Pfoten von mir!« kreischte Diana, als die Tür in Erwartung des Mannes ein wenig aufging. »Ich bin keine von deinen billigen Dreckshuren. Laß mich los! Was du willst, das kannst du dir in San Marco holen!«

»Das dauert mir zu lange. Seit Wochen bin ich auf See. Komm schon, ich erkenne eine Hure, wenn ich eine sehe.«

»Ich bin keine! Ich bin eine anständige, verheiratete Frau! Laß mich los! Du tust mir weh! Was ist das denn? Ein Messer! Laß mich los, oder ich ...«

»Ich laß dich los, wenn du mitkommst. Jetzt halt das Maul. Da drüben hinter der Kirche ist eine Taverne.«

Er hielt Diana fest am Arm und schob sie vor sich her über die Brücke zurück und wieder die sieben Stufen hinunter, die er vor wenigen Augenblicken hochgekommen war. Unten riß sie sich los, streifte den Umhang ab, um sich freier bewegen zu können, und sprang in den Kanal. Das Wasser reichte ihr fast bis zu den Schultern, und mit schweren Schritten watete sie schräg ans andere Ufer. Marysa hatte den Lärm natürlich bemerkt und blinzelte neugierig durch den Türspalt. Genau wie es Diana, die gerissene Venezianerin, vorhergesagt hatte, hielt ihr der wartende Bootsmann das Ruder hin, zog sie hoch, packte sie unter den Achseln und zerrte sie aus dem Wasser.

»Hier, nehmt sie mit«, rief er und schubste die triefnasse Gestalt auf Marysa zu.

»Ich kann unmöglich eine fremde Frau mit ins Haus nehmen, nur weil sie sich mit einem Grobian angelegt hat.« Der Spalt in der Tür war schon beinahe wieder zu.

»Aber ich bin doch keine Fremde«, schrie Diana.

»Wer denn dann?«

»Ich bin's, Diana.«

Marysa zog die Tür wieder ein wenig weiter auf, und das Licht der einzelnen Kerze, die sie in der Hand hielt, flakkerte über Dianas Gesicht. »Du! Was um alles in der Welt machst du hier! Armes Kindchen! Komm herein.«

Kapitel 19

Marysa legte Diana liebevoll den Arm um die Taille und führte die triefnasse Gestalt in den Salon im Erdgeschoß. Mit einer raschen Fußbewegung schob sie einen Teppich zur Seite, um ihn vor dem Wasser zu schützen, das von Dianas völlig durchnäßten Kleidern triefte. Sie eilte davon und kehrte wenige Augenblicke später mit einem riesigen, weichen Handtuch zurück.

»Hier, wickle dich da hinein, während ich dir etwas zum Anziehen suche.« Mit diesen Worten verschwand sie schon wieder, diesmal, wie Diana feststellte, die Treppe hinauf in die oberen Stockwerke. Durch den Aufruhr am Kanal alarmiert, würden ihre »Mieter« sicherlich wissen wollen, wen sie da gerettet hatte. Ihre Verbindung zu Renault sollte sie beruhigen …

Als sie aus den nassen Kleidern schlüpfte und sich das Handtuch wie einen Sarong um den Leib wand, warf Diana einen Blick auf die vertraute Umgebung. Es hatte sich kaum etwas verändert. Nur ein gewisser muffiger Hauch der Verlassenheit lag über dem Raum, der früher einmal vor Leben und vor der Lust am Vergnügen gesprüht hatte. Der Wandschirm, hinter dem die Musiker gespielt hatten, befand sich jetzt an einer anderen Stelle. Er verstellte nun den Durchgang zum früheren Kartenzimmer. Von Handwerkerarbeiten war nichts zu sehen.

Angestrengt lauschte Diana auf Geräusche aus den oberen Geschossen, die auf die Gegenwart von Menschen schließen lassen würden, konnte aber nichts hören. Trotz aller Versicherungen ihrer Gastgeberin waren die Verschwörer offensichtlich sehr auf der Hut. Sie wußte nicht, wieviel Zeit verstrichen war, als Marysa zurückkam, über dem Arm eine leichte Wolldecke, die sie über ein Sofa breitete, und einen roten Samtmorgenrock, der nach schal gewordenem Parfüm roch. Den hielt sie Diana hin, daß sie hineinschlüpfte, und band ihr dann mit mütterlicher Geste den Gürtel um die Taille.

»So, damit müßtest du bis morgen früh zurechtkommen.« Energisch raffte Marysa Dianas nasse Kleider zusammen und fuhr beherzt fort: »So, und jetzt gehe ich hinunter und hänge die hier zum Trocknen auf, und danach hole ich uns etwas Warmes zu trinken.«

Diana rechnete. Sollte sie es riskieren, die Treppe hinauf- und wieder hinunterzuschleichen, ehe Marysa zurückkehrte? Oder sollte sie lieber warten, bis sie beide zu Bett gegangen waren? Dann würde sie mehr Zeit haben, die Männer zu beobachten und zu belauschen. Doch was, wenn der Besucher aus dem Arsenal bis dahin schon wieder gegangen war? Sie wägte die Möglichkeiten gegeneinander ab, einmal, zweimal, ehe sie leise durch den Salon und auf den Treppenabsatz hinausging. Gerade wollte sie einen Fuß auf die erste Stufe setzen, als Marysa aus der Küche die Treppe hinaufkam, in jeder Hand einen dampfenden Becher Glühwein. Die hatte sich aber beeilt! zürnte Diana innerlich. Sie hatte ja kaum die Zeit gehabt, das verdammte Zeug aufzuwärmen.

»Komm ja nicht auf die Idee, in dein Zimmer hinaufzugehen«, sagte die Griechin mit einem strahlenden Lächeln und entwaffnender Unschuld. »Da riskierst du nämlich, daß dir die Decke auf den Kopf fällt. Mein Zimmer habe ich ganz aufgeben müssen. Ich schlafe jetzt hier im Kartenzimmer hinter dem Wandschirm.«

Dianas Dilemma hatte sich von ganz allein gelöst. Mit Marysa als Wachhund war ihr jämmerlicher Versuch des Spionierens schon zu Ende, ehe er richtig angefangen hatte.

»Was machen denn die Renovierungsarbeiten?« fragte sie, ebenfalls ganz Unschuld, sobald Marysa bei ihr war. Die Griechin reichte Diana einen Becher und setzte sich neben sie auf eines der Plüschsofas. Sie nippte am Wein und nahm dann Dianas freie Hand in die ihre, versuchte ihr in ihrer unnachahmlichen Art mit dieser vertraulichen Geste zu vermitteln, daß sie ihr ein intimes Geheimnis anvertrauen wollte.

»Das Ganze kann man wohl nur als Katastrophe bezeichnen«, log sie mühelos, während sie ihre Stimme zu einem verschwörerischen Flüstern dämpfte. »Ich hatte einen Trupp Bauleute angeheuert. Die sind auch gekommen und haben in den Obergeschossen beinahe alles demoliert, was nur zu demolieren war. Danach haben sie einen Vorschuß verlangt. Ich Närrin habe bezahlt, was sie wollten, und dann sind sie gute vierzehn Tage nicht mehr aufgetaucht. Schließlich kamen ein paar zurück, haben halbherzig ein, zwei Tage herumgewerkelt, sind wieder verschwunden. Letzte Woche ist mir dann endlich die Geduld ausgegangen, und ich habe sie alle rausgeworfen. Jeden Tag, den das Haus geschlossen ist, verliere ich natürlich weit mehr als den Vorschuß. Aber ich bin ja selbst schuld. Als wüßte ich nicht, was in Venedig los ist. Es gibt kein Volk, das mehr lügt und betrügt, korrupter ist, von Kopf bis Fuß total verderbt – Senatoren, Richter, Ratsherren, Edelmänner, jeder einzelne. Geld und Vergnügen, sonst kennen sie nichts. Aber so geht es nicht weiter. So kann es nicht weitergehen. Wie ein Baumstamm, der von innen heraus von Termiten zerfressen ist, zerfällt die ganze Herrlichkeit eines

Tages beim ersten Windstoß zu Staub. Und glaube mir, das dauert nicht mehr lange. Es bereitet mir eine diebische Freude, daß ich dabei mithelfen kann. So wie sie mich zerstört haben, werde ich tun, was ich kann, um ihnen alles mit gleicher Münze heimzuzahlen.«

Obwohl sie kaum lauter sprach, war Marysas leidenschaftliches Verlangen nach Rache in ihrer stahlharten Stimme deutlich zu hören: Rache für das gebrochene Versprechen des venezianischen Gouverneurs, für die bittere Enttäuschung, die ihr die Gerichte der Republik bereitet hatten und die für sie einen Hohn auf die Gerechtigkeit bedeuteten.

»Was kannst du schon tun, um sie zu stürzen?« forschte Diana zweifelnd.

»Ich selbst kann nichts tun, aber ich besitze eine Eigenschaft, die von unermeßlichem Wert sein kann. Und du, meine Liebe?« wechselte Marysa plötzlich das Thema. »Was ist aus dir geworden, seit du den Schutz meines Hauses verlassen hast? Wer war der Mistkerl, der dich belästigt hat?«

»Ein betrunkener Matrose, soweit ich es erkennen konnte.«

»Was hast du denn so spät außerhalb des Ghettos gemacht?«

»Ich habe einen Arzt für Vater geholt. Er hatte einen schrecklichen Asthmaanfall, und ich war sehr besorgt um ihn. Ich war auf dem Nachhauseweg, als dieser Kerl versucht hat, mich zu packen.«

»Nun, am besten bleibst du bis morgen früh hier.«

»Mutter wird krank vor Sorge sein.«

»Besser, wenn sie sich ein wenig sorgt, als daß du noch einmal überfallen wirst. Es ist ein Skandal, daß eine Frau nachts auf den Straßen nicht mehr sicher ist. Der Karneval hat noch nicht einmal richtig angefangen, und wir sind hier im ruhigen Cannaregio und nicht bei den Zuhältern und Dirnen von San Marco. Überall regiert die Unzucht. Wie ich mich freue, wenn dieses ganze gigantische Kartenhaus endlich in sich zusammenstürzt.«

»Aber wie soll das geschehen?«

»Was schert mich das, solange die Venezianer die Strafe ereilt, die sie verdienen? Komm, meine Liebe.« Marysa wich wieder aus. »Du mußt doch völlig erschöpft sein nach diesem unerfreulichen Zwischenfall. Mach es dir heute nacht auf dem Sofa bequem. Hier hast du noch eine Decke. Schlaf gut. Bis morgen früh.«

Mit diesen Worten erhob sich Marysa und ging zum Wandschirm. Ihre Schritte hatten eine Schwere, die Diana bei ihr nie zuvor beobachtet hatte. Zum erstenmal sah sie die früher so extravagante Griechin, so wie sie war. Am meisten schockierte sie, wie grau ihre dunkle Haut mit den Jahren geworden war, wie sie um die großen schwarzen Augen herum beinahe schwarz erschien. Unter dem kantigen Kinn hing die Haut ein wenig schlaff, und in ihren Hals hatten sich tiefe Falten eingegraben. Und doch hatte ihr breiter Mund, dessen volle Lippen nicht geschminkt waren, noch eine gewisse verführerische Beweglichkeit, und ihre feine, gerade Nase verlieh ihrem Gesicht einen Hauch von Stolz, den nicht einmal die Demütigungen, die sie hatte erleiden müssen, ganz vertrieben hatten. Hielt der Gedanke an die bevorstehende Rache sie aufrecht? Das fragte sich Diana, als sie sich auf dem schmalen Sofa hin und her wälzte, die Kissen neu ordnete, bis sie eine halbwegs bequeme Lage gefunden hatte und sich unter ihrer Decke verkroch.

An Schlaf war nicht zu denken. Sie hatte als Spionin jämmerlich versagt, aber trotzdem hatte sie wertvolle Dinge erfahren, die Daniels schlimmsten Verdacht erhärteten. Marysas Anspielungen hatten seine Vermutungen mehr als bestätigt. Es stand nun zweifelsfrei fest, daß ein Plan zum Sturz der Republik Venedig bereits sehr weit gediehen war. In Marysas diskretem Haus wurden genau in diesen Stunden im Stockwerk über ihr heimliche Absprachen zur Übernahme des Arsenals getroffen. Doch immer noch wußten sie nicht, welche Macht hinter all dem steckte, wen der geheimnisvolle Renault so geschickt deckte. Renault, der Mann, der mit ihr so eng in Verbindung stand, mit ihr, einer Tochter des Ghettos.

Der Morgen war schon halb verstrichen, als Diana wieder bei Daniel eintraf. Sie hatte vorher noch ins Ghetto gehen und ihre Mutter beruhigen und sich umziehen müssen. Obwohl Daniel äußerlich ruhig und gefaßt wirkte, bemerkte sie doch die Anzeichen seiner Nervosität: Er hatte die Fingernägel beinahe bis aufs Fleisch abgekaut.

»Du hast recht«, verkündete sie, als sie mit energischen Schritten ins Haus trat. »Ganz sicher werden Pläne zu einem Umsturz in Venedig geschmiedet. Das kann ich bestätigen. Aber in die Nähe der Verschwörer bin ich nicht vorgedrungen. Mehr habe ich leider nicht in Erfahrung bringen können. Dafür hat Marysa schon gesorgt.«

»Das macht nichts. Wichtig ist, daß wir nun mit Sicherheit wissen, worauf wir uns eingelassen haben. Wenn wir unsere Haut retten wollen, sollten wir lieber heute als morgen machen, daß wir fortkommen.«

»Und hoffen, daß der Umsturzversuch scheitert.«

»Natürlich wird er fehlschlagen.«

»Wieso bist du dir da so sicher?«

»Weil bisher alle Verschwörungen dieser Art gleich ausgegangen sind. Renault würde es wohl ein Muster nennen. Jedesmal, wenn es eine Verschwörung gegen die Republik gegeben hat, hat irgend jemand sie vorher verraten.«

»Die einzigen Pläne, von denen ich etwas weiß, wurden bereits vor über dreihundert Jahren geschmiedet.«

»Stimmt, aber die menschliche Natur ändert sich nicht. Damals hat Marin Bocconio den Dogen ermorden und die Regierung stürzen wollen, weil man ihm trotz seines Reichtums, seines Ehrgeizes und seiner ungeheuren Beliebtheit die Mitgliedschaft im Großen Rat verweigerte. Aber irgendwie hat die Polizei Wind von seinem Vorhaben bekommen. Er und zehn seiner Komplizen wurden verhaftet und mit dem Kopf nach unten zwischen den beiden Säulen auf der Piazzetta aufgehängt. Und zehn Jahre später, 1310«, fuhr Daniel in sachlichem Ton fort, als hielte er einer störrischen Schülerin einen Vortrag, »ging es mit dem Plan, den die Querini ausgeheckt hatten, auch nicht viel besser. Sie waren erbitterte Gegner des Krieges gewesen, den Venedig gegen den Papst um Ferrara führte, eines Krieges, den die Serenissima verlor. Die Folgen waren katastrophal – ein päpstliches Interdikt, Schwächung der Wirtschaftsinteressen Venedigs überall in Europa, sogar eine Blockade des lebenswichtigen Hafens von Chiogga und des Po, der wirtschaftlichen Lebensader der Stadt, wie du weißt. Der Handel kam zum Erliegen, und ohnehin waren die Menschen verärgert, weil der größte Teil der venezianischen Bevölkerung vom Großen Rat ausgeschlossen war.«

»Ideale Bedingungen für eine Revolte«, meinte Diana.

»Genau. Zwei Gruppen von Verschwörern sollten sich im Haus der Querini in San Polo treffen, über die Rialtobrücke auf verschiedenen Wegen zum Palast des Dogen ziehen. Während die Truppen des Dogen damit beschäftigt waren, sie auf der Piazza abzuwehren, sollte eine dritte Streitkraft vom Festland anrücken und die Stadt von hinten überfallen. Es war keine sonderlich brillante Strategie, aber darum geht es nicht. Doch einer der Verschwörer ist plötzlich zum Verräter geworden und hat alles dem Dogen zugetragen. Obwohl der Aufstand unterdrückt wurde, brodelte die Unruhe in der Bevölkerung weiter. So wurde als zeitweilige Maßnahme der Rat der Zehn eingesetzt, um rasch zu handeln und die Ordnung wieder herzustellen.«

»Zeitweilig, hast du gesagt?«

»So war es geplant, aber mit der Zeit erwies sich dieser Rat als so nützlich im Umgang mit allen möglichen heiklen Fragen, daß er schließlich völlig unverzichtbar wurde.«

»Woher weißt du das nur alles?«

»In meiner reichlichen Freizeit habe ich es mir zur Aufgabe gemacht, so viel wie möglich herauszufinden. Einer von den einsamen – und daher redseligen – Kartenspielern in den Tavernen dieser Gegend ist ein pensionierter Archivar, der nur zu gern den reichen Schatz seines Wissens mit jedem teilt, der ihm zuhören mag. Ich denke, es gibt diesem armen Kerl das Gefühl, daß sein Leben, das er in einem schäbigen Hinterzimmer damit verbracht hat, staubige Dokumente hin und her zu räumen, doch nicht ganz verschwendet war. Er kann zu beinahe jedem Thema stundenlang Vorträge halten.«

»Der einzige Umsturzplan, von dem ich dir etwas erzählen könnte, ist der Plan gewesen, den der arme alte Marin Falier faßte, den man 1355 im hohen Alter von zweiundsiebzig zum Dogen gewählt hatte. Es war eine ziemliche Farce, aber gerade deswegen reden die Leute auch bis heute darüber. Nachdem ihn beim traditionellen Karnevalsbankett ein junger Adeliger als Hahnrei verspottet hatte, kam

Falier auf die Idee, zusammen mit der gut ausgebildeten Streitmacht der *Arsenalotti* einen Umsturz in Venedig herbeizuführen. Überall in der Stadt sollte es Unruhen geben, und gleichzeitig sollte das Gerücht verbreitet werden, daß sich die genuesische Kriegsflotte näherte. Wenn dann Patrizier und Bürger auf dem Markusplatz zusammenliefen, würden dort die *Arsenalotti* bereitstehen, um alle jungen Adeligen zu massakrieren, derer sie ansichtig wurden.«

»Was ist schiefgegangen?«

»Irgend jemand hat geplappert.«

»Siehst du? Was hab ich dir gesagt? Das wiederholt sich immer und immer wieder. Aber sprich weiter.«

»Ein Kürschner aus Bergamo, der in den Plan eingeweiht war, warnte einen Kunden, er solle sich am vorherbestimmten Tag des Coups von der Straße fernhalten. In aller Unschuld begab sich der Mann zum Dogen, um auch ihn zu warnen, doch Faliers gleichgültige Reaktion stimmte ihn mißtrauisch, und so erzählte er seine Geschichte anderen, die ihm mit größerem Interesse lauschten.«

»Dem Rat der Zehn?«

»Wem sonst? Als aus dem Dunstkreis des Arsenals ähnliche Gerüchte auftauchten, reagierte man rasch. Eine ungeheure Menge Miliz und Kavallerie erwartete die Aufständischen auf der Piazza. Zehn der Anführer wurden in einer Reihe vor den Fenstern des Palastes aufgehängt, und Falier selbst, seiner Amtsinsignien entkleidet, wurde auf dem Innenhof hingerichtet.«

»Das alles bekräftigt nur meine Meinung«, beharrte Daniel. »Heute ist die Republik zwar sehr geschwächt, aber auch jetzt dürfen wir es nicht wagen, die Fähigkeiten ihres ausgedehnten Netzes von erfahrenen Polizisten, Agenten, Informanten und Spionen zu unterschätzen. Wenn uns, gewöhnlichen unbescholtenen Bürgern, die ihrem normalen Tagwerk nachgehen, schon Dinge aufgefallen sind, die unseren Verdacht erregt haben, dann wäre es doch naiv, anzunehmen, daß die Behörden blind für die Dinge sind, die hier vor sich gehen.«

»Da bin ich mir nicht so sicher. Du vergißt, daß die Behörden alle miteinander korrupt sind. Außerdem scheinen viele Menschen, von denen wir annehmen, daß sie mit in die Angelegenheit verstrickt sind, gar keine Ahnung zu haben, woran sie sich beteiligen. Wer immer der Kopf dieser Operation ist, er hat sie peinlich genau vorbereitet, er hat ihre einzelnen Elemente säuberlich voneinander getrennt und getrennt gehalten. So geht er nur ein geringes Risiko ein, daß irgend jemand die Sache verrät. Ich weiß nicht, wie wir herausfinden sollen, wer hinter diesen Plänen steckt.«

»Das müssen wir aber. Wim kommt nächste Woche. Ich werde ihm solche Angst einjagen, daß er mir einfach erzählen muß, was er weiß.«

Kapitel 20

Als Wim am üblichen Tag und zur gewohnten Zeit in Daniels Haus eintraf, lag nicht wie sonst eine ordentlich geschriebene Abrechnung für ihn auf dem dunklen Schreibtisch des Apothekers bereit.

Der rechte Arm des Holländers, den er wie immer auf dem Rücken hielt, zuckte leicht, als er sich steif aufrichtete. »Habt Ihr sie nicht gemacht?«

»Doch, aber Ihr bekommt sie erst, wenn Ihr mir einige Fragen beantwortet habt.«

»Welche zum Beispiel?«

»Für wen arbeitet Ihr?«

»Das habe ich Euch doch schon gesagt, für einen französischen Kaufmann, der Geschäfte in Italien tätigt.«

»So große Geschäfte, daß sie mit den ungeheuren Summen zu tun haben, die kürzlich an Stellen ausgezahlt wurden, die Ihr mit LAZ und A bezeichnet habt?«

»Es scheint so.«

»Ist Euch je in den Sinn gekommen, Euch nach der Art dieser Geschäfte zu erkundigen?«

»Es steht mir nicht zu, Fragen zu stellen.«

»Das solltet Ihr aber besser tun. Ihr könnt nämlich wohl kaum leugnen, daß mit diesem Geld, das Ihr verwaltet, Söldnerheere bezahlt werden.«

Wim schwieg. Seine schmalen Lippen zuckten.

Ruhig und methodisch fuhr Daniel in seinem Angriff fort. »Als auch das Arsenal in dieses Netz mit hineingezogen wurde, müßt Ihr doch Verdacht geschöpft haben, daß diese Trupps vogelfreier Söldner überall im Veneto und weiter weg in Bereitschaft liegen, um die Republik anzugreifen.«

»Ich bin weder Detektiv noch Venezianer. Mir ist es gleichgültig, was mit La Serenissima, mit dem Franzosen, mit den Soldaten oder sonst jemandem geschieht, solange ich für meine Mühe ordentlich bezahlt werde.«

»Aber es dürfte Euch nicht mehr ganz so gleichgültig sein, wenn dieser Plan fehlschlägt. Es täte mir wirklich leid, Euch kopfüber von einem Galgen hängen zu sehen, mitten zwischen den Säulen auf der Piazzetta.«

»Ich weiß von keinem Plan. Ich mache nur, was man mir sagt. Niemand kann mich beschuldigen, daß ich in so etwas verwickelt bin ...«

»Niemand?« fuhr Daniel dazwischen.

Er schnipste ein winziges Stäubchen vom Schreibtisch des Apothekers und ließ die Drohung erst ein wenig wirken, ehe er weiterredete. »Es geht hier nicht um eine Kleinigkeit. Der Franzose, für den Ihr arbeitet, ist der geheimnisvolle Nicolas de Renault, der unlängst in Venedig eingetroffen ist und sich seither unter dem Schutz des französischen Botschafters befindet. Er ist ganz bestimmt kein Kaufmann. Die Frage ist nur: Was ist er dann und für wen arbeitet er?«

»Ich weiß es nicht, und ich will es auch nicht wissen.«

»Das ist höchst unklug. Ich habe gründlich über die Sache nachgedacht, jedoch noch keine zufriedenstellende Antwort gefunden. Wäre all dies geschehen, ehe der junge Ludwig XIII. von Frankreich die Macht ergriff und den Mord an Concini, dem treuen Diener seiner Mutter, befahl, würde ich den Verdacht hegen, daß Renault im Dienste der Marie de' Medici steht. Denn die Serenissima und diese Dame standen ja nicht gerade auf bestem Fuße, habe ich mir sagen lassen. Ludwig dagegen ist der Stadt Venedig wohlgesonnen, und er hat wahrhaftig andere Sorgen als das Schicksal der Lagunenrepublik. Außerdem würde sich Renault, wenn er tatsächlich für ihn arbeitete, wohl kaum in der französischen Botschaft aufhalten.«

»Es sei denn, er meint, daß er mit dieser Offenheit jeglichen Verdacht entkräftet.«

»Etwa die Gerüchte, die Osuna über seinen unmittelbar bevorstehenden Angriff verbreitet?«

Wim wandte ihm den Rücken zu, schritt zum Fenster und nestelte nervös an einer Franse des Vorhangs.

»Eigentlich sind wir beide in einer sehr ähnlichen Lage.«

»Genau. Auch ich bin kein Venezianer, aber das wird uns nichts nützen, wenn die Angelegenheit fehlschlägt. Wenn ich schon zu dem Schluß gelangen kann, daß irgendeine fremde Macht, die in der Lage ist, ein so gewagtes Unternehmen zu finanzieren, den Sturz Venedigs plant, dann können das gewiß die venezianischen Behörden ebenfalls.«

»Ich bin verblüfft, daß Ihr, ein absolut logischer Denker, Eurer Phantasie erlaubt, derart mit Euch durchzugehen. Wie konntet Ihr nur eine so absurde Theorie aufstellen, die lediglich auf vier Buchstaben und einer Reihe von Zahlen aufbaut?«

»Meine Theorie, wie Ihr sie nennt, fußt nicht nur auf Euren Abrechnungen. Und meine Schlußfolgerungen sind nicht so weit hergeholt, wie Ihr meint – oder zu meinen vorgebt. Überall in der Lagune gibt es verräterische Anzeichen. Die *Cattaveri*, die *Signori di Notte*, die Vorsteher der *Sestiere*, die fünf Friedensrichter, die *Esecutori contra la Bestemmia* und die *Inquisitori di Stato*, ganz zu schweigen vom Rat der Zehn, irgend jemand muß doch auch Lunte gerochen haben. Mehr noch: wer kann denn dafür bürgen, daß nicht doch einer von den Hunderten von Männern, die Renault gekauft hat, ihn verrät, wenn die lockende Belohnung, die die andere Seite anbietet, nur hoch genug ist? Ist das nicht die Natur der Söldner? Außerdem können wir die Möglichkeit nicht ausschließen, daß einer der Verschwörer nicht plötzlich doch noch einen Funken Ehrgefühl in sich entdeckt. Die Geschichte Venedigs ist reich an derartigen Fällen.«

»Selbst wenn Anlaß zu derlei Verdächtigungen besteht, wie könnte denn jemand zum Verräter werden? Die Beteiligten, zum Beispiel ich, wissen gar nicht, in was sie verwickelt sind! Und wenn sie es schließlich herausfinden, ist es höchstwahrscheinlich zu spät.«

»Für Verrat ist es nie zu spät. Ich bin nicht bereit, dieses Risiko einzugehen.«

»Typisch! Ihr lebt so, wie Ihr Karten spielt: kalt, kontrolliert und berechnend. Ihr wägt alle Möglichkeiten gegeneinander ab, ehe Ihr Euer Geld nehmt und Euch davonmacht.«

»Nur so überlebt man.«

»Soll das heißen, daß Ihr Venedig verlassen werdet?«

»Die Möglichkeit besteht.«

»Wann?«

»Sobald ich meine Angelegenheiten geregelt habe.«

»Dann hat es wohl keinen Sinn, wenn ich Euch die Belege für diesen Monat gebe.«

»Nein. Aber um unserer beider Willen müssen wir in Kontakt bleiben. Ob wir wollen oder nicht, wir stecken zusammen in dieser Sache. Wenn einer von uns Neues erfährt, muß er es sofort dem anderen mitteilen.«

»Da ich ständig unterwegs bin, könnt Ihr mich nicht erreichen. Erwartet auch bloß nicht, daß ich irgend etwas herausfinde. Ich habe nämlich nicht die Absicht, Erkundigungen einzuziehen. Es treiben sich zu viele gedungene Mörder in der Gegend herum. Wie ich Euch schon gesagt habe, halte ich mich bedeckt und hüte meine Zunge. Es gibt Risiken, die ich nicht eingehen will.«

»Wie Ihr wollt. Aber ich hielt es für meine Pflicht, Euch zu warnen.«

»Das habt Ihr ja nun getan.« Wim schwieg einen Augenblick und fügte dann rasch hinzu: »Ich werde Euch allerdings ab und zu besuchen, vielleicht ein wenig öfter als bisher.«

Damit zog Daniel die letzte Abrechnung, die er für seinen flämischen Landsmann gemacht hatte, aus der Tasche und legte sie zusammengefaltet auf den Schreibtisch. Mit seiner gesunden Hand nahm Wim die fälligen fünfundzwanzig Dukaten aus dem Beutel, den er am Gürtel trug, und reichte sie Daniel. Dann faltete er das Papier zwischen Daumen und Zeigefinger klein zusammen, stopfte es in den Beutel und verschwand durch die Tür, die Daniel ihm aufhielt.

Das Treffen war so verlaufen, wie Daniel es erwartet hatte. Doch trotz seines hartnäckigen Leugnens hatte eine Aussage den Flamen verraten: »Eigentlich sind wir beide in einer sehr ähnlichen Lage«, hatte er gesagt. Die Bemerkung, daß Renaults offenes Verhalten ja auch darauf abzielen könnte, jeglichen Verdacht zu zerstreuen, konnte in Daniels Augen nur der Versuch einer gerissenen Täuschung sein. Jedenfalls ließ ihm Wims Weigerung, sich mit ihm zusammenzutun, nun keine Wahl mehr. Resigniert machte er sich an seinem Schreibtisch an die Arbeit. Er begann in seiner ordentlichen Handschrift eine Liste der notwendigen Schritte aufzustellen, die für seine und Dianas geordnete Abreise aus der bedrohten Stadt noch zu tun waren.

Erstens: Er mußte alle seine Besitztümer zu Geld machen: Die Nautilusmuschel würde er dem britischen oder spanischen Botschafter zum Kauf anbieten. Das Geld, das er in Venedig hatte, mußte er einem vertrauenswürdigen levantinischen Kaufmann im Ghetto gegen einen Wechsel auf den Mittelsmann dieses Kaufmannes in Saloniki übergeben.

Zweitens: Er hatte die Überfahrt auf einem Handelsschiff nach Saloniki zu organisieren.

Drittens mußte er den Mietvertrag für das Haus kündigen und das Mobiliar verkaufen.

Viertens ... Hier zögerte Daniels Hand. Er wollte die Seite nicht beklecksen, legte also seine Feder nieder und faltete die Hände, während er überlegte, was der nächste Punkt sein sollte. Jeder Schritt, den er bisher notiert hatte, hing nur von ihm allein ab. Dieser letzte und wichtigste jedoch nicht: Wenn es hart auf hart kam, würde sich Diana dann bereit erklären, mit ihm Venedig zu verlassen? Er nahm die Feder wieder zur Hand und malte mit dem Rest Tinte, der noch daran haftete, ein dünnes Fragezeichen hinter das Wort »viertens«. Sobald Emotionen ins Spiel kamen, versagte jedes logische Argument.

Der Ansturm der Gefühle drohte ihn beinahe zu überwältigen. Seine Gedanken rasten. Er stand auf und schenkte sich einen Becher Wein ein. Er trank ihn in kleinen Schlukken und ging dabei im Zimmer auf und ab, während er gegen die schreckliche Angst ankämpfte, die geliebte Frau zu verlieren. Wenn sie sich trotz seines Drängens und trotz all seiner Überredungskunst weigerte, mit ihm zu kommen, welchen Wert hätte dann das Leben für ihn noch, ganz gleich wo er auf dieser Erde war? Was für einen Sinn hatte es, wenn er wieder einmal versuchte, sich ein neues Leben aufzubauen, wenn sie dabei nicht an seiner Seite war? Schließlich sickerte allmählich die Wärme des Weines in seine Adern, und er beruhigte sich ein wenig. Diana hatte bezweifelt, daß die Verschwörung fehlschlagen würde, aber sie hatte die Möglichkeit auch nicht ganz von der Hand gewiesen. Sie hatte sich nicht festgelegt, und genauso vage hatte sie sich zu der Zukunft geäußert, die er ihr angeboten hatte – ehe die Verschwörung ihr Leben völlig auf den Kopf gestellt hatte. Vielleicht konnte er sie doch noch überzeugen. Oder es würde etwas geschehen, das sie überzeugen würde.

Er setzte sich hin, und es gelang ihm, seine Gedanken wieder darauf zu konzentrieren, wie er am besten mit seiner kostbaren Nautilusmuschel verfahren würde. Wahrscheinlich wäre sie dem spanischen Botschafter mehr wert als dem britischen Diplomaten, denn ersterer besaß ja bereits die andere Hälfte des Paares. Der Engländer würde zwar – nur um dem Spanier eins auszuwischen – ein für seine Begriffe interessantes Angebot machen. Doch die Briten waren ja im allgemeinen nicht für ihre Großzügigkeit bekannt. Aber auch hier versagte, sobald Gefühle ins Spiel kamen, jegliche Logik. Ihm war alles Spanische widerlich, und er schrak vor dem bloßen Gedanken zurück, daß durch sein Versagen ein weiteres Meisterwerk seines Vaters in die Hände eines Mannes fallen könnte, der in den Augen der Familie Farrar die Mächte der Finsternis vertrat.

Daniel schob seine Liste zur Seite, nahm einen frischen Bogen Papier und bat Seine Exzellenz Sir Henry Wotton respektvoll um eine Audienz zu einem dem britischen Botschafter genehmen Termin, um mit ihm den Verkauf der Nautilusmuschel zu besprechen.

Bis die Antwort eintraf, wollte Daniel seine Besitztümer

sortieren und sich so auf die bevorstehende Abreise vorbereiten. Er warf löcherige Strümpfe, zerrissene Spitzenkrägen, verschlissene Hemden und fleckige Taschentücher fort. Zwei Tage vergingen. Als er am Morgen des dritten Tages gerade die Sohlen eines alten Paars Stiefel untersuchte, überbrachte ihm ein livrierter Kurier ein Schreiben aus der Kanzlei der britischen Botschaft.

Die Botschaft bedauerte, Signor Daniel Farrar mitteilen zu müssen, daß Seine Exzellenz Sir Henry Wotton zur Zeit nicht in Venedig weilte, da man ihn zu Konsultationen nach London zurückberufen hatte. Nach seiner Rückkehr würde die Kanzlei bezüglich seiner Bitte um eine Unterredung mit Seiner Exzellenz unverzüglich mit dem werten Herren Verbindung aufnehmen.

Daniel konnte jedoch nicht auf Seine Exzellenz warten. Er atmete tief durch, als wollte er sich Mut machen. Um Dianas willen mußte er die Nautilusmuschel verkaufen, ehe er – zusammen mit ihr? – Venedig verließ. Denn nur wenn er über ausreichende Geldmittel verfügte, konnte er ihr das angenehme Leben bieten, das er ihr versprochen hatte. Da er folglich gezwungen war, den höchstmöglichen Preis zu erzielen, blieb ihm keine andere Wahl. Er mußte die Muschel an Wottons Rivalen verkaufen. Aber würden ihn nicht sein dunkler spanischer Teint und sein zurückhaltendes flämisches Gebaren sofort als einen *Converso* verraten, der aus Spanien geflohen war, um in den rebellischen Niederlanden Zuflucht zu suchen? Gewiß würde ihn der Botschafter dazu befragen, um diesen auf der Hand liegenden Verdacht zu bestätigen. Oder – und das wäre noch einfacher – ihm die Inquisition auf den Hals hetzen.

Das Risiko war groß. Beinahe zu groß. Vielleicht sollte er den sicheren Weg wählen, die Muschel an einen Zwischenhändler verkaufen und sich mit weniger Geld zufriedengeben. Doch auch das würde vielleicht beim Marquis von Bedmar Mißtrauen erregen. Der Wettstreit zwischen den beiden Botschaftern war ja kein Geheimnis, und da würde sich der Spanier bestimmt fragen, warum Daniel ihm die Nautilusmuschel nicht selbst angeboten hatte. Was hatte er zu verbergen, was zu befürchten?

»*Dreistigkeit!*« würde ihm Diana wahrscheinlich raten. Vielleicht hatte sie ja recht. Wie hatte Wim es formuliert?: Offenheit entkräftet jeglichen Verdacht. Bedächtig setzte sich Daniel wieder an seinen Schreibtisch, nahm einen Bogen Papier zur Hand und formulierte in gestochener Schrift, der er keinen ängstlichen Wackler gestattete, einen Brief an Alphonse de la Cueva, Marquis von Bedmar, Botschafter Seine Katholischen Majestät, des Königs von Spanien, bei der Republik von Venedig.

Kapitel 21

Alphonse de la Cueva, der spanische Botschafter bei der Serenissima, hieß Daniel Farrar mit exquisiter Höflichkeit in seinem spartanisch eingerichteten Studierzimmer willkommen. Daniel spürte, wie in ihm der vertraute Haß auf alles Spanische aufwallte, als er in die Abgeschiedenheit des Raums trat und an der Wand vor sich ein massives dunkles Kruzifix hängen sah.

»Ich bin wirklich höchst erfreut, Eure Bekanntschaft zu machen«, begrüßte ihn der Botschafter mit entwaffnender Freundlichkeit. »Es ist ein seltenes Vergnügen, ein Mitglied einer so berühmten Familie von Goldschmieden kennenzulernen, die einige der wunderbarsten Gegenstände hervorgebracht hat, die Europa je gesehen hat.«

Daniel begriff, daß Sir Henry Wotton seinem spanischen Kollegen von ihrer Begegnung berichtet hatte. Er reagierte mit einem leisen, kleinen beherrschten Lächeln auf dieses überschäumende Kompliment.

»Welchem Umstand haben wir hier in Venedig das große Glück Eurer Anwesenheit zu verdanken?«

»Mein Vater hat mich in Geschäften nach Florenz geschickt.«

»Natürlich. Die Medici, unsere hochgeschätzten Freunde und Verbündeten, sind unsere eifrigsten Konkurrenten um Nautilusmuscheln. Es geht das Gerücht, daß sie die Muscheln gleich bei den portugiesischen Händlern kaufen, die sie aus China mitbringen, und dann von Künstlern in Eurem Heimatland fassen lassen.«

Daniel ging dem Botschafter nicht auf den Leim.

»Auf dem Heimweg wollte ich dieser herrlichen Stadt noch einen Besuch abstatten.«

»Einen recht ausgedehnten Besuch«, bemerkte der Botschafter mit bewußter Nonchalance.

»Venedig hat mich in seinen Bann geschlagen.«

Ein wissendes Lächeln spielte über die feinen Züge des Marquis de Bedmar.

»Ja, ja, Venedig – und seine Frauen – haben einen unvergleichlichen Zauber. Ich nehme an, daß Ihr bei Eurer Rückkehr in die Niederlande die Handwerkstradition Eurer Familie fortführen werdet?«

»Das ist der Beruf, für den ich ausgebildet wurde.«

»Hervorragend. Jetzt, da wir einander kennengelernt haben, wird es mir vielleicht gelingen, es den Medici nachzutun und Muscheln aus dem Orient von Euch nach meinem persönlichen Geschmack fassen zu lassen.«

Daniel bedachte diesen Vorschlag nur mit einem kaum merklichen Nicken.

»Ich vermute, Ihr hättet nichts dagegen, zu diesem – oder einem anderen – Zwecke nach Venedig zurückzukehren«, fügte de la Cueva mit leicht spöttisch hochgezogener Augenbraue hinzu.

Nachdem beinahe lautlos der Haushofmeister des Botschafters eingetreten war, schlug de la Cueva vor, man möge zur Erfrischung Wein von seinem Landgut in La Rioja kosten.

»Es ist ein leichter Wein, der unsere Gedanken nicht umnebeln wird, wenn wir den Zweck Eures Besuches besprechen. Ich muß mich sehr bei Euch entschuldigen, daß ich Euch erst zu so später Stunde empfange. Die Totenmesse für den Dogen hat meinen Tagesablauf völlig durcheinandergebracht. Der arme Nicolò Donà, seine Herrschaft dauerte nur vierunddreißig Tage. Ja, so ein Schlaganfall kann rasch tödlich verlaufen.«

Der Haushofmeister schenkte Wein aus einem silbernen Flakon ein. Daniel betrachtete die wunderschönen Gläser mit Kennermiene, sagte aber nichts. Er war zu angespannt.

Die Männer saßen eine Weile schweigend da und nippten am Wein. Bewußt kam der Botschafter nicht auf den Zweck des Besuches zu sprechen, wollte Daniel mit seinem Verhalten aus der Fassung bringen.

Ehe die Stille jedoch unerträglich wurde, brach de la Cueva das Schweigen. »Darf ich Euch fragen, wenn Ihr das nicht als indiskret empfindet, was Euch dazu bewegt hat, Euch von diesem Stück zu trennen, das Ihr zunächst um keinen Preis verkaufen wolltet?«

»Die Vergnügungen Venedigs haben sich als kostspieliger erwiesen, als ich es vermutet hätte.«

»Und warum habt Ihr Euch entschieden, es mir anzubieten und nicht meinen Kollegen, meinen lieben Freunden, die mit mir beim Sammeln von *objets d'art** wetteifern?«

»Ich hatte die Wahl, das Paar wieder zu vereinen oder es zu zerstreuen. Nach gehöriger Überlegung habe ich mich für die erstere Möglichkeit entschieden.«

»Aber Ihr habt das Stück nicht mitgebracht.«

»Nein, Euer Exzellenz. Es ist zu zerbrechlich, als daß man es unnötig transportieren sollte.«

»Das zeigt die Sorgfalt eines wahren Künstlers. Zweifellos seid Ihr überrascht, daß die Nautilusmuschel, deren Gegenstück Ihr besitzt, hier nicht ausgestellt ist. Auch ich bin um die Sicherheit dieses kostbaren Stücks besorgt. Eine

* (franz.) Kunstgegenstände.

einzige unbedachte Bewegung eines meiner Bediensteten könnte bleibenden Schaden anrichten. Außerdem versuche ich, in meinem privaten Leben eine gewisse Nüchternheit walten zu lassen – inmitten all des theatralischen Gepränges, das zum Wesen, zum unzweifelhaften Charme des venezianischen Lebens gehört.«

Die Worte gingen Alphonse de la Cueva mühelos von der Zunge, als richtete er sie im Vertrauen an einen hochgeschätzten, diskreten Gast. Daniel konnte nicht wissen, daß der Diplomat so die Einstellung seiner Gesprächspartner zur dekadenten Republik zu prüfen pflegte. Diesmal versagte seine List jedoch. Daniel gab keinerlei Kommentar ab. Er hatte andere Sorgen.

Wieder einmal schwieg der Marquis. Er leerte sein Glas und stellte es sorgfältig auf einem kleinen Tischchen ab, erhob sich und ging auf das Fenster mit den schweren Samtvorhängen zu. Wie nebenbei spielte er mit dem kostbaren Stoff, als wollte er damit andeuten, welche Summe er für den Gegenstand zu geben bereit wäre, den er so begehrte.

»Ich bin willens, alle meine Mitbewerber um einen hohen Betrag zu überbieten. So könnte ich Euch die Mühe ersparen, ein höheres Gebot einholen zu müssen. Erscheinen Euch 4000 Dukaten angemessen?«

Das war mehr als das Doppelte der Summe, die Daniel zu verlangen gewagt hätte. Er überlegte kurz, ob er seinen Vorteil ausnutzen sollte, um das Angebot weiter in die Höhe zu treiben, verzichtete dann aber darauf. Je weniger Zeit er in der Gesellschaft dieses Mannes verbrachte, der für das verhaßte Land stand, desto besser. Wer vermochte schon zu sagen, wozu ein unbedachtes Wort führen konnte?

»Es ist ein gutes Angebot«, antwortete er knapp.

»Wenn Ihr so freundlich sein könntet, mir die Muschel morgen abend hierherzubringen, dann halte ich für Euch einen Wechsel auf mein persönliches Konto bei der Banco della Piazza bereit.«

»Damit bin ich einverstanden.«

»Hervorragend. Ich würde wirklich gern noch länger mit Euch über Eure Kunst plaudern, aber es ist schon spät. Mein Haushofmeister wird Euch hinausbegleiten, und einer unserer Gondolieri kann Euch nach Hause rudern.«

»Vielen Dank, Exzellenz, aber auf mich wartet bereits ein Boot.«

Daniel folgte dem ernsten, stocksteifen Bediensteten durch den schwach erhellten Flur von den Privatgemächern des Botschafters zu der Treppe, die zur Kanzlei im Stockwerk darunter führte, dann weiter zur Prunktreppe und zum großen Portal und hinunter zu den drei Stufen des halbkreisförmigen Anlegeplatzes. Der Haushofmeister beleuchtete ihm mit einem Kandelaber den Weg, bis er in das wartende Boot gestiegen war und der Bootsmann abgelegt hatte. Erst danach wandte er sich ab, ging in den Palazzo zurück und verriegelte die Tür fest für die Nacht.

Wie viele alte Häuser, die einmal einem reichen venezianischen Kaufmann gehört hatten, besaß auch die spanische Botschaft mehrere Eingänge. Zu beiden Seiten des Hauptportals befanden sich kleinere Türen, über die man früher die Waren ein- und ausgeladen hatte, die in den unteren Geschossen des herrlichen Gebäudes gelagert wurden. Als Daniels Gondel an einem dieser Tore vorüberglitt, näherte sich beinahe lautlos eine schwarz gestrichene Barke, deren Buglaterne gelöscht war, und machte dort fest. Der Schiffer klopfte leise mit dem Ruder an die alte Holztür, die sich sofort öffnete. Daniel deutete seinem Gondoliere mit einer

Handbewegung an, er möge die Geschwindigkeit verringern, bis sein Boot beinahe zum Stillstand gekommen war. Die Nacht war zwar mondlos, aber doch so klar, daß er erkennen konnte, was zweifellos eine perfekt vorbereitete Operation war. Mit methodischen, gut koordinierten Bewegungen reichten einige Gestalten auf der Barke eine Kiste nach der anderen zu zwei Männern hinüber, die im ehemaligen Lagerhaus gewartet hatten, um sie in Empfang zu nehmen. Allmählich wurde die Barke um ihre Ladung erleichtert und hob sich aus dem Wasser, krängte erst zu einen, dann zur anderen Seite. Als die Männer die letzte Kiste an Bord hochhoben, begann das Schiff beinahe unmerklich ein wenig von seinem Ankerplatz wegzutreiben.

»*Attenzione!*« flüsterten die beiden Männer, die am Eingang zum Lager standen. Doch die Warnung kam zu spät. Die Kerle auf der Barke wuchteten die Kiste bereits hinüber, die beiden an Land bekamen sie jedoch nicht mehr zu fassen. Sie glitt den Männern auf der Barke aus den Händen und versank gurgelnd im Wasser des Kanals.

»*Putain de merde!*« hörte Daniel über das Wasser hinweg. »*Bande d'imbéciles! L'Anglade va vous tuer, espèce d'idiots.*«

»*On est artificiers, nous, pas débardeurs.*«

»*Vite. Déguerpons-nous d'ici avant qu'on nous découvre.*«*

»Kein Grund zur Beunruhigung«, flüsterte einer der Männer vor dem Lagerhaus denen auf der Barke zu. »Botschaften sind unantastbar.«

»Wir aber nicht«, kam gedämpft als Antwort von der Barke.

* (franz.) »Verdammte Scheiße! Ihr Idiotenhaufen! L'Anglade bringt euch um, ihr Deppen.« – »Wir sind Feuerwerker, keine Schauerleute.« – »Schnell, wir hauen ab, ehe uns noch jemand entdeckt.«

»Macht euch keine Sorgen um die Kiste. Die holen wir morgen früh raus.«

»Was nützt euch denn nasses Schießpulver?« murmelte einer vor sich hin, während der Bootsmann die Barke nun rasch in Richtung Arsenal lenkte – und Daniel seinem Gondoliere ein Zeichen machte, er solle weiterfahren.

Daniel packte ohnmächtige Wut. Wut über sich selbst und seine Blindheit und Dummheit. Wie konnte es sein, daß er, der Meister der Logik, bisher nicht zu dem offensichtlichen Schluß gekommen war, daß hinter dem Umsturzplan niemand anderes als Spanien, der alte Erzfeind Venedigs, stecken mußte? Nachdem er einmal begriffen hatte, daß nur ein Staat oder ein Staatenbund über so ungeheuerliche Summen verfügte, wie man sie für dieses Unternehmen bisher aufgebracht hatte, hätte ihm doch die Beteiligung Spaniens daran mehr als klar sein müssen. Wie hatte er das nicht merken können, er, der Spanien so gut kannte, das fromme Königreich, das für alle Werte stand, die der freie Geist Venedigs verneinte, das Fanatismus statt Toleranz predigte, Askese statt Vergnügungssucht, Unterdrückung von Gedanken statt Geistesfreiheit. Der Konflikt war unausweichlich. Jetzt, da er auf die Wahrheit gestoßen war, konnte er nicht mehr untätig zusehen und zulassen, daß die Mächte der Finsternis den Funken der Freiheit in der Lagune erstickten.

»Wohin in Cannaregio?«

»San Geremia.«

»Da wären wir.«

Daniel entlohnte den Bootsmann fürstlich und trat an Land. Aber er ging nicht gleich nach Hause. Wenn er jetzt nicht seine Gedanken ordnete, würde er keinen Schlaf finden. Einmal, zweimal schritt er den kleinen Platz vor der

Kirche San Geremia ab, der zu dieser späten Stunde verlassen dalag, dann lief er zum Kai von Cannaregio, bog nach links ab und wanderte am Kanal entlang, bis der in die Lagune einmündete, die Wasserstraße, die Venedig vom Festland trennte. Sein ganzes Dilemma trat ihm vor Augen.

Es war ja schön und gut, sich nobel zu verhalten, die Abreise nach Saloniki zu verschieben und die Republik Venedig vor dem unmittelbar bevorstehenden spanischen Angriff zu warnen. Wenn er aber keine harten Tatsachen vorweisen konnte, würde wohl kaum jemand seine Warnung ernst nehmen. De la Cueva hatte geschickt beinahe alle Spuren verwischt. Der einzige Beweis, den Daniel jetzt besaß, nämlich daß Kisten mit Schießpulver und wahrscheinlich auch Waffen in der spanischen Botschaft gehortet wurden, war so wertlos wie der Schlamm, den die Reinigungstrupps aus dem Kanal hochschaufelten. Ausländische Botschaften unterlagen der diplomatischen Immunität und durften nicht durchsucht werden.

Immer noch war der windige Wim seine einzige mögliche Informationsquelle. Wim, der niederländische Protestant mit dem leichten französischen Akzent. Ein Nachfahre von Hugenotten, die vor den Massakern der Bartholomäusnacht geflohen waren? Oder ein Waisenjunge, der noch die Wunden dieser Massaker in sich trug und sich durchschlug, so gut er eben konnte? Wie auch immer, Wim wußte mehr über diesen Umsturzplan als alle anderen Beteiligten, denn er hatte ja Kontakt zu allen gehabt, die der Spanier so klug weit über das Land verteilt hatte: zu den Söldnern, die in verschiedenen Gegenden der Lombardei und im Veneto warteten, zu den Männern auf der Lazzaretto-Insel, zu den Verschwörern innerhalb des Arsenals. Nur Osunas Streitkräfte lagen jenseits seines Einflußbereichs. Wenn erst die Zeit gekommen war und der Plan allen Beteiligten offenbart würde, damit sie ihre Schachzüge koordinierten, wußte Wim zu viel, als daß man ihn ausschließen konnte. Die Frage war also: Machten die Reichtümer, die man Wim mit Bestimmtheit in Aussicht stellte, wenn man Venedigs unerhörte Schätze plünderte, den Flamen blind für die Gefahr eines Fehlschlags? Und war es ihm vollkommen gleichgültig, daß er Venedig an eine Macht verriet, die ihm als Protestanten verhaßt sein mußte?

Ohne Wim konnte Daniel nur wenig unternehmen. Zum anderen mußte er sich in Sicherheit bringen, ehe es zu spät war. Zusammen mit Wim würde es ihm jedoch gelingen, den Plan zu vereiteln, davon war er überzeugt. Aber wo steckte Wim?

Kapitel 22

Die Müdigkeit trieb Daniel in den frühen Morgenstunden nach Hause. Doch sein Bett erschien ihm kalt und leer. Obwohl er stets nur wenige Zeit mit Diana verbrachte, nahm sie doch in seinem Leben einen wichtigen Platz ein. Er freute sich stets beinahe wie ein Kind auf ihr Kommen, und durch die tiefe Bedeutung, die diese Frau inzwischen für ihn gewonnen hatte, wurde seine Leidenschaft nur noch größer. Diana hatte seinem Leben Sinn und Richtung gegeben. Ihr Wohlbefinden lag ihm mehr am Herzen als alles andere. Doch daß er sie liebte, daß er sich um sie sorgte, das war nicht der einzige feine Faden, der sich zwischen ihnen angesponnen hatte. Inzwischen erörterte er mit ihr all seine Gedanken und Pläne. Sie war dabei keine passive Zuhörerin oder staunende Bewunderin, sondern eine kluge Beraterin, der das Leben arg mitgespielt hatte und die dabei gelernt hatte, sich tapfer zur Wehr zu setzen. Tatsächlich meinte er manchmal, daß das Schicksal sie wesentlich mehr gestählt hatte als ihn. Doch dann wiederum ließ sie sich in die vertraute Sicherheit seiner Umarmung fallen, weil sie wußte, daß er sie auffangen würde. Wie schmerzlich sehnte er sich jetzt danach, mit den Händen durch ihr üppiges schwarzes Haar zu fahren, sie zu trösten und ihr später, wenn sie sich beruhigt hatte, von der Entdeckung zu erzählen, die er gemacht hatte, mit ihr zu besprechen, was nun zu tun sei.

Da kam ihm plötzlich ein schrecklicher Verdacht. Was hatte der spanische Erzverschwörer gemeint, als er »*Venedig – und seine Frauen*« gesagt hatte? War es ein subtiler Hinweis darauf gewesen, daß er von Daniels Beziehung zu

Diana wußte? Hatte Bedmar in seinem sorgfältig ausgedachten Plan auch die Vorsichtsmaßnahme getroffen, alle *ihre* Bewegungen zu überwachen? Sie war allseits als Mätresse Renaults bekannt, des Mannes, der für die Ausführung dieses hervorragend organisierten Unterfangens verantwortlich war. Es bestand ja immerhin die Möglichkeit, daß selbst ein so geheimnistuerischer Mann wie der Franzose sich ihr in einem intimen Augenblick der Schwäche anvertraut hatte. Daniels Gedanken sprangen von einer Vermutung zur anderen. Was war, wenn Alphonse de la Cueva ihn, Daniel, hinter seinen schweren Samtvorhängen hervor beobachtet hatte, so wie er seinerseits das Abladen des Schießpulvers beobachtet hatte? Denn nach diesem Boot hatte der Spanier doch offensichtlich Ausschau gehalten, als er zum Fenster getreten war und den Vorhang ein wenig zur Seite geschoben hatte. Das war wohl auch der Grund für die ungeheure Summe, die er ihm für die Nautilusmuschel angeboten hatte. Denn das Geschäft mußte so schnell wie möglich abgewickelt werden, damit Daniel aus dem Haus war, ehe die Barke eintraf. Einen kurzen Augenblick lang ergriff ihn panische Angst, weil Wims Worte jetzt eine völlig neue Bedeutung annahmen: *»Es treiben sich zu viele gedungene Mörder in der Gegend herum.«* Falls Bedmar ihm auf den Fersen war, konnte diese Bemerkung genausogut auf ihn, Daniel Farrar, abzielen, wie sie Wims Furcht zum Ausdruck brachte. Wenn er am nächsten Abend noch einmal in die spanische Botschaft ging, spazierte er womöglich geradewegs in eine Falle. Doch auch sein Nichterscheinen würde unweigerlich Verdacht erregen. Der Strudel, in den er sich da hatte hineinziehen lassen, machte ihn ganz schwindelig. Eine neue Furcht ergriff ihn, eine ganz nahe, unmittelbare, faßbarere als seine ererbte Angst vor der Inquisition, und es fröstelte ihn in der kühlen Luft des frühen Morgens.

Als die Dunkelheit allmählich wich, gewann sein nüchterner Realitätssinn, sein vernunftgesteuertes Ich wieder die Oberhand. Der Marquis selbst hatte die Zeit und den Ort ihrer Zusammenkunft bestimmt. Hätte er auch nur den leisesten Verdacht gegen Daniel gehegt, hätte er ihn wohl kaum am gestrigen Abend eingeladen. Es sei denn ... Er versuchte den Charakter des spanischen Marquis einzuschätzen. Bedmar würde gewiß vor nichts zurückschrecken, um seine Ziele zu erreichen. Wenn er schon im Dienste seines Landes zu solcher Entschlossenheit fähig war, wieviel mehr dann in Angelegenheiten, die ihn persönlich berührten? Es war also nicht völlig von der Hand zu weisen, daß ihn seine private Besessenheit von der Nautilusmuschel einen Augenblick lang für die Notwendigkeiten seiner anderen, politischen Betätigung blind gemacht hatte. Hätte Daniel nicht an sich selbst schon die überwältigende Macht der Besessenheit verspürt, hätte er nicht Raffaelo Motta und dessen Spielsucht kennengelernt, so hätte er einen solchen Gedanken als völlig absurd verworfen, da sich die beiden Ziele des Botschafters in ihrer Tragweite und Bedeutung so vollkommen voneinander unterschieden. Aber nachdem er selbst erlebt hatte, wohin Besessenheit einen kultivierten und intelligenten Mann wie Motta trieb, daß sie ihn sogar für die grundlegenden Bedürfnisse des eigenen Lebens blind machte, konnte er die Möglichkeit nicht mehr ausschließen, daß Bedmar einfach nur um jeden Preis die Nautilusmuschel in seinen Besitz bringen wollte. Hatte er die Achillesferse des Verschwörers getroffen? Hatte er genau jenen Schwachpunkt erwischt, an dem der angeborene Charakter über alle anerzogenen Eigenschaften triumphiert? Wie auch immer, er würde die Verabredung mit dem Spanier einhalten. Er mußte weiterhin so tun, als hätte er nichts zu fürchten. *Mit Dreistigkeit.* Jede andere Handlungsweise würde unweigerlich zu Fragen führen, würde ein Mißtrauen bestärken, das es vielleicht noch nicht einmal gab – außer in seinem erschöpften Hirn in den schwärzesten Stunden einer langen und einsamen Nacht.

Als das graue Licht des frühen Morgens durch die Ritzen in den Holzläden drang und den Raum erfüllte, fiel Daniel endlich in traumlosen Schlaf. Erst Dianas beharrliches Klopfen weckte ihn am frühen Nachmittag. Als er ihr die Tür öffnete, flutete strahlender Sonnenschein ins Haus, und im Nu waren seine Gedanken wieder völlig klar. Alle Widersprüche, die ihn die ganze Nacht lang gequält hatten, waren durch den Schlaf wie weggeblasen, zu einem logischen Schluß entwirrt.

Er schloß die Tür hinter Diana, lehnte sich dann daran. Sein Haar war noch zerzaust, die Zunge pelzig, doch er schaute sie mit klaren Augen an. »Es sind die Spanier«, platzte es aus ihm heraus. »Wir haben keinen Augenblick mehr zu verlieren. Ganz gleich, wie es ausgeht, wir müssen fliehen. Wenn der Plan gelingt, ist es für dich und die Deinen wieder einmal wie 1492. Wenn er fehlschlägt, holt uns der Rat der Zehn.«

»Es sei denn, wir gehen vorher selbst dorthin«, konterte Diana.

»Wir haben nur indirekte Beweise, keine konkreten Tatsachen. Ohne Wim können wir nichts machen, und wenn er endlich wieder auftaucht, ist es vielleicht schon zu spät.«

Diana hatte ein frisches Bauernbrot mitgebracht, weil sie wußte, wie sehr Daniel es liebte. Dazu gab es eine Schüssel rahmigen Joghurt, den sie bei einem türkischen Händler erstanden hatte, der jeden Tag ins Ghetto kam. Während Daniel sich Gesicht und Hände mit kaltem Wasser benetzte und sich auch den Mund ausspülte, um das klebrige Gefühl der langen Nacht loszuwerden, deckte sie ihm den Tisch für ein spätes Frühstück. Er setzte sich ihr gegenüber hin und berichtete ihr alle Geschehnisse der vergangenen Nacht.

»Wenn nicht noch etwas Unvorhergesehenes geschieht, kann ich schon morgen mein gesamtes Vermögen nach Saloniki überschreiben lassen. Während ich das in die Wege leite, mußt du dich bei den levantinischen Händlern im Ghetto erkundigen, welche Schiffe in nächster Zeit zu den Häfen des ottomanischen Reiches auslaufen, am besten nach Saloniki. Aber ich wäre auch mit Istanbul oder gar Ismir zufrieden.«

Diana war tief in Gedanken versunken und sagte kein Wort. Welches Gewicht hatte die plötzliche Erkrankung ihres Vaters – sie war lebensgefährlich, wenn man einem der vertrauenswürdigsten Ärzte des Ghettos glauben durfte – schon angesichts der unwiderlegbaren Argumente Daniels? Sollte sie sich weigern, Venedig zu verlassen, würde der Tod in ihrer Familie nicht nur ein, sondern vielleicht zwei Opfer finden. Denn wenn man Renault erwischte, war nur wenig Hoffnung, daß man sie ungeschoren ließ. Man würde sie nicht nur als Komplizin eines Hochverräters anklagen, sondern auch, weil sie gegen das Gesetz verstoßen hatte, das intime Beziehungen zwischen Juden und Christen verbot. Bisher hatte Renault es so einrichten können, daß man dieses Vergehen ignorierte. Aber nicht einmal die korruptesten Richter konnten vor einer so schwerwiegenden Anhäufung von Missetaten die Augen verschließen. Und sie wäre nicht die einzige, die es träfe.

Schon früher hatte man die Juden immer wieder einmal aus Venedig verbannt, und jedesmal, wenn einer von ihnen gegen die Gesetze der Republik verstieß, drohte ihnen erneute Vertreibung. Doch während die Venezianer, die die Juden brauchten, ihnen immer wieder erlaubten, in die Stadt zurückzukehren, würden die Vertreter der Katholischen Majestäten sich nicht so leicht umstimmen lassen, falls der Umsturzplan erfolgreich war.

Schweren Herzens richtete sich Diana auf, straffte die Schultern und zog sich hinter die Maske zurück, die sie gewöhnlich der Welt zeigte: selbstbewußt und trotzig.

»Ich verstehe«, war alles, was sie sagte.

»In vierundzwanzig Stunden sollten wir in See stechen können«, fuhr Daniel fort. Er stand auf, nahm Diana in die Arme und preßte sie schweigend an sich.

Der Marquis de Bedmar empfing Daniel mit der gleichen einstudierten Freundlichkeit wie am Vorabend.

»Ich bin entzückt, erneut das Vergnügen Eurer Gesellschaft zu haben. Ich hatte schon gefürchtet, Ihr würdet Schwierigkeiten bekommen, Euch den Weg hierher zu bahnen. Ich frage mich an jedem Himmelfahrtstag, warum diese Inseln nicht unter dem Gewicht all der Menschen versinken, die aus dem ganzen Veneto hier zusammenströmen, um die Vermählung mit dem Meer mitzuerleben. Doch in diesem Jahr scheint sich ihre Zahl noch verdoppelt zu haben. Sicher bleiben sie alle bis zu den Paraden und Prozessionen und sonstigen Festivitäten in der Stadt, mit denen in wenigen Tagen die Amtseinführung des neuen Dogen gefeiert wird. Das ist nun schon der zweite Doge in kaum mehr als einem Monat. Wir sind wirklich sehr gespannt, auf wen die Wahl fallen wird.«

Der Doge war in Venedig zu der Zeit nur wenig mehr als eine Galionsfigur, ohne jegliche politische Macht, und Daniel konnte nicht umhin, sich zu wundern, mit welcher Aufrichtigkeit der Diplomat den letzten Satz gesagt hatte.

»Wer vertritt eigentlich den Dogen am Himmelfahrtstag?« fragte er mechanisch und ließ sich weiter in die Richtung treiben, die der Botschafter dem Gespräch gegeben hatte.

»Ein Mitglied der Signoria wird als stellvertretender Doge einspringen, bis ein Nachfolger gewählt ist.«

Wenn er auch mit geübter Ruhe sprach, so konnte es Alphonse de la Cueva doch nicht verhindern, daß sein Blick immer wieder zu dem Holzkästchen wanderte, das Daniel zwischen sich und dem Botschafter auf den Tisch gestellt hatte. Jedesmal, wenn seine Augen darauf fielen, funkelten sie mit der glühenden Gier des zwanghaften Sammlers. Als endlich alle diplomatischen Nettigkeiten ausgetauscht waren, rief de la Cueva seinen Haushofmeister. Er hob selbst äußerst vorsichtig das Kästchen ein wenig hoch und wies seinen Diener an, die Decke vom Tisch zu nehmen und anstatt des schweren Bronzekandelabers, der sonst dort stand, einen zarten silbernen Leuchter aufzustellen. Dann entließ er den Haushofmeister für den Rest des Abends.

Nun legte Alphonse de la Cueva alle Förmlichkeit seines Berufes ab und stellte das Kästchen wieder auf die glattpolierte Tischplatte.

Mit vor Erregung zitternden Händen löste er den Deckel. Sanft wie eine liebevolle Mutter, die ihr Neugeborenes aus der Wiege hebt, holte er den darin ruhenden Gegenstand aus seinem Behälter, stellte ihn auf den Tisch und ließ das Samttuch, in das Daniel ihn eingeschlagen hatte, auf den Tisch gleiten.

»*Maravilloso!*« flüsterte er. »Aber noch nicht vollständig.«

Er ging zu einem Eckschrank, öffnete ihn mit dem Schlüssel, den er am Gürtel trug, nahm die erste Nautilusmuschel heraus und trug sie zum Tisch, hielt sie dabei wie eine Opfergabe mit beiden Händen empor. Er stellte sie so auf den Tisch, daß die Helmträger mit den hoch erhobenen Speeren einander an den äußeren Enden der Muschelwölbung gegenüberstanden. »*Eso es la perfección.** Ein Geschenk des Himmels. Gesegnet seien die Hände, die solche Schönheit geschaffen haben aus den Stoffen, die nur Gott in Seiner unendlichen Güte schenken konnte.«

Das Kerzenlicht flackerte über die üppigen Wölbungen der Muscheln, ließ sie in zartem Glanz schillern. Daniel trat schmerzlich das Bild des Vaters vor Augen, wie er unermüdlich über seine Werkbank gebeugt saß. Und doch lag in diesem seltsamen Tauschhandel eine gewisse Gerechtigkeit: Das Kunstwerk, das ein jüdischer Vater geschaffen hatte, brachte seinem Sohn vom katholischen Feind die Mittel ein, die sein Überleben sicherten.

Nachdem der Marquis de Bedmar einige Augenblicke lang schweigend die beiden Kunstwerke betrachtet hatte, reichte er Daniel den Wechsel, der seine Unterschrift als diplomatischer Vertreter seines Landes trug und zusammengefaltet in dem Eckschrank gelegen hatte.

»Würdet Ihr bitte die Summe überprüfen«, bat er ihn. Doch seine Aufmerksamkeit war von dem neuen Besitz gefesselt.

»Sie ist korrekt so«, antwortete Daniel. Er war sich sicher, daß der spanische Botschafter das nicht mehr vernahm.

* (span.) Das ist Vollkommenheit.

Kapitel 23

Aus allen Himmelsrichtungen drängten die Menschen nach Venedig hinein, um die feierliche Vermählung der Stadt mit dem Meer mitzuerleben. Daniel schwitzte in diesem Gewühl und in seinen dicken Kleidern aus dem Norden, die nicht so recht zur Jahreszeit passen wollten, erreichte aber schließlich doch die Banco della Piazza am Campo di Rialto. Nachdem er de la Cuevas Wechsel eingelöst und den genauen Stand seines eigenen Kontos erfahren hatte, erkundigte er sich wie beiläufig bei dem Bankangestellten, ob der vielleicht von einem vertrauenswürdigen levantinischen Händler wüßte, der bereit wäre, Daniel gegen die Summe, die dieser auf der Bank hatte, einen entsprechenden Betrag in Istanbul oder Saloniki zu garantieren. Der Mann schüttelte den kahlen Kopf, denn er nahm seine Aufgaben zwar sehr ernst, besaß aber nicht viel Phantasie.

»Ich wüßte niemanden, für den ich mich verbürgen könnte, mein Herr. Die Händler befördern größere Summen gewöhnlich von einem Ort zum anderen, indem sie an einem Ort Waren erwerben und sie dann an einem anderen Ort möglichst für die gleiche Summe wieder verkaufen. Doch dabei gibt es stets endlose Streitereien, besonders wenn einmal ein Schiff angegriffen wird oder der Verkauf der Waren nicht den erwarteten Erlös bringt. Da Ihr kein Händler seid, würde ich Euch nicht zu dieser Methode raten.«

Daniel bedankte sich bei dem Bankangestellten für die Auskunft. Es wäre wahrscheinlich entschieden leichter, im Ghetto einen verläßlichen Händler zu finden. Er bahnte sich einen Weg von der Piazza durch die ausgelassene Menschenmenge. Plötzlich erblickte er den vertrauten roten Haarschopf von Wim, der aus der anderen Richtung auf die Bank zueilte. Er drängelte sich zurück durch die dichte Menge der Feiernden, Vergnügungssüchtigen, Taschendiebe und Zuhälter, achtete kaum auf den entrüsteten Protest der Leute, während er sich mit den Ellenbogen seinen Weg bahnte, um Wim gerade noch am Arm zu erwischen, ehe der die Bankangestellten erreichte, die mit feierlicher Miene unter den Arkaden an ihren Tischen hockten. Daniel tat, als hätte er gerade einen lange verschollenen Freund wiedergefunden, umarmte Wim und raunte ihm dabei ins Ohr: »Wir müssen unbedingt miteinander reden, aber nicht bei mir zu Hause. Sobald Ihr hier fertig seid, fahrt mit dem Boot nach Jesolo hinaus. Ich erwarte Euch dort im Gasthaus der Fischer gleich beim Pier.«

»Das geht nicht. Ich habe hier dringende Geschäfte zu erledigen.«

»Nichts kann dringender sein als das, was ich Euch zu berichten habe.«

Wim schüttelte ihn ab. »Bitte belästigt mich jetzt nicht.«

»Besser jetzt, als wenn es vielleicht zu spät ist. Ich erwarte Euch bei Mama Angelica.«

Wim eilte fort, und Daniel ging weiter zum Canal Grande, um sich ein Boot zu rufen, das ihn nach Jesolo bringen sollte. Ein Bootsmann nach dem anderen weigerte sich, ihn dorthin zu rudern. Hier mitten im festlichen Gedränge warteten viel bessere Geschäfte, die sie nicht verpassen wollten. An einem Tag wie diesem konnte man genug verdienen, um das flaue Wintergeschäft wettzumachen. Besucher, die nur auf Vergnügen aus waren, Ahnungslose, die den normalen Fahrpreis nicht kannten und noch viel weniger wußten, wie weit es von dem Ort, an dem sie sich befanden, bis zu ihrem Ziel war, die zahlten jeden Betrag. Niemand wäre so töricht, solch fette Beute sausen zu lassen. Daniel begriff, daß er einen schweren Fehler gemacht hatte. Er selbst wäre zwar bereit gewesen, eine Riesensumme zu zahlen, um an einen einsamen Ort zu gelangen, doch der sparsame Wim würde das schwerlich machen. Sie müßten sich anderswo treffen. Aber wie sollte er Wim finden? Der hatte sicherlich inzwischen die Bank verlassen. Und wo war er hingegangen? Eine ungewisse Ahnung ließ Daniel die Rialtobrücke überqueren, dann eilte er an der Riva del Carbon entlang zum »Gasthaus zum Stör«, wo sie einander zum erstenmal begegnet waren. Als er die Tür öffnete, erkannte er Wims Stimme, der sich mit der drallen Frau des Wirtes ein hitziges Wortgefecht lieferte. Durch die leicht geöffnete Tür verdeckt, blieb Daniel draußen stehen und konnte so unbeobachtet das Gespräch belauschen.

»Ihr müßt für mindest ein weiteres Dutzend Mann Platz schaffen.«

»Das geht einfach nicht. Jedes Bett, jede Nische, jede Matratze, sogar die nackten Bodendielen sind schon belegt. Dieses Jahr sind sie ja nicht nur zum Himmelfahrtstag gekommen. Sie wollen sich auch die Münzen schnappen, die der neue Doge auf dem Weg zur Amtseinführung in die Menge schleudert. Hoffentlich ist er kein Geizhals. Je mehr *Soldi* sie aufklauben, desto mehr können sie nachher hier ausgeben, wenn sie sich vollaufen lassen.«

»Dann schmeißt den ganzen versoffenen Haufen raus. Ihr habt doch bisher reichlich an den Leuten verdient, die ich Euch geschickt habe. Da könnt Ihr es Euch durchaus leisten, mir einmal einen Gefallen zu tun. Es war in der

Vergangenheit nicht Euer Schade, und das soll es sicher auch jetzt nicht sein.«

»Ich kann nicht einfach meine Gäste rauswerfen! Da ist unser Ruf schnell hin. Eure Männer gehen wieder, aber das ›Gasthaus zum Stör‹ bleibt.«

»Dann schickt Eure Kunden woanders hin.«

»Es gibt kein woanders. Jedes Gasthaus und jede Taverne in der Stadt ist zum Bersten voll. Seit Tagen strömen die Leute schon herbei.«

»Ich zahle den doppelten Feiertagspreis.«

»Ich muß Giorgio fragen, aber der ist gerade nicht da. Kommt heute nachmittag wieder, dann gebe ich Euch unsere Antwort.«

Daniel zog die Tür zu und wartete draußen auf Wim.

»So ein Glück, daß ich Euch gefunden habe!« überfiel er den Holländer, als er aus dem Haus trat. »Heute ist keiner bereit, uns nach Jesolo zu rudern. Wir treffen uns in einer Stunde im Kreuzgang des alten Jesuitenklosters. Wir haben keinen Augenblick zu verlieren.«

Daniel kam als erster zum verabredeten Ort. Er zwang sich zur Ruhe und ging mit langsamen Schritten um den verlassenen Innenhof, der inzwischen nichts mehr von seiner früheren heiteren Gelassenheit hatte. Hier trat er gegen Grasbüschel, die sich zwischen den geborstenen Steinplatten hindurch einen Weg ans Sonnenlicht gebahnt hatten. Dort wunderte er sich darüber, wie zäh die Natur war, als seine Augen auf eine Gruppe von zarten gelben Blüten fiel, die am Fuß der moosbedeckten Sonnenuhr mitten im Garten aufgeblüht waren. Als die verabredete Stunde vergangen und Wim noch nicht aufgetaucht war, verlor Daniel seine ohnehin nur mühsam aufrechterhaltene Ruhe. Er war keine Verschwörernatur und fürchtete, er hätte einen fatalen Fehler begangen. Indem er die Initiative ergriffen und den Höllander gesucht hatte, hatte er sich vielleicht um seine einzige Chance gebracht, den gefährlichen Plan zu vereiteln. Jetzt, nachdem Daniel ihn gewarnt hatte, mochte der Kerl vielleicht beschlossen haben, auf die versprochenen Reichtümer zu verzichten, und hatte sich aus dem Staub gemacht, solange noch Zeit war. Wut über seine eigene Dummheit stieg in Daniel auf. Hätte er doch nur gewartet, bis Wim von selbst zu ihm gekommen wäre ...

Schließlich tauchte Wim doch noch auf. Ein bißchen verspätet, aber er kam. Daniel schritt durch den Kreuzgang auf ihn zu und zog ihn in den Schatten der Arkaden.

»Ich habe jetzt hieb- und stichfeste Beweise dafür, daß die Macht, für die Ihr arbeitet, Spanien ist. Das Spanien der Katholischen Majestäten. Wenn dieser von Alphonse de la Cueva brillant geschmiedete und von Renault geschickt ausgeführte Plan erfolgreich ist, dann fällt Venedig, dieser Hort der Toleranz, einem Regime in die Hände, dessen religiösen Fanatismus Ihr, ein Protestant aus den Niederlanden, nur zu gut kennt. Wir sind beide keine Venezianer. In den Augen der katholischen Kirche aber sind wir beide Ketzer. Sollte diese Verschwörung gelingen, hat die Inquisition hier freie Hand. Wollt Ihr dieser Sache wirklich dienen?«

Wim schien in sich zusammenzusacken. Furcht zeichnete sein bleiches Gesicht. Doch so leicht gab er sich nicht geschlagen.

»Was für Beweise habt Ihr?«

»Wenn das Honorar stimmt, reden Bootsleute«, bluffte Daniel. »Die spanische Botschaft und ihre Gondeln mögen für die Inspektoren unantastbar sein, aber man braucht noch immer eine normale Barke, um Waffen und Munition beim Keller des Botschafters anzuliefern.«

»Das beweist gar nichts.«

»Der betreffende Bootsmann hat aber Verbindungen zum Arsenal«, log Daniel weiter.

Wim hielt die Augen auf seine schmalen Füße gerichtet und murmelte: »Ihr schlagt also vor, daß wir uns aus dem Staub machen, ehe es zu spät ist.«

»Nein, ich schlage vor, daß wir zusammen zu den Behörden gehen und alles erzählen.«

»Warum sollten wir das tun?«

»Um eine Katastrophe zu verhindern.«

»Eine Katastrophe für die Venezianer, nicht für uns.«

»Für alle, die je die Intoleranz am eigenen Leibe erfahren haben.«

Wim hob die Augen und schaute Daniel durchdringend an. In seinem Blick mischten sich Überraschung und Schmerz. »Woher wißt Ihr das?«

»Was könnte ein Protestant aus den Niederlanden mit einem leichten französischen Akzent anderes sein als ein Nachfahre der Hugenotten?«

»Euer logisches Denkvermögen leistet Euch auch abseits der Spieltische gute Dienste«, meinte Wim traurig. »Aber ich habe es nicht nötig, mich von Euch über den Freiheitskampf belehren zu lassen. Und auch von niemandem sonst. Ich habe mich in der protestantischen Rebellion gegen die Spanier wacker geschlagen. Als 1609 der Waffenstillstand unterzeichnet war, wußte ich nicht recht, wohin. Da der Herzog von Savoyen gegen die Spanier kämpfte, habe ich mich zu seinen Truppen gesellt. Dort wurde ich dann verwundet, und nachdem mit den Habsburgern Frieden geschlossen war, blieb mir nichts anderes übrig, als meine

Dienste jedem zu verdingen, der sie brauchen konnte. Venedig, ein Paradies für Intrigen aller Art, war der richtige Ort, um Arbeit für mich zu suchen. Sobald einmal bekannt war, daß ich auch Französisch spreche, hat mich Renault schnell gefunden. Allerdings«, fuhr Wim mit leiser, fester Stimme fort, »schwöre ich beim Andenken meiner gemeuchelten Vorfahren, daß er mir nie verraten hat, was letztlich das Ziel seiner Pläne war.«

»Und jetzt, da Ihr es kennt?«

»Kenne ich es denn wirklich? Könnt Ihr, kann überhaupt jemand sich für einen bestochenen venezianischen Bootsmann verbürgen?«

Daniel antwortete nicht. Jetzt, da Wim sich ihm anvertraut hatte, fiel es ihm schwer, diese Lüge aufrechtzuerhalten.

»Ihr selbst besitzt wertvolle Zusatzinformationen.«

»Aber doch nichts Genaues. Wer sagt denn, daß die Männer, denen ich ihren Sold übergeben habe, nicht von einer anderen Macht für eine andere Aufgabe angeheuert wurden?«

»Zum Beispiel?«

»Warum nicht von den Türken, damit sie gegen die Habsburger kämpfen?« Wim zappelte wie ein Fisch an der Angel.

»Und wie erklärt Ihr Euch in dem Fall die Munition in der spanischen Botschaft?«

»Das fällt unter diplomatische Immunität, muß daher nicht erklärt werden.« Wim schwieg lange. Schließlich sagte er: »Wir treffen uns morgen hier wieder, sobald die Sonne aufgeht.«

Als Diana am Nachmittag eintraf, hatte endlich das angespannte Warten ein Ende. Atemlos und verstört keuchte sie: »Ich hatte keine einzige Sekunde Zeit, um mich nach Schiffen zu erkundigen. Vater geht es schlechter, und meine Mutter weigert sich, auch nur einen Finger für ihn zu rühren. Gerade ist Musa gekommen, um zu fragen, ob er etwas für uns tun kann. Ich habe die Gelegenheit ergriffen und bin schnell zu dir gerannt, während er bei der Mutter ist.«

»Das ist gut. Ich habe heute mit Wim geredet«, sagte Daniel sanft. »Ich erfahre erst morgen früh, wie er sich entscheidet. Wenn er weiter zu den Verschwörern hält, bist du in höchster Gefahr. Das klügste, was du jetzt machen kannst, ist, nach Padua zu gehen und dort Zuflucht zu suchen, bis sich die Lage geklärt hat.«

Verzweifelt erwiderte Diana: »Daran kann ich nicht einmal denken. Wie schlimm uns Papa auch mitgespielt hat, er verdient es nicht, ohne Beistand zu sterben.«

Daniel neigte zustimmend den Kopf. Hätte sie sich anders verhalten, wie hätte er sie weiter so lieben können?

Kapitel 24

Wie man ihm aufgetragen hatte, betrat Wim um Mitternacht Marysas Haus durch den landwärts gelegenen Eingang. Bisher hatte er stets alle Gefahren gemeistert, doch eine Urangst, die ihren Grund in seiner furchtbaren Kindheit hatte, drohte ihn in manchen Augenblicken zu überwältigen. Seine Großeltern, aufrechte und streitbare Protestanten, waren nach den Massakern der Bartholomäusnacht 1572 aus Orléans geflohen. Sie hatten bei Glaubensbrüdern in Sancerre Zuflucht gefunden, wo sie sich tapfer gegen die katholischen Angreifer wehrten. Während dieser Kämpfe war sein Großvater umgekommen. Am gleichen Tag hatten vagabundierende Söldner seine Großmutter niedergemetzelt und ihre neunjährige Tochter Cécile geschändet und halbtot am Wegesrand liegen lassen. Nonnen hatten das wimmernde Mädchen gefunden, im Kloster gesundgepflegt und in ein katholisches Waisenhaus gegeben. Später verheiratete man Cécile mit einem verwitweten Bauern, der eine neue Frau suchte, die sich um ihn und seine beiden Kinder kümmerte. Cécile war zwar froh, so dem Waisenhaus zu entkommen. Doch nach einer komplizierten Schwangerschaft und Wims Geburt wurde Cécile das Leben mit dem Bauern, einem gewalttätigen Trunkenbold, unerträglich. Sie floh mit ihrem kleinen Sohn aus dem lieblosen Heim und machte sich auf den Weg in die protestantischen Provinzen der Niederlande, zu einem entfernten Verwandten in Delft.

Wim hatte keine klaren Erinnerungen mehr an die Irrungen und Wirrungen der Reise. Wenn er an seine Kindheit dachte, kamen ihm Gedanken an schmerzende Füße, ständigen Hunger und eine allgegenwärtige, unausgesprochene Angst. Aber es gab auch anderes: die Stärke, die ihm seine Mutter verlieh, wenn sie ihn mit sanfter, aber entschlossener Stimme ermutigte, noch ein bißchen weiterzugehen, ein Stückchen weiter auf »der Straße in die Freiheit«, wie sie es nannte. Sie nahm ihn dann immer an die Hand, und wenn er zu erschöpft war, um auch nur noch einen einzigen Schritt zu tun, trug sie ihn auf dem Rücken weiter.

Die Anstrengungen des langen Fußmarsches hatten Céciles ohnehin schwache Kräfte völlig ausgezehrt, und kurz nach ihrer Ankunft in Delft starb sie. Der Vetter konnte mit einem kleinen Waisenknaben nichts anfangen. Wie seine Mutter landete also auch Wim in einem Waisenhaus, im Gegensatz zu ihr jedoch in einem protestantischen. Er ließ das strenge Regiment mit demselben Gleichmut über sich ergehen, mit dem seine Mutter die verhaßten Rituale der Katholiken ausgeführt hatte. Doch sobald der erste Flaum auf seiner Oberlippe sproß, floh er aus den kalten Mauern der christlichen Nächstenliebe. Da er sehr stolz auf die Traditionen seiner Familie war, meldete er sich als Freiwilliger zum Dienst bei den Soldaten der Vereinigten Provinzen der Niederlande, die den spanischen Eindringlingen Zoll für Zoll ihr Gebiet abrangen. Pflichtbewußt und diszipliniert wie er war, diente er sich schon bald vom Küchenjungen zum Infanteristen hoch. Später im Dienste des Herzogs von Savoyen kämpfte er weiter gegen die spanischen Habsburger, mußte aber nach einer Verletzung an der rechten Hand das Soldatenhandwerk aufgeben.

Als Wim jetzt darauf wartete, daß man ihm die Tür öffnete, überkam ihn wieder die altvertraute Urangst. Wenn Daniel recht hatte, begab er sich geradewegs in die Höhle des Löwen, zu Menschen, die einem Königreich dienten, das auf Ewigkeit mit der Heiligen Katholischen Kirche verknüpft war, jener schrecklichen Macht der Finsternis, die die Schuld trug am Tod seines Großvaters, am Schicksal seiner Mutter und die ihn so um ein liebevolles Zuhause gebracht hatte, auf das doch jedes Kind ein Geburtsrecht besaß. Und gegen diese Macht hatte auch er sein Leben lang gekämpft.

Marysa selbst ließ ihn ein, öffnete die Tür nur einen kleinen Spaltbreit, so daß hereinkommen konnte. Renault wartete im Salon auf ihn. Er saß kerzengerade auf einem Stuhl mit hoher Lehne, den man aus seinem Zimmer im Obergeschoß heruntergetragen hatte und der nun wie ein Fremdkörper zwischen den weichen Plüschsofas stand. Der Franzose hieß Wim mit einem dünnen, blutleeren Lächeln willkommen, forderte ihn mit einer Handbewegung auf, es sich auf einer Chaiselongue ihm gegenüber zwischen den Kissen bequem zu machen. Er strich sich den üppigen weißen Haarschopf zurück, verzichtete auf alle Formalitäten und kam sofort zur Sache.

»Die Aufgabe, für die ich Euch in meine Dienste genommen habe, ist abgeschlossen. Wahrscheinlich habt Ihr inzwischen einen recht guten Überblick darüber, was wir vorhaben.«

»Wahrhaftig«, murmelte Wim, als wären Daniels Vermutungen bereits bestätigt.

»Ihr sollt jetzt den Lohn ernten, den Ihr Euch mit Eurem wertvollen Beitrag zu unserem Unternehmen wahrlich verdient habt. Schon lange hegt Spanien den dringenden Wunsch, diese überaus freizügige Republik vom Laster und von der Korruption zu reinigen, die an ihrem Herzen nagen, und sie wieder auf den rechten Weg der einen wahren Kirche zurückzuführen, von dem sie sich so weit entfernt hat. Die Männer, denen Ihr in den vergangenen Monaten ihren Sold ausgezahlt habt, sind alle Teil eines glänzend ausgedachten Plans, der die Mächte des Bösen stürzen und die unheilige Republik Venedig unter die gerechte Herrschaft Philipps III., Seiner Katholischen Majestät, des Königs von Spanien bringen will. Sein Stellvertreter hier hat alle Einzelheiten außerordentlich sorgfältig ausgearbeitet und für jeden Zufall vorgesorgt. So kann, selbst wenn einzelne Aktionen fehlschlagen sollten, das gesamte Vorhaben noch erfolgreich zu Ende geführt werden. Das wichtigste aber ist, daß die Bürger Venedigs hinter uns stehen. Viele von ihnen haben keine Arbeit, viele andere werden für ihre Arbeit nicht bezahlt, werden von ihren gottlosen, geizigen Brotherren schamlos ausgebeutet. Es herrscht eine Stimmung des Aufruhrs, und die Leute werden nur zu gern bereit sein, sich einer Unternehmung anzuschließen, die ihnen Hoffnung auf eine bessere Zukunft macht. Wir können uns also ihrer Unterstützung beim Sturz des dekadenten Regimes, dem sie dienen müssen, sicher sein. Sobald wir unsere Absichten offenlegen, wird das Volk sich gegen seine Herren wenden und rebellieren.«

Renault hielt die Hände wie zum Gebet vor dem Bauch gefaltet, hatte den Blick starr auf seine Finger gerichtet, warf nur ab und zu seinem Gesprächspartner einen raschen Blick zu, um dessen Reaktion abzuschätzen.

»Und so werden wir vorgehen: Morgen wimmelt die Stadt vor festlich gestimmten Menschen. Sie wollen nicht nur die Vermählung Venedigs mit dem Meer am Himmelfahrtstag miterleben, sondern auch noch an den Feierlichkeiten zur Amtseinführung des Dogen teilnehmen, die in wenigen Tagen stattfindet. Dazu kommen noch die Händler, die aus ganz Europa zum jährlichen Markt hierherströmen. Im Schatten dieser riesigen Menge werden sich die tausend Mann, die wir nach und nach aus der Lombardei und dem Veneto in die Stadt geschleust haben und für die Ihr uns Unterkünfte gesucht habt, ganz unbemerkt zur spanischen Botschaft durchschlagen. Dort werden sie mit Waffen und Munition versorgt. Fünfhundert Mann schließen sich danach auf der Piazza San Marco dem berühmten Seefahrer an, den wir alle als Kapitän Pierre kennen. Weitere vierhundert sammeln sich mit mir in der Nähe des Arsenals, und der Rest setzt zum Lazzaretto über und bringt von dort die tausend Leute von Lievestein mit. Hoffentlich bleibt auch das unbeobachtet. Dann müssen wir uns nicht offen zeigen, ehe die Wallonen zu uns gestoßen sind. Falls wir aber vorher entdeckt werden sollten, verschanzt sich der Kapitän mit seinen Leuten auf dem Markusplatz, während ich, wie geplant, das Arsenal einnehme. Nun feuern wir zwei Kanonenschüsse ab, ein Signal für die Brigantinen des Herzogs von Osuna. Die liegen einige Meilen vor der Küste vor Anker. An Bord sind spanische Truppen, die nur darauf warten, in die Stadt einzufallen.«

Renault rutschte unruhig auf dem Stuhl hin und her und stöhnte leise vor Schmerz, ehe er fortfuhr.

»Falls das alles gelingt und Lievesteins Truppen tatsächlich unbeobachtet über die Lagune kommen, gehen sie am Markusplatz an Land. Die Hälfte gesellt sich zu den fünfhundert Mann von Kapitän Pierre, und diese tausend Kämpfer eröffnen auf dem Markusplatz das Feuer. Pierre selbst stürmt an der Spitze von zweihundert Wallonen den Dogenpalast und begibt sich dort geradewegs zur Waffenkammer. Wer noch Waffen braucht, wird sie von dort erhalten.

Wichtiger ist jedoch, daß wir den Feind von seinem lebenswichtigen Vorrat an Waffen und Munition abschneiden.

Gleichzeitig nehmen hundert Söldner aus Lievesteins Trupp die Münze ein, während eine andere Hundertschaft die Procuratie Nuove stürmt. Ihnen kommen die Männer zu Hilfe, die im Laufe des Tages die Wachen am Glockenturm außer Gefecht gesetzt haben und dort eingedrungen sind. Sie bewachen den Campanile schon den ganzen Tag über, so daß keine Alarmglocken geläutet werden können. Der Zugang zum Markusplatz von den Seitenstraßen her wird mit Artillerie blockiert. Bis wir Kanonen aus dem Arsenal bekommen, setzen wir die ein, die leicht aus dem in der Nähe gelegenen Lager des Rates der Zehn zu erbeuten sind. Während auf dem Markusplatz die Schlacht tobt, schicken wir die verbliebenen hundert Wallonen in Trupps aus, damit sie so rasch und ruhig wie möglich alle strategisch wichtigen Punkte der Stadt besetzen. Sie haben den Befehl, jeden zu erdolchen, der sich ihnen in den Weg stellt.«

Mit kalter, leidenschaftsloser und unpersönlicher Stimme fuhr der Franzose mit der Erklärung seines Planes fort: »Ungefähr zu diesem Zeitpunkt wird der Eingang zum Arsenal gesprengt. Die Männer, die diesen Angriff vorbereitet haben, befinden sich bereits innerhalb der Mauern. Sie zünden an allen vier Ecken des Geländes Sprengladungen, die in der spanischen Botschaft vorbereitet wurden. Danach töten sie die führenden Offiziere mit dem Schwert. Das wird keine sonderlich schwierige Aufgabe sein, denn angesichts der Kette von Explosionen wird unter den ahnungslosen Admiralen ohnehin große Verwirrung herrschen, zumal sie alle aus dem Tiefschlaf gerissen werden, in den sie nach dem üppigen Bankett des Dogen sicherlich gefallen sind. Dann führe ich meine fünfhundert Mann ins Arsenal, und zusammen mit unseren Kameraden, die schon drinnen sind, machen wir sämtliche bewaffneten Männer dort nieder. Die im ›eisernen Garten‹ erbeuteten Kanonen stellen wir an strategischen Punkten auf: an der Dogana da Mar, der Fondaco dei Tedeschi, an den Salzspeichern, am Campanile, an der Rialtobrücke und anderen Stellen, von wo aus wir die Stadt vernichtend angreifen können, falls man uns Widerstand leistet. Während wir das Arsenal in die Luft sprengen, erzwingt sich Kapitän Pierre Zugang zum Gefängnis und bewaffnet die Insassen. Die führenden Senatoren werden ermordet, und wir schicken Trupps aus, die im Stadtgebiet an über vierzig Punkten Feuer legen, um größte Verwirrung zu stiften.

Inzwischen haben die Streitkräfte des Herzogs Osuna das vereinbarte Signal gehört, daß wir das Arsenal eingenommen haben. Sie gehen bei San Marco an Land und schwärmen in die wichtigsten Stadtviertel aus – die Insel San Giorgio, Cannaregio und das Judenviertel und so weiter. Wenn Venedig fest in unserer Hand ist, geben wir den Soldaten die Erlaubnis, seine sagenhaften Schätze zu plündern. Nur ausländischer Besitz ist von dieser Plünderung ausgenommen, aber wir werden niemandem ein Haar krümmen, der sich um die gerechte Umverteilung der unrechtmäßig erworbenen Reichtümer unter den Bedürftigen bemüht.«

Wäre Wim nicht von Daniel vorgewarnt gewesen, er hätte dem Franzosen mit offenem Munde staunend gelauscht. Doch so war er vor Schreck wie erstarrt, entsetzt über die unerbittliche Entschlossenheit, die dieser Verschwörung zugrunde lag, und über die kaltblütige Grausamkeit, mit der

der Umsturz vonstatten gehen sollte. Alles war bis in die kleinste Kleinigkeit geplant, so daß der Erfolg beinahe sicher schien. Doch ein wichtiges Element hatte Renault bisher noch nicht erwähnt.

Mit der Miene eines Mannes, dem seit langem sämtliche Details eines Unternehmens vertraut sind – Details, vor denen er in Wirklichkeit bisher beide Augen verschlossen hatte –, bemerkte der Holländer: »Es ist ja ein offenes Geheimnis, daß Venedig nie eigene Landtruppen hatte, die der Erwähnung wert gewesen wären. In den meisten Fällen hat man sich auf Söldner verlassen, um sein Gebiet zu sichern. Und wie es um die Loyalität dieser Kerle bestellt ist, das wissen wir ja. Aber was ist mit der Flotte, auf der die Macht dieser Stadt beruht? Erwartet Ihr denn keinen Widerstand vom Meer aus?«

»Das ist ja das Meisterliche an diesem Handstreich! Kapitän Pierre, der hervorragendste Kommandant, den das Mittelmeer in unserer Zeit kennt, hat zunächst den Herzog von Savoyen und dann den Admiral der venezianischen Flotte davon überzeugt, daß er aus den Diensten des Herzogs von Osuna, seines langjährigen Dienstherren, ausgeschieden ist, weil der Herzog ihn und seine Familie überaus übel behandelt hat. Aus Rache hat er der Serenissima seine Dienste angetragen, die nur zu gern darauf einging. Er hat sich als Befehlshaber eines einzigen Schiffes bei den Attacken gegen die Uskoken derart hervorgetan, daß man ihm schon bald elf weitere Schiffe unterstellte. Auf diesen Schiffen sind nun seine eigenen Leute, die den Befehl haben, die in den Frachträumen gelegten Lunten so zu zünden, daß alle Schiffe gleichzeitig in die Luft gehen.«

»Aber die restliche Flotte?«

»Hat sich nach Dalmatien zurückgezogen. Denn Erzherzog Ferdinand hat Osuna um Verstärkung gebeten, damit er einen Aufstand in Böhmen niederschlagen kann. Das hat die venezianische Flotte in Alarmbereitschaft versetzt. Um den spanischen Vizekönig davon abzuhalten, begehrliche Blicke auf die Besitztümer der Republik an der Adriaküste zu werfen, hat der Senat angeordnet, daß die Flotte dessen Truppen vom östlichen Ufer der Adria aus gut im Blick behalten soll.«

»Was für ein glücklicher Zufall.«

»Wahrhaftig«, erwiderte Renault knapp. Er schaute auf, blickte Wim gerade ins Gesicht und lächelte kurz, ehe er fortfuhr. »Nun aber zu der Rolle, die ich für Euch vorgesehen habe. Ihr habt das Geld, das ich Euch anvertraut habe, so gewissenhaft verwaltet, daß ich Euch die Verantwortung für die Münze und all ihren Inhalt übertragen möchte, und zwar von dem Zeitpunkt an, wenn unsere Truppen sie erstürmt haben, bis zu dem Tag, an dem die spanischen Behörden die Regierung der Republik übernehmen. Ihr stellt den Bestand fest, legt zweimal fünf Prozent davon zur Seite, die Ihr an mich und an Kapitän Pierre auszahlt. Für Euch fällt als Lohn für treue Dienste ein Viertelprozent des Schatzes ab, der Euch für kurze Zeit untersteht.«

»Eine äußerst großzügige Belohnung«, antwortete Wim ganz mechanisch auf den durchsichtigen Versuch des Franzosen, sich seine Loyalität zu erkaufen. »Ich gehe davon aus, daß Ihr Euch für die Integrität der Männer verbürgen könnt, die die Münze einnehmen, und daß sie dort eine strenge Wache aufstellen werden, die den Ort vor plündernden Horden schützt. Doch wie soll ich sicheren Zugang zu diesem Gebäude finden, solange auf dem Markusplatz noch gekämpft wird?«

»Ihr fahrt in der Abenddämmerung mit einem Boot zum Kai beim Getreidespeicher.«

»Zu dem Speicher, der zur Lagune hinaus liegt, oder zu dem, der am Rio della Zecca gegenüber der Münze liegt?«

»Zum ersteren. Bis dahin hat man die Wachen dort so wirksam außer Gefecht gesetzt wie die am Campanile. Ihr klopft leise an die Haupttür, und der Holländer, dem Ihr bisher immer den Sold für die Truppen auf dem Lazzaretto überreicht habt, läßt Euch ein. Sobald wir die Münze eingenommen haben, öffnet einer der Wallonen den Hintereingang, und der Holländer rudert Euch über den Rio della Zecca.«

»Aber angenommen, die Kämpfe haben sich bis dahin auf die Fondamenta delle Farine ausgedehnt? Dann wären wir auf unserer Überfahrt eine leichte Beute für jeden Schützen.«

»Das ist sehr unwahrscheinlich.«

»Aber man kann es nicht ganz ausschließen.«

Renaults Miene versteinerte. »Jeder Beteiligte bei einer solchen Unternehmung geht ein gewisses Risiko ein. Aber wir sind uns alle einig, *le jeu vaut la chandelle**.«

»Und wenn ich mich gegen dieses Risiko entscheide, trotz des Gewinns, den ich dabei machen könnte?«

»Davon würde ich Euch dringend abraten. Alle Männer, mit denen Ihr zu tun hattet und von denen sich etliche jetzt hier in diesem Haus befinden, kennen Euch und Eure Treue und zählen darauf. Sie würden eine Weigerung Eurerseits sicher völlig falsch verstehen, und das könnte für Euch furchtbare Folgen haben.«

»Natürlich.«

»Dann sind wir uns also einig«, schloß Renault mit einem

* (franz.) Der Einsatz lohnt sich, wörtlich: Das Spiel ist die Kerze wert.

kühlen kleinen Lächeln. Wie recht er daran getan hatte, Wim erst im letzten Augenblick in die Einzelheiten des Planes einzuweihen, überlegte er. Selbst wenn die Aussicht auf das Vermögen, das er zu gewinnen stand, nicht die unverrückbare Treue des Kerls gekauft hatte, so war doch das Risiko, daß er die Verschwörer verraten würde, verschwindend gering, weil einfach keine Zeit mehr dazu blieb. Am folgenden Tag, dem Himmelfahrtstag, würden die Offiziellen und Behörden der Serenissima alle Hände voll mit den zeremoniellen Pflichten zu tun haben, die sie bei der Vermählung der Stadt Venedig mit dem Meer zu erfüllen hatten. Bis Wim jemanden fand, der genug Verantwortung trug, um auf seine Enthüllungen zu reagieren, wäre es bereits zu spät.

Andererseits war es für Renault zu spät, Wim auszuschalten. Die Männer, die sich des Kornspeichers bemächtigen sollten, hatten den Befehl, Wim und nur Wim einzulassen. Das mochte nur eine Kleinigkeit sein. Dafür ließe sich bestimmt noch eine andere Lösung finden. Das Dilemma lag anderswo und war beinahe ausweglos. Wenn Renault sich des Holländers nicht mehr sicher war, seine Drohung wahrmachte und einen der Männer im Haus beauftragte, Wim zum Schweigen zu bringen, dann wäre der Grund für diesen Mord offensichtlich. Gerüchte über Verrat würden sich wie ein Lauffeuer unter den Männern ausbreiten und zu diesem entscheidenden Zeitpunkt die Kampfkraft und Entschlossenheit der Truppe schwächen. Ganz gleich wie verderbt und gierig die Söldner waren, sie würden doch ihr Leben nicht für eine Sache riskieren, die von Anfang an zum Scheitern verurteilt war, für eine Sache, für die man sie zwar fürstlich entlohnte, die aber doch, wenn es hart auf hart kam, nicht ihre eigene Sache war … Jetzt mußte eben auch Renault einmal ein Risiko eingehen.

Er wägte eine Gefahr gegen die andere ab und beschloß, Wim ziehen zu lassen.

»Wir haben alle ab und zu unsere kleinen Zweifel«, beruhigte er den Holländer, als er sich langsam und steif erhob und damit andeutete, daß die Unterredung beendet war. »In weniger als vierundzwanzig Stunden ist der Sieg unser. Die Republik Venedig, dieser Sündenpfuhl im Herzen des christlichen Europas, ist dann für immer beseitigt, und wir werden für unseren Beitrag zum Erfolg einer so gerechten und noblen Sache fürstlich entlohnt. Auf ein Wiedersehen in der Münze!«

Benommen vor Entsetzen, taumelte Wim in die Nacht hinaus. Er wanderte ziellos durch die engen, finsteren Sträßchen, überquerte morsche Brücken über faulige Gewässer, strich durch dunkle Gassen, die zu dieser späten Nachtstunde so kurz vor der Morgendämmerung sogar von den Zuhältern und Huren gemieden wurden. Ab und zu schaute er über die Schulter zurück, um zu prüfen, ob er verfolgt wurde. Doch niemand war zu sehen. Das war nun also das Ende der »Straße in die Freiheit«, auf die seine Mutter ihn geführt hatte und für die sie und sein Großvater ihr Leben gelassen hatten – ein gewaltsames Ende, denn entweder würden ihn die Männer töten, die zu den Waffen geeilt waren, um Venedig zu verteidigen, oder die Verschwörer, deren Vertrauen er verloren hatte. Natürlich war immer noch Zeit zur Flucht. Aber wie konnte er das mit seinem protestantischen Gewissen vereinbaren, wenn er nun so feige handelte, die Tradition seiner Familie so schändlich verriet, so schrecklich versagte, da sich ihm die Möglichkeit bot, dem grausamen, blutigen Vorrücken der Papisten Einhalt zu gebieten?

Kapitel 25

Gegen den Strom der Frühaufsteher, die bereits jetzt auf den Markusplatz strömten, konnte sich der magere Giovanni nur mühsam einen Weg zum Haus des Niccolò Orseolo bahnen, der seines Zeichens Ehrwürdigster Sekretär des Rates der Zehn war. Bei jedem Schritt verfluchte er sein Pech. Wären diese beiden aufgeregten Holländer nur ein paar Minuten später gekommen, wäre seine Schicht zu Ende gewesen und er könnte jetzt auf dem Nachhauseweg sein, mit Aussicht auf ein herzhaftes Frühstück, ein Schäferstündchen mit seiner Frau und ein gutes Nickerchen. An jedem anderen Tag hätte er Zeit geschunden und die beiden Männer der nächsten Schicht überlassen. Dann hätten die entscheiden müssen, was mit dem furchterregenden Bericht der Holländer anzufangen sei.

Doch das Schreiben von Raffaelo Motta, das die beiden mitgebracht hatten, ließ ihm keine Wahl. Für keinen anderen Wachposten hätte die Zusicherung des Rabbis, daß die Männer glaubwürdig seien, etwas bedeutet. Aber das war ja gerade Giovannis Pech: Im Gegensatz zu seinen Kollegen wußte er, was für ein Kerl dieser Raffaelo Motta war. Nur wenige Männer wären so ehrenwert gewesen, in aller Öffentlichkeit die Missetaten des eigenen Sohnes einzugestehen. Deswegen hatte sein Wort großes Gewicht für Giovanni. Wäre Rabbi Motta nicht gewesen, hätte er, Giovanni, noch viele Jahre weiter auf seine Beförderung warten müssen. So jedoch war er für seinen erfolgreichen Einsatz in der Angelegenheit mit dem gestohlenen Brokat belohnt worden. Man hatte ihn zum Wachposten in der Kompaßkammer gemacht, dem Vorzimmer zum Besprechungsraum des allmächtigen Rats der Zehn. Früher oder später mußte man für alles den gerechten Preis zahlen, seufzte er innerlich, als er die ausgetretenen Treppenstufen zur Wohnung Orseolos beim Campo Santa Maria Formosa hinaufging.

Er hob den fleckig angelaufenen Türklopfer, der die Form eines Delphins hatte, und pochte fest und schnell auf das Holz, um die Dringlichkeit seines Auftrags zu unterstreichen. Eine Frau machte ihm auf. Ihr Anblick ließ ihn stumm erstarren. Vor ihm stand die lebendige, Fleisch gewordene Sinnlichkeit, wie sie Tiziano, Bordone oder Tintoretto auf die Leinwand gebannt hatten. Nie hätte er gedacht, daß er je mit eigenen Augen ein solches Lebewesen erblicken würde. Und nie, nicht einmal in seinen kühnsten Träumen, hätte er sich ausmalen können, daß ausgerechnet Niccolò Orseolo – dieser kleine, abstoßend häßliche Mann mit dem teigigen Gesicht, den wäßrigblauen Augen und der krummen Hakennase – eine solche Frau im Bett haben könnte! Denn von dort kam sie, das war sonnenklar: Das goldblonde Haar hing ihr wirr über der Schulter, und ihre üppigen Rundungen hatte sie lässig in ein blumenübersätes Etwas mit Rüschen und Bändern gehüllt.

Mit leicht geröteten Wangen warf sie ihm zur Begrüßung ein sanftes, sinnliches Lächeln zu, das ihm die Knie weich werden ließ.

»Ich bedaure zutiefst, daß ich an diesem Festtag stören muß«, stammelte er. »Aber ich habe mit dem Ehrwürdigen Sekretär äußerst dringende Angelegenheiten zu besprechen.«

»So dringend, daß sie nicht warten können, bis das Fest vorüber ist?« ließ sich von drinnen eine quengelige Stimme hören, die leicht belegt war und etwas tiefer klang als sonst. Offensichtlich hatte Giovanni in einem sehr ungünstigen Augenblick gestört.

»Keine Sekunde kann diese Sache warten, mein Herr«, rief Giovanni dem unsichtbaren Orseolo zu. »Eure sofortige Anwesenheit im Dogenpalast ist unbedingt erforderlich.«

Ungehaltenes Murmeln war zu hören, als der Sekretär sich aus den weichen Daunenkissen und zerwühlten Laken erhob.

»Ihr seid Euch bewußt, daß Ihr mich zwingt, den offiziellen Feierlichkeiten fernzubleiben?« ließ sich nun seine Fistelstimme aus der Tiefe des Wohnungsinneren vernehmen.

»Jawohl, mein Herr. Aber ich kann Euch versichern, daß die Umstände es mehr als rechtfertigen.«

»Gott und alle Heiligen mögen Euch beistehen, wenn Ihr Euch irrt!« drohte ihm Orseolo, als er schließlich auftauchte. »Ich vermute, ich brauche meine Amtskleidung«, fügte er übellaunig hinzu, nahm die Robe und seine kleine runde Kappe von einem Haken bei der Tür und reichte sie Giovanni.

»Wie Ihr meint, mein Herr. Ich erkläre Euch unterwegs den Fall.«

Der Sekretär hauchte einen Kuß auf die runde Schulter, von der der Morgenrock geglitten war, und flüsterte: »Auf Wiedersehen, Veronica, meine Liebe.«

Die beiden Männer mußten sich mühsam einen Weg durch die Menschenmenge bahnen, die auf den größten Platz Venedigs drängte. Sie eilten im Laufschritt dahin, sofern das möglich war, und Giovanni hatte zudem noch die dunkle

Robe des Sekretärs über dem Arm und hielt mit der Rechten dessen Kappe umklammert. Giovanni hatte kaum mit seinen Erklärungen begonnen, als Orseolo ihn schon unterbrach.

»Wie können wir sicher sein, daß diese beiden Männer uns nicht auf eine falsche Fährte locken sollen?«

»Ich glaube, dem ist nicht so«, erwiderte der Wachposten ruhig, aber bestimmt. »Sie sind beide Holländer aus den Nördlichen Provinzen. Sie hassen Spanien mindestens genausosehr wie wir.«

»Wie sind sie dann in diese Verschwörung hineingeraten?«

»Sie behaupten, daß man sie bis zum letzten Augenblick darüber im Ungewissen hielt, welche Macht wirklich hinter allem steht.«

»Glaubt Ihr ihnen?«

»Ein Mann, von dessen Integrität ich überzeugt bin, hat für sie gebürgt.«

»Wer könnte das wohl sein?« schrillte Orseolos Fistelstimme an Giovannis Ohr.

»Rabbi Raffaelo Motta.«

»Ihr verlaßt Euch auf das Wort eines berüchtigten Spielers?«

»Eines Spielers, der seine Spielschulden bezahlt. Einen Mann, der einer Leidenschaft verfallen ist, die ihm und seiner Familie schadet, kann man sicherlich für sein Verhalten tadeln, aber das bedeutet noch lange nicht, daß er nicht ehrenwert ist.«

Dem konnte Orseolo nun nicht widersprechen. Wenn er heute nur Sekretär in den Diensten der Republik war und nicht Mitglied des Großen Rates, wie es ihm von Erbrechts wegen zugestanden hätte, dann lag das auch an einer Leidenschaft, die einen seiner Vorfahren mit mindestens ebensolcher Gewalt übermannt hatte. Nach Generationen waren die Ereignisse, die dazu geführt hatten, daß der Name seines Vorfahren aus dem Goldenen Buch der Stadt getilgt wurde, ein wenig verblaßt, doch der Kern der Geschichte war überliefert. Benedetto Orseolo war Kommandant einer Galeere gewesen und hatte an der Barbareiküste ein Piratenschiff gekapert und alle Sklaven als Gefangene an Bord genommen. Unter ihnen war eine Frau aus einem geheimnisvollen Nomadenstamm in der afrikanischen Wüste. Sie war im Norden ihres Landes in üble Hände gefallen. Kaum hatte Benedetto sie erblickt, da hatte sie ihm auch schon den Kopf verdreht. Die Anmut ihrer langen Gliedmaßen und ihrer fließenden Bewegungen, der Schimmer auf ihrer dunklen Haut, die stolze Haltung ihres Kopfes, die fein gemeißelten Züge ihres markanten Gesichts, all das machte ihn blind für den Zauber der schönsten, verführerischsten und reichsten venezianischen Patrizierinnen. Diese eine Frau mußte er besitzen. Kein Bitten und Betteln, keine Sanktionen, Drohungen oder Warnungen konnten ihn umstimmen. Diese Frau war die große Leidenschaft seines Lebens, diese Frau würde er heiraten, sie und keine andere. Daß die unweigerliche Folge einer solchen Heirat der Verlust seiner Stellung als *Nobiluomo** sein würde, daß man seinen Namen von der Liste der venezianischen Aristokratie streichen würde, weil er keine Frau aus Patrizierkreisen geheiratet hatte, daß er und all seine Nachkommen für immer von der Mitgliedschaft im Großen Rat ausgeschlossen sein würden, zu der sie kraft ihrer adeligen Herkunft berechtigt waren, all das bedeutete ihm nichts. Im

* (ital.) Edelmann.

Gegenteil, die Verpflichtungen der Republik Venedig gegenüber, die ihm die Position seiner Familie auferlegte, waren ihm lästig. Solange er seine Frau und seine wunderschönen, dunkelhäutigen Kinder um sich hatte, war er zufrieden mit dem bescheidenen Rang eines Sekretärs. Diese Zufriedenheit mit einer minderen Position und heimischem Glück war wohl das einzige, was er Niccolò vererbt hatte. Aber, was auch immer man über Benedetto sagen konnte, er war sich jedenfalls selbst treu geblieben, und unehrenhaft war gewiß nicht gewesen.

Während der Sekretär und Giovanni über den Innenhof des Dogenpalastes zum Ostflügel eilten, versammelten sich dort bereits die Würdenträger der Serenissima. Die scharlachroten Roben der Berater des Dogen, die blauen der Magistrate, die prächtigen purpurroten Gewänder mit den weiten Ärmeln, die von den Prokuratoren von San Marco getragen wurden, ließen den weiten Markusplatz bunt wie eine Frühlingswiese aussehen. Die Prozession, die den Stellvertreter des Dogen auf den Markusplatz und dann weiter zum glitzernden *Bucintoro* begleiten würde, hatte sich noch nicht formiert.

Orseolo, den Giovanni von der Lage in Kenntnis gesetzt hatte, hatte inzwischen begriffen, wie dringend die Angelegenheit war. Mit einer Behendigkeit, die man ihm bei seinen kurzen Beinen kaum zugetraut hätte, rannte er die Treppe der Riesen hinauf, den grimmig blickenden Neptun von Sansovino auf der einen Seite, den kriegerischen Mars auf der anderen. Nachdem er die Loggia, die zur Goldenen Treppe führte, mit raschen Schritten durchquert hatte, sauste er nun in den ersten Stock hinauf, dann über die nächste Treppe weiter in den zweiten Stock und im Laufschritt einen Korridor entlang, bis er schwitzend und außer Atem die Tür zur Kompaßkammer erreicht hatte. Er hielt einen Augenblick inne, wischte sich den Schweiß von der Stirn und faßte sich. Giovanni war ihm auf den Fersen gefolgt. Er stand diskret auf der Seite, hielt noch immer die Robe Orseolos gefaltet über den Arm gelegt. Er breitete das Gewand sorgfältig auf der Bank aus, die ringsum an der Wand entlanglief, und wartete darauf, daß der Sekretär ihn entlassen würde.

Daniel und Wim, flankiert von den beiden Wachen, die sie in Gewahrsam genommen hatten, standen auf und verneigten sich respektvoll vor dem Sekretär. Wim hielt wie immer die Rechte auf dem Rücken verborgen.

Mit strenger Stimme fragte Orseolo: »Welche Beweise könnt Ihr für Eure Glaubwürdigkeit vorbringen?«

Ruhig antwortete Daniel: »Nichts, nur unser feierliches Ehrenwort.«

»Das reicht mir nicht. Ich brauche konkrete Beweise dafür, daß Eure Anschuldigungen der Wahrheit entsprechen.«

»Die erbringen wir bis in die kleinste Einzelheit, sobald uns der Rat der Zehn bestätigt hat, daß unser Leben und unsere Freiheit sicher sind und daß gewisse Personen, die wir nennen, ähnlichen Schutz erhalten.«

»Welche Personen?« bellte Orseolo.

»Rabbi Raffaelo Motta, seine Frau Fioretta und seine Tochter Diana.«

»Ah«, murmelte der Sekretär.

»Des weiteren«, fuhr Daniel fort, »verlangen mein Gefährte und ich Eure Zusicherung, daß wir vor jeglicher Untersuchung unseres Glaubens durch das Heilige Offizium ausgenommen bleiben.«

Zornesröte überflog Orseolos teigige Wangen. »Eure Keckheit kennt keine Grenzen!« rief er mit schriller werdender Stimme. »Wie könnte irgend jemand, der bei klarem Verstand ist, noch dazu ein Ketzer, von mir erwarten, daß ich ihm lediglich auf sein feierliches Ehrenwort hin diese Sicherheit gewähre? Noch dazu, da er sich selbst als Verschwörer gegen die Serenissima bekannt hat?«

»Bei allem Respekt, mein Herr, wir waren nie Teil dieser Verschwörung«, antwortete Wim, dessen Stimme kaum merklich bebte.

»Wenn das so ist, wie seid Ihr dann an all das Wissen gekommen, das Ihr angeblich besitzt, Wissen aus dem inneren Kreis der Verschwörer, wie man mir sagt?«

Daniel spürte, wie Wims Selbstbewußtsein angesichts dieser Befragung langsam schwand, und ging rasch dazwischen. »Der Plan ist so ausgeklügelt, daß zwischen den Anführern der Verschwörung und den verschiedenen Gruppen, die man angeheuert hat, um sie durchzuführen, keinerlei Kontakt bestand, auch nicht unter den Gruppen. So blieben alle Teilnehmer im dunkeln bis zum letztmöglichen Augenblick, in dem man ihnen den Plan enthüllte.«

»Aber Ihr gebt zu, daß Ihr zu denen gehört habt, die an der Vorbereitung beteiligt waren?«

»Ich nicht.«

»Und Ihr?« kreischte Orseolo Wim an.

»Wie ich schon gesagt habe, ohne daß ich etwas über diesen Plan wußte. Bis gestern abend, als mir meine Rolle in der Unternehmung mitgeteilt wurde, glaubte ich, einfach in den Diensten eines Mannes zu stehen, der mir nichts über die Sache verriet, mit der ich beschäftigt war.«

»Ist es Euch nie in den Sinn gekommen, danach zu fragen?«

»Man hat mich großzügig dafür entlohnt, daß ich keine Fragen stellte, genau wie alle anderen.«

»Alle anderen außer mir«, mischte sich Daniel wieder ein. »Ich bin durch Zufall auf einige der Männer gestoßen, die in den Plan verwickelt sind. Allmählich wuchs mein Mißtrauen, und ich begann den Hinweisen zu folgen und die bruchstückhaften Erkenntnisse, die ich so gewann, zusammenzufügen. Weil ich jedoch nur entfernt mit der Sache zu tun hatte, konnte ich nichts herausfinden, was die beunruhigenden Schlußfolgerungen, zu denen ich gelangt war, bestätigt hätte. Als ich beinahe sicher war, daß meine Annahmen richtig waren, sprach ich meinen Freund hier darauf an, doch wie er Euch schon gesagt hat, wußte er nicht mehr als ich. Erst vor einigen Stunden wurde ihm der Plan der Verschwörung in all seinen furchterregenden Einzelheiten entdeckt.«

»Und was hat man Euch zum Lohn für Eure Mitarbeit versprochen?« bedrängte Orseolo Wim weiter.

»Einen bescheidenen Anteil am Inhalt der Münze.«

»Wie bescheiden?«

»Ein Viertelprozent.«

»War das zu wenig, um Eure Treue zu kaufen?«

»Darum ging es mir nicht.« Nun zog Wim seine verstümmelte Hand vor und hielt sie dem Sekretär des Rates der Zehn hin. »Darum ging es. Ich kämpfe nun schon den größten Teil meines Lebens gegen die Spanier. Und das hier ist das Ergebnis. Weder ein Viertelprozent noch ein Prozent noch zehn Prozent des Goldes, das in Eurer Münze lagert, kann mir diesen Verlust wettmachen.« Sein Selbstvertrauen kehrte zurück, und er fuhr fort: »Einfach daneben zu stehen und zuzusehen, wie die stolze Republik Venedig in die Hände der Katholischen Majestäten Spaniens fällt, zuzusehen, wie das Blut der Venezianer die Kanäle rot färbt, wie Venedigs Paläste zerstört und seine Schätze geplündert werden, das will ich nicht auf dem Gewissen haben. Wenn ich auch nur die leiseste Ahnung gehabt hätte, welcher Sache ich diente, hätte mich nichts auf der Welt dazu bringen können, mich daran zu beteiligen. Aber die Verschwörer sind so gerissen vorgegangen, daß zu mir und den anderen kleinen Söldnern bis vierundzwanzig Stunden vor der Ausführung des Plans nicht einmal eine Andeutung darüber durchgedrungen ist. Zu dieser Zeit hatten die Männer schon so lange untätig herumgesessen, hatte man sie bewußt schon so lange auf den Befehl warten lassen, eine ungenannte Aufgabe zu erfüllen, hatte man ihnen derart verlockende Aussichten auf reiche Beute beim Plündern ausgemalt, daß sie völlig blind für alle Konsequenzen ihrer Taten wurden.«

»Die anderen vielleicht, aber Ihr? Warum sollte ich glauben, daß Ihr anders seid?«

»Weil ich, mein Herr«, antwortete Wim mit fester Stimme, »aus einer Familie stamme, die ihr Blut zur Verteidigung ihres Glaubens vergossen hat.«

»Des protestantischen Glaubens, nehme ich an.«

»Jawohl, mein Herr.«

»Und Ihr? Was sind Eure Beweggründe? Liebe oder Haß?« Orseolo hatte sich unvermittelt zu Daniel umgewandt.

»Beides, mein Herr. Liebe zum Geist der Freiheit, der in Venedig herrscht. Und Haß auf den Fanatismus, der in Spanien regiert, einen Fanatismus, dem auch meine Familie zum Opfer gefallen ist.«

»Ihr Protestanten steht ja wirklich treu für Euren Glauben ein.«

»Ich bin kein Protestant, mein Herr.«

»Oh? Was denn dann?«

»Ich bin ein rückfällig gewordener *Converso*, einer, dessen Seele zwischen zwei gegensätzlichen Religionen zerrissen wurde und der sie hier in Venedig wieder einen und heilen wollte.«

»Wahrhaftig!« Dieses Eingeständnis hatte den Sekretär völlig überrascht. Seine wäßrighellen Augen verengten sich, und er wirkte beinahe bedrohlich. »Da Euch der Schutz vor der Inquisition noch nicht zugesichert wurde, setzt Ihr mit dieser Enthüllung einiges aufs Spiel.«

»Mein Herr, Ihr habt mich gebeten, meine Glaubwürdigkeit unter Beweis zu stellen. Das ist die einzige Möglichkeit, die ich habe.«

Beinahe unmerklich wurde Orseolos Blick milder. »Das reicht.« Er wandte sich zu Giovanni um und fuhr fort: »Ihr seid heute vom Dienst freigestellt. Ihr habt Eure Pflicht hervorragend getan. Aber ich habe noch eine Bitte. Bringt auf dem Heimweg meine Robe wieder in mein Haus. Ich werde sie heute nicht brauchen.«

Giovannis langes, hageres Gesicht leuchtete vor Zufriedenheit. Er hatte die Holländer richtig eingeschätzt, und nun bot sich ihm auch noch eine unerwartete Gelegenheit, einen zweiten Blick auf die Verkörperung aller weiblichen Schönheit zu erhaschen. Inzwischen verstand er allerdings viel besser, was Veronica an Orseolo band, denn er hatte ein wenig von der Menschlichkeit gesehen, die diesem wenig anziehenden Körper innewohnte.

Kapitel 26

Erst jetzt begriff Niccolò Orseolo das ganze gewaltige Ausmaß seiner neuen Verantwortung. Seine Beförderung zum Ehrwürdigen Sekretär der Rates der Zehn war völlig unerwartet gekommen, nachdem der vorherige Amtsinhaber aus bisher ungeklärten Gründen gestern plötzlich und unerwartet zusammengebrochen und gestorben war. Da heute die großen Feiern um den Himmelfahrtstag herum begannen, hatte er damit gerechnet, wenigstens ein paar Tage Ruhe zu haben, um sich mit der schweren Verantwortung seines neuen Amtes vertraut machen zu können. Viele Jahre lang war er stellvertretender Sekretär gewesen, aber da hatte er hauptsächlich Verwaltungsarbeit zu erledigen gehabt, mußte Fakten sammeln und zusammenstellen, Beweise, Dokumente und Erklärungen beibringen und, wenn man ihn fragte, seine Meinung zu diesem und jenem äußern. Doch es war stets seinem Vorgesetzten überlassen geblieben, die vorgelegten Informationen zu sichten und dem Rat der Zehn Empfehlungen zu geben. Nun war kaum die Tinte auf seinem Ernennungsschreiben getrocknet, und schon steckte er bis zum Hals in einer Sache, die sich sehr wohl als die gefährlichste Verschwörung herausstellen konnte, die diesem mächtigen Gremium seit langer Zeit entdeckt wurde.

Widersprüchliche Gedanken schossen ihm durch den Kopf. Er war von Natur aus eher unentschlossen, und es mangelte ihm an Ehrgeiz. Daher hatte es ihn nie nach Macht oder Status gelüstet. Im Gegenteil, er war der Verantwortung stets ausgewichen, hatte sich in der friedlichen

Anonymität seines Amtes gut eingerichtet. Solange er seine Veronica hatte, mit der er die Sorgen und Freuden seiner unauffälligen Existenz teilen konnte, war er es zufrieden, genau wie sein Vorfahr das Glück an der Seite der Frau gefunden hatte, die aus den Tiefen Afrikas gekommen und der Mittelpunkt seines Lebens geworden war. Sollten doch andere die Bürden des Amtes auf sich laden. Ihm war sein Seelenfrieden lieber. Und doch, zuckte es ihm durch den Kopf, bot sich ihm jetzt auch die Möglichkeit, dem uralten Namen seiner Familie wieder ein wenig von seinem früheren Glanz zurückzugeben, und das schmeichelte seinem Ehrgefühl. Nun konnte er der Republik einen wichtigen Dienst tun, in der einstmals der Name Orseolo für die Macht und Pracht von Patriziern gestanden hatte. Zwei Dogen hatte seine Familie für Venedig gestellt, einen Patriarchen von Grado und viele hochrangige Beamte. Die Aussicht war in der Tat verlockend – bis seine Gedanken eine neue Wendung nahmen und er die Möglichkeit erwog, daß alles fehlschlagen und er gänzlich in Ungnade fallen könnte. Wenn man ihn vor die Wahl stellte, neigte Niccolò eher dazu, auf das eine zu verzichten, um das andere nicht zu riskieren. Da ihm aber die Umstände gar keine Wahl ließen, hatte er nur eine Möglichkeit: Er mußte sich so ehrenvoll schlagen, wie er nur konnte.

Mit festem Schritt, der eine Entschlossenheit verkünden sollte, die er keineswegs verspürte, trat der Sekretär zu dem Fenster, das auf den Innenhof des Palastes hinausging. Mit ernster Miene schaute er auf den bunten Troß, der sich zum Abmarsch bereitmachte. Er verkörperte den venezianischen Geist, dessen blendende Zurschaustellung der Macht und der Reichtümer an das alte Byzanz erinnerte und der nun schon viele Jahrhunderte lang dem ganzen Kontinent höchsten Respekt vor dieser winzigen Lagune einflößte. Ein leichtes Frühlingslüftchen ließ die farbenfrohen seidenen Banner wehen, auf die mit goldenem Faden der geflügelte Markuslöwe gestickt war. Hinter den Fahnenträgern standen die Hauptmänner der Garde, unmittelbar gefolgt von den Trompetern. Niccolò bemerkte eine kleine Bewegung. Bei genauerer Betrachtung erkannte er, daß die sechs Musiker den Pagen letzte Anweisungen gaben, ihre überlangen silbernen Fanfaren gut zu stützen, damit sie nur ja nie den Boden berührten. Eine Gruppe von Bediensteten stand zwischen diesen Musikern und den anderen, deren Trompeten und Hörner weniger unhandlich waren. Orseolos Blick wanderte an den Mitgliedern aus dem Haushalt des Dogen entlang, die nun eine Gasse für die Kanoniker frei machten, die, in prächtigen Goldbrokat gekleidet, vor dem großen Kreuz einherschreiten würden, das vor dem Patriarchen hergetragen wurde, der ernst unter seiner glitzernden Mitra hervorschaute. Hinter ihm stand ein Mann aus dem Gefolge des Dogen, der hoch erhoben, auf einer goldenen Platte, das kostbare, juwelenbesetzte Corno trug, die Kopfbedeckung, mit der jeder Doge oben an der Treppe der Riesen gekrönt wurde und die er erst am Ostersonntag wieder aufsetzen würde.

Niccolò erfaßte ein leichtes Bedauern, denn nun kamen die Sekretäre an die Reihe, hatten die rote Stola ihres Amtes über die linke Schulter der langen dunklen Samtroben geworfen. Zum erstenmal in seinem Leben hätte er, ein Abkömmling der großen Familie Orseolo, seinen rechtmäßigen Platz in dieser Gruppe eingenommen, doch das Schicksal hatte sich gegen ihn verschworen und ihm selbst diesen kleinen Anteil an Ruhm und Ehre geraubt. Aber vielleicht erwartete ihn ja noch weit Größeres, versuchte er sich zu überzeugen, als seine Augen zum Thron des Dogen wanderten, den zwei stämmige Höflinge auf den Schultern trugen, hinter denen ein Page mit dem Kissen aus Goldbrokat folgte.

Unter dem goldenen Schirm, den man hoch über seinen Kopf hielt, wartete der stellvertretende Doge. Er war prächtig in Gold- und Silberbrokat gekleidet, hatte darüber noch einen Umhang aus Hermelin über die Schulter gelegt und sein Corno auf dem Kopf. Seine Haltung drückte die feierliche Würde aus, die dem Anlaß und seiner Rolle entsprach. Hinter ihm hatten sich die Botschafter versammelt, die ebenfalls überaus prachtvoll gewandet waren. Nun folgte das Schwert der Signoria, das vor den in scharlachrote Roben gehüllten Mitgliedern jener erhabenen Gemeinschaft hergetragen werden würde, die gemeinsam mit dem Dogen an der Spitze der Republik standen. Nun kamen die drei Vorsteher des Obersten Gerichtes, ins Gespräch vertieft mit den Beratern des Dogen, die je einen der Verwaltungsbezirke der Stadt vertraten.

Auf diese fünf Männer – denn der sechste war heute der Stellvertreter des Dogen – richtete nun Orseolo seinen Blick. Zusammen mit dem Dogen regierten sie und der Rat der Zehn die Republik, bildeten also eigentlich einen Rat der Siebzehn. In einem so schweren Fall wie dem heutigen konnte Orseolo keinen Entschluß fassen, ohne daß die Berater des Dogen ihre Zustimmung dazu gaben. Er hatte noch Zeit, sie abzupassen, ehe die Prozession sich auf den Weg machte. Orseolo zögerte einen winzigen Augenblick. Er kannte die Seele Venedigs nur zu gut. Wie gefährlich die Lage auch sein mochte, unter gar keinen Umständen durfte die Ordnung der prächtigen alljährlichen Prozession der Republik gestört werden, die vor der Öffentlichkeit der

Macht und Souveränität Venedigs Ausdruck verlieh. Obwohl diese Macht heute nur noch schöner Schein war, mußte sie doch vor aller Welt zur Schau gestellt werden, genau wie in den sechs Jahrhunderten zuvor. Orseolo wollte nicht die Verantwortung dafür tragen, dieses große Schauspiel zu behindern.

Einen einzigen Schritt konnte er sofort unternehmen: Er konnte die drei Vorsteher des Rates der Zehn alarmieren, die unter bestimmten Umständen im Namen des Rates handeln durften. Diese Männer wurden jeweils nur für einen Monat gewählt und durften während dieser Zeit mit niemandem gesellschaftlichen Kontakt pflegen, so daß sie keinen Gerüchten oder Bestechungsversuchen ausgesetzt waren. Um sie wirksam vom Rest der Welt abzuschirmen, lebten sie daher für die Dauer ihres Amtes im Dogenpalast in Klausur. Dorthin eilte Orseolo nun. Wenn er vorab ihre Zustimmung zu den Bedingungen der beiden Holländer erwirken konnte, dann könnten die drei später die Berater des Dogen schneller überzeugen, bei ihrer Rückkehr von der Feier das gleiche zu tun.

Er ließ Daniel und Wim, von den Wachen beaufsichtigt, in der Kompaßkammer zurück und eilte den Korridor entlang zu den Privatgemächern, die den Vorstehern des Rates der Zehn vorbehalten waren. Hier wie anderenorts im Dogenpalast kitzelte ihn der Geruch von Farbe in der Nase. Nachdem so viele Meisterwerke von Bellini und Tiziano, Veronese und Tintoretto bei den schrecklichen Bränden der 1570er Jahre den Flammen zum Opfer gefallen waren, kroch die Arbeit an den Bildern, die sie ersetzen sollten, im Schneckentempo dahin, wurde ständig durch die Launen und Temperamentsausbrüche der Künstler, durch unerklärliche Abwesenheit und endlose Streitereien um die

Bezahlung unterbrochen. Die Serenissima hatte streng darauf geachtet, daß Veronese und Tintoretto die für die Öffentlichkeit sichtbaren Räume ausmalten – den Saal des Großen Rates, die Senatsräume und den Audienzsaal des Rates der Zehn. Die geringeren Talente waren nicht sonderlich erpicht darauf gewesen, die übrigen Räume auszuschmücken, denn sie litten unter der gleichen Lethargie, hatten mit der gleichen Melancholie zu kämpfen, die alle Bereiche des venezianischen Lebens durchdrang. Über vierzig Jahre waren nun schon vergangen, und immer noch legten die rauchgeschwärzten Wände ein schweigendes Zeugnis von der Krankheit ab, die hinter der extravaganten Fassade am venezianischen Staatswesen fraß.

Die drei Männer waren nicht zu Scherzen aufgelegt. Als wäre es nicht schlimm genug, daß sie an diesem Tag hier eingesperrt saßen, während alle anderen den Feiertag genossen, kam jetzt auch noch dieser neue Sekretär und verlangte sie unverzüglich zu sprechen. Orseolo hatte nicht erwartet, daß man ihn mit Lächeln und Komplimenten empfangen würde. Er war keineswegs über das sauertöpfische Mißvergnügen auf den Mienen der Männer überrascht. Vielmehr erstaunte ihn der Anblick dieser ehrfurchtgebietenden Personen, die in den Augen der Venezianer und der ausländischen Fürsten als nahezu allmächtig dastanden, nun aber auf ihre natürlichen Proportionen zusammengeschrumpft waren. Ohne ihre weiten, mit Pelz verbrämten Roben schienen sie kleiner zu sein, wirkten jämmerlich, beinahe nackt. Soranzos traurig hängende Schultern betonten seinen feisten Wanst und ließen seinen Körper merkwürdig birnenförmig aussehen. Morosinos Kahlkopf lief nach oben spitz zu, so daß er wirkte wie ein elfenbeinfarbenes Ei. Und Gradenigos vorstehender Brustkorb verlieh seinem Oberkörper ein so vogelartiges Aussehen, wie es niemand, der ihn je in einer feierlichen Ratssitzung gesehen hatte, hätte vermuten können. Orseolo verbarg seine Verwunderung hinter einem Schwall von Entschuldigungen für sein Eindringen am frühen Morgen und erklärte dann rasch den Grund.

Zunächst dachten die drei Männer schweigend nach. Morosini, der als der Mildeste bekannt war, sprach als erster.

»Ihr sagt, daß einer der Holländer ein rückfällig gewordener *Converso* ist. Nun spricht zwar die Ehrlichkeit des Mannes für ihn, aber die bloße Tatsache, daß er ein *Converso* ist, gibt doch Anlaß zu ernsten Zweifeln. Ein *Converso* hat, wiewohl unter Zwang, die Religion verraten, in die er hineingeboren wurde. Ein rückfällig gewordener *Converso* verrät nun auch die Religion, die er angenommen hat, um sein Leben zu retten. Wir sind keine Inquisitoren. Es ist nicht unsere Aufgabe, den Glauben eines solchen Menschen zu prüfen. Aber wenn wir seine Handlungen betrachten, dann dürfen wir nicht darüber hinwegsehen, daß dieser Mann nicht zu seinem Wort steht und daher nur bedingt glaubwürdig ist.« Morosini hielt einen Augenblick inne und fuhr fort: »Wer nicht einmal, sondern gleich zweimal Verrat begangen hat, der kann gut und gern auch ein drittes Mal Verrat begehen. Wir müssen uns also fragen: Wen verrät er jetzt? Ihr, Orseolo, glaubt, daß es die Verschwörer sind. Aber angenommen, das sei nicht der Fall? Vielleicht hat man ihn geschickt, um uns von den wahren Absichten der Verschwörer abzulenken?«

»Diese Möglichkeit, Euer Ehren, habe ich auch als erstes in Erwägung gezogen, als ich ihn befragte. Tatsächlich verrät er die Verschwörer nicht, denn er war nie Teil dieses Planes. Er hat nur durch Zufall Hinweise darauf gefunden.«

Jetzt meldete sich der unbeugsame Gradenigo zu Wort. »Da dieser Mann zum jüdischen Glauben zurückgekehrt ist, lebt er nun wohl in einem der Ghettos?«

»Ich habe mich nicht nach seiner Adresse erkundigt. Sie schien mir in Anbetracht der Dringlichkeit der Sache nicht sonderlich wichtig zu sein.«

»Gesetz ist Gesetz«, erwiderte Gradenigo kategorisch. »Kein Wunder, daß er um Immunität gegen Verfolgung bittet.«

Während des Wortwechsels grübelte der weise Soranzo mit geschlossenen Augen und hatte den Kopf auf die schmale Brust gesenkt. Erst jetzt erhob er seine sanfte Stimme: »Wir wollen noch einmal zum Charakter der rückfällig gewordenen *Conversos* zurückkehren. Dürfen wir denn wirklich ihre Handlungen als Verrat bezeichnen? Männer, die gezwungen wurden, ich betone: gezwungen, ihren alten Glauben zu verleugnen, finden nicht unbedingt in dem neuen Glauben ihren Frieden. Selbst freiwillig Bekehrte – ganz gleich für welche Sache – werden kaum je mit offenen Armen von denjenigen aufgenommen, zu denen sie sich gesellen möchten. Wieviel mehr ist im Falle der *Conversos* …«

»Meine Herren«, fuhr Morosini dazwischen, »wir verschwenden kostbare Zeit mit philosophischen Haarspaltereien, während die Republik vielleicht in höchster Gefahr schwebt. Wir wollen diese Männer selbst befragen und uns eine Meinung bilden.«

Nachdem sie Orseolo losgeschickt hatten, um Daniel und Wim zu holen, schlüpften die drei Herren hastig in ihre großen schwarzen Roben, setzten sich die kleinen runden Kappen auf den Kopf, begaben sich in ihren offiziellen Empfangsraum und ließen sich auf den harten Holzbänken nieder, die wie Chorgestühl rechts und links vom thronartigen Stuhl des Dogen standen.

Nachdem Wim und Daniel sich vor ihnen verbeugt hatten, stellte der Sekretär sie vor.

Soranzo beschloß, zunächst Wim, den Protestanten, zu befragen. »Was war Eure Rolle in dem Verschwörungsplan, den Ihr uns zu verraten behauptet?«

»Am Plan selbst war ich nicht beteiligt, Euer Ehren. Der Mann, der mich anheuerte, hat sich mir als Kaufmann vorgestellt. Es war meine Aufgabe, verschiedene Zahlungen in seinem Namen vorzunehmen.«

»An wen?«

»Bei allem Respekt, Euer Ehren, möchte ich diese Frage erst dann vollständig beantworten, wenn mein Gefährte und ich die Garantien erhalten haben, um die wir gebeten haben.«

»Was hat Euch dazu bewogen, diese Verschwörung zu verraten?«

Noch einmal zeigte Wim seine verstümmelte Hand vor. Aber Soranzo hielt den Blick fest auf seine Augen gerichtet. »Mein unauslöschlicher Haß gegen das katholische Spanien und den Fanatismus, der dort befördert wird. Diese Verletzung habe ich mir im Kampf um meine Religionsfreiheit zugezogen.«

Wims Augen wichen der Musterung durch den Fragenden nicht aus. Ein Funken des Hasses flackerte kurz auf und verlosch dann wieder. Zufrieden wandte sich Soranzo nun Daniel zu und stellte ihm die gleiche Frage: »Was war Eure Rolle in dem angeblichen Verschwörungsplan?«

»Da mein Gefährte wegen seiner Verletzung nicht in der Lage war, schriftliche Aufzeichnungen über seine Zahlungen zu machen, habe ich für ihn Buch geführt.«

»Was hat Euch bewogen, diese Verschwörung anzuzeigen?«

»Einerseits mein Haß auf Spanien, andererseits meine Liebe zum Geist der Freiheit, der hier in Venedig herrscht.«

Nun fuhr Gradenigo dazwischen. »Betrachtet Ihr es als Freiheit, in einem Ghetto eingesperrt zu sein?«

»Ich lebe nicht als Jude hier. Deswegen wohne ich nicht im Judenviertel.«

»Als was lebt Ihr dann hier?«

»Als nichts, als freier Geist in dieser tolerantesten aller Republiken.«

»Das ist unzulässig!« schrie Gradenigo entrüstet.

Morosini und Soranzo schauten einander verdutzt an. Daniels Ehrlichkeit war so überzeugend, wie sie verstörend war. Wie konnten sie ihre Augen vor etwas verschließen, was zumindest, oberflächlich gesehen, gegen die Gesetze verstieß? Konnten sie der Aussage eines Mannes, der das Gesetz mißachtete, überhaupt glauben? Wenn Daniel laut seinen eigenen Worten ein rückfällig gewordener *Converso* war, konnte er doch nur zum jüdischen Glauben zurückgekehrt sein. Daß jemand ins ›Nichts‹ zurückfiel, paßte nicht in die starren Vorstellungen, die sich in ihren Köpfen festgesetzt hatten. Wie sollten sie mit dieser Ausnahme umgehen und mit dem Dilemma, das sich für sie daraus ergab?

Da sich unmittelbar keine Lösung anbot, improvisierte Morosini. »Über die Garantien, die Ihr verlangt habt, kann keine Entscheidung gefällt werden, ehe wir die Angelegenheit nicht mit den anderen Mitgliedern des Rates besprochen haben. Solange bleibt Ihr in Gewahrsam.«

Kapitel 27

Orseolo kochte vor Wut. Hätte Gradenigo nicht seine kleinlichen Rechtsproblemchen vorgebracht, so hätte er inzwischen zumindest eine provisorische Zustimmung zu den Bedingungen der Holländer erwirkt. Dann hätte er schon gewisse Vorbereitungen treffen können, die ein rasches Handeln erleichtert hätten, sobald Wim und Daniel ihnen alles enthüllt hatten. Obwohl er keinen Zweifel hegte, daß Gradenigos Ratskollegen seine kleinlichen Argumente geschickt entkräften und die verlangten Garantien aussprechen würden, so würde all das Zeit brauchen, und jede Minute war kostbar. Hatte man den Rat der Zehn nicht ursprünglich eben dazu eingerichtet, um mit solchen Situationen schnell und wirkungsvoll umgehen zu können, um in solchen Fällen das verzwickte Kontrollsystem auszuschalten, das die Entscheidungsfindung in dieser bewundernswert organisierten Republik so kompliziert machte? Welcher Teufel hatte Gradenigo geritten, daß er Sand in das Getriebe dieses gut geölten Mechanismus' warf? Und wem würde man die Schuld geben, wenn wegen seiner Kleinlichkeit die Verschwörung zu spät aufgedeckt würde? Die Antwort kannte Orseolo nur zu gut. Seine Familie hatte vielleicht ihren Status verloren, aber in Ungnade war sie bisher noch nicht gefallen …

Von den Türmen aller zweihundert Kirchen Venedigs erklangen hell die Glocken, übertönten den Baß der Nebelhörner, die von allen Schiffen auf der Lagune zu hören waren. Dieser festliche Lärm ließ das Herz eines jeden Venezianers höher schlagen. Obwohl seine Gedanken mit ganz anderen Dingen beschäftigt waren, war auch der Sekretär zutiefst gerührt. Nachdem er Daniel und Wim im Kompaßsaal mit den Wachen zurückgelassen hatte, rannte er die Treppe hinunter und den Korridor zum Südflügel des Palastes entlang, der auf die Mole hinausging. An den großen Fenstern des Ratssaales standen dichtgedrängt auf Zehenspitzen alle Diener, Pagen, Wachen und Kellner, die man für das große Festmahl verpflichtet hatte, und verrenkten sich die Hälse, schauten nach rechts und links, um nur einen kleinen Blick auf das großartige Schauspiel zu erhaschen, das sich unter ihren Augen entfaltete. Es war, als hätte man das türkisblaue Wasser der Lagune zu rotem und goldenem Schaum aufgeschlagen, und diese Gischt würde mit dem vergoldeten Bug des Staatsschiffes, des *Bucintero*, gekrönt, auf dessen offenem Deck goldene und scharlachrote Banner flatterten, wo unter einem zinnoberroten Baldachin der Stellvertreter des Dogen saß, rechts und links von den Mitgliedern der Signoria in ihren scharlachroten Roben eingerahmt. Außer Reichweite der zweihundert Ruder, die mit den getreuen *Arsenalotti* bemannt waren, begleitete eine Reihe vergoldeter Gondeln mit roten Baldachinen und goldenen Kissen das Schiff des Dogen, während jenseits davon die Lagune von Schiffen und Booten aller Art nur so wimmelte, auf denen Schaulustige den stolzen Korso betrachten wollten.

Langsam löste sich das Gedränge der Bediensteten auf, als der Korso aus ihrem Blickfeld verschwand, an der gewaltigen Menge der Schaulustigen vorüberglitt, die sich am Schiavoni-Kai versammelt hatten, dann hinaus auf die Lagune in Richtung Lido und aufs offene Meer fuhr. Dort würde der Doge, wie es Tradition war, einen goldenen Ring ins Wasser werfen und die rituelle Formel sprechen: »Wir vermählen uns dir, o See, zum Zeichen unserer wahren und beständigen Herrschaft an.« Es war gleichgültig, daß Venedig inzwischen diese Herrschaft längst verloren hatte, ganz gleich, daß die Republik nun Mühe hatte, den Kopf über Wasser zu halten, daß sie die Souveränität über die Meere längst eingebüßt hatte. Die Fassade mußte aufrechterhalten, der Schein gewahrt werden, die glitzernde Maske mußte die Wirklichkeit verbergen. Eine Wirklichkeit, von der Orseolo wußte, daß es selbst sie morgen vielleicht gar nicht mehr geben würde, wenn man nicht sofort etwas unternahm, um den Umsturzversuch zu vereiteln.

Rastlos und ärgerlich bahnte er sich einen Weg durch das Heer der Bediensteten, die silberne Platten, Tabletts mit Kristallgläsern, goldene Kandelaber und silberne Karaffen zu den langen Tischen schleppten, die man für das Festmahl deckte, das nach der Rückkehr der Prozession im Saal des Großen Rates stattfinden sollte. Ihm schien all das in weiter Ferne zu liegen, denn nach der Zeremonie der Vermählung mit dem Meer wurde erst noch in der Kirche San Niccolò di Lido eine Messe gefeiert. Als Orseolo den Vorraum zum großen Saal durchquerte, wäre er beinahe mit einem Mann zusammengestoßen, der aus der unmittelbar angrenzenden Waffenkammer kam und dessen Gesicht hinter einer Pyramide roter, grüner und gelber Früchte verborgen war, die man mit wunderbarem Geschick aufgetürmt hatte. Entsetzt wurde Orseolo bewußt, daß man ohne jeglichen Widerstand in diesen Waffenraum gelangte und dort so viele Musketen aus den Regalen holen konnte, wie man zu tragen vermochte. Wer verschwendete auch nur einen Gedanken an Verrat, wenn das Tagesmotto Vergnügen hieß? Wie gut die Verschwörer die Seele Venedigs kannten! Aber es mußte doch irgendwo eine Wache Dienst tun.

Als er in die Waffenkammer eintrat, die zur Zeit mit Weinfässern und Obstkisten vollgestellt war, fand er auch richtig zwei Wachleute, die sich gemütlich in einer Ecke niedergelassen hatten. Der eine nestelte an einem Zapfhahn herum, unter den der andere einen Zinnbecher hielt.

»Ihr zwei!« schrillte seine Stimme an ihre Ohren. »Habt acht! Und ein bißchen plötzlich! Ihr habt den Befehl, bis auf weiteres hier Dienst zu tun. Wenn man euch ablöst, geht ihr sofort zur Wachstube an der Treppe der Riesen und wartet auf weitere Anweisungen.«

»Und wer befiehlt das? Wir haben das gleiche Recht auf ein bißchen Spaß wie alle anderen, wenn wir hier unseren Dienst beendet haben.«

»Befehl des Zehnerrats«, fuhr Orseolo im Brustton der Überzeugung fort, als sei er befugt, im Namen dieses ehrfurchtgebietenden Gremiums zu handeln. Wie sonst sollte er sicherstellen, daß man seinen Befehl befolgte? Übereifer konnte man immer leichter rechtfertigen als einen Mangel an Einsatz.

Nun ließ er das geschäftige Treiben des Festsaals hinter sich und machte sich daran, den Palast von oben nach unten zu durchforschen. Er fing an mit den Gefängniszellen unter den Traufen des mit Blei gedeckten Daches, die man allgemein nur die »Bleikammern« nannte – glühend heiß im Sommer, eiskalt im Winter und heute modrig und stinkend –, und arbeitete sich anschließend Stockwerk für Stockwerk nach unten durch, überprüfte zunächst die Waffenkammer des Zehnerrates, dann die Gemächer des Dogen, die Signoria und den Senat, die Gerichte – das hohe und das niedrige –, die Admiralität, die Zensoren, die Archive. Dann ging er über die Seufzerbrücke hinüber in die Kerker. Überall gab er der Rumpfmannschaft, die Wachdienst hatte, den gleichen Befehl. Und überall wurde diese Anweisung mit dem gleichen Murren begrüßt. Sobald ihr Dienst vorüber war, sollten die Männer sich im Ostflügel des Palastes versammeln und bereithalten.

Nachdem er damit sichergestellt hatte, daß er zumindest einen Wachtrupp zur Hand haben würde, der sofort in Aktion treten konnte, sobald die Holländer die Einzelheiten der Verschwörung verraten hatten, wollte der Sekretär die wenige verbleibende Zeit nutzen, um sich die Unterstützung des Obersten Befehlshabers der Polizei zu sichern. Doch der Mann war nirgends zu finden. Für ihn war dies der schwärzeste Tag des Jahres. Niemand in den Diensten der Republik beneidete ihn um die Aufgabe, an diesem höchsten Festtag Venedigs Recht und Ordnung zu wahren. Die einzige andere Vorbereitung, die Orseolo noch treffen konnte, war der Entwurf des Dokumentes, das Wim und Daniel die Sicherheiten gab, um die sie gebeten hatten, eine Aufgabe, in der er reichlich Erfahrung besaß. Er ließ sich in der Schreibstube nieder, die er vor seiner Beförderung lange innegehabt hatte, und setzte ein Dokument auf, an dem man je nach Entscheidung des Rates noch rasch Veränderungen würde vornehmen können. Danach kehrte er in den Kompaßsaal zurück, um ein wachsames Auge auf die beiden Holländer zu halten.

Jetzt konnten sie nur noch warten. Warten, während die Morgensonne höher stieg. Warten, während mit zunehmender Wärme in diesem luftarmen, holzgetäfelten Saal der scharfe Farbgeruch, der den gesamten Palast durchzog, immer beißender wurde. So kam auch noch Übelkeit zu der beinahe mit Händen zu greifenden Spannung hinzu, die sie alle, Orseolo, Daniel und Wim, bedrückte und Blut und Wasser schwitzen ließ. Jeder war ganz in sich versunken.

Niccolò Orseolo schritt auf und ab, wurde mit jeder verrinnenden Stunde unruhiger und ärgerlicher. Er hatte wohl alle möglichen Vorkehrungen getroffen, dabei sogar seine Zuständigkeit weit überschritten, als er die Wachen im Palast zurückhielt, doch nun war alles zu völligem Stillstand gelangt, und er mußte die Entscheidung des Rates abwarten. Würde sie noch rechtzeitig kommen?

Nach der kurzen Unterredung mit Soranzo war sich Wim zunächst sicher gewesen, daß er seine Unschuld hatte beweisen können. Mehr noch, er glaubte, daß er sich nicht nur vor den Gefahren gerettet hatte, die ihm drohten, wenn ihr Rettungsversuch der Republik gelänge, sondern auch vor den Schrecken, die auf ihn warteten, falls er fehlschlagen sollte. Vielleicht hatte er sogar gute Aussichten, daß man ihn als Gegenleistung für den Dienst, den er der Republik erwiesen hatte, unbelästigt weiter in Venedig leben ließe, obwohl er Protestant war. Selbst ein Mann mit seinen eingeschränkten Möglichkeiten konnte schließlich hoffen, hier sein Leben fristen zu können. Es würde in den wechselvollen Geschicken dieser Stadt stets Neuankömmlinge geben, die alle möglichen Dienstleistungen brauchten, die ein Einhändiger vermitteln konnte. Doch als die Stille in dem stickigen Saal immer bedrückender wurde, die drei Männer gedankenverloren vor sich hin sahen, stieg in Wim wieder die alte Urangst auf, die Quelle seiner angestammten Vorsicht, und warf finstere Schatten auf die strahlenden Zukunftsaussichten, die er sich ausgemalt hatte. Ein so unbeugsamer Mann wie Gradenigo konnte es wohl für angemessen halten, die Integrität eines Protestanten anzuzweifeln, einen Beweis dafür zu verlangen, daß er nie in aufrührerische Aktivitäten gegen den Staat verwickelt gewesen war. Warum, quälte er sich, warum hatte er seine übliche Vorsicht aufgegeben, nur weil es ihn danach verlangte, einen Schlag gegen diejenigen zu führen, die sein Leben zu einer solchen Tragödie gemacht hatten? Warum hatte er zugelassen, daß ein hehres Ideal seinen gesunden Sinn für harte Tatsachen ausschaltete? Er hätte unverzüglich aus Venedig verschwinden sollen, nachdem er aus Marysas Haus getreten war, hätte Renault, Daniel und die Republik sich selbst überlassen sollen. Irgendwann hätten seine Gewissensbisse schon aufgehört.

Daniel, der nach außen hin so gefaßt wirkte, war in noch größerem inneren Aufruhr. Die Freiheit, die er zu finden gehofft hatte, schwand mit jedem Augenblick, war nur noch eine Illusion, die sich in einen Alptraum auflöste. In der vertrauten Umgebung seines Heims war die Einsamkeit, die diese Freiheit mit sich gebracht hatte, schon beinahe unerträglich geworden. Und jetzt konnte ihn ausgerechnet der Versuch, diese geistige Freiheit zu bewahren, indem er sich nirgendwo einordnen ließ, genau die Freiheit kosten, deren Hort er hatte verteidigen wollen. Vor dieser Gefahr hatte ihn Wim gewarnt, dieser Gefahr hatte er bewußt ins Auge geblickt, um in seinem Übereifer die Republik vor der spanischen Knechtschaft zu retten. Wie ein hoher Ton ein Kristallglas zum Zerspringen bringen kann, so hatte der Klang von Gradenigos Worten die Maske zerbersten lassen, die er selbst vor dem Gesicht der Serenissima befestigt hatte. Konnten tolerantere Männer seinen Glauben an Venedig wieder herstellen? Männer, die in der Lage waren, zu erkennen, daß ein Mensch, der nicht in eine starre Kategorie paßte und sich nicht einordnen ließ, streng genommen damit kein Gesetz übertreten hatte? Er wagte zu hoffen, daß sie ihn vor der Inquisition retten würden. Aber nicht, daß sie ihn für seine Vergehen gegen ihre eigenen Gesetze straflos davonkommen lassen würden. Seine hartnäckige Suche nach der vollkommenen Freiheit hatte sich als vollkommen töricht herausgestellt. Ebenso sein naiver Glaube, daß seine ehrenvolle Geste, die Republik vor der Verschwörung bewahren zu wollen, ihm deren ewigen Dank sichern würde.

Und was geschah nun mit Diana? Wie konnte er erwarten, daß die Ratsherren seinem Zeugnis zu ihren Gunsten Glauben schenken würden? Sie war Renaults Mätresse. Wer würde da annehmen, daß sie nichts von seinen Machenschaften gewußt hatte? Hätte sie seine dringende Warnung befolgt und wäre aus der Stadt geflohen, dann läge jetzt nicht auch ihr Schicksal in der Waagschale. Zum zweitenmal hatte sich Raffaelo Motta zwischen ihn und das wichtigste Ziel seines Lebens gestellt – erst hatte der Rabbi seinen Wunsch vereitelt, sich wieder mit dem jüdischen Volk zu vereinen, und jetzt machte er seine Sehnsucht nach einer Gemeinschaft mit der geliebten Frau zunichte. Zuerst hatte sich Mottas geistliche Entscheidung zu seinen Ungunsten ausgewirkt, und nun vereitelte seine Krankheit die Erfüllung von Daniels glühendstem Wunsch.

Enttäuschung über Venedig, Groll gegen Motta, Wut über die eigene Dummheit, all das wühlte Daniels Gemüt auf. Er sah sich schon sein Leben auf einer Galeere aushauchen, dann verschwamm dieses Bild vor seinen Augen und verwandelte sich in eine reglose Gestalt, die auf dem schleimigen Boden einer finsteren Zelle lag und langsam und stinkend dem Tode entgegensiechte. Die eherne Selbstbeherrschung, die sonst seine zuverlässige Stütze war, wollte bereits unter dem Ansturm seiner Gefühle nachgeben. Wieviel länger konnte er noch aushalten? Die Hitze wurde immer unerträglicher, und Wellen der Übelkeit ließen ihn beinahe ohnmächtig werden. Als er mühsam das innere Gleichgewicht wieder errungen hatte, erschien im jede Sekunde wie eine Stunde, jede Stunde wie eine Ewigkeit.

Der Lärm der jubelnden Menge, die draußen vor dem Palast die Rückkehr der Prozession begrüßte, rief ihn vom Rande des Zusammenbruchs zurück. Mit wehenden schwarzen Gewändern tauchten die Herren Soranzo, Morosini und Gradenigo aus dem Ratssaal auf. Sie befahlen Orseolo, sich ihnen anzuschließen, und rauschten an Wim und Daniel vorüber, ohne sie auch nur eines Blickes zu würdigen. Dann begaben sie sich in den Innenhof, um die Räte des Dogen auf dem Weg zum Festbankett abzufangen.

Kapitel 28

Mit schnellen Schritten eilten die Räte des Dogen in ihren scharlachroten Roben, begleitet von Orseolo, hinter den schwarzgewandeten Herren Morosini, Gradenigo und Soranzo durch den Kompaßsaal in den Saal des Zehnerrates. Auch sie schienen keinerlei Notiz von der Anwesenheit der Holländer zu nehmen. Um unter den für das Festessen versammelten Würdenträgern keine Unruhe aufkommen zu lassen, hatte man nur zwei Mitglieder der Signoria angesprochen. Zusammen mit den drei Ratsführern waren sie hinreichend befugt, sich mit der anstehenden Sache zu befassen. Der weise Soranzo, den die beiden anderen Räte sehr schätzten, hatte darauf bestanden, daß man Männer auswählte, die für ihre Scharfsinnigkeit, ihre Toleranz und ihren praktischen Sinn, aber vor allem für schnelle Entscheidungen bekannt waren. Auf keinen Fall durfte man Gradenigo erlauben, die Dinge noch weiter aufzuhalten.

Daniel und Wim hatten kaum Zeit, sich auf die Audienz vorzubereiten, als schon der Sekretär erschien.

»Man nimmt Eure Bedingungen an«, teilte er ihnen mit, »wenn auch mit einem kleinen Vorbehalt, was Euch und die als Diana Motta geborene Frau betrifft.«

Die beiden Männer erstarrten. Ein ungute Vorahnung durchzuckte sie.

»Ihr bleibt im Gewahrsam des Rates, bis die Verschwörung vereitelt ist und die Schuldigen ergriffen wurden. Dann gibt man Euch zehn Tage, um Eure Angelegenheiten zu ordnen und die Republik zu verlassen. Wenn Ihr diese Bedingung nicht erfüllt, wird Euch die gleiche Behandlung widerfahren, wie sie die Serenissima über Verräter verhängt. Die Räte werden sich nun Eure Aussage anhören, während die erforderlichen Dokumente für die Unterschrift vorbereitet werden.«

Mit diesen Worten führten der Sekretär und die Wachen die beiden Holländer in den Ratssaal.

Zuerst sprach Wim. Er deckte mit großer Klarheit und Genauigkeit den komplizierten Plan auf, den der meisterliche Verstand des Alphonse de la Cueva, Marquis de Bedmar, Botschafter Seiner Katholischen Majestät bei der Erhabensten Republik Venedig, erdacht hatte und den Nicolas de Renault vorbereitet hatte.

Ab und zu warf einer der Räte ein Wort dazwischen.

»Eintausend Männer in die Stadt eingeschleust, ohne bei irgendeiner unserer Ordnungsbehörden Aufsehen erregt zu haben? Seid Ihr sicher, daß die Zahl stimmt?

»Völlig, Euer Ehren. Ich war ja dafür verantwortlich, Quartier für sie zu machen.«

Doch als Wim den Namen Kapitän Pierre erwähnte, hob Soranzo die Hand, um ihn zu unterbrechen. Er wandte sich seinen Kollegen zu. Seine sanfte Stimme, die vor Anstrengung ganz gepreßt klang, war kaum zu hören. »Contarini, unser Botschafter in Rom, hat uns vor ihm gewarnt. Er war überzeugt, daß der Streit, den Pierre angeblich mit dem Herzog von Orsuna hatte und von dem er soviel Aufhebens machte, nur eine List war, um die wahre Natur seines Auftrag zu verbergen, den er für den spanischen Vizekönig ausführte. Warum wir dieser Warnung keine Beachtung geschenkt haben, ist eine Frage, die später noch zu klären sein wird. Aber bitte, sprecht weiter«, bedeutete er Wim mit einer Handbewegung.

Während der Holländer weitere Einzelheiten des Plans

enthüllte, traten Schweißperlen auf Soranzos Stirn, Morosini trommelte unaufhörlich mit den Fingern auf sein Knie, und Gradenigos Wangen wurden zornesrot. Die Räte in ihren roten Roben rutschten unruhig auf den Bänken hin und her. Die ganze Operation war so geschickt geplant, so kunstvoll verborgen gewesen, und ihre Folgen würden so verheerend sein, daß sie die Fakten, die vor ihnen ausgebreitet wurden, kaum glauben mochten.

Als Wim mit seinen Erklärungen zu Ende war, meinte Gradenigo: »Ehe wir die notwendigen Schritte anordnen, müssen wir erst den Wahrheitsgehalt dieser Aussage prüfen.«

Darauf antwortete Morosini rasch: »Nichts leichter als das. Inzwischen müssen ja die Männer in den Campanile eingedrungen sein. Eine Gruppe Wachleute kann über die Piazza gehen und das nachprüfen.«

Alle stimmten ihm einhellig zu.

»Ordnet das an, Orseolo«, befahl Morosini. »Wir halten die Informanten im Kompaßsaal fest, bis Ihr zurückkehrt.«

Orseolo, Wim und Daniel verließen zusammen den Ratssaal. Ohne ein weiteres Wort an die beiden Holländer zu richten, flitzte der Sekretär zu den wartenden Wachleuten hinunter, als hätte Sansovinos Merkur ihm Flügel an den Füßen verliehen. Seine größte Stunde hatte geschlagen. Dies war die kaum noch erhoffte Gelegenheit, dem Namen seiner Familie wieder den früheren Glanz zu verleihen. Aber zuerst mußte er die Moral der Männer stärken, denen er die Vergnügungen des Tages verwehrt hatte.

»Ich habe euch nicht vergebens hier behalten«, begann er und versuchte, so tief wie möglich zu sprechen, um seiner Stimme das nötige Gewicht zu verleihen. »Feindliche Truppen haben sich verschworen, den venezianischen Löwen in die Knie zu zwingen. Wenn sie ihren Willen bekommen, werden noch vor Ende der Nacht die Kanäle unserer geliebten Stadt rot vor Blut sein, die Paläste niedergebrannt, die Schätze geplündert, unsere Frauen geschändet und niedergemetzelt. Venedig, das von der ganzen Welt wegen seiner Schönheit und seines Reichtums beneidet wird, wäre dann nur noch ein Haufen rauchender Ruinen, den sogar die räudigen Hunde meiden würden. Aber ihr schlaft tief und fest in euren Betten und werdet nichts davon merken, ehe euch der Rauch beinahe schon erstickt, denn nichts wird euch auf die Gefahr aufmerksam machen. Die Alarmglocken werden nicht läuten. Wir haben Grund zu der Annahme, daß die Wachen im Campanile bereits überwältigt wurden, um den nächtlichen Angriff vorzubereiten. Ich brauche zwanzig tapfere Männer, die mich sofort zum Glockenturm begleiten. Damit wir keine Aufmerksamkeit erregen, spaziert ihr in Gruppen von zwei oder drei Mann, als hieltet ihr Ausschau nach Taschendieben, und jede Gruppe überquert den Platz auf einem anderen Weg. Hinter dem Turm treffen wir uns wieder und nehmen ihn dann im Sturm. Retter Venedigs, eure Namen werden für immer in die Annalen unserer Erhabensten Republik eingehen.«

Alle Männer hegten den gleichen Gedanken. *Das wird uns einen Dreck nutzen, wenn wir tot und nur noch Fischfutter am Boden der Lagune sind.* Doch wer würde wagen, so etwas zu äußern? Die Männer traten verlegen von einem Fuß auf den anderen, schauten einander mit gesenktem Blick von der Seite an. Jeder wartete darauf, daß ein anderer sich freiwillig melden würde. Schließlich trat von hinten ein rundlicher kleiner Mann namens Giannino mutig vor. Auch seine größte Stunde hatte geschlagen. Wegen seiner Faßform und seiner Fistelstimme war er schon immer das Gespött seiner Kumpane gewesen. Jetzt bot sich ihm die Gelegenheit, den Mut unter Beweis zu stellen, den ihm seine Kollegen höhnisch absprachen. Er mußte sich nur das Bild seiner Mutter vor Augen halten, ihre weichen Rundungen und warmen Umarmungen, und wie sie dann von einer Bande blutrünstiger Vergewaltiger gequält wurde, da strömte ihm die Kraft von Titanen durch die Adern. Bei Gott, denen würde er zeigen, was für ein Kerl er war! Der Gedanke erfüllte ihn so vollkommen, daß er gar nicht merkte, was die Folge seiner mutigen Geste war: Er hatte seine Spötter damit so beschämt, daß sie seinem couragierten Beispiel folgen mußten.

Tatsächlich bekam Giannino jedoch wenig Gelegenheit, seinen Heldenmut unter Beweis zu stellen. Als sie in den Campanile stürmten, schlug ihnen ein widerwärtiger Gestank nach Erbrochenem und schalem Wein entgegen. Orseolo war entrüstet, die Männer erleichtert. Trotzdem gingen sie sehr vorsichtig weiter vor. Selbst Trunkenbolde konnten gefährlich werden. Als sie mit gesenktem Kopf und vorgehaltenen Waffen in die Wachstube eindrangen, knirschten Krusten und Krümel unter ihren Füßen. Bei jedem Schritt glitten ihre Sohlen auf Fettflecken aus, blieben ihre Absätze an Honiglachen hängen, stolperten sie über abgenagte Knochen. Was für ein tolles Fest das gewesen sein mußte! So toll, daß es die beiden Wachmänner bewußtlos hingestreckt hatte. Die Wachleute versetzten den beiden, die da am Boden lagen, einen kräftigen Tritt. Hier ruhte eine blutige Hand auf den Splittern eines geborstenen Weinfasses, dort ein verletzter Fuß in einer Wolke von Schmeißfliegen. Stille. Nichts rührte sich. Orseolo neigte sich über die reglosen Gestalten. Es drehte ihm den Magen um. An den Hälsen der Männer waren Würgemale zu sehen. Als er den Toten die vorquellenden Augen schloß, wichen die Männer zurück. Einige bekreuzigten sich, andere spuckten aus, um den bösen Blick zu bannen, die meisten machten beides.

Giannino reagierte als erster. Er bedeutete seinen Kameraden mit einem Zeichen, daß sie ihm folgen sollten, verließ die Wachstube und ging auf leisen Sohlen die Wendeltreppe hinauf zum Glockenturm. Als er sich den obersten Stufen näherte, blieb er stehen. Die Beine einer Leiche versperrten ihm den Weg. Sie waren von der hölzernen Plattform herabgeglitten. Das strahlende Mittagslicht, das durch die zarten Bogenöffnungen des hohen Glockenturms eindrang, warf seinen Schein auf die große bronzene Alarmglocke, deren Glöckner hier unter ihr tot auf dem Boden lag. Giannino schob den leblosen Körper zur Seite und trat auf die Plattform. Die Glockenstränge hingen über ihm wie die Schlinge des Henkers. Zwei Gestalten, die auf der anderen Seite in einer Ecke gedöst hatten, den Rücken an die Wand gelehnt, die Knie zum Kinn hochgezogen, rappelten sich nun auf, blinzelten schläfrig, während sie nach den Gewehren tasteten, die ihnen aus der Hand gefallen waren. Giannino wollte gerade auf sie zielen, als Orseolo, der von unten alles beobachtete, rief: »Ich will sie lebendig!«

Nun stürmten die anderen Wachmänner die Treppe hinauf. Mühelos überwältigten sie die Verschwörer. »Bindet sie und bringt sie zum Sprechen«, kreischte Orseolo nach oben. »Wenn sie sich weigern, zwingt sie. Giannino, du wirst für deine Tapferkeit belobigt«, fügte er noch hinzu, als er den Turm bereits wieder verlassen hatte und über die Piazza zum Dogenpalast zurückhastete, um dort den wartenden Räten Bericht zu erstatten.

Im Laufschritt durchquerte Orseolo den Kompaßsaal,

nickte diesmal Wim und Daniel knapp zu, als wolle er damit die Wahrhaftigkeit ihres Berichtes bestätigen. Die beiden Männer wechselten einen hoffnungsvollen Blick, wagten aber noch nicht zu lächeln. Denn sie hielten bisher keine schriftliche Bestätigung ihrer Sicherheitsgarantie in Händen.

Im Ratssaal erstarrten die fünf Männer, während sie Orseolo zuhörten. Panik lag in der Luft.

»Das Arsenal!«

»Orseolo, nehmt alle Männer, die Ihr auftreiben könnt, und treibt die Verräter hinaus!«

Die Vision von der wiederhergestellten Familienehre der Orseolo löste sich auf wie der Morgendunst über den Wassern der Lagune. Von ihm zu erwarten, daß er mit der Handvoll mürrischer Männer, die ihm zu Verfügung standen, die ungeheuren Weiten des Arsenals durchkämmen könnte, das war, als wollte man eine Nadel im Heuhaufen suchen. Der einzige Hinweis, den er hatte, war, daß drei der Männer Franzosen waren und einer von ihnen L'Anglade hieß. Das war so gut wie gar nichts. Er rannte die Treppe zur Wachstube hinunter, scheuchte die Männer durch die verlassenen Gänge zu dem halb verborgenen Ausgang unterhalb der Seufzerbrücke. Dort stiegen sie in Ruderboote, die das Wappen der Republik trugen. Nachdem sie den finsteren Kanal verlassen hatten, dessen trübes Wasser im Schatten der Gefängnismauern lag, schlängelten sie sich zwischen den unzähligen Booten hindurch, die nur zum Vergnügen auf die ruhigen Gewässer der sonnenglänzenden Lagune hinausgefahren waren. Beim Anblick des Staatsbanners, das am Heck flatterte, machten alle Platz für sie.

Wie und wo sollte er nur anfangen? Orseolo blickte sich verzweifelt um, während die Boote am Fuß der halbrunden

Treppe festmachten, die zum Eingang des Arsenals hinaufführte. Die grimmigen steinernen Löwen, die den riesigen Eingang flankierten, starrten ihn bedrohlich an, vermittelten keineswegs ein Gefühl des Triumphes, sondern erfüllten ihn mit einer Vorahnung drohender Katastrophen.

»Ich suche Kapitän l'Anglade!« schnarrte er dem Türsteher zu.

»L'Anglade? Wer soll das denn sein?« nuschelte der Kerl zurück.

»Ein Franzose, den kürzlich erst Kapitän Pierre in unsere Dienste genommen hat.«

»Kapitän Pierre habe ich in den letzten paar Tage nicht im Arsenal gesehen.«

»Ich habe ja auch nicht nach Pierre gefragt, sondern nach L'Anglade.«

»Ich bin neu hier. Hab keine Zeit, mir all die Herren mit Namen zu merken.«

»Wie heißt Ihr?«

»Marcantino Rossi, mein Herr.«

Im verderbten Gesicht des Mannes meinte Orseolo eine Spur von Bauernschläue zu entdecken. Wenn Pierre zwei venezianische Schiffe unter sein Kommando gebracht hatte, wenn er seine eigenen Leute ins Arsenal eingeschleust und andere, die schon dort arbeiteten, auf seine Seite gezogen hatte, dann konnte man mit Fug und Recht davon ausgehen, daß auch dieser junge Schurke einer von seinen Leuten war. Er und der ganze Rest der Rumpfmannschaft, die an diesem Festtag hier Dienst tat. Orseolo konnte sich weder auf die Aussagen noch auf die Unterstützung eines einzigen von ihnen verlassen. Alle waren sie verdächtig.

Er überlegte kurz und trat dann zu einem Fenster, das auf das Arsenal hinausging. Der Anblick, der sich ihm bot, ließ seinen Mut sinken. Wo sollten seine Leute mit der Suche beginnen? An Bord der Galeeren und Galeassen, die vor Anker lagen und ihrer Reparatur harrten? Oder in den Laderäumen der Schiffe, die auf dem Trockendock lagen und für das Kalfatern und einen neuen Anstrich vorbereitet wurden? Im ungeheuer großen Areal der Seilerei, unter all den Hanfhaufen und aufgerollten Tauen? Unter dem Segeltuch, das man in der Werkstatt ausgebreitet hatte, wo die Segel zugeschnitten und genäht wurden? Die Schmiede, wo die Feuer niemals verloschen, wäre ein zu gefährlicher Ort, das Waffenlager ein zu offensichtliches Versteck. Aber was war mit den Quartieren, in denen sonst die Senatoren und Räte wohnten, die das Arsenal verwalteten, dazu noch der Admiral und die Offiziere der Flotte, die heute aber alle im Palast tafelten? Die Aufgabe war zu gewaltig. Es war einfach nicht zu schaffen, nicht mit den Männern, die mit dem Ort so wenig vertraut waren wie er, und schon gar nicht in der wenigen Zeit, die noch blieb.

Orseolo wandte sich wieder dem Wachmann zu, der seine gedrungene Gestalt mit einer Mischung aus Mißtrauen und Verachtung gemustert hatte. »Auf Weisung des Zehnerrates befehle ich Euch, meinen Männern dabei behilflich zu sein, innerhalb einer Stunde und keinen Augenblick später alle auf dem Gebiet des Arsenals befindlichen Männer hier zusammenzurufen.«

»Alle?«

»Ich habe alle gesagt, vom höchsten Offizier bis zum niedrigsten Schiffsjungen. Wer dem nicht Folge leistet, hat strengste Strafen zu erwarten. Begleitet ihn!« befahl Orseolo zweien seiner Wachmänner.

Einer nach dem anderen tauchen die Männer auf, knöpften sich die Hemden zu, schlossen die Gürtel ihrer Hosen, strichen sich durchs zerzauste Haar. Die Unteroffiziere, die an Bord geblieben waren, um die Galeeren zu bewachen, sahen aus, als hätten sie sich gerade von ihren Strohsäcken erhoben. Die Heizer wischten sich noch Schweiß und Ruß von Stirn und Händen. Nachdem man ihm versichert hatte, daß alle versammelt waren, richtete sich Orseolo zu seiner ganzen, wenig eindrucksvollen Größe auf und begann so feierlich, wie er das mit seiner hohen Stimme nur vermochte, seine Erklärungen.

»Meine Herren, unter euch befindet sich eine Gruppe von Männern, die sich mit der Absicht tragen, in wenigen Stunden dieses Arsenal in die Luft zu sprengen. Das ist Teil eines groß angelegten Plans zum Umsturz der Republik Venedig. Drei dieser Männer sind Franzosen, einer von ihnen, ein enger Vertrauter von Kapitän Pierre, heißt l'Anglade. Die anderen Verschwörer stammen aus euren Reihen. Mitverschwörer dieser Verräter wurden bereits dingfest gemacht, und alle Einzelheiten des Plans sind den Behörden bekannt. Es würde unsere Aufgabe sehr erleichtern, wenn l'Anglade und seine Komplizen vortreten und sich sofort ergeben würden. Sollten sie das nicht tun, dann stehen alle hier versammelten Männer unter dem Verdacht, sich an einer Verschwörung gegen die Republik beteiligt zu haben.«

Grabesstille senkte sich über die Männer. Nichts regte sich, kein Laut war zu hören.

Orseolo war wie vom Donner gerührt. Waren all diese Männer wirklich bereit, für Spanien zu sterben? Oder glaubten sie, daß er den Plan gar nicht so genau kannte und nur bluffte, um sie dazu zu zwingen, sich zu ergeben? Daß sie keine Ahnung davon hatten, schien undenkbar. Mit einer Strenge, die seiner Natur eigentlich fremd war, erklärte er: »Ihr habt drei Minuten. Wenn sich dann noch niemand gemeldet hat, landet ihr alle auf den Galeeren.«

Ein junger Offizier trat vor. »Mein Herr, mein Name ist Retrosi, und ich bin in keiner Weise in diese Verschwörung verwickelt. Mein Schiff ist erst gestern zu Reparaturarbeiten im Arsenal eingelaufen, nachdem wir lange die Türken daran gehindert haben, Kreta anzugreifen. Ich hatte keine Zeit, herauszufinden, was hier vor sich geht, noch viel weniger Gelegenheit, mit den Leuten hier Kontakt aufzunehmen.«

»Tretet zur Seite.«

»Und ich komme von draußen«, murrte einer von hinten. »Sammle jeden Morgen den Müll ein, auch am Himmelfahrtstag.«

»Aber Mittag ist doch schon vorbei.«

»Na ja, bin ein bißchen länger mit meiner Frau im Bett liegen geblieben. Vermählung mit dem Meer und so.«

»Wenn Ihr jeden Tag ins Arsenal kommt und es mit Säcken voller Müll wieder verlaßt, könnt Ihr den Verschwörern von großem Nutzen sein. Bleibt, wo Ihr seid. Noch zwei Minuten.«

Die Gesichter wurden blaß, die Männer traten von einem Fuß auf den anderen. Wenn man schon den armen alten Müllmann verdächtigte, wieviel mehr dann alle anderen, so unschuldig sie auch sein mochten?

»Nun?« wiederholte Orseolo, tappte mit dem Fuß, um die Sekunden zu markieren.

Endlich entstand hinten eine Bewegung. Ein pickeliger junger Mann trat zögerlich vor, nestelte an den Bändern seiner schmuddeligen Schürze. Sie waren viel zu lang für ihn, und er hatte sie zweimal um seinen knabenhaften Körper geschlungen und vor dem Bauch verknotet. Sein Vater hatte ihm beigebracht, daß er immer die Schürze abbinden mußte, wenn er mit einem Vorgesetzten sprach, und so zerrte er noch an dem störrischen Knoten, als er vor den Sekretär trat.

»Hör mit der Fummelei auf und sprich!«

Der Junge zuckte ängstlich zusammen und ließ die Hände sinken, hielt aber die Augen starr auf den Knoten gerichtet. »Mein Herr, ich mache hier nur sauber, und ich kann von Glück sagen, daß ich die Arbeit gefunden habe. Ich muß nämlich meine arme Mutter und meine sechs Brüder durchfüttern, seit Vater bei einer Schlägerei umgekommen ist, als er einen Dieb daran hindern wollte …«

»Das langt. Komm zur Sache!«

»Die Sache ist die«, fuhr der Junge mit festerer Stimme fort und hob den Kopf, um Orseolo gerade in die Augen zu schauen, »daß ich meine Arbeit unbedingt brauche. Also habe ich mich freiwillig gemeldet, heute zu arbeiten, weil ich einen guten Eindruck machen wollte. Weil kaum jemand hier ist, wollte ich die Flure mal richtig gründlich durchputzen. So kann ich beweisen, was für ein gewissenhafter Arbeiter ich bin.«

Mit einer ungeduldigen Geste drängte Orseolo ihn, schneller in seinem Bericht fortzufahren.

»Na ja, und als alle Fußböden schön sauber waren, da habe ich mir gedacht: Also Enzo, habe ich zu mir gesagt, jetzt kannst du, wenn du schon mal dabei bist, auch gleich den Keller machen. Entschuldigung, daß ich so viel erklären muß, aber ich muß Euch sagen, daß der Stein vom Kellerfußboden ganz rauh ist, nicht glatt wie der in den oberen Stockwerken. Also hab ich mir gesagt, Enzo, hab ich gesagt, dafür brauchst du einen neuen Besen mit harten Borsten. Unten im Keller ist ein Lager, da heben sie den alten

Ballast auf, aber wir von der Putztruppe haben da auch ein paar Dinge untergebracht, die wir für unsere Arbeit brauchen. Das Lager ist nie abgeschlossen, also bin ich hingegangen, um mir einen Besen zu holen. Aber die Tür ging nicht auf. Ich habe geschoben und gezogen, doch schließlich hab ich begriffen, daß jemand sie aus irgendeinem Grund zugeschlossen haben mußte. Wieder mal Pech gehabt, Enzo, hab ich mir gedacht. Muß irgendein mißtrauischer Wachmann gewesen sein, der sich einbildet, daß vielleicht jemand kommt und Besen und Lappen klaut, wenn keiner da ist. Keiner außer mir. Dann hab ich mir plötzlich gedacht, vielleicht verdächtigt er mich? Da ist mir einen Augenblick ganz mulmig geworden, aber nicht lange, denn ich wußte, das kann ja nicht sein. Ich würde nicht einmal einen zerfetzten alten Lappen nehmen, der mir nicht gehört. Ich kenn die Zehn Gebote auswendig, mein Herr, und ich würde mich gegen keins davon versündigen. Da stand ich also und fragte mich, warum die Tür verschlossen ist, und da hab ich was Seltsames gerochen. Nicht diesen Modergeruch, den man in Kellern immer hat, nein, was anderes. Ich habe geschnüffelt und geschnüffelt, und dann hab ich plötzlich gewußt: Mensch, Enzo, das riecht hier nach Feuerwerk! Und während ich das noch dachte, wurde ich schon hierhergerufen. Es kann ja sein, daß ich mir das alles nur eingebildet habe …«

»Rasch! Führ uns hin!« befahl Orseolo. Er ließ vier seiner Wachmänner zurück, die die anderen Männer beaufsichtigen sollten, an deren Unschuld er nun beinahe zu glauben bereit war, und nahm die übrigen mit. Als er heftig an die kleine Tür zu dem Lagerraum klopfte, erhielt er keine Antwort. Auf sein Nicken hin traten die Wachen die Tür ein. Fünf Männer waren an die Wand zurückgewichen.

Zu ihren Füßen lagen Kisten mit Schwarzpulver, Drähte, Trichter, Rohre.

»Verhaftet sie alle!« brüllte der Sekretär. »Wer von euch ist l'Anglade?«

Ein hochaufgeschossener schmaler Franzose kam herbeigeschlendert, hochnäsig und arrogant. »Ich bin l'Anglade. Auf wessen Befehl verhaftet Ihr mich?«

»Auf Befehl des Zehnerrats, unter dem Verdacht des Hochverrats gegen die Erhabenste Republik Venedig.«

»Nicht so rasch, *mon petit bonhomme**. Wir wollen doch erst einmal die Tatsachen ordnen, ja? Es scheint Euch unbekannt zu sein, daß vor zwei Tagen ein Teil der Flotte vom Senat den Befehl erhielt, unverzüglich zur Dalmatinischen Küste aufzubrechen. Sie hatten den Auftrag, die dortigen Besitztümer Venedigs vor den begierigen Augen des Herzogs von Osuna zu schützen, den der Erzherzog zu Hilfe gerufen hat, um den Aufstand in Böhmen niederzuschlagen. Weil die Sache sehr dringend war, mußte der kommandierende Admiral auslaufen, ehe seine Schiffe vollständig ausgerüstet waren. Daher hat er uns, die wir zurückgeblieben sind, beauftragt, Sprengkörper zu fertigen und sie der Flotte zu liefern. Um Zeit zu gewinnen, haben wir sogar unseren freien Tag dafür geopfert.«

»Warum habt Ihr es dann aber angesichts dieses lobenswerten Fleißes für nötig befunden, Euch in einer so beengten und finsteren Kammer einzuschließen? Wäre das Waffenlager nicht ein viel besserer Arbeitsplatz gewesen?«

»Wir wollten die Festlaune nicht stören.«

»Wie rücksichtsvoll! Aber da Ihr nichts zu verbergen habt, wieso habt Ihr nicht geöffnet, als ich angeklopft habe?

* (franz.) Mein guter Mann.

Macht Euch nicht die Mühe, darauf zu antworten. Das Spiel ist aus. Renault und Euer guter Freund Pierre haben ganze Arbeit geleistet. Nur eine Kleinigkeit haben sie übersehen. Daß ein Hugenotte und ein Mann mit jüdischem Blut in den Adern nicht guten Gewissens den Interessen des katholischen Spaniens dienen können. Nun, wo kann ich Kapitän Pierre finden?«

»Keine Ahnung.«

»Keine Ahnung?«

»Nicht die geringste. Er ist immer auf dem Sprung.«

»Wie jeder gute Verschwörer. Aber zu dieser späten Stunde bleiben ihm nicht mehr viele Schlupfwinkel.«

»Nicht daß ich wüßte.«

»Hm, und dabei seid Ihr doch ein so guter und treuer Freund von ihm. Es muß Euch wohl kurzzeitig entfallen sein. Aber es gibt ja Mittel, Euer Erinnerungsvermögen wieder anzuregen. Sollte Euch auch auf dem Weg zum Dogenpalast sein Aufenthaltsort nicht einfallen, so werden diese Methoden Eurem Gedächtnis sicherlich auf die Sprünge helfen.«

Auf ein Zeichen von Orseolo ergriffen vier Wachen l'Anglade, fesselten und knebelten ihn, bugsierten ihn die Treppe hinauf und aus dem Arsenal heraus. Auf der letzten Stufe täuschte er vor, auf einem Fleckchen Moos auszurutschen. Doch sein Versuch, die Männer aus dem Gleichgewicht zu bringen, schlug fehl. Die Wachen waren geschickt. Einer packte ihn bei den Schuhen, der andere bei den Schultern, und zusammen warfen sie ihn wie einen Mehlsack mit Schwung in das Boot. Inzwischen befahl unten im Keller Orseolo, mit l'Anglades vier Komplizen kurzen Prozeß zu machen. Enzo und Retrosi betraute er mit der Aufgabe, ihre Leichen mit Ballast zu beschweren, sie in

Segeltuch einzuschlagen, zur Ladeluke zu schleifen und dann ins Wasser zu werfen.

Nach vollendeter Tat murmelte Enzo bleich und zittrig: »Jetzt wisch ich am besten den Boden.«

»Das kann warten. Geh wieder hinauf zu den anderen«, ordnete Orseolo an. »Und Ihr, Retrosi, Ihr kommt mit uns.«

Wenige Augenblicke später ging auch der Sekretär wieder hinauf. Als er in die Wachstube kam, teilte er den übrigen Arbeitern des Arsenals mit, sie würden weiter unter Aufsicht stehen, bis der Zehnerrat andere Befehle erteilte. Orseolo wollte nicht das geringste Risiko eingehen. Es bestand immer noch die Möglichkeit, daß einer der Männer die Verschwörer alarmierte, die noch auf freiem Fuß waren. Er ließ einige seiner Männer zurück und begab sich mit Retrosi und den restlichen Wachen zum Boot, das gemächlich auf dem sonnenglänzenden Wasser auf und ab tanzte.

»Zum Palast, aber schnell!«

Kapitel 29

Um l'Anglade die Zunge zu lösen, brauchte es kaum mehr als den Anblick der Folterwerkzeuge, mit denen man Gefangene, denen es kurzzeitig die Sprache verschlagen hatte, wieder zum Reden zu bringen pflegte. Völlig seiner früheren Arroganz beraubt, stand er vor den schwarz und rot gewandeten Ratsherren und bestätigte nicht nur die Aussagen, die Wim und Daniel gemacht hatten, nein, er fügte in dem verzweifelten Versuch, seine Haut zu retten, auch noch die letzten Einzelheiten hinzu, die unbedingt notwendig waren, wenn man den Umsturzplan rechtzeitig vereiteln wollte. Kapitän Pierre, verriet er ihnen, war bei den Schiffen, die seinem Kommando unterstanden, und prüfte dort, ob alles bereit sei.

Soranzo fragte mit trügerisch sanfter Stimme: »Bereit wofür?«

»Angeblich, um der restlichen Flotte nach Istrien zu folgen, falls das notwendig werden sollte.«

»Und in Wirklichkeit?«

»Um sie in die Luft zu sprengen.«

Morosini erkundigte sich nachdenklich: »Sollte der Senat ihm den Befehl geben, unverzüglich die Segel zu setzen, wer würde dann heute abend den Angriff auf dem Markusplatz anführen?«

»Wir sind auf alle Möglichkeiten vorbereitet. Eine Gruppe von Männern liegt im Haus der Griechin in Cannaregio in Reserve. Ich weiß nicht, welchen von ihnen Renault als Ersatz für den Kapitän bestimmen würde.«

»Und wo hält sich Renault im Augenblick auf?«

»Er ruht sich zu Hause aus.«

Morosini fragte ruhig: »Mit zu Hause meinte Ihr wohl die Residenz des französischen Botschafters?«

»Ja.«

»Führt ihn ab!« bellte Gradenigo.

Plötzlich gerieten die Ratsherren in Bewegung. Morosini eilte zum Festsaal, um den Flottenadmiral zu informieren. Nur ihm standen die Waffen und die Männer zur Verfügung, die man brauchte, um mit Pierre fertig zu werden. Angesichts der Lage im Adriatischen Meer würde der Kapitän kaum Verdacht schöpfen, wenn eine Gruppe von Offizieren an Bord der Schiffe kam, die seinem Kommando unterstanden. Sollte er jedoch mißtrauisch werden, mußten sie auf alles vorbereitet sein. Gleichzeitig müßte man eine Flotte aussenden, die mit den Spaniern auf den Brigantinen des Herzogs von Osuna kurzen Prozeß machte.

Renault stellte sie vor ein wesentlich heikleres Problem. Die Rechtshoheit Venedigs erstreckte sich nicht auf Gebiete, die exterritorialen Status hatten. Wenn man ohne die vorherige Zustimmung des Botschafters in die Botschaft eines ausländischen Staates eindrang, so konnte das weitreichende Konsequenzen haben.

Einer der Berater des Dogen in seiner scharlachroten Robe ließ seine sonore Stimme ertönen: »Haben wir verläßliche Informationen über die Beziehung zwischen dem französischen Botschafter und seinem Gast Renault? Ist Renault dort erwünscht oder nicht?«

Gradenigo erwiderte: »Das ist doch jetzt unwesentlich. Falls der Botschafter gezwungen war, Renault Zuflucht zu gewähren, weil der zuviel über die finsteren Machenschaften des vorigen französischen Regimes weiß, wird er froh sein, ihn mit unserer Hilfe loszuwerden. Vorausgesetzt natürlich, daß er nicht vorher schon von der Verschwörung wußte. Wenn andererseits die Dienste, die Renault der französischen Krone in der Vergangenheit geleistet hat, diesen offiziellen Schutz erwirkt haben, müssen wir uns den Zugang zur Botschaft erzwingen. Die Umstände wären in diesem Fall außerordentlich günstig, denn Seine Exzellenz ist zu Gast beim Bankett. Mit einem entsprechend abgefaßten Durchsuchungsbefehl, den der Rat ausstellt, und unterstützt von einem eindrucksvollen Trupp aus der Leibwache des Dogen, welcher Kanzleisekretär oder Haushofmeister in irgendeiner Botschaft würde es wagen, in Abwesenheit seines Herren unseren Leuten den Zutritt zu verwehren?«

»Das gilt natürlich auch für die spanische Botschaft«, ließ Soranza sich hören. »Alphonse de la Cueva mag ja als Diplomat unantastbar sein, aber wir sind nicht verpflichtet, dieses Privileg auf seine Waffenvorräte auszudehnen. Doch können wir es wagen, die persönliche Leibwache des Dogen um all die Männer zu verringern, die wir zu den beiden Botschaften schicken?«

»Wir haben keine andere Wahl. Wir könnten sie durch die Männer ergänzen, die Orseolo zurückbehalten hat. Entgegen allen Erwartungen haben sie sich als sehr tapfer erwiesen.«

»Dann haben wir aber keine Männer mehr für die Razzia im Haus der Griechin.«

»Das kann die Polizei übernehmen. Dann hat sie wenigstens während der nachmittäglichen Ruhepause etwas zu tun, wenn die Feiernden Siesta halten.«

Derweil Soranzo Orseolo die sorgfältig formulierten Durchsuchungsbefehle für die französische und die spanische Botschaft diktierte, verließ Gradenigo den Ratssaal, um zunächst dem Befehlshaber der Leibwache des Dogen

Anweisungen zu geben und dann dem Polizeiobersten, der sich nun in der Umgebung des Palastes aufhielt, Instruktionen zu erteilen. Denn eine der vielen Pflichten, die er an diesem anstrengenden Tag zu erfüllen hatte, war es, dafür zu sorgen, daß am Ende des Banketts die Menschenmenge, die sich auf der Piazza tummelte, die Würdenträger nicht beim Verlassen des Gebäudes behinderte.

Nachdem die Durchsuchungsbefehle unterzeichnet waren, wandte sich Soranzo an die beiden Mitglieder der Signoria. »Die Holländer, die wir in Gewahrsam halten, haben uns ihre über alle Zweifel erhabene Vertrauenswürdigkeit bewiesen. Nun müssen wir auch unsere Verpflichtungen ihnen gegenüber erfüllen.«

»Ich rate zur Vorsicht«, erwiderte der Ratsherr, der bisher geschwiegen hatte. »Wir wollen abwarten, bis Kapitän Pierre sich in der ewigen Umarmung des Meeres befindet, das er so liebt, bis Nicolas de Renault sicher in unserem Kerker sitzt und alle Verschwörer aus Marysas Haus aufgestöbert sind. Man kann nicht mißtrauisch genug sein, wenn auch Frauen an einer Sache beteiligt sind. Da die Holländer in ihren Forderungen Diana Motta erwähnt haben, müssen wir davon ausgehen, daß sie Kontakt zu ihr hatten. Vielleicht hat sie die beiden sogar auf Renaults Spur gebracht. In einem Augenblick des Mitleids oder der Reue gerät sie vielleicht in Versuchung, diesen Mann zu warnen, der sie schon so lange liebt. Obwohl auch ihre Freiheit der Preis ist, den wir zahlen müssen, um die Verschwörung zu vereiteln, müssen wir doch auf der Hut sei, falls sie irgend etwas Unbedachtes tut.«

Diese Vorsicht erwies sich jedoch als unbegründet. Diana war so verängstigt, daß sie nicht vom Bett ihres Vaters gewichen war, seit sie Daniel am Abend zuvor verlassen hatte. Raffaelo Mottas Zustand verschlechterte sich zusehends. Seine Stimme war kaum mehr als ein Flüstern, das er den pfeifenden Lungen abringen konnte, und doch bestand er darauf, mit letzter Kraft Avraham Buoncompagno, dem getreuen Freund, der viele seiner Werke herausgebracht hatte, sein Testament zu diktieren. Diana schien diese Anstrengung sinnlos. Als seine rechtmäßige Erbin hätte sie sich ohnehin darum gekümmert, daß seine Schriften und Predigten und alle hebräischen und italienischen Bücher aus seinem Besitz als Geschenk an die Rabbis und Gelehrten der Gemeinde gingen, wo sie gewiß geschätzt und in Ehren gehalten würden. Darüber hinaus gab es nichts zu vererben. Sie weinte stille Tränen um ihn und um all die erloschenen Hoffnungen: Angelo, sein Lieblingssohn, war viel zu früh verstorben, wobei der Todgeweihte nicht ganz unschuldig am Ableben seines Erstgeborenen war. Sein anderer Sohn Marino war dem Laster derart verfallen, daß er sich von ihm losgesagt hatte. Und sein einziger Enkel war ihm bereits in der Wiege geraubt worden.

Sie weinte auch um ihre Mutter. Monatelang saß Fioretta Motta nun schon schweigend, steif und reglos auf ihrem schäbigen Holzstuhl, ein zerschlissenes Samtkissen im Rücken, ein anderes auf dem Schoß, auf dem ihre hilflosen Hände still lagen. In ihrem eigenen Leiden gefangen, hatte sie gelernt, alle Schmerzenslaute zu unterdrücken. Wer würde sie schon hören? Ihr war völlig gleichgültig, ob ihr Mann lebte oder starb. Da er sich während ihres Ehelebens nicht einmal um ihre elementarsten Bedürfnisse gekümmert hatte, scherte sie sich nun im Augenblick seines Sterbens auch nicht um die seinen. Von Anfang an war es eine Ehe ohne Hoffnung, ohne Liebe gewesen. Inzwischen fehlte ihr die Kraft, so zu tun, als wäre es je anders gewesen.

»Der Sarg sollte ganz einfach sein, ohne abgeschrägten Deckel«, murmelte Raffaelo Motta. Bei diesem Anzeichen von Bescheidenheit spielte ein kleines Lächeln um Buoncompagnos Züge, denn Särge mit abgeschrägtem Deckel waren wichtigen Persönlichkeiten vorbehalten.

»Obenauf sollte man nur die großen, gebundenen Exemplare meiner Schriften legen. Ich möchte beim Friedhofstor beerdigt werden, das zum Feld hinausgeht, neben meinen Eltern und Großeltern seligen Gedenkens. Wenn die Trauergäste es wünschen, sollen sie um mein Grab herumgehen, wie man es in der Levante macht. Die Kantoren sollten nur Verse aus den Psalmen sprechen: ›Ich hebe meine Augen auf zu den Bergen‹ –« Raffaelo verstummte, nahm aber noch einmal all seine letzten Kräfte zusammen, um mit ersterbender Stimme Silbe für Silbe zu sprechen: »Zu … Dir … o Herr … erhebe … ich … meine … Seele.«

Avraham Buoncompagno schloß ihm sanft die Augen, breitete seinen Bart ordentlich auf der Bettdecke aus und stand dann auf, um sich um die letzten Riten zu kümmern.

Diana ging zu ihrer Mutter hinüber. Schweigend nahm sie eine der knotigen und verkrümmten Hände und barg sie in den ihren. Was sollte jetzt aus der alten Frau werden, die sich völlig aus dem Leben zurückgezogen zu haben schien? Diana verfügte nun selbst über keine Möglichkeit mehr, ihr zu helfen, auch ihr Leben schwebte ja in äußerster Gefahr. Wenn sie unbekannte Schritte auf der wackeligen Holztreppe vernahm, überkam sie die Angst. Trat dann nur ein Mitglied der Begräbnisgesellschaft durch die Tür, atmete sie auf, doch nur, bis sie erneut Schritte hörte. Daniels vertraute Schritte waren nicht darunter.

Langsam verging der Nachmittag; die Luft in dem engen Raum wurde immer stickiger. Während die Männer ihre traurige Pflicht erfüllten, verbreitete sich ihr Schweißgeruch im Raum, in dem auch Mutter und Tochter saßen. Diana wurde ganz schlecht davon. Was hielt Daniel bloß auf? Es konnte doch unmöglich so lange gedauert haben, bis er und Wim dem Zehnerrat den Plan der Verschwörung dargelegt hatten? Hatte man ihre Glaubwürdigkeit angezweifelt und sie ins Gefängnis geworfen? Oder hatten die Verschwörer, die gegen den Protestanten Verdacht geschöpft hatten, die beiden auf dem Weg zum Palast abgefangen und für immer zum Schweigen gebracht? So im Ungewissen zu sein, bereitete ihr nur noch mehr Qual. In ihrer Phantasie malte sie sich immer schrecklichere Tragödien aus.

Schwere Schritte ließen die Bodendielen erbeben. Zum erstenmal an diesem Tag hob Fioretta Motta die Augen, und ein Funken Leben flackerte darin auf. Musa Amsaleg beugte sich zu ihr hinunter und ergriff die Hand, die auf dem Samtkissen ruhte. Er streichelte sie zärtlich. »Ich bin sofort gekommen, als ich die Nachricht erhielt. Die levantinische Gemeinde bekundet Euch ihr Beileid. Und auch ich persönlich spreche Euch von ganzem Herzen mein Mitgefühl aus. Ihr sollt keinen Augenblick länger leiden müssen.«

Fioretta Motta lächelte so sanft, wie Diana ihre Mutter noch nie hatte lächeln sehen.

»Macht Euch keine Gedanken um die Beerdigung«, fuhr Musa fort. »Es ist alles bereits geregelt.«

»Er hat uns nichts hinterlassen, womit wir die Kosten bestreiten könnten«, flüsterte Fioretta.

»Das habe ich bereits erledigt.«

Fioretta hob die Hand, die er in der seinen hielt, eine Hand, die sich monatelang kaum geregt hatte, und strich ihm über die Wange. Mehr Dank brauchte er nicht.

»Ich werde während der Trauerwoche hier sein, aber unmittelbar danach …«

»Es wird keine Trauerwoche geben«, erklärte Fioretta. Obwohl ihre Stimme nach den Jahren des Schweigens ganz rauh klang, duldete sie keinen Widerspruch. »Es wird nicht einen einzigen Trauertrag geben. Ich habe schon genug getrauert, jede Minute meines Lebens – um meine arme tote Schwester, deren jämmerlicher Ersatz ich war, um meinen geliebten Angelo und meinen mißratenen Marino und um das kleine Enkelkind, das ich nicht einmal zu Augen bekommen habe. Und dabei weinte ich auch, wenn ich an mein eigenes Leben dachte, an das Leben meiner Tochter, Leben, das uns durch die Finger rann. Sollen doch die Rabbis um die Seele ihres großartigen Gelehrten heulen und wehklagen. Ich jedenfalls danke Gott, daß Er uns aus einer Lage gerettet hat, die für uns alle unerträglich war.«

Entsetzt schaute Diana ihre Mutter an, die nun all ihrer aufgestauten Wut freien Lauf ließ.

Musa jedoch schien dies nicht zu überraschen. Er wandelte nur das, was er sagen wollte, ein wenig ab.

»In wenigen Tagen muß ich die Segel setzen, um Waren nach Ismir zu liefern. Dort besitze ich ein bescheidenes Haus, das an einem Berghang liegt, mit Blick auf das Meer. Seit dem Tod meiner lieben Frau steht es leer, ist ganz ohne Leben, nutzt niemandem. Ich würde mich sehr geehrt fühlen, wenn Ihr meine Einladung annehmen würdet, die Sommermonate dort mit mir zu verbringen. Die frische Luft, die grüne Umgebung, die weite Landschaft, all das wird Eure Lebensgeister wieder wecken, und wenn Ihr immer auf das Meer schauen könnt, werdet Ihr Venedig kaum vermissen.«

»Ich würde vor Einsamkeit sterben.«

»Wenn Ihr es mir gestattet, würde ich mich nach Kräften bemühen, Eure Einsamkeit zu lindern, Euch vielleicht ein wenig menschliche Wärme zu schenken. Ich erwarte im Gegenzug nichts von Euch, nur ein kleines zufriedenes Nicken ab und zu. Kein Leben sollte so trostlos sein, wie das Eure war.«

Wieder flackerte der Lebensfunke in Fiorettas Augen auf. Seit ihrer Kindheit hatte niemand mehr so freundlich und liebevoll mit ihr gesprochen. Sie konnte es kaum fassen. Vorsichtig erwiderte sie: »Aber ich kann mich kaum bewegen. Ich wäre Euch doch nur eine Last.«

»Es wird immer starke Arme geben, die Euch stützen können. Sollten meine eines Tages versagen, helfen Euch andere. Ich bin ein wohlhabender Mann, liebe Fioretta. Ich habe treue Bedienstete. Solange Ihr unter meinem Dach wohnen wollt, wird es Euch an nichts fehlen.«

Dianas Blick wanderte während dieses rührenden Wortwechsels vom einen zum anderen. Zu ihrer großen Überraschung ging ihr ausgerechnet jetzt eine Aussage ihres Vaters durch den Kopf. *Irgendwann einmal müssen doch die Sterne für mich günstig stehen.* Wie ein Komet war Musa in den Haushalt der Familie Motta gekommen, erleuchtete mit seiner Helligkeit die Finsternis. Dianas Herz erwärmte sich für ihn. Aber als er sie kurz darauf verließ, um Reisevorbereitungen zu treffen, nahm die Sorge um Daniel wieder ganz von ihr Besitz. Die Dämmerung ging in die Nacht über. Verzweifelt stand sie auf, um die Fensterläden zu schließen. Sie warf einen kurzen Blick auf die festliche Menge, die sich unten auf dem Platz zusammengefunden hatte, und da sah sie ihn, wie er sich einen Weg zum Haus bahnte. Übergroße Freude ergriff sie, und sie lief ihm die Treppe hinunter entgegen.

Daniel berichtete ihr zunächst, daß ihr Leben und ihre Freiheit sowie auch die von Fioretta und Motta sicher waren.

Dann erzählte sie ihm vom Tod ihres Vaters.

Plötzlich verlor er seine beherrschte Haltung und sackte in sich zusammen wie eine Marionette, der man alle Fäden abgeschnitten hatte.

Bestürzt fragte Diana: »Was ist denn los mit dir?«

»Es war noch ein weiterer Preis zu zahlen«, murmelte er, als sie miteinander die Treppe hinaufstiegen und in die Wohnung traten. »Wir müssen Venedig innerhalb der nächsten zehn Tage verlassen.«

»Du und Wim, alle beide?«

»Du auch, meine Liebste. Wim ist schon verschwunden, wie immer ohne Angabe eines Reiseziels. In den unendlich langen Stunden, die sie uns warten ließen, während die Papiere, die unsere Sicherheit garantieren sollten, vorbereitet wurden, hielt ich mich mit der Hoffnung – oder der Illusion – aufrecht, daß wir zusammen nach Saloniki aufbrechen würden. Aber nun, da deine Mutter ganz allein auf der Welt ist, möchtest du sie sicherlich mitnehmen und lieber irgendwo in der Nähe Zuflucht suchen, damit die Reise für sie nicht so beschwerlich ist, die Umgebung nicht so fremd – Padua vielleicht … oder Mantua …« Ihm versagte die Stimme.

Diana legte ihm sanft eine Hand auf den Unterarm. Wie vertraut ihm diese Geste war! »Das Rad der Fortuna hat sich gedreht. Musa Amsaleg bricht schon bald nach Ismir auf. Er nimmt meine Mutter mit, damit sie eine Luftveränderung bekommt. Ich bin sicher, auch für uns wäre an Bord noch ein Plätzchen frei.«

»Aber die Beerdigung, die Trauerwoche …«

»Mutter will nichts davon hören. Sie hat ein Leben lang geschwiegen, doch jetzt hat sie ihre Meinung gesagt.«

»Und du?«

»Ich muß gar nichts mehr sagen. Das Leben und die Liebe haben schon für mich gesprochen.«

»Und du verspürst kein Bedauern? Wird dir nicht der kleine Hund des heiligen Augustinus fehlen? Die Eierverkäuferin mit ihrem Korb?«

»Was sind diese Orte schon wert, wenn man nicht mit denen zusammen ist, die man liebt?«

»Und was ist die Freiheit schon wert, wenn man allein ist?«

Kapitel 30

Am Morgen des nächsten Tages drangen wütende Menschenmengen zur spanischen Botschaft vor, brüllten Flüche und drohten mit Gewalt. Gerüchte über die Verschwörung waren die Kanäle entlanggesickert, hatten sich über die Brücken und durch die Gassen geschlichen, waren auf gespitzte Ohren getroffen und von redseligen Zungen weiterverbreitet worden. Die Stimmung war so gereizt, daß die Wachen, die man ausgeschickt hatte, um Alphonse de la Cueva zum Dogenpalast zu geleiten, ihn durch den Dienstboteneingang aus der Botschaft herausschmuggeln und einen dichten Ring um ihn bilden mußten, als sie ihn durch die schattigen Gäßchen zum wartenden Boot brachten. Ein unbeteiligter Beobachter hätte meinen können, daß man den Botschafter in Gewahrsam nahm, aber das Gegenteil war der Fall. Der spanische Diplomat hatte selbst um eine Audienz beim Senat gebeten, um gegen das »gewaltsame Einbrechen« in die Botschaft zu protestieren, zu dem es während seiner gestrigen Abwesenheit gekommen war.

Ungefähr zweihundert Senatoren saßen in der schlichten Pracht ihrer Roben da und schauten ihn streng an, als er in den Audienzsaal trat. Doch der Spanier ließ sich nicht einschüchtern. Er vergaß alle Förmlichkeit und Zeremonie und hob sofort mit seiner wütenden Tirade an:

»Meine Herren, wenn Ihr auch nur einen Augenblick lang glaubt, daß das Katholische Königreich Spanien diese Ungeheuerlichkeit ohne Protest hinnehmen wird, dann irrt Ihr Euch gewaltig. Wie könnt Ihr es wagen, Euren Männern zu gestatten, sich mit Waffengewalt Zutritt zu spanischem Territorium zu erzwingen? Wer hat Euch das Recht gegeben, eine solche feindliche Handlung gegen eine befreundete Nation anzuordnen? Ich warne Euch, meine Herren, wenn ich nicht unverzüglich eine Entschuldigung erhalte, so werde ich nicht zögern, meinem Herrscher, Seiner Katholischen Majestät König Philipp III., über diese Ungeheuerlichkeit Bericht zu erstatten, eine Angelegenheit, die ich als einen *casus belli* erachte.«

Der stellvertretende Doge versuchte, den Diplomaten zu beruhigen.

»Wir bedauern diesen Vorfall zutiefst. Wir hegen die feste Absicht, uns bei Eurem königlichen Herrn zu entschuldigen, sobald Ihr, der Vertreter Seiner Majestät, dessen Aufgabe es ist, für weiterhin friedliche Beziehungen zwischen unseren beiden Ländern zu sorgen, uns erklärt habt, warum soviel Kriegsgerät in Eurer Botschaft lagerte.«

»Ihr überrascht mich, meine Herren. Wie können Männer von Eurer Klugheit und Umsicht so furchtbar ungeschickt vorgehen? Wie könnt Ihr es wagen, solche falschen Unterstellungen vorzubringen? Ihr wißt sehr wohl, daß auch in der Vergangenheit unsere Botschaft schon zeitweilig als Waffenlager für unsere Truppen in Neapel und Tirol gedient hat. Da die besten Waffen auf dem ganzen europäischen Kontinent auf venezianischem Gebiet hergestellt werden, worauf Ihr zu Recht stolz seid, ist es doch wohl selbstverständlich, daß auch ich sie hier erwerbe. Und was die Männer betrifft, die Ihr *manu militari* habt fortschaffen lassen, so haben diese sich aus freien Stücken an mich gewandt und mir ihre Dienste als Experten in allen militärischen Fragen angetragen.«

»Das sind üble Kriminelle, eine Schande für die ganze

Menschheit«, zischte der Doge. »Und was habt Ihr dazu zu sagen?« fuhr er fort und hielt ein Bündel Briefe in die Höhe, die er einen nach dem anderen dem Spanier vorlegte, als blätterte er einen Stapel Spielkarten vor ihm auf. »Diese Schreiben wurden im Besitz eines gewissen Nicolas de Renault gefunden. Unter anderem enthalten sie einen belastenden Briefwechsel mit dem Herzog von Osuna und verschlüsselte Briefe an den spanischen Gouverneur von Mailand.«

»Ich hatte noch nie etwas mit dem Herzog von Osuna zu tun und bin für seine Handlungen nicht verantwortlich. Und was den Briefwechsel mit dem Gouverneur von Mailand betrifft, so ging es darin um eine Intervention, die ich auf Anfrage des französischen Botschafters für einen französischen Bürger gemacht habe, dessen Angelegenheiten für die Serenissima nicht von geringstem Interesse sind.«

Wie vorauszusehen war, hatte sich de la Cueva Antworten zurechtgelegt, die jede weitere Untersuchung unmöglich machten. Der Doge mußte andere Saiten aufziehen.

»Wir sind zutiefst verstört darüber, daß der König, Euer Herrscher, einen so hassenswerten Plan gebilligt hat.«

»Meine Herren, weder er noch ich, sein getreuer Vertreter, hatten Kenntnis von diesem Plan. Ihr besudelt mit diesem schwerwiegenden Verdacht die Ehre des spanischen Königreiches. Ich bin ein treuer Diener eines stolzen und tapferen Reiches, das mächtig genug ist, um seine Feinde im offenen Kampf zu besiegen. Seine Katholische Majestät, König Philipp, würde es für schändlich halten, wenn wir zu der verachtenswerten Methode einer Verschwörung Zuflucht nehmen müßten. Das ist einfach zu schäbig.«

»Wer war dann Eurer Meinung nach verantwortlich ...« Die Stimme des Dogen verhallte.

De la Cueva hatte schäumend vor Wut auf dem Absatz kehrtgemacht und war aus dem Senatssaal gerauscht.

Doch inzwischen hatte sich vor dem Dogenpalast eine wild tobende Menschenmenge versammelt. Die Leute waren außer sich vor Wut und hätten den Spanier ohne viel Federlesens gelyncht, sobald er nur den Fuß vor die Tür des Palastes gesetzt hätte. Die Wachen, die ihn zur spanischen Botschaft zurückgeleiten sollten, weigerten sich voll Angst, dies ohne ausdrücklichen Befehl des Senats zu tun. Im erhabenen Ratssaal hingen jedoch noch die beiden Wörter *casus belli* in der Luft. Krieg mit Spanien, nur weil man den Vertreter König Philipps auf venezianischem Boden angegriffen hatte? Das Gleichgewicht der Mächte ließ Venedig nur wenig Spielraum.

»Beschützt ihn mit eurem Leben«, lautete der Befehl an die Wachen. »Bringt ihn durch die kleine Seitentür unter der Seufzerbrücke aus dem Palast. Dann kann ihn ein Polizeiboot zu der bewaffneten Brigantine schaffen, die den Eingang zum Kanal versperrt. Dort soll er warten, bis er in Sicherheit wieder in seine Botschaft zurückkehren kann.«

Alphonse de la Cueva bebte vor Zorn, doch er hatte keine andere Wahl, als sich dieser Demütigung zu unterziehen.

Sobald die Menschen merkten, daß man sie um ihre Rache geprellt hatte, machten sie sich auf den Weg zur Merceria. Dort brachen sie in den ersten Kerzenzieherladen ein, den sie fanden, und zwangen den Besitzer, aus seinen Wachsvorräten ein Ebenbild des spanischen Diplomaten zu fertigen. Diese Puppe trugen sie im Triumphzug zum Markusplatz zurück und fügten ihr unter den Fenstern des Großen Ratssaales all die Grausamkeiten zu, die sie, wenn man sie nicht gehindert hätte, liebend gern auch dem Erzfeind Venedigs zugefügt hätten. Nachdem sie so ihr Mütchen gekühlt hatten, zündeten sie das Ebenbild an, das mit satanischem Grinsen in den Flammen verging.

Wenige Tage später segelte ein Handelsschiff über die Lagune ins offene Meer hinaus. An Bord waren Musa Amsaleg, Daniel Farrar, Diana und Fioretta Motta. Daniel stand am Bug. Der Wind zauste ihm das Haar, und seine Augen strahlten voller Erwartung. Nachdem sie es Fioretta in einer Ecke von Musas Kabine bequem gemacht hatte, gesellte sich Diana zu ihm. Ihr Blick wanderte zur Stadt zurück, zum Ocker, Rosa und Dunkelrot der prächtigen Gebäude, Kuppeln und Türme, die zart im Morgennebel aufragten. Daniel meinte, sie müßte vielleicht mit den Tränen kämpfen. Doch da irrte er sich. Sie erstarrte und packte ihn am Ärmel.

»Sieh nur!«

»Wo?«

»Da, zwischen den Säulen auf der Piazzetta!«

Daniel blinzelte. Kopfüber hing ein Leichnam an einem Galgen. In der sanften Brise flatterte ein üppiger weißer Haarschopf.

Historische Romane: Packende Frauenschicksale

JÓZEF IGNACY KRASZEWSKI
Gräfin Cosel
Ein Frauenschicksal am Hofe August des Starken
Anna Constantia von Brockdorff (1680-1765), als Geliebte August des Starken zur Gräfin Cosel erhoben, war eine der schönsten Frauen ihrer Zeit. Neun Jahre lang war sie die mächtigste Frau Sachsens, danach wurde sie 49 Jahre auf der Festung Stolpen gefangengehalten. Kraszewski erzählt im berühmtesten seiner Sachsen-Romane ihr anrührendes Schicksal und zeichnet ein prachtvolles Gemälde der königlichen Residenz in Dresden.
Historischer Roman. Aus dem Polnischen von Hubert Sauer-Žur. 320 Seiten. AtV 1307

HELENE LUISE KÖPPEL
Die Ketzerin vom Montségur
Als ein Kreuzritterheer im 13. Jahrhundert seine blutige Spur durch Südfrankreich zieht, begegnen sich die Katharerin Esclarmonde und der Tempelritter Bertrand. Ihre Liebe steht unter einem schlechten Stern, denn beide sind durch ein Gelübde gebunden. Jahre später treffen sie sich auf der belagerten Festung Montségur wieder, von wo Bertrand den Heiligen Gral auf geheimen Wegen in Sicherheit bringen soll.
Roman. 440 Seiten. AtV 1869

FREDERIK BERGER
La Tigressa
Das aufregende Leben der schillerndsten Frau der Renaissance
Caterina Sforza wird mit dem skrupellosen Neffen des Papstes verheiratet – und sprengt schon bald ihren goldenen Käfig, indem sie sich tatkräftig in die Politik des Vatikans einmischt. Nach dem Tod von Papst Sixtus bricht sie mit ein paar Getreuen auf, die Engelsburg, das als uneinnehmbar geltende Kastell der Päpste, zu erobern.
Roman. 569 Seiten. AtV 2030

GUIDO DIECKMANN
Die Poetin
Deutschland im Spätsommer 1819: Mit Frau und Tochter reist der Tuchhändler Joseph Schildesheim nach Heidelberg. Tochter Nanetta, frühreif und wissensdurstig, fällt es schwer, den Verlockungen der Heidelberger Altstadt zu widerstehen. Als sie ein Treffen von Verschwörern belauscht, gerät sie plötzlich in den Verdacht, eine wichtige Depesche gestohlen zu haben.
Roman. 304 Seiten. AtV 1661

Mehr unter www.aufbau-verlagsgruppe.de oder bei Ihrem Buchhändler

aufbau taschenbuch
AUFBAU VERLAGSGRUPPE